朱峙三 著
周國林 胡念征 整理

朱峙三日記（七）

荆楚文庫編纂出版委員會
華中師範大學出版社

民國二十九年（1940年）庚辰日記

　　雲淡風輕近午天，傍花隨柳過前川。時人不識予心樂，將謂偷閒學少年。試書程夫子詩一首。
　　倦①鉤簾幕晝沉沉，難向庸醫話病深。不信②詩人容易瘦③，一春花鳥總關心。黃梨洲書壁詩。
　　壯士④飢餐胡虜肉，笑談渴飲匈奴血。岳武穆詞。
　　民國二十九年庚辰夏曆正月朔日午後二時半　峙三試目力作此小字

　　作大善是除暴安良，作小善是施錢發米。倭寇殘暴如此，吾輩殺之以報仇，大善也。

民國二十九年庚辰夏曆正月朔午前十時廿五分峙
發筆時書數語

　　祝身體康適，諸事如意。祝國軍早日收復失地，驅逐倭奴，斬除外種，還我漢族乾淨文化之邦。祝時和歲豐，萬衆無病，以後上下努力於生産建設，以蘇地方久困。

峙三朱繼昌書

　　光武中興。郭令公再造唐室。明陳友諒、張士誠、朱太祖群起而逐

---

① 倦，通行本作"不"。
② 不信，通行本作"不識"。
③ 瘦，通行本作"病"。
④ 壯士，通行本作"壯志"。

胡元，乃復漢族者二百餘年。至明季政亂民變，致滿清起而乘機入主中夏近三百年，可慨也已。

廿九年夏正月朔日午前十時半

明太祖驅胡元不能澈底，致有清代入主中夏之事，甚哉除惡莫如盡也！

倭奴不滅，是無天理！

漢光武中興，唐高祖平隋亂，郭子儀再造唐室，明太祖逐胡元，皆吾民可景仰者也。

庚辰夏正朔日午飯前十時四十分

正　　月

初一日　晴　辛巳　金斗平　二月八日　星期四

上午四時醒，枕上聞袁宅出方進香，鞭炮聲時作，余朦朧中仍睡熟也。八時清醒起坐，八時半整衣起，掃除室中，整理被褥畢。九時半吃飯。十時遲生與陳玉清之子及袁世高來拜年。十二時余與遲生同往陳秀升家，與玉清、三民等略談即歸。今日天氣晴爽，陽光終日，以去臘天氣劇變論，不料今日之能晴霽也。天下事不可逆料推測者如此。晚飯飲酒二杯。世高明晨往霧渡河，便托其帶函與王宇清，送糖菓二包。因去冬到興山時，曾宿其家擾其一食也。帶信與鄧雲勘區長，又托郵寄馮藝林、范子琦二函，因無人至小溪塔便，就分鄉郵局發出。昨宵睡後有夢，初醒時尚約略記之，午後已忘却矣。近四年來元旦有夢亦不驗，不似前十年元旦除夕之夢關本身一年中休咎也。十時寫信已畢，交世高帶去。十時半瘡癢異常，洗抹後遂寢。

初二日 晴 壬午 木牛定 二月九日 星期五

八時半起。飯後清理案上書籍文件等。午飯飲酒二杯，連日患目疾，不敢多飲。晚八時睡，以瘡癢又熱，蓋俱係皮毛品，熱不可耐，遂起，九時半方睡，十時半乃熟。夢汪曹操，操爲汪星垣之綽號，在鄂城頗著稱者。予爲中證人，姜壽安與予同乘車往，天雨，俱帶有傘。到時置汪宅，其子翰章出爲延客，入其内室則石鏡清、鄭寶帆、邵和清俱在座，餘均相識之老年人。夏乃卿、慶林俱發言，立約時遂醒。轉鐘三時又夢朱次誠仍窮困，予入其室以二元贈之。次誠長子亦爲延客，便閲其留聲機，頗精美。醒時鷄鳴二次矣。枕上思之，今夕所夢僅壽安、翰章、星垣予知其存在，寶帆、和清尚不知其存否。老於慶林、壯少如次誠及其長子俱屬古人矣。

初三日 陰 小雨 木女執 二月十日 星期六

十一時起，天陰有小雨。記去年今日晨宜市遭敵機大轟炸，抗戰又已經年，而國軍尚未進展，東望武漢，不勝感慨也。連日静息及晚臥時每思孟夫人生平諸事，相敬如賓，待予極盡婦道，遇事有識見，何天奪之速，不能助予至老境也，思之黯然。午後四時以瘡癢閉門洗之，忽劉培森同其弟培林來此拜年，並爲王繼榮代送禮物數事，因留飯並招待其歇處。寓中無人，諸事皆予與夢閑料理，頗以爲煩。與談一小時，囑其先寢。予寫藝林、益三、子谷、小溪塔代辦所□達周等函托各事。另復李佛波、周方立、沈漢章三函，貼郵票囑培森帶往宜市代發。寫至十一時半方寢，目疾大作，擬再寫數函不能也。寢後夢梁節庵師來看予寫字，並問近作。乃用木小籤蘸墨寫於小茶杯上，係七絶一首，付梁師持出。予送之出門，街中雨濕尚未乾也。

初四日　陰　早小雨　甲申　水虛破
二月十一日　星期日

六時夢閑起,升火弄飯,與培森兄弟食畢別去,天已大明矣。予以目痛未起送,十時半乃起,洗面後具香燭祀先祖母。初四子時爲先祖母忌日,例於初三夕具酒肴以祀。昨以培森等在此,屋小未舉行也。午後四時陳寄軒來談一時許方去。晚九時半寢,寢後展轉不寐,瘖癢身發熱,又起坐二時,仍難安枕,轉鐘一時方睡熟,夢劉文卿校長聘予與萃三爲教授。

初五日　陰　小雨　二月十二日　星期一

十一時起,掃除室內及廚房,整理桌上及床鋪等等,費二小時乃畢。十二時半午餐後寫各處信件,計以目疾不能多書。晚又以瘖癢難過,遂中止寫字,十一時寢,寢後兩腿發熱,展轉不寐,轉鐘後多夢。

初六日　陰　晚雨　丙戌　土室成
二月十三日　星期二

十二時起。飯後清理各事,再寫信件數通,備有便人送宜昌發出。午後四時半龍滙東來談各事,留飯,彼以天晚,遂約往陳秀升家又談二時許。十時予歸寓再食飯。十一時半寢。今日晏起,又疲倦,足不良於行,上下坡極吃力,足已軟矣。寢後又以瘖疾發熱,頗難過,睡時多夢。

初七日　陰　午後晴　二月十四日　星期三

十一時起。飯後清理各事,粘貼臨時地圖,寫信數件,準備有人往宜發出。午後三時長青自分鄉來。晚清理各事。十時寢,瘖疾、目疾均未愈,展轉難寐。

初八日　陰晴不定　戊子　火奎開
二月十五日　星期四

十時起。飯後仍寫信數件。午後清理各事，惠安送來大坪頭便人帶回各信並報數份，希德、先霖、貢九、任之、子谷、廣潯俱有函。晚閱報至十時半寢，多夢。

初九日　晴　二月十六日

十時起。飯後仍寫信，午後二時陳三民同李成家來，留飯，與談一時許去。晚閱報，寫信計共廿五函，封就付成家，明晨赴宜市發之。計從熒、少松、太輔、青山、藹如等共一函，熊學培、彭慎旃、藝林、顯謨、玉田、先林、祐亭、譚則、益三、惠東、貢九、任之共一函，鳳章、世清、陽春、子谷、南疇、希德、子雲、稚松等。此為予在此間發信最多之一日也。十一時倦極乃寢，夢甚雜，蓋腦筋未息也。

初十日　陰晴不定　二月十七日　星期六

六時醒，呼成家起，促之飯畢去。午後曬各物件、衣服等等。連日瘡仍未愈，予又極思出門，陳、馮、劉三處均許至其家，未往也。又三遊洞亦待予去。朱陽春之歁至今未清楚。此人得志即棄其妻、扯賬等事，設再大得意，吾不知其何以自處。賺錢太易，驕奢淫佚隨之，可不懼哉。晚十一時寢，夢雜，不倫不類之事甚多，可歎也。

十一日　陰　風　辛卯　木昴除
二月十八日　星期日

九時半起。十時飯畢。十一時半帶同遲生、定生、袁長青往張家口一遊，午後二時歸。今日天陰，行路尚不吃苦，流汗時少。歸後洗身吃飯畢，略休息。晚成家回，帶來報紙，閱後我軍似有進展。惟朱陽春來函云款已交子谷代收，語多含糊。予前年錯眼觀人，自取嘔氣而已。晚展被薄，始熱終寒，枕不安枕，瘡癢未能止，至天欲曙時方睡熟，夢多可笑。

十二日　陰　雨　午正雨大風大　寒甚
二月十九日　星期一

九時半起。十一飯畢，寫條子命成家到大坪頭尋未帶到之信件，買板炭一擔。午後寫陽春、益三之函均甚長，餘爲宋濟賢、呂受圖、閻任之、蔡廷英、陳子谷共七件，擬付長青送宜市。因今晚成家尚未回，不能明晨赴宜市發出。連日瘡疾、目疾未大愈，焦灼甚。十一時寢。

十三日　陰　大風　寒甚　二月二十日　星期二

十時半起。十一時成家引陳天炎來述帶信件事，大約此事非彼所知也。晚寫復施方白、朱茂林、呂受圖、玉泉寺、陳子谷、孟廣漳、朱陽春、龍惠東、閻任之、蔡廷英、王安雪、李世清、陳益三、陳文伯兄弟、宋濟賢、孟祥焕等十七封，交長青明日往宜市發出。十一時寢。

十四日　晴　晚月色佳　二月廿一日　星期三

五時醒，六時長青到宜市，九時起曬各衣服等，準備出門赴宜市也。聞此地附近各處如小峰河、魚泉潭、盧家堐等晚間玩燈賭博，吾不知若輩何以如此快活。中國人民愛國思想太薄，可慨也哉。十一時寢。

十五日　晴　月色大佳　二月廿二日　星期四

八時起。飯後帶同定生至惠安寓略坐即歸。晚長青歸，帶回潘家祐函，云財部已呈准撤消湘鄂浙閩等七省捐稅監理委員會。本會設立整整四年，成效甚少，因政府不辦貪污。予四年以前即知此爲敷衍民衆，謂國家整飭貪污、費①除苛雜者，僞也。又袁子青、彭受虛函內附生活費

---

① 費，疑應爲"廢"。

單據寄來蓋印者共廿三紙。晚清理出差時賬務，寫稿至十一時寢。

十六日　晴　月色佳　二月廿三日　星期五

九時起。飯後補造出差賬，寫復鄭宇平、劉伯陽函。辦賬至晚十一時寢。

十七日　晴燥　月色佳　二月廿四日

八時起，清理各事。飯後欲補寫賬，以時間來不及，遂復彭受虛、陳慶復函。午後二時有敵機五架西來，掠前山高空過，大約襲渝也。敵機近兩月餘未過此間，此則今年第一次也。傍晚雇得伕子，明晨往小溪塔轉三遊洞。清理零件，頭為之痛，九時半寢。

十八日　晴　二月廿五日　星期日

五時醒，六時起，兩勤務俱吃飯。侯興夫不至，繼知彼等別有用意。遲至八時半乃行，到小溪塔已下午五時，不能往馮宅、劉宅，乃就陳益三家宿。承其夫婦特別招待，殊覺不安。因予轉信件、帶物屢承關注，今晚無法前進，乃宿於此。與益三談甚久，予以目疾早寢。

十九日　晴　二月廿六日

六時起。飯後至三區區署訪李區長培慈談半時許，由區署雇伕三人往馬南坡馮藝林談一時許。飯後興過前坪訪徐總隊長未遇，與閔軍需談片刻出，囑興伕、挑伕回去。予帶長青至三遊洞晤及任之、貢九、和甫諸人去。予視察委令已早發下，便談各事並看住宿地，約以明日午後搬行李來山。午後四時半乘船回宜市，抵岸後訪匯東未遇，與李世清問各事，乃知陽春已另接某姓女為室，拋其鄉間妻子不顧。驕奢淫佚乃至於此，可恨也。晚十時宿中華旅館。

二十日　晨至十一時大雨如注　午後陰寒
二月廿七　星期二

六時半起。七時帶長青雇車至小溪塔，途中遇大雨，十一時抵益三家，又承其招待一切。飯後雨未止。午後五時劉鳳章來約過其家，前已許數次未至者，此次不能不踐約也。彼請劉子□、杜伯誠作陪，執禮甚恭。余目疾以風寒重更甚，夜間竟不能眲，九時半遂寢。

廿一日　陰寒　早微雪　小雨　二月廿八日　星期三

七時半起。八時半早飯，鳳章已請假回家爲予招待酒食，可感也。午後一時具酒肴十餘品，甚豐，添益三、陳宗榜爲陪客，四時乃散席。天氣變寒，晚七時補寫算出差報告，目痛至不能閱文字，十時乃寢。

廿二日　大風寒甚　早微雪　二月廿九日　星期四

八時半起。九時飯畢，聞板橋被水沖壞二段，不能過。鳳章遂雇人蕩船渡，予立沙壩上久侯，北風砭人，寒沁入骨矣。見高山有積雪，氣候劇變矣。划子到岸，仍住益三家中，彼夫婦愈招待，予愈感不安。飯後至區署晤張區員，托其代雇輿伕，準備明晨到藝林家一談。晚宿益三家，今日感寒，腹痛漲，如厠三次，與益三談甚久，目疾又未愈。十時寢，寒甚，陳宅四壁透風，睡不安，寒氣襲人。予身體近年衰弱，似感難受也。

廿三日　大雪　寒甚　三月一日　星期五

七時起，天下雪，予視之心焦灼甚。八時半輿伕、挑子俱來，益三又堅留飯，八時半起行。途中雪愈大，泥深路滑極難行，長青幫忙扶輿，亦極苦。三里餘行一時許乃至馮宅，與藝林談各事，腹痛又如厠，目疾亦未愈，感此風寒身體發冷數次。輿伕等在馮宅食畢遂行，過後坪時寒風逼人，過前坪雪愈大，到安濟橋風雪夾雜而至，抵洞後另給二元與伕子，念其苦也。設非區署雇用之壯丁額派者，又實難與之説工價也，天下不可以便宜行之者皆如此。路過南荆關時，知閻任之不來，遂宿電務室。今日李成家亦自鄉寓送衣服來，遂與長青同宿於此，寫信令其明日回鄉。

廿四日　大雪　晚雪更大　三月二日　星期六

七時起，腹仍未愈，目仍朦緊①生眼糞，極難過，寫信數件付成家回鄉並囑其往宜市取藥品。午後三時王安雪來述各事，並取前年冬存洋十七元一角以去。晚間打電話來云蕭液垓已回宜市，謂明晨須來洞中，便告知貢九已下山，囑轉告液垓就近談話，明日勿來。晚風更烈，大雪頻作，予目疾更劇。九時寢後墊被薄，寒不可耐，傷風鼻塞，遂起分散各衣服墊於被下，增厚禦，遂稍安，但睡熟不過一二小時而已，此時真苦境也。天欲曙時未能安寢。長青未帶被來，予僅以軍毯與之，又無他處可借宿者。此人與其家長不通人情世故，亦應小受苦也。

廿五日　陰　寒　三月三日　星期日

八時起，用水洗目，覺減輕稍愈矣。十一時半劉鳳章來乞薦函，爲其弟考郵差，留飯，寫函畢付之去。飯後補寫連日未作日記，約三小時乃竣。午飯後未作事，包貢九歸，便聞各事，張貢之來談半時去。晚九時寢，展轉不寐。

廿六日　陰　寒　三月四日　星期一

七時半起。八時半蕭液垓來談甚久，竹山王志宣亦同來，以向不熟未多語也。今日仍寒，晚與胡南坡科長談二小時，寢後仍時時與隔床相答，直至十二時猶爲②睡熟，實未安枕。

---

① 緊，應爲"翳"。
② 爲，應爲"未"。

廿七日　晴　燥　三月五日　星期二

八時起，寫報消冊，極麻煩。飯後龍匯東來訪，旋閔弼甫、徐某、蕭液垓俱來，分談約二小時方罷。午後三時送匯東下山搭輪，四時半包、閻、帥、麻諸君請液垓酒敘，約予與南坡作陪客。五時半罷席，得立公不日回洞電話。晚九時寢，仍難安枕，轉鐘後與南坡隔床談甚久。

廿八日　晴　今日驚蟄　三月六日　星期三

八時起，聞液垓已下山，有許多語未與談也。飯後補寫報消冊。今晨接子穀知巴東已寄二月份生活費來，但第三次出差費彼竟未提及。晚擬至宜市，竟不果行。八時與熊惠泉、包貢九談詩聯並閩事甚久。十一時寢。

廿九日　晴　三月七日　星期四

七時起。八時命長青至小溪塔取信件，送信至馮先生家中。十時予與胡南坡搬至洞外草屋中。晚五時乘船至宜市晤液垓，送巴東函請子穀代發，在其家消夜。十時至匯東寓宅樓上宿。

三十日　晴　早八時小雨一陣　三月八日　星期五

五時起。五時半至河干上小輪，六時半開行，七時半到三遊洞。飯後得信知主席已回宜昌辦事處。今日甚燥，寫信數件。午後四時半周治斌自宜昌來，問以各事，我縣作漢奸皆予當時所逆料之人也。孟子曰："無羞惡之心，非人也。"彼等無羞惡心，安能有愛國心哉？命長青、志文送治斌下山吃飯寄宿，當用電話約液垓談便薦治斌事，囑其命王安雪明晨來山面告一切。晚清理各事，至十一時寢。

二　月

初一　晴　三月九日　星期六

八時起。九時約周治斌來問各事。王安雪來，囑其帶周去見蕭液垓。十一時有警報，云敵機九架過沙洋矣。午飯後寫季安、文端、漢清、方立、鄧實等函，備明日發出。十時檢點各事畢，十一時寢。

初二日　晨晴　旋陰　三月十日　星期日

六時即起，旭日東升，窗紙透明，目炫不能再睡也。貢九、任之、貢之先後來談，着長青至陳季明取脚踏車存益三家，候小峰着人來取。晚間長青回山取來孫壽山一函，述武昌近情甚悉。寫信付家中，着長青回鄉換成家來此，明日午後可行。十一時寢。今日爲文昌帝君誕辰，以此間不便，未舉行祀禮。

初三日　晴燥　癸丑　木危開　三月十一日　星期一

六時半起，聞今日宜市擴大紀念週，予慮有空襲，遂未下山。十一時聞敵機聲、轟炸聲，與南坡出門觀視無所見。不知洞內已得電話警報也。飯後聞宜市通惠路、陶朱路被投三彈，毀屋數間，尚未傷人云云。今日長青已帶包袱並信件及洋百元、脚踏一乘回小峰。晚間未作事，十一時寢。

初四日　晴燥甚　三月十二日　星期二

七時起。八時周治斌來，囑以各語去。得顧季安、陳季明函，又宜市聚川源棧一函。郭駿一者來謀事，自稱爲周子山之戚，予未識其人也。午後主席回山，晚談甚久。省府大部又須遷回，已覓辦公地點在前坪。今日送治斌川資，囑其即同蕭液垓到遠安。晚九時半寢。今日正午李曉波、程延齡自郵局來此，談一時去。九時帥和甫談甚久，又聞主席云老河口稅務局長賀尹東因貪污被押，然此人貪污不自今日始也。民十五以前任府河口稅局長，十六以後迭任稅局長，前年任廣水稅局，曾由本會列舉事實，函請省府嚴懲。但彼恃有賀國光援奧，何雪竹主席不惟不辦，且調老河口矣。且其人素不孝，於父尤為可惡。其父即賀履之，任北京大學教授。

初五日　晴燥　三月十三日　星期三

七時起。午飯後聞液垓來，與談各事。昨囑周治斌下山，請液垓帶之同行，今日面約其酒敘。寫信與惠東、姜文山、李佛波，均發出。午後四時半約貢九、惠泉、貢之、任之、和甫、胡南坡陪液垓至安濟橋酒敘，盡歡而散。予與貢九、惠泉因主席囑辦電稿，至洞中商酌約二小時，十時畢。與液垓又談半時，乃回室中寢。

初六日　晴熱　三月十四日　星期四

六時半起。飯後代擬挽丁、蔡兩師長聯二付，又江防軍陣亡將士公祭聯一付。晚間李成家來，帶夢閑、遲生函各一件，知鄉間上次轎伕陳光孝斫柴跌死。小峰山岩石動高六七丈，樵者攀樹枝而上，以鋸鋸樹枝，極端危險，予去夏見之，曾有是慮，今果然矣。八時熊惠泉交來劉某乞主席為其父題象贊。夜燥不成寐，屢起。挑燈作三挽文並此贊已成，此真敷衍之作也。天欲曙時聞大風雨驟至。

初七日　陰雨　寒甚　晚又雨　三月十五日　星期五

七時起。飯後在任之處略談，今日須往宜市查武縣長控案。昨日惠安來宜，竟未上山，不知彼何時可往巴東也。午後三時帶成家搭小輪往宜市，至子穀寓知惠安已來，未能搭輪，在子穀寓便飯。晚六時與同訪王文端談半時，至中央旅館訪胡南坡，龍惠東來談甚久去。遂宿中央旅社。

初八日　陰　三月十六日　星期六

七時起，漱畢雇車至興盛棧訪陳寄軒。八時至北門外與成家吃飯畢，雇車至沙河宜昌縣政府查武縣長被控案件賬目、照據及羅斌若密查等，三人確有其人，從前陳視察所查似有未當。緣彼係軍人，對於查案不內行也。午後三時乘車至綿羊洞轉前坪回山，在安濟橋吃飯，抵予寄廬已薄暮矣。八時至洞與貢九談此案調查經過。今日成家自小溪塔取回孟廣漳二函、姜顯謨一函，予帶回鄉寓各件由長青在小溪塔取去，並寄姜文山、劉漢清、周羨敏、李貫群、胡子韜、張心茸、鄧次豪等函均發出。晚十時作簽呈。十一時寢。

初九日　早晴旋陰　三月十七日　星期日

七時起，寫信二件，寫簽呈。飯後伯陽來山，與談甚久，三時同下山搭小輪。今日袁國幹與胡南坡共請行署中同事也。五時到子穀寓，知惠安票已買就，今晚可上輪船。五時半至錦江酒館，七時散席。予至伯陽旅館中晤及曹漢臣並宜都周羨敏科長，方知漢清已赴渝受訓，羨敏尚未閱予函也。便托查趙敬文現居何處。在館談至十一時，惠安上船去，予與伯陽再談甚久，遂寢。

初十日　早雨　午後陰　時有小雨　三月十八日　星期一

七時起，匆匆出門，至南外搭小輪。八時到三遊洞，雨大濕衣，路滑難行。到寢室洗漱後清理各事。飯後與貢九、惠泉、任之談甚久。伯陽來電話數次，聽不清楚。晚間又與貢九談各事，因主席欲予在洞任處理文件及招呼負責等等，因貢九、惠泉均同主席赴施南，予亦不能辭之，想亦無多事，遂允之。十一時寢。

十一日　陰　三月十九日　星期二

七時起，寫信二件。飯後整理案上書籍筆墨，代主席作挽蔡孑民先生挽一付，文曰："爲革命植初基，身涉重洋，敝屣一官辭翰苑；樂育才啓後學，魂歸孤島，心喪全國失人師。"午後三時主席約各廳負責員到室談話，説明予代包秘書諸事。四時半飯畢下山，與主席同輪至宜市，到辦事處後遂訪文端談甚久，就薑船上宿。

十二日　晴　月色佳　三月二十日　星期三

六時起，匆匆漱畢，雇划上岸，至南門外搭小輪回三遊洞。八時半到山清理各事，十時閲文電，飯後到辦公室實行處理各事。晚七時巴東電話，知主席於今日午後四時已到巴東縣政府矣。與貢九電話片刻，寫信四件。十一時寢。今日上午十一時，敵機一架偵察宜市，淩上空即去。

十三日　陰　今日春分　三月廿一日　星期四

七時起，八時到辦公室閲文件，寫復各處函件。午後到公，四時半止。晚間有電二件。今日午後搬入洞内，住包秘書樓房。十一時寢。

十四日　陰　時有小雨　三月廿二　星期五

七時起，八時到公，閲文電，上、下午同。命成家至宜市買物送信，取回朱陽春所代做短袢褲二套歸。和甫、濟威、一鳴來室中談甚久去。九時半以今日傷風鼻塞未愈，遂早寢。

十五日　陰　小雨數次　三月廿三日　星期六

七時起，傷風鼻塞仍未愈。上、下午俱如時到公，無多緊要公事。命成家至小溪塔取回鄧寶、孟廣漳、洪英函三件。孟告知在瀘縣另娶妻已二年，且生女矣。王性淑來信述其父伯良至今無下落事。洪英述三女細純在縣接濟困難，朱茂林毫不顧惜諸事。周治斌無用之人，此次西來説話多不可靠，實令予恨此輩無良耳！今日鼻塞難過，十時寢。

十六日　晴　月光甚好　三月廿四日　星期日

七時起，八時到公閲文電，主席廿二日已抵施南，餘爲例行公事。

復王性淑義女函，又巴東彭艾函。午後例假半日，飯後約貢之、一鳴、季威到前坪一遊，桃李杏花俱已半謝。今年清明在二月，節早，故花先開也。過閻任之、高伯韓、王一鷗家，在茶市小憩，遇徐痴愚、李希白等立談數語，隨李、徐行者多軍官，或者係水警隊請客，予未便一一敷衍。四時回至安濟橋食點心。今日途遇易國立等三學生，自天門步行十餘日來此求學者。述敵人在天門開始徵壯丁，青年被保甲拉去者千餘人，以實行其以華制華政策，可畏哉。戰事如不解決，後患方長，爲之一歎。返署後與任之、貢之談甚久。十一時寢。今日上午十時，敵機一架淩上空三匝方去。

十七日　晴　三月廿五　星期一

七時起，八時到公，九時半舉行紀紀①週，予代行導引禮。以包秘書不在此，又不便推脫此事不行也。添讀黨員規則，予從前未見過，就其書寫十二條，就近讀之而已。正午有警報，敵機一架飛宜昌上空偵察三次乃去。午後閱文電，無多緊要者。晚以目疾，十時遂寢。

十八日　晴　三月廿六日　星期二

六時半起，七時半到公。十時有警報，敵機素到未②此間上空。閱文件，午後一時聞有敵機六架到沙洋轟炸。三時辦公室職員多去宜市，謂稅務局長顧寶善請客。予以事繁且恐惹嫌疑，未去也。四時半閱文件畢。晚間周、朱、張諸君來談甚久去。十一時寢。

十九日　陰晴不定　三月廿七日　星期三

六時起，七時到公，八時閱文電。午後一時袁長青自寓中來，夢閑買物數件並請宜市購藥，予遂於三時匆匆將文件閱畢，帶同長青到宜市，

---

① 紀，應爲"念"。
② 到未，應爲"未到"。

便查省動員會伍清泉火柴一案，十九晚主席囑查者也。四時半乘輪抵宜市，訪龍匯東、劉培森、蔡心壽。至省動員會，石信嘉已回其寓，未尋得負責之人。晚訪路庸如問各事，途遇汪從雲便問之。宿劉培森金利生藥店中，睡不成寐。

二十日　陰　午後小雨　三月廿八日　星期四

六時起，到江干搭小輪，已開行矣。尋本府哨划子，謂已先開矣。小雨如織，遂購傘一柄，至縣府晤武縣長問各事，至警察局晤劉局漢東，湖南華容人，號道中，黃埔五期生。細述查送仇貨經過，並述此事有內幕。十一時至動委會而石信嘉未到，由許秘書訥夫檢卷備閱。許為羅田人，亦曾住省立一師範者也。閱卷約一時許乃畢，雇車至綿羊洞，去價一元，車伕藉口雨路難行也。到前坪尋問百之並晤李石樵，乃知石信嘉並未到該處，許訥夫輕言不可信，致累予多耽延二時，走泥路爬山坡以為苦。三時回行署，雨濕衣面，汗透衣裏矣。至辦公室補閱文件，施南來電，黃仲恂秘書長為汽車事逕致予，乃知其並未往渝受訓也。晚飯後補寫日記。十時寢。

廿一日　陰　小雨時作　三月廿九日　星期五

六時半起，七時半到公。今晨發出李觀群、鄧寶、王性淑、朱茂林、洪英、向胖佛、方緒吉等函。午後接太輔自鄂城來信，述細純女苦況，胡升、陳季明、朱文圖信。晚與任之、一鳴談甚久。十一時寢。

廿二日　早陰　午後雨　晚有星斗　三月卅日　星期六

六時起，七時到公。午後文電甚少，寫復陽春、施方白等信四件。晚約貢之來小飲，便談各事。九時半寢。

廿三日　晴　三月卅一日　星期日

六時半起，七時到公閱文件。宜昌省府辦事處李辦事員約同范雨峰來談，徐痴愚帶同職員來此旅行，九時半均分別與談一時許。午後不辦公，李專員來函催寫文電、護照等等，覓人繕寫發出。陳子谷與其子並李君來山，與本府職賽球，便與周旋各事。彭受虛寄來洋百九十元，係補旅費並三月生活費，請蓋章。不夠數，擬復函說明，請其照補。陳季明命人送函來領入陝護照，當復數語與之。晚十一時寢。

二十四日　早陰　十時雨　午後大雨　晚十時轉見星月
四月一日　星期一

六時半起。七時半馮專員自粵北歸。九時半舉行紀念週，予領導各職員行禮後，請馮專員講粵北勝利情形。十時半畢，到廳辦公。午飯後仍照上午例，文電稿件閱畢已四時半矣。晚與貢之談甚久。十一時寢。轉鐘後大風忽起，聞溪聲怒吼，大約上游山洪暴發矣。夢袁世高已卒又復活，甚奇離也。

廿五日　陰　晚晴　四月二日　星期二

六時半起，七時到辦公廳。九時命成家至小溪塔買物並取信件，得熊學培自葛店來信，云夏炳臣尚在其家，甚苦，肖鵠藥店尚存云云。今日去電至恩施：一請示松滋案件，並請民、建兩廳事派人來負責；一則聯名請主席在宜昌鄉間設立初中，以免學生失學也。晚飲酒二次。十一時寢。

廿六日　晴　四月三日　星期三

六時半起，七時到公，十一時飯後小睡。午後半時袁世高帶長青來，攜遲生及夢閑來函。予寫函付袁到董市尋楊子福，便出胡劉氏一問，彼如願來小峰，再囑胡升去接。寫信付遲生，囑其與長青於清明節同來三遊洞小住，補習各課，再作計較。晚間與貢之談甚久。十一時半寢。今日有警報。

廿七日　陰　黃沙霧　四月四日　星期四

六時起，七時到公。午後三時下山搭輪船往宜市，因胡南坡往鄂南，便與送行也。到本府辦事處略坐，晤華國謨，堅請予與南坡、魯儒林同往，在廣合利酒店飲畢後已八時半，歸辦事處宿。

廿八日　晴　今日清明節　四月五日　星期五

六時起，遇范雨峰，彼亦住辦事處，未能多談。雇車至小溪塔，九時在該鎮查詢食鹽公賣處，至區署，至中心小學，各有所詢，耽延約三小時，陳季明、劉培森、陳宗榜均晤見。正午貢之、任之均自三遊洞來，遂與同往考察鄉公所。鄉長不在所，僅晤其兵役股歐君，略詢各事，仍返陳益三家候遲生與長青來，至四時半遂雇車回宜市。今日往返經鎮境山下過亡兒根生墓，不勝感痛。前四日囑成家往焚楮帛，因小峰無人來祭也。晚仍宿辦事處，華國謨明後天往宜屬北鄉查案，便與談各事。龍惠東曾來談。十一時寢。

廿九日　晴　己卯　土女閉　四月六日　星期六

五時半起，六時漱畢匆匆出門，遇一車乘之。至南門搭小輪回三遊洞。八時到辦公室，清理核閱各文電。昨日小溪塔取回茂林、太輔等函件，鄂城諸事如常。午後到公。晚與貢之在山外一遊。今日遲生仍未來此，不知何意。約貢生在室中小飲。十一時寢。

三十日　晴　四月七日　星期日

七時起。今日上午仍照常辦公，寫復張心革及彭受虛、惠安函。李華屏為鄭宇平事有覆電，似可為力。午後五時杜玉武送遲生來此，謂昨在陳益三家宿，今日途遇杜君送之同來也。晚用電話向閔彌甫商酌遲生入簡易師範附學事，安置遲生住宿。十一時寢。今晨九時有警報一次。

三　月

初一日　晴　四月八日　星期一

七時起，七時半到公，寫復譚菊畦、劉鳳章、馮藝林、聞百之、李佛波、孟廣漳信，均發出。午後命成家引遲生至宜市照像、辦零件，明午回小溪塔取七弦琴歸。晚與濟威、一鳴、任之談甚久。十一時寢。

初二日　晴　四月九日　星期二

七時起，八時到公，寫復太輔、茂林、先霖、熊學培、液垓、伯陽函，均發出。下午得包貢九函，知省府遷宜尚無表示。傍晚遲生回山，便問各事。今晨警報，彼等已出北門矣。並述途遇袁世高、布已購歸、胡劉氏不來等語。今日有警報一次。晚十一時寢。

初三日　晴　四月十日　星期三

六時起，七時到公。九時有警報，敵機一架曾掠此間高空過去。遲生攜回琴一張，上絃換軫頗費事。下午接周治斌來函附洋十元請撥歸家用，殊爲可異，此人向不顧家者也。因遲生欲回鄉取行李，派承成①明晨送之回鄉，並還益三借件，帶藝林、星階二函去。今日爲舊曆三月三日，頗多感觸。憶予幼時讀書，晚間看燐火事，臨睡前竟忘之矣。清檢各事至十二時半方寢。

初四日　晴　四月十一日　星期四

五時半成家、遲生俱起，六時回鄉去。予遂起，七時到公，華國謨來談已查宜市及鄉間烟館、烟苗情況。鄧時捷引女生十餘人來遊三遊洞，

---

① 承成，此處有誤。

因楊科長未來，予遂導之遊，約半時乃畢。午後右目又痛流淚，或係天熱所致。夢閑自鄉來函，語多揣測不遜，舊性復發。晚八時恩施參議會嚴主席來電話分囑各事，當即轉告馮少岩專員應辦各事。明日當與石信嘉、朱文圃言之。清檢各事至十二時寢。

初五日　晴　四月十二日　星期五

七時到公，上午有二次警報，敵機一架淩高空過。有得電話，我機十四架東下炸敵人。午後二時又有警報，龍惠東來談，取款三百元去，當即寫一收條存此。三時朱文圃、許訥夫來商各事，傍晚方去。今日公事無多，晚約貢之、任之小飲。十一時以目疾難過，遂寢。

初六日　雨　四月十三日　星期六

六時半起，七時半到公，今日上、下午事均簡。晚六時遲生同成佳來述鄉間各事，並帶來洪英一函，謂鄂城東門住宅前重鋪面每月租出四十元，後重照去年亦增加半數。茂林來函均不言屋價多少，殊為疑竇。今日寄鄧次襄並附詩稿，囑其代印。又汪從雲一函，附梅先林為調督學事，請汪設法。晚間遲生同成佳來，夢閑帶來一函，仍胡說無狀，殊可惡也。十一時寢。

初七日　晴　四月十四日　星期日

六時起，七時教遲生看《亞洲內幕》一書，外人知中日內幕者，以此書為最詳云。閱公事，十二時以後整理寢室各事，囑曾科員將洞內打掃清潔。江防司令部盧副官長雲南人。與警備司令部楊副官來談片時去。午後三時與帥秘書、麻科長同搭輪往宜市。今日南經庸請客，同席者長江公司經理朱君，浙人，餘為武昌人、湘潭人，皆朱姓。七時席散，聞近時筵席價已較前年冬漲四倍矣。晚宿省府辦事處。今日有警報一次。

初八日　晴　四月十五日　星期一

五時起，六時匆匆乘車至關帝樓搭小輪回三遊洞。九時半照例領導做紀念週，午前、午後俱辦公。晚囑遲生準備明日上課諸事，十一時寢。

初九日　晴　四月十六日　星期二

六時起，七時半送遲生到前坪簡易師範上課，帶成佳去。八時半晤徐痴愚，談片刻即率遲生同往晤校長徐鴻年、軍事呂教官、辦事員徐君細問各事，交火食洋六元。校中設備尚好，寢室亦潔，不似巴東聯中之糟極也。惟火食甚苦，學生立食，僅豆子、豆渣二碗爲肴而已。命成佳至小溪塔購物件。今日上午連有警報二次。在痴愚家吃午飯，歸洞已下午矣，照例辦公。晚間清理各事，十一時寢。

初十日　晴　四月十七日　星期三

六時起，七時到公。正午嚴任之與劉君親訂親家請媒酒，冰人未坐席，包貢九在施南未歸。午後循例閱文電，晚間閱石印先君遺墨並先母訃文、哀啓。此二件馮藝林保存之，予已取回，深爲感激也。今日陳季明送來羅佃溪新茶一斤，烹之可口。十一時寢。

十一日　晴　四月十八日　星期四

六時起，七時到公。午飯後和甫、世英約往紫陽一遊，乘船去，晤省銀行南行長往庸導遊一週，談一時許。便晤張友三，始知其去夏由恩施財廳調此服務者也。辦公地點爲閻氏家祠，閻在紫陽稱大族，祠前有道光八年一石碑，未細辨，大約記載家規者。午後二時由省行專船回三遊洞，便經上紫陽查看情形，有五六小商店、一縫衣工廠。遊後仍上原船，到洞時已三時五十分矣。清理文件畢，晚飯疲極，欲睡未能也。六時洗澡一次，此爲暢快之事，去秋至今，此爲第一次洗澡。十時馮少岩與主席通電話，予亦與談，聲小難聽，約以明日用電報答之。十一時寢。

十二日　晴　上午十時半大雨如注　四月十九日　星期五

六時起，七時到公。柯克明轉借之《宜昌府志》《東湖縣志》均送到，殘缺不全，僅共十五本，而名勝古跡門類未有也。擬□晨與同人搭輪至黃陵廟一遊。午後方之正來談甚久去。山上大石忽墜一塊於下路，如雷聲俟止。四時半宋濟賢同其弟自沙市來述各事，留便飯去。晚寫伯陽、遲生、受虛、子穀、季明、宗榜並楊星階信，附寄予十年前詩稿，已訂成冊矣。客中得此，免費腦記也。寫家信一件，誡夢閑各語，此人性情乖戾，殊可惡。十一時寢。

十三日　晴　晚月色大佳　今日穀雨節
四月二十日　星期六

六時起，七時到公。午後遲生回三遊洞。三時辦一密電稿致主席，報告三事。航務處復函，明晨往三斗坪可免費乘船。王一鷗自施南歸，述各事。主席爲石衡青一言，竟不敢率職員來行署。吁，奇矣！晚十一時寢。

十四日　陰　早十時小雨二次　晚有月光
四月廿一日　星期日

五時半起，六時呼遲生起盥嗽畢，七時與和甫、春崖、任之、遲兒等下山，遇世英、志成、毅夫各攜眷上輪，同行者尚有濟威及保四科二人。沿途經過蝦蟆碚、平善壩、南沱、樂天溪等處，到黃陵廟閱正殿之雕刻，抱柱雙龍，工程甚堅實，遊人謂此爲魯班所做，一夜而成者，殊覺荒誕。閱諸葛武侯石碑，原文載縣誌中，但隸書整齊，當是後人僞作。又一新碑記載廟中事，又康熙二十三年一小匾額尚完好，在大殿後圓門上懸之，似一武官所題篆文"□□□□"四字，以時間倉卒未竣。遊覽匆匆，又與同仁上小輪，到三斗坪已十一時矣。帶同遲生略在街中購零物，正午在一酒館名香村者開飯二桌。下午一時上小輪，三時半抵三遊洞，四時洗澡一次。晚飯後囑承佳送遲生回校。予以疲勞，八時即寢。今日輪過平善壩時聞警報一次。

十五日　晴　月光大明　四月廿二日　星期一

六時起，七時到公。九時章映偉、陳宗榜爲考訓練班事來求保送，談半時去。九時半循例領導做紀念週。十一時飯畢，方之正來談一時許去。午後四時半有警報，云有敵機十架，未幾又有六架，未幾又有十二架，由漢、湘分批襲渝。嚴公威來洞中居住，交到主席函一件，附條四紙，便談半時。晚飯後又有警報，云敵機架數不明，至十時迭聞電話，今夕敵機共四批往川。十一時聞巴東東下敵機過此高空，起視不見，十一時半仍未睡熟也。

十六日　晴　晚月色佳　四月廿三日　星期二

六時起，七時到公。八時將主席交件分別辦竣。九時有警報，未久解除，大約敵機又來各處偵察也。下午無多事，鄉寓來函，謂已另有雇工劉長純，不日來小溪塔取件，並請購瘡藥、食藥等等，知定生母子瘡疾尚未大愈也。晚十一時寢。

十七日　晴　晚月光大明　四月廿四日　星期三

六時起，七時到公。今日公事無多，寫信與黃曉浦、鄧次豪。晚間清理各件，寫家信命成佳明晨送小溪塔，因益三已添孫，送洋拾元與之作賀禮。十一時半寢，睡不成寐，轉鐘零時似聞敵機聲過此高空，以未接警報電話，遂再寢。上午二時聞機聲又作，二時半又一批過此，大約又係往川東各地轟炸也。

十八日　晴　四月廿五日　星期四

六時半起，聞昨夕有四批敵機襲川。七時半又聞警報，未幾解除。今日下午公事甚多，關於振濟會文稿須加刪改，五時方畢。到秦視察紹恬家吃便飯，渠請嚴公威，延予與此間同事作陪也。菜均精美，酒芳烈，惜予不能多飲也。成佳自小溪塔歸，細問各事，鄉間並未來人取件云云。

囑之上山清檢各事。七時予方歸，又與公威、張貢之談甚久。十時主席在施南來電話細談各事，約四十分鐘方畢。知施南同人不來前方，張廳長已出巡，主席須在施南招呼一切，暫時不能回宜，予在此代負責已月餘矣。包、熊二君何時回宜亦未言及也。十一時寢。

十九日　陰　早小雨一次　四月廿六日　星期五

六時起，七時半到公。午後四時嚴公威往湘，渠因酬秦紹恬家屬請酒一席，約予與任之、貢之作陪。五時半席散，送之至河邊，步行時與沿途談一刻鐘，予以事多無暇與彼單獨談各事也。濟威、一鳴、和甫來寢室中談甚久，烹茶數次，約談二小時方散。十一時寢。

二十日　早陰　四月廿七日　星期六

六時起，七時到公。十一時馮少岩云即下山，李長官之夫人葛德潔已到，恐有事須面談也。午後五時遲生來山，予已將琴絃整理，囑其練習，至晚十一時寢。

廿一日　晴　四月廿八日　星期日

六時起，七時照常處理文件。午後帶同遲生及本署帥、朱、閻、楊諸君同遊石門洞，乘船去，山路難行。到洞門時山坡陡絕，用梯下去，乃到洞中，用炬照之，內面空氣不佳，僅行數百步，以曲折深邃不敢再進，仍返原路乘船至前坪看淘金，恰於今日淘金已停工矣。午後五時歸，鄉間派袁長青、劉長純來此，囑將各物件帶回鄉去。長青作事不可靠，聞其父亦不通人情，夢閑函中所說如此。六時命成家送遲生回校，予以疲倦，十時遂寢。

二十二日　晴　四月廿九日　星期一

六時起。八時匯東來談，並退回前款。九時半做紀念週。午後文件不多，六時與韓仲錦通電話一次，昨主席所囑各事也。晚八時半再與主席通電話一次，述各事。施南無人負責，主席一時不能回宜，予欲回鄉去看看未能也。九時半約任之、貢之小飲。十一時寢。今日上午有警報，昨日有警報二次。

二十三日　晴燥甚　四月卅日　星期二

上午二時聞有警報，五時聞警報，謂巴東已有敵機東下。六時起，又聞有警報。八時陳宗榜來，陳寄軒來談半小時去。上辦公室後又聞有警報。午後小睡一時半方起，再有警。宜昌連日以來無日不在警報中也。今日午睡夢已回鄂城，見先母買魚一筐，無異平時。噫！何日東歸一整理家園耶？晚飲酒一杯，調絃彈琴半時許。十時寢。

二十四日　晴熱甚　五月一日　星期三

六時起，陳寄軒來，請寫函與董市商會，彼明日親往董市索取棉紗。八時半有警報，十一時又有警報，午後一時半又有警報，計已三次矣。三時以後天熱如伏，辦公室中極難受。晚飯後電務室收音機已裝成，聽各處收音甚清晰，重慶及中央國際電臺播音均甚清楚。九時半主席自恩施來電話詢秦紹恬查案事，另詢數事。黃秘書長尚無來施消息，包、熊二君亦須與主席同返，予代理此間諸事，尚不知何時可休息也？聽收音機至十一時半方寢。

廿五日　晴　午後三時半風雨雷電交作
五月二日　星期四

五時半起。八時陽春、胡升、陳挽瀾等來述各事。八時已有警報二次，九時四十分又有警報。午後三時接電話云敵機六架自當陽來，旋聞機聲大作，已淩此間上空矣。敵機盤旋宜市三匝乃去，未幾風雷大作。四時又聞有中國機一架降落宜昌三區所屬之羅石鄉。晚間電詢縣政府，謂此機自漢中飛往蘇境放軍餉者，汽油不足，恰遇此間有警報，被迫下落，機師三人，袁、李、張其姓也。今日電務室收音機已停，未能聽戰況。十時寢。

廿六日　陰　寒　小雨　五月三日　星期五

六時起，七時半到公。午後在辦公室感寒，早退。今日氣候不佳，未聞警報。晚間聽收音機，聲小不得聞，天時關係乾電力弱也。十一時寢。

廿七日　晴　五月四日　星期六

六時起，七時到公。上午有敵機西上，今日警報二次。午後四時馮少岩請吃飯，與和甫、擇西、濟威、任之、一鳴、貢之、若愚等同往，席散後已七時半矣。遲生來山，令之練習七弦琴，但已忘記大半。古人三日不彈手生荊棘，遲兒則二年餘未習也。今日遠安王安雪來，帶有蕭縣長所送茶葉，便問遠安各事。周治斌亦寄來茶葉壹包。晚十一時寢。

二十八日　晴　五月五日　星期日

六時起，七時到公，仍囑遲生在寢室學琴寫字。午後例假半日，單繼蘇同禁煙督察處張秘書等男女十餘人來遊。予事前不知，彼亦不知予在此間也，與談亂後時，約一時許去。晚接辦事處電話，云有中央警校分發學生十三人，明晨推一人來見。今日惠安、袁世高帶同長青來此，與談三時並指示各事。十一時方寢。今日有警報二次，一在上午八時，一在下午二時。

廿九日　晴　今日立夏節　五月六日　星期一

七時起，七時半到公。皮季裝來山，係約其來考詢者。久候王一鷗未至，中央警察專校派來學生十四人，派代表鄒理廷、嚴嘯、何守文、胡靜愚四人來謁，與談片刻去。十時有警報，午後又有警報。晚通電話與施南賀葆三，告予各事，云主席九日動身返宜、襄陽吃緊等語。十一時寢，寢不成寐，頭左偏痛，下部腎氣漲，起坐一次，挑燈默記金太史

《五十述懷》詩四首，因補書之。金爲江蘇太興人，光緒乙未翰林，丙申丁內艱回籍，又告終養，其父尚存也。自後未入京消假，亦未作事。辛亥起義被本籍人士迫起，爲本籍縣知事，邇時江蘇稱縣長爲民政長。金在泰興二年，以避籍故，民三調江西彭澤，有政聲。袁氏稱帝，乃辭職回籍。其人似高尚一流，惜予未與見面也。抗戰以後不知其尚存否。其詩曰："蚤時文彩動人主，今是天涯一禿翁。溝壑餘生來日短，輿索賤役本州充。一家骨肉傷亡盡，滿眼河山破碎中。我自無家世無國，高年不幸褚司空。"第四句指在清代未作知縣，民國乃被舉爲縣長。末句引褚彥回事以自概歎也。其二曰："柳樹婆娑生意盡，菊花消息客心驚。人呼彭澤陶元亮，我愧青山費冠卿。待覓下泉銘息壤，久因長假厭承明。讀書未信香山達，逐歲編詩過一生。"金曾廬墓誌孝行，故引費冠卿爲喻也。其三曰："魚鹽地近三弓宅，芋蓿貧家半畝園。生不雞豚逮父母，死寧牛馬爲兒孫。挂冠舊恨辭黃屋，乞食餘年托白門。萬事閒情一杯酒，誰能立馬望中原。""挂冠"句指洪憲國號出，彼即辭官，嗣後齊耀琳任省長，金曾居其幕也。其四曰："已到白頭迎望地，猶能青眼縱高歌。背人白日堂堂去，於我浮雲薄薄過。哀樂中年怕絲竹，流離道路苦兵戈。藏金身後真無用，聞長者言當奈何。"末二句用陶詩"昔聞長者言"句，因陶作詩其年爲五十也。金原寄相片與予，惜西遷匆匆未攜出，寫竟此詩已轉鐘一時矣。

四　　月

初一日　晴　五月七日　星期二

六時半起，足疲軟甚。七時半到公，李區長培慈來談甚久去，分發警官學生鄒理廷等四人又來謁，面告以各事去。今日主席來電三次，二係指購湘米事，一係云九日由施起程返宜。又各處來電，襄、隨吃緊。午後保四科情報謂敵軍距襄城僅六十里，又云十餘里。晚又接嚴公威來電，知已抵長沙。九時飲酒一杯。十一時寢。

初二日　雨　五月八日　星期三

六時起，七時到公。今日來電甚多，襄陽、宜城敵人進攻甚速。午後接各處電同。晚間馮少岩自宜市來電話，云警備部告渠鄂北戰事，敵軍前進，我軍轉攻敵人後方，此與保四科所接情報同。總之鄂北如不勝利，則陝川局面受威脅甚大矣。詢龔處長知建廈輪明日開巴東，主席九日自施起行，恰可原班乘輪回宜也。十一時寢。

初三日　雨　涼　五月九日　星期四

七時起，八時到公，警官學生鄒理廷、袁特來陳述，請照所開地點分派工作，已許爲電達。今日大雨，午後天氣轉寒，鄉間望雨又兆豐年矣。午飯後主席來電話，謂今日施南大雨，未能首途，改明日乘汽車，並告予各事。午後一時施方白來電報，襄樊吃緊，當將此電轉出。今日午後雨更大，鄉間插秧想已足矣。晚間清理各事，整房屋至十一時寢。

初四日　陰　晴　五月十日　星期五

六時起，七時到公閱文電，襄陽似又轉平靜矣。午後接蔡惠莊、余宜泉電話，知彼等由鄂東來者。晚間電報，襄樊局勢轉好。午後電話詢主席，今晨已由施乘汽車動身，今夕可歇茅田云云。樓上臥室已整好，擬即搬入，較爲便利。清理各事畢，十一時寢。

初五日　晴　五月十一日　星期六

六時起，七時到公。余宜泉、蔡惠莊來晤談，詢及各事。方之正來探問軍管區事。今日有警報二次，余、蔡在此午餐去。今日電報少，情報云我軍已獲勝利。晚聽收音機，平、漢、滬報告均清晰，以星期六倭寇未播擾亂之電波故也。遲生來此宿，予以清理各事搬入修理室中。十一時半寢。

初六日　晴燥　五月十二日　星期日

六時起，七時又整理室中諸事。八時到公，照例閱文電。十一時聞建夏輪已到，主席自巴東回。匆匆下山，值船剛停，余立江干與主席談數語，遂同上山。此次在施同來者有盧邦儉視察、王科長葆菁、曾股長□□、邱股長□□等，皆新調來者也。隨從約十餘人。午飯後主席開會，略談片刻，一爲事務方面盧視察負責，一爲機要方面包秘書負責，行署俟朱委員代杰到施後再定，此時由賀秘書暫負責，約一時許散會。今日上山下山受熱氣促，轉爲咳嗽，身體極不適。孟訓明、方之正同來談片刻，遂囑遲生與孟、方同行到校去。晚餐平時可以留此，今日事煩，令渠早去。晚與主席簡談數事。十一時寢。

初七日　陰　大雨　五月十三日　星期一

六時起，七時清理室中各事，予現不辦公，僅任視察事務。胡縣長子濤自秭歸來謁，主席與談一時許。午後仍整理室中之事，辦施南帶回查宜昌縣府案，此事經過奇離，主席現時意志活動，凡事不能自主也。晚間咳嗽大作，似寒包熱，極難過。十一時寢。

初八日　陰　小雨時作　五月十四日　星期二

六時起，八時與周伯翔、孟訓明約定今日午後三時下山。午後三時與包秘書同赴宜市，無輪船，而本署划子早一時已開下水。遂帶同成家步行至南荊關，天欲雨，再至前坪，則衣汗已透，遂決意返山，五時一刻歸。飯後小憩，整理室中各事。今日行路多，足疲甚。九時主席約予談查案事，半時乃畢。十一時寢。

初九日　陰晴　晚燥甚　五月十五日　星期三

六時起，見朝曒，旋陰暗不明，似有雨意。八時將前查案辦畢，送貢之登記。八時有警報，謂敵機二架過當陽矣。午後二時到江干乘船，至前坪專員公署調查案件，主席交下者也。四時到綿羊洞，沿途無人力車，遂與成佳步行到北門。腹餒甚，就一酒肆吃飯畢，至榮昌旅館晤孟訓明談片刻，至省府辦事處已疲乏不堪矣。略事休息，訪周伯翔，汪貴卿亦在座，與談半時許回辦事處，請路庸如代雇輿，備明日往小溪塔、馬南坡，專員公署人力車不能達到，爲省減車費起見，不能不如此也。晚寢極不安，蚊蟲極多，爲予平生所僅見，設天氣再熱，更不知作何狀態。十二上床，四時猶未睡熟。

初十日　陰雨　寒　五月十六日　星期四

四時半即起，天有雨意，五時促輿俠食後即行。七時過鎮景山經亡兒根生墓，巡視宿草，觸目傷心。在茶肆小憩，山雨已來。九時半到小溪塔，與陳益三夫婦談片刻出。至區署訪李區長未遇，僅晤呂區員問各事。至鄉公所與陳季明談甚久，就其所中吃飯。天雨更大，氣候轉寒，向季明借衣服、油布等等冒雨行。三時輿抵專署，再查各事，李專員面談各事，聞百之亦多陳述。四時乘輿返山，飯後略事清理。十時寢。

十一日　陰雨　午後四時晴　五月十七日　星期五

六時起。飯後得遠安沈雲澤函，知詩稿已印月餘，前寄鄧雲勘處耽延甚久，印極不佳，殊爲悶氣。午後無多事，欲往沙河去調卷，恐路濕難行，擬明晨再往。晚十時寢。

十二日　陰　午後一時晴　五月十八日　星期六

七時起。上午有警報二次，敵機曾到江陵、董市等地偵察。午後命成家往小溪塔送還前日所借衣服與陳季明，便往宜市購各物。發巴東彭受虛信，索補去年旅費。又致孫壽山一函，請其查保安門住宅陶姓分租及修整此宅細賬。又寄朱文圃一函，爲戲券事，補繳洋五元，並退還戲票。六區專員署查案，已與主席、賀秘書商一辦法，但河西師管區、宜昌縣政府須調閱卷，乃能作報告也。今日下午四時遲兒仍來山。晚七時起至十一時半警報三次，敵機臨空過，大約遂襲渝、蓉也。跳虱多，睡難安枕。

十三日　晴熱　月明如晝　五月十九日　星期日

六時起。七時通電話與專署，十時帶同遲生往前坪省立醫院看嚴副官病，前日主席便囑者也。細察其現狀，病似減輕，但恐難愈耳。十一時到專署與李專員略談，并晤百之，一切均遵主席所囑，面告李專員。十二時半帶遲生往馬南坡馮家灣訪藝林談甚久，彼堅留予飯，飯畢即返，因欲往小溪塔已來不及矣。先是在途中遇警報一次，歸途未到前坪時又有警報，敵機九架掠高空過。迨予到前坪，又有極迅速之敵機六架在空盤旋，時時以機槍掃射，並投手榴彈三響。予與遲生急行三次，乃得蹲一乾溝中。今日行路多，足疲甚，又天熱衣汗透濕三四次。行至白馬洞時乃囑遲生回校去。予勉強到南荊關，至安濟橋時敵機又返，聲軋軋然。到山洗澡畢小憩。食飯畢，月朗如晝，警報又來，據說每批九架，截至晚十一時半，敵機今夕已五批往川，共四十五架。旋又聞沔陽又有警報，敵機多架又東上矣。予心疲甚，遂寢。

十四日　晴　月明如晝　五月二十日　星期一

六時起。七時聞有警報，敵機廿七架西上，已過十里鋪矣。以心理推測，居宜市者自十二日上午起，警報循還無窮，逃避人足無停止矣。倭奴何時可滅耶？午後一時劉長純來，攜有家信暨米酒、臘肉、炒米諸件，遂寫信，給洋三元，並囑長純帶回鹽豆豉、茶葉等物回鄉。方之正來談謀區長事。今日白晝警報四次，晚七時警報，謂有敵機九架西上，大約又襲渝也。九時以後有警報，予以疲甚，十一時寢。

十五日　晴　夜月如銀　今日小滿節
　　　　五月廿一日　星期二

六時起。七時以後有警報三次，第三次敵機九架西上，十一時半乃返,此間均聞機聲。午後葉文鵬爲宋聖遺事,自沙市來述各事。今晨蕭液垓、劉漢清同來談甚久去。予前日與包、賀、帥等所約彼等到山讌集,以時間關係竟不能成,然藉此可減數元開支。今日下午約魯儒林、馮少岩、陳績昭、秦紹恬四人餞行,魯昨已電辭,馮、陳均奉派在宜有急務,秦臨時爲主席召下山矣。五時半予等遂與同人約賀、曾、王三人加入飲酒,食畢已六時半。七時以後至十一時警報二次,謂敵機九架西來矣。宜市日夜逃警報,日夜循環不斷,今已六日矣,何時可止耶?連日收音機,滬、漢安樂如故。鄂中民衆此時正處苦境,而冀戰争停止者當不在少數,天實爲之,奈之何哉。十一時半得電話,爲本署寫布挽,備明日祭張自忠軍長者,貢九所作文。擾擾半時,書後即寢。未幾又聞警報,敵機過十里鋪矣。

十六日　晴　晚有月光　十二時以後大明
五月廿二　星期三

六時即聞有警報,七時又有警報。午後清理文件,傍晚與貢九在山門外閑談甚久。今夕天氣似有變,予與葆三、和甫閒話中謂敵機或者今夕不到渝也。十時聽收音機,知戰事吃緊,襄樊仍未脱危險。十一時以目疾又發,遂寢。轉鐘二時忽聞電話,敵機七架又襲渝矣。

十七日　晴風　黃砂　霧大　晚有小風雨
五月廿三日　星期四

六時半起。午後①欲辦查專署案復文,以目疾止。午後主席回山。晚大風又起,小雨時作,天氣轉寒,十時遂寢。

十八日　陰雨　午後稍大　五月廿四日　星期五

七時半起,昨夕無警報,包貢九已入宜市,室中人少,睡較熟也。

---

① 午後,疑應爲"飯後"。

和甫約入市，天氣未晴，予亦久欲往市區，遂許之，且查案尚須到宜一次。午後三時半同和甫下山，山路奇滑難行，又值小雨，輪到時有軍隊上坡，停稍久。五時到宜市，先至省銀行打電話，約陽春到辦事處。六時半李專員石樵、李範一、嚴葆三、吳一之、名正，浙江人，新任戰時貿易管理處副處長也。余宜泉、帥和甫同席，七時半散去。予遂回辦事處，丹陽送藥來，滙東、陽春俱未至，與盧邦儉談甚久。寢後極不安，帳小蚊多被厚，起坐數次。與范雨峰談約朱祐亭來宜事，祐亭久未至，不知已行否。

十九日　晴　五月廿五日　星期六

五時起，與范雨峰盥漱後即約其出門搭輪。晨無人力車，步行至南門外搭小輪。輪中遇和甫及周文達。長江企業公司總經理也，咸寧人。八時輪抵山下，上山後汗濕裹衣。飯後小憩，目疾未愈。傍晚遲生來。八時半約貢之、任之飲酒食麵畢。十時寢，甚安適。

二十日　晴　五月廿六日　星期日

六時半起。聞今日黃秘書長來山，遂囑遲生早回校，給以豆豉等，命成家送之往南荊關。未幾聞有警報，敵機廿七架西上至松滋。午飯提早半時開，後各職準備往江干迎黃秘書長及新委朱代杰，予亦同去。午後半時黃、朱均到，略與寒暄。天氣甚熱，上山後小憩，聞又有警報，先後敵機西上或往湘，今日已過百架，又未幾敵機卅六架西飛，已過五峰境。究竟敵機多少，轟炸何處，明日乃得悉一切，今日未聞戰況如何。傍晚黃秘書長來室談片刻去。十時聞宜市云今日共有飛機百架西上至渝云云。十一時寢。

廿一日　晴熱　五月廿七日　星期一

六時起。十時半例行紀念週，主席同新來委員朱代杰、黃秘書長到禮堂報告各事。今日共有警報四次，敵機六十餘架飛渝轟炸云云。晚十一時寢。

廿二日　晴　五月廿八日　星期二

六時起。午後清理各事，查案簽呈已辦就。截至晚六時，今日共有警報五次，敵機仍飛渝轟炸。連日報章所載，略而不詳也。晚十一時寢。

廿三日　晴熱　五月廿九　星期三

六時起，今日黎明即有警報。午後約李、劉二錄事到室寫查案二稿，五時畢。秦紹恬約吃便飯。傍晚上山洗澡後小憩。連日欲辦之事竟未辦畢也，人之不能邁進如此，銳氣漸消，老境已至，奈何奈何。今日計有警報三次，前方戰事仍在吃緊中，聞敵人亦增援不少，鄂北地勢重要，似未可樂觀也。十時寢。

廿四日　晴熱甚　晚六時大風　微雨　五月卅日　星期四

七時起，所寫簽呈二件均交貢之登記呈閱。今日上午熱甚。午後三時朱委員新兼主任，召各科負責人談話，並擬行署辦事細則，約一時半散會。主席今日已往市區。六時風驟起，雷聲作，雨甚微，九時天氣稍涼。予以目疾，遂早寢，但時聞電話擾擾，未能安睡，仍展轉至十一時方熟。

廿五日　陰　小雨　晚晴　五月卅一日　星期五

六時半起，昨睡似稍安，因天氣稍涼也。上海新生活救護隊女子約卅餘人來參觀，新衫艷態不減從前。導來者為《武漢日報》駐宜男子數人，由馮少岩、王科長招待並謁朱主任以去。吾國近年藉名機關所謂救國抗戰之女子，異服奇狀如花招蝶，徒誨淫耳，可為慨歎。午後寫復各處積久之信，並發電至沙約劉伯陽來宜，因予五日內須請假回鄉也。二時遲生自校中來，云其感熱受病。三時請和甫便診之，開方多涼劑，兼用薄荷。晚寢囑其發汗，遲生與予同床，遲生睡甚好，予實不安也，展轉不成寐。

廿六日　陰晴不定　六月一日　星期六

六時起，遲生疾已減輕，飲食如常，僅頭暈未愈。主席已到市區，予擬請假，但久有此言，未向主席一上簽呈也。今日行署正式成立視事，朱委員代杰兼主任，今日正式辦公矣。午後得各方消息，戰事不佳。晚間主席在市區有電話，謂陳部長須來宜主持軍事，一二日即到宜云云。晚間得保四科消息，戰事愈緊。十時以後尚有來電，襄陽戰況不佳。

廿七日　晴熱甚　晚有北風　六月二日　星期日

六時起。今日有警報三次。午後一時楊世英告予，謂陳部長快到，來此主持軍事，洞中全部讓出，晚間須搬遷。未幾長青自鄉寓來，予遂囑成家清理各物，命遲生同長青今晚至宜市宿，明晨回鄉。紛擾二時許，囑早吃飯，命長青四時送之乘船去。五時予等飯畢，六時搬入財廳辦公室，八時以後乃竣，紛擾通宵，難安枕也。晚間時有電報，戰況不佳，敵人已渡河矣，襄樊恐已失守。

廿八日　晴熱　六月三日　星期一

六時起，七時有警報，敵機已西飛。九時半予室中佈置就緒，惟窄狹不堪。聞之盧視察云，恐又搬前坪，俟陳部長到後再定。十時紀念週予未去，聞包、帥二秘書轉述各事，戰事愈緊迫。午後二時聞陳部長船已過巴東矣，行署通知科員以上俱往迎迓。予以剛經主席准假二星期回鄉休養，遂不去接。傍晚陳方到山，迎迓職員俱返，予方飯，已七時矣。自是高級官長、士兵及運行李等件上山者，燈火輝煌，至雞鳴猶未已也。予以疲甚睡似熟，今晚電報更不停。

廿九日　早大風　小雨時作　六月四日　星期二

五時起，人聲嘈雜，陳部長之副官、參謀、電務人員相繼而至。聞行署又須遷前坪。戰事轉緊，予已請假照准，急待歸家料理各事。八時半以無伕挑物未能行，十時劉伯陽來山，予正欲起行，遂與談各事，引見黃秘書長。予與主席遇談數語，囑早來銷假。十一時與伯陽、成家并麻科長派來挑子匆匆下山。途中遇雨，時時休息，到前坪遇余冷詩，余與伯陽亦熟人，相邀至一酒肆吃飯畢。午後一時與伯陽別去，予與成家到馮宅，未遇藝林，其家電信隊亦奉令開拔。過小溪塔陳益三家食宿，親往區署請派轎伕、挑子共五名。小溪塔軍隊亦開拔，時局轉緊矣。十一時寢。

三十日　陰　大小雨時作時止　六月五日　星期三

六時起，囑成家催轎伕等俱來，就益三家飯畢起行。今日天陰雨，無警報。回想三遊洞中諸人，此時不知是否決定遷移，但陳部長以軍事關係駐內，難免不遭敵機時時來襲也。行至廖家林雨作，休息，至錦紋坡遇袁長青，囑其轉與予等同回。午後五時抵家，稍問近三月來諸事，身疲早寢。

五　月

初一日　晴　今日芒種節　六月六日　星期四

八時起，疲倦殊甚。九時聞城中來者謠言甚大，謂敵人已到當陽。午後聞高空敵機聲大作，未幾二批十八架直過予宅上空，又未幾有聲大作，但未見機飛，大約係炸渝轉來者，宜昌必吃緊矣。晚陳玉清來，請作函與鄉公所，請其放伕子回鄉，并借長青送此信去。許以明晚即歸，大約彼等為運鹽事有作用也。予囑長青便帶油瓶去，囑以早回再探三遊洞信。十二時寢。

初二日　陰　晴　六月七日　星期五

七時起，欲寫信，以疲倦甚中止。午後聞宜昌已被炸，因宜市有逃至鄉間路過者所述如此。晚候長青未歸，袁世高云陳衡青囑與其弟帶長青去矣。成家今日往三遊洞探信去。

初三日　晴　六月八日　星期六

八時起。飯後聞宜昌搬家者已空矣，鄉間所傳謠言愈甚。張家口、星坪等處過兵及傷兵來往甚多。袁世高來傳謠風甚大，今日又聞敵機聲，又炸宜昌數次。昨日前、後坪俱遭炸矣。下午四時至惠安寓探宜昌信息。晚十一時寢。

初四日　晴熱　六月九日　星期日

七時起，疲甚，長青今日仍未歸。聞宜市又遭敵機狂炸，戰事真息不得而知，僅聞不好謠言而已。晚欲清理各事，未有精神，遂止。

初五日　晴熱　今日端午　六月十日　星期一

六時起。今日端午，無心佈置一切，探宜市信不得，甚悶悶也。上午十一時有敵機卅七架，分三批，飛行甚急，從此間高空過去，望之甚清楚。下午三時方轉來六架，以時間之長久推之，必係炸成都遠地。五時半陳廷泮搬家來此，云敵機西下過黃家場時亦投炸彈三枚云云。今夕仍未見長青歸來，殊為奇怪，陳衡青留其何用耶？晚十一時寢。

初六日　晴　六月十一日　星期二

早袁世高云長青今日為龍滙東借去運鹽云。七時半予起床，聞敵機低飛偵察。十時滙東來談，細問各事，坐一時半方去。陳吉軒亦來談。午前十一時成家自三遊洞歸，攜有貢九、貢之兩函，述行署同人十日已往巴東，現留三遊洞與主席未行者楊、吳、柳、張少數人耳。包信囑予以後逕往巴東，但陡增各機關之多，難民之眾，巴東小邑，何地可容耶？細問成家洞中各事，此人腦筋簡，不能答所以然，焦灼之。至晚欲清理各事，苦於無從着手。十時半睡不成寐，未幾袁世高歸述各事。夢閑澈夜清理衣箱，準備明晨遷往姚家沖暫避，鷄鳴三次已清齊，予實未寢也。

初七日　晴　六月十二日　星期三

　　五時半起，夢閑同袁宗漢、陳光典等搬衣箱行李等六件，至姚家沖陳光典家中安置。六時予過渡至陳秀升家，與遲生母子商議避潰兵之法，並給洋五十元爲遲生火食之用，並令長青爲之搬衣箱等件至陳宅後山上。歸後再欲清理各事，心亂如麻，無從着手。鄉人來此者云宜昌已失，小溪塔難民紛紛逃至秀升家中，小溪塔附近我軍已大掠衣物矣。十時與成家吃飯畢，山下路人云潰軍已至。十二時成家下山探望，潰兵大至，已入秀升家矣。予尚懷疑，自出後門望之，軍隊甚多，由陳宅進出不常，時時吹叫具集合訓話等事。袁世高伏地探之，云恐係潰兵來矣。予遂囑長青、成家準備一切。未幾先來予寓者係曹勗所統之遊擊隊，自遠安潰奔至此者，藉口來此造飯。其連長某係廣西人，據說曾隨黃主席在武昌充過衛隊。予與成家招呼諸士兵茶水，隆以禮貌，尚不敢動手搶劫。予時照顧一切，彼等聞予述及與曹遊擊司令係熟人，遂未便索各事，僅問今夕宿何處爲好。未幾五十五師楊勃所統之潰兵來，其中北方口音甚多，亦藉口造飯，勢甚洶洶。後宅鷄鴨，左園各菜，予兩厨柴火悉取之。屢欲開陳文伯屋中所藏布疋衣物等，予初尚能制止，未幾亦聽其所爲。邇時袁宅老幼早已逃避一空矣。某班長賊眼炯炯，出言凶惡，大約係綠林出身。飯畢下山，并將水桶碗盞等用品攜之走矣。聞又有潰兵續至，邇時予宅中尚未有兵闖入，但厨房存物被該師潰兵攫去不少。陳光典來寓，予匆匆又檢付各物及衣服付之，夯奔而去。正在門外徘徊，則見曹勗所統潰兵復來，似有作拒某軍狀態。其軍需某自稱爲麻城人，與嚴立三主席有關係，請予救彼，予細詢何事須予救，彼云身懷鉅款，彼之隊士欲搶其款。又有軍官數人來稱欲請予作調解人，謂五十五師欲繳劉大隊長雄武之槍械，一時情勢緊張。予遂同此軍需出後門，請其逃去，惟該潰兵等早已望見，且聲言五十五師並不繳該隊之械，囑下山調解云云。予懼兩下相爭，遂不願回寓，翻山逕往姚家沖尋陳光典宅。過瀑布猶未見其家，足疲不能行。問一人家指路去，又行里許乃至光典宅。夢閑及定兒俱在此，由光典父子妻媳招待甚好，沐浴後小憩乘涼，惟不得鋪板，僅以長凳數條支之，竟不能睡。袁世高來約予下山，謂軍隊雖多，予室內尚未大搶，陳文伯存物俱遭搶劫。予謂勢已如此，回去何益。未幾時有人來報稱軍隊愈來愈多，室中狼藉。予遂決不回寓，但視此次國軍再不來搜山則萬幸耳，心念遲生母子不知逃避何所。晚飯後在光典堂屋中宿，極不安。成家與袁世高之子姪寄居光典之左宅中。終夜不寧，聞犬吠聲人人驚起。噫！吾國軍隊退却時搶劫如此，尚何能言抗戰哉？本月初七以下日記係採遲生所記雜事中補書者。峙三附記。

初八日　晴　六月十三日　星期四

五時半起，昨實睡未安。七時命成家至前山探信，一聞犬吠，群相驚駭，懼潰兵至也。十時光典父子將予箱子等件搬進後山，距其家半里之地，略有隱蔽。左係石岩小洞，前有修竹一林，後有大樹十餘株。鋪行李於地上，夢閑抱定生坐之。此時此景，淒涼已極，一聞犬吠心跳甚，此時慮潰兵到此甚於敵人矣。日光照地熱甚，定生偶啼哭，予必制止之。十一時袁宗漢忽來，云有二潰兵已過流水溝，逕向光典宅中來矣。山中人爭逃避，予與夢閑此時倉皇無辦法，屏息待信。定兒啼，必百計撫摹之，囑其勿哭，懼潰兵聞聲而至也。聞犬吠必伏草間以窺之，約至下午四時乃已，兵亦未至。光典父子送飯來，予問山下近狀，云秀升家與予寓中過兵七八次，各物搶劫已十之七八矣。世高將文伯布疋衣物已搬三分之一來前山中。傍晚回光典家商議，光典謂今夕不宜在家宿，遂將予箱籠搬至後山岩洞中，攜行李等等至一稍大岩洞中宿。自是此山四週皆避兵之男女老幼，依洞附岩露宿者矣。時聞人聲相續，約計總在廿餘家人口。潰兵今夕分屯山下各家，晚間或不致出搶。新月在天，清露時下，與夢閑相對太息。定生此時已睡熟。予謂今日爲予生日，五十四歲丁此阨境，能不痛心？使當時伏處胡林鄉間，不到宜昌，不受此苦矣。潰兵何時退盡，抗戰何時勝利耶？明日情形則更難受，予實慮潰兵之來搜山也。腹餒，終夜不寐，幸光典之媳與其戚某婦數人作伴，尚不畏豺狗毒蛇，但時聞犬吠，必起注聽。子正露下愈重，臥具多濕。

初九日　晴熱　六月十四日　星期五

五時已見日光，即起，昨夜無眠，精神尤倦，聞山下各家彼來此去之潰兵愈多，不斷搶劫。詢之鄉人認番號者為廿六軍、三十三師、四十四師江防要塞部、軍政部直轄之某隊四川隊伍等等，皆國軍也。小峰河各家及陳秀升之兄均遭兵搶，陳寄軒、玉清均被潰兵押去引路索款。袁宗漢、宗臣隨時來山洞中告知予，予聞之愈心悸，囑渠等在瀑布前時時探望。早飯係光典父子送來，予寓中米油鹽醬油等物搬入其家，不感缺乏，食尚能飽，惟懼潰兵搜山耳。又有人來云，由宜昌潰回後方軍隊現均折轉，又向前開，不知何意。如是來者去者絡繹於途，放槍聲、拍擊炮聲、機關槍聲、小鋼炮聲，山上聞之甚悉。蓋潰兵飯畢開撥，或結隊威駭民家取財物，均放槍也。正午忽云潰兵來搜山，有陳叟先望及之，如是有數人逃入後山最高之森林中，攀荊棘直上，極費氣力。夢閒抱定生入林中，予等背貼亂石壁上，將身藏鈔洋及金錶、首飾等物分置岩石之小眼孔中，分別以微物或花草為符號，俾兵走後再取，兵至如尋得予等，任其搜身上零物也。未幾犬吠，果見兵持槍上山者四人至光典宅，又見二兵自對山來。予等俱屏息偷視之，定生如哭則百計慰之，甚或塞閉其口，使其不得出聲。約一小時，潰兵未到後山，竟鳴槍去矣。噫！如此軍隊，能殺敵耶？其平昔長官之教育可想。今日逃入林中二次，兵退時又徐徐將岩孔中鈔及金飾等物辨誌取出。晚飯遂回光典宅中，天熱，衣汗透矣。洗澡後略休息，便探問山下潰兵狀，聞有奸殺等事，至搶財搜糧換便衣棄槍而逃者，聞為數不少。聞成家、長青云潰兵多黃岡、浠水及鄂東各縣口音，餘則川軍耳。今日危關已渡過，不知明晨如何耳。晚九時就光典堂屋中宿。

初十日　晴　夜小雨　六月十五日

五時起。七時早飯畢，準備至後山岩洞避潰兵。今日另尋得稍遠一洞，上坡望之可見天子墳陳光藻灣中。昨日光藻之子來云其家本可住，但壞人甚多，予是以未敢往也。聞陳寄軒已被軍隊捉去引路便索財物，未知有無性命之虞。但袁世高云，小峰河已遭潰兵大搶特搶矣。在山洞中時聞山下槍聲，潰兵來往如梭，有退者，有再向前進者，三五成群之潰兵正好上山打劫。正午又與夢閑抱定生至絕壁之森林中，時見潰兵來搜山，仍多浠水、黃岡口音，北方口音、湖南口音者今日尚少。予上絕壁時極以為苦，蓋無路可循也。潰兵去後仍回洞中探問消息，晚間回光典宅，情急不能取得石壁間予藏鈔洋貳百元，但金錶已尋得矣。偶與夢閑言之，慮為光典之戚趙得貴之妻搜去。蓋予置款亂石壁間，該氏曾見之也。是日零星鈔票及金錶時時易地掩飾，藏於亂石隙中，精神措亂，久亦忘其置物處，須默一二刻中方記起，明晨當問之。噫！吾國潰兵何時退盡耶？未見敵人，乃見潰兵，鄉民痛苦。以予度之，較之敵人，僅"燒"字尚未十分做到，"奸、擄、殺、搶"等字或不讓敵人專美於前矣。吁！此軍隊能愛國愛同胞歟？十時寢堂屋中，展轉不寐。

十一日　晴熱　晚月色大明　六月十六日　星期日

五時半起。六時半飯畢，仍往後山山洞中探聽消息。據袁世高父子兄弟來云，陳秀升病重，三民已歸，山下各家至小峰河六七里間潰兵如蟻，其番號以二十六軍及江防部隊、川軍等為多。惠安亦為軍隊捉去引路，大概搜糧、搜柴火是潰兵口頭禪，總之無一家不搶，無一物不要，及小孩衣服亦捆載而去。在小峰河奸淫數家，軍官不敢過問云云。十二時左右潰兵三四人一班先鳴槍示威，至光典家搜米油等物。聞在前山搜去陳文伯藏布及衣物不少。予與夢閑抱定生仍至絕壁之森林內藏匿，不敢聲張。定生偶哭，予必閉其口，小兒受此苦，亦可憐也。同避入林中者約七八人，一老人時咳嗽聲，予甚恨之，蓋恐兵聞聲搜入林中。四時方散去，光典送飯來。予與夢閑商議，今夕不敢到光典家宿，趙氏偷款事不承認，予教光典以恐駭之法，並許以分款酬之，期以明晨答覆。舊僕劉長純自鄉間來云其母已死，不能再侍予。此人尚有義氣，遂令在洞旁宿，便呼喚也。三民來山上，着兵士服，謂藉此免抓夫，且已變姓名矣。彼亦宿山洞，距予洞一里許。月光在天，山週各森林中時聞人語，避兵者不止十餘家也。夜露時下，衾外生寒，淒涼之境平生未受，潰兵之賜歟！如此國軍，令人推想抗戰前途矣。

十二日　晴燥　六月十七日　星期一

六時起，昨夜未合眼，聞山下潰兵未走，仍續據民房搶財物，搜糧殺雞豚。八時往光典家吃飯畢，匆匆仍往後山洞避之，撫今思昔，爲之慨然。午後潰兵仍來搜山，幸未到後洞。六時劉雄武者，遊擊隊大隊長也，隸曹勗部下數日，聞搶物多，已收手矣，住惠安宅中。晚同惠安到光典家，約予下山一話，予隨三民到另一陳宅，三民具酒食與劉周旋，不得已也。李排長亦在座，予囑其帶兵一排至前山，以備萬一，自是心稍安。飯畢仍回後洞去，並囑惠安各語，令其準備走動，令人搬行李至光典家宿。

十三日　雨終日　六月十八日　星期二

七時起，天下雨，逆料潰兵不致來此。劉雄武藉機亦搬至光典隔壁，一切舉動似有錢，將所搶德國硫化青廿餘罐強賣與郭醫生，用大臉盆煮白木耳吃，以得來甚易之物也。此吾國所靠之遊擊隊以抗敵者也。大雨終日，宿光典家中，神智稍定，睡仍不安。陳宅駐有保安五團兵二排，則李排長遵予意者，似亦可感，否則亦不安枕。

十四日　晴　夜小雨　六月十九日　星期三

六時起，聞山下潰兵仍搜搶不已，但奉令已開宜昌者仍逗留不進，逃者漸多。今日仍搜山未已，但藉口尋糧食菜蔬也。午後派人至山下陳宅，問知李排長爲黃岡人，名長庚，似一熟名字。未幾李派彭班長來招呼，帶兵一排住光典隔壁。予往後山洞數次，命將各物搬回。有敵機六架淩空低飛，未幾聞炸彈聲數響。傍晚派人接遲生母子並惠安家眷大小皆未來，陳光典左側可分居。寫函二件，分致武縣長探嚴代主席下落，以便向上游會合。李排長已來山，始知李係從前予長黃岡時之分隊長也，當派劉長純與一兵士同往三斗坪探訊。去後與遲生、惠安議定各事，晚九時寢。

十五日　早陰　午後小雨　晚晴見月　六月二十日　星期四

六時起，李排長搬米來山甚多，不憂無食。聞今日潰兵不多，命袁世高帶遲生下山搬零物件。惠安亦下山去。今日無潰兵上山，寢食尚安。

十六日　陰雨　今日夏至　六月廿一日　星期五

六時起，因長純等未歸，命光典之弟持予函約陳光藻之子來此商遷居事，未妥。下午四時長純等已回，持有武縣長函，太平溪嚴主席囑楊科長世英函，請予急往太平溪會合，予遂準備經太平溪轉巴東。五時派長青、承家二僕接萬氏來山，與三民之妻宅中同住。

十七日　陰　時有小雨　六月廿二日　星期六

六時起，昨夕及今晨均為雇伕子不可得，山前後壯丁皆逃去，向袁世高、三民、光典父子說許多好話，而劉雄武以財產在身，欲藉予機會以兵隊保護之。噫！此兵一排，於搶予等財物之人有利矣。彼要伕子六人去，致予應帶衣箱不能隨行，又逃去二伕，只好將二大箱、一網籃仍存山洞中。擾擾一夜不能寐，夜半已過，囑家人起清檢物件，光典家中已造飯矣。

十八日　早陰　午後晴　六月廿三日　星期日

四時起，聞劉雄武已將予所雇伕子搶六人去，閉一室中，致予欲走缺伕子三人。八時乃由保長帶來伕子六人，而滑竿又分去二人，因萬氏足小不能步行也。七時飯畢，八時陳三民帶人來送予至牛坪埡，感其厚意，囑其至天子墳即轉去矣。沿途囑彭班長臨時雇伕，又加三人，但予僅帶衣箱一口、行李二件，餘則零用鍋壺。餘伕則萬氏、惠安分去挑物件，李成佳、袁長青均同行，帶米、菜備途中造飯。一因人多路上不易覓火食，且連日潰兵所過，十室九空矣。此行恃有兵一排保護，或可無憂。而劉雄武藉予之兵隊同行，以掩其所搶得之物，彼心誠愉快哉。上午天陰，予步行尚不吃虧。午後天熱如蒸，山路崎嶇，足軟身疲、汗出如瀋。過唐家壩時遇朱陽春與其岳家在此地暫住，乃得茶渴①，便雇伕，得滑竿一，予乃先乘之，萬氏與惠安、遲生等在後。至南沱天已昏黑，乃駐一藥店中，予等人多，又兼劉雄武家眷、士兵約四十人。彭班長甚得力，先佈置一切，命承佳造飯。未幾萬氏、惠安與其媳、兒俱來到此，大罵予未候彼同行，且謂根生死後予不悲感，對彭班長、士兵及小峰來伕等頻跳頻罵，此則予所不及料也。欲與理論，則已氣不成聲且欲死矣。予養其母，死葬之後又爲之娶媳生子，彼在我家總三代都歸予贍養，今乃至此，尚有天理之可言耶？家人吃飯後，予則一夜未眠。雞鳴二次，囑成家趁月起造飯，恐遲行有空襲也。昨聞房東云前日敵機在此盤旋數次云。

十九日　晴熱甚　六月廿四日　星期一

四時起後囑家人檢點物件，飯畢即行。昨日唐家壩伕子四人逃去，乃步行。五時同老幼離南沱，行三里天猶未明，趁月下急走，此時此境淒涼萬分，此則予平生未受之苦也。過樂天溪街上，在小茶市歇，乃得飲茶，後行家人、兵士齊到。再過五里，一小村中造飯，耽延二小時，問其主人，云潰兵在此搶掠一二日，糧食搜盡，衣服無存，可怕哉！十時行山谷中，足軟汗出，沿途休息，偶有人家賣茶，均見予携有士兵，避去，乃婉言此非潰兵也。到太平溪尚有十五里，高空均有敵機時時來往。至一商店，貨物甚多，就其地造飯，據說離太平溪省政府臨時辦公處尚有六里，惟韓姓距此不過三里，予遂決意往韓家暫歇，人衆均疲矣。

---

① 渴，據文意應爲"喝"。

隨購雜物數元，四時半再行，係一小路，不好走。至韓宅見其屋甚寬敞，乃囑兵士另覓一宅居之。飯後予正洗澡，聞楊世英、熊惠泉、張貢之、王漁青均來此，遂出與談，並問各事，得知三遊洞別後情形，約以明日到府晤嚴代主席，再說明各事。楊等六時半別去，予心煩意亂，中宵不能寐也。回思前事，心傷無已。

二十日　晴熱　六月廿五日　星期二

六時起，囑成家等至太平溪買菜蔬。飯後至省府晤嚴主席及各同事，詳述予在小峰被潰兵搶掠情形。主席太息而已，問予未支薪，遂補給之，謂巴東已成立行署，請予攜眷先往。三時回寓。傍晚惠泉、漁青來談甚久去。九時寢。

廿一日　晴熱甚　晚雲密佈雷聲作　六月廿六　星期三

六時起。飯畢至府，得悉長官部有差輪到巴東，由楊科長寫函並先用電話問明。予匆匆回寓囑人，並由韓啓林代雇力人搬物至太平溪，到江邊則輪早開矣。天氣熱甚，予不願回寓，遂在街市就望家藥店宿，此為望聯保主任所開藥店，周隊長先為招呼者。遇前坪聯保主任杜玉武，亦在此避亂，詳述馬南坡失陷後馮藝林家中受損失最苦云云。晚寢不安。

廿二日　晴熱　六月廿七日　星期四

六時起，整理行李，至河干候船，候至十時無消息。烈日如蒸，韓宅及望宅送予搭船人欲散去，而天空中飛機時時盤旋，予等時時坐樹下避之，此境亦所難受。予囑啓林覓一與省府較近之宅暫住，遂決計帶萬氏、遲生等至啓林之弟名啓生家中暫居之，駐其堂屋中。惠安等候船，予決不與彼同船到巴東。午後一時抵其家，名小溪，山路陡上，極不易行。夜間該宅須閉大門，云此處宵小多，慮其來搶劫。室內蚊多，又不透氣，真悶死人矣。終夜難寐，令人感想抗戰後苦況，難民生活如此，恨倭奴兼恨吾國潰兵也。

廿三日　晴熱甚　六月廿八日　星期五

七時起。八時至省府未晤主席，聞世英云主席不日亦往巴東，建陽輪在此候差，予可隨主席同往，諸事便利。商之任之、貢之，均以爲然。予因此行受熱成病，亦思休息數日方好。遂回寓與家人言之，準備同省府同人一齊到巴東爲妥。午正吃飯畢，任之、貢之、熊惠泉先後來談，云主席今晚可自三斗坪回府云。十時寢。

廿四日　晴熱　晚風轉涼　六月廿九日　星期六

六時起。午後一時至府打聽主席何時出發，遇華國讜、劉銘中分述宜昌及鄖陽近事。鄖陽同學任岱青尚存，現在該縣充中學教員云。晚歸寢稍安。

廿五日　晴　六月卅日　星期日

七時起。九時貢之差人送信來，云建漢輪已到，準備明晚開巴東，可上船去歇，大約予可與主席同行也。十時寢，閉門熱甚，開門又恐盜賊，乃囑長青攔門睡。

廿六日　晴　七月一日　星期一

六時起，八時早飯。午後派人至府探信貢之，建漢輪已壞機器，今日已開至清灘，旋回三斗坪修理，明日或到埠也。正午予再往府探聽，便與主席一談。龔薰南自清灘來，與談各事，四時歸。飯後小睡不安，晚十時寢，囑家人明晨早造飯。

廿七日　晴熱　晚十時陣雨　七月二日　星期二

六時起。七時早飯畢，送予等到河干上船者有六人，皆韓啟生兄弟所雇者。八時予已抵河干，予往返上下數次。而船中一吳姓黃安人，小流氓也，説話滑頭甚，與劉內子爭論數次。十時熊惠泉來，請其與大副交涉，乃得一房與萬氏及遲生住之。蓋人多如鯽，本府特務隊六十餘人，軍實雜件甚多。久候主席未到，正午天熱，予甚懼敵機來。主席上船後又牽延說話，與不相干之人語刺刺不休，又欲候某某數人自三斗坪來搭船，船上下人等均不願。噫！嚴主席之心仁，仁則仁矣，其如遇事不決斷何哉？二時船乃開行。未幾過牛肝馬腑①峽，囑遲生注意望之。抵青灘船停片刻，未幾過兵書寶劍峽，三時抵香溪，船下椗。主席與予及王、楊、閻等同上岸，至香溪聯保辦公處通電話至秭歸縣府，胡縣長已病，由李秘書接電話。出處後警報大作，予遂與主席雇二舟至上水洞旁避之，解除後上船。未幾秭歸已派船來接主席去，予以疲甚遂未同往，蓋今夕又須趕回輪上宿也。飯後思睡，船上人多，遂至舵房前席地而臥。晚十時忽風雨至，雨漏，臥地頻頻移之，頗以爲苦。轉鐘時聞主席同楊世英、阮仲咸等已回船矣。予則臥不安枕。

廿八日　晴　七月三日　星期三

五時聞船已開行，九時船已到洩灘，須用鐵纜牽上水，俗謂之繳灘者也。此灘極險，從前無輪船行時，木船在此能安全過去者真運氣矣。船停後予與貢之、任之等分途前行，世英與主席同行。予懼途中主席語之瑣碎，懸亂如麻，聽之不便相答，不聽又恐失禮也。內子等俱在船中未起，予與貢之憩茶肆中候之，約二小時乃同上船，幸此灘已安全過矣。三時抵巴東，省銀行王經理及朱代杰委員並行署同人來接主席。予剛上坡及半，聞警報大作，敵機已來，主席一班人到省銀行，予因家小在船，仍返船中，囑大副及吳經理、周隊長想辦法，船遂退至悟源洞口避之。見敵機九架分批上下盤旋五次，幸輪已熄火，人寂無聲，在輪兵士及勤務兵不聽出視。予居舵房中視之明晰，敵機低飛似尋目標，約半小時乃投大彈六七響，而巴市被炸矣。予目見之心悸，半時不能定。噫！設投一彈於輪中，予與船上數十人其能免乎？不死於炸即死於水矣！四時寫

---

① 腑，應爲"肺"。

片差人送主席，謂船不能再候公，因主席留語須候此船到萬户沱也。此為予懼飛機最險之日。設主席早諭船可逕開萬户沱，不候彼至，予不受此驚駭矣。四時半到萬户沱，天熱甚，予遂攜眷至王一鷗寓中暫寄宿，幸承其慨允。飯後洗澡乘涼，今日大難過矣，真吾家祖宗之靈也。五時至行署與同仁一敍，七時歸與一鷗夜話，高伯韓與王隔一壁，談別後事至十時寢。遲生與其母另居一室。

廿九日　晴熱　七月四日　星期四

六時起，承佳、長青與萬氏等在租屋吃飯，予與遲生在行署吃飯，劉內子與定生在王宅吃飯，真以為苦。十時警報大作，至下半里一土坑中避之，遲生等分途躲避。午後三時警報又來，遂與遲生等至行署□里石溝溪上避之，遇包貢九、閻任之。蓋行署房屋稍高，有警報須避也。予今晚搬至行署宿，此屋如蜂巢，人多，熱不可耐，聞寒暑表日間已至百零二度。噫，此火坑也。晚與帥和甫、包貢九閒談，門外時有臭風，觸鼻欲嘔。十二時寢。

六　　月

初一日　晴熱甚　七月五日　星期五

六時起，行署左右無公廁，更衣則須右行上山一里餘，亦無廁所，就山上隨地溲便而已。吾不知萬户滂①從前如此境況否。署中人忙過不了，且無精打采。廚房當街搭棚，室內上午十時即熱至百度矣。此真活地獄矣。予與遲生正式在署中搭火食，內子萬、劉二氏及長青、承佳在對門租宅樓上起火食，用度多，凡百受苦，心煩意冷，勢已至此，奈之何哉。今日上、下午均逃警報，晚與包、帥、周、閻諸人在外乘涼，每

---

① 滂，據前文應為"沱"。

有小風，臭氣撲鼻，不能在外久坐，只有早寢發汗。

初二日　晴熱甚　七月六日　星期六

六時起，每晨以解大溲爲苦。今日警報上、下午共三次，胡亂逃避。予因怕熱，就王一鷗寓中小憩，不願避也。晚與王、高諸君談後到行署寢。

初三日　晴　午後大雨一次　今日小暑節
七月七日　星期日

六時起，今日爲抗戰三年紀念也，行署舉紀念，予未去。上午警報一次，下午五時大雨，天氣改涼，遲生患目疾，承佳下樓梯跌下，聞腰痛甚，明日當弄藥敷之。晚八時寢。

初四日　晴熱甚　七月八日　星期一

六時起，遲生目疾未愈，請和甫開方服藥。予連日心焦灼甚，已托巴東縣府諶科長就龍池附近覓屋遷居，因此地污穢不堪，人多天熱，恐致疾也。心煩甚，早寢。

初五日　晴熱甚　七月九日　星期二

六時起，雇滑竿至龍池，請諶科長代覓屋，彼云已租得小鏗子徐耀春家，甚寬敞云。但此地距行署有十五里，在亂山中，不怕空襲也。就諶寓吃飯歸，囑家人準備遷居。晚十時寢。今日警報二次。

初六日　晴　七月十日　星期三

七時起。上午警報二次，下午已雇伕子並長青、成家等，又滑竿二乘上山，行甚遲，到徐家佈置一切，身疲無力。八時寢後腹痛甚，十一時起大便，似腹泄，知已受熱多日，此屋涼甚，遂感發矣。自是寢不安。

初七日　晴　七月十一日　星期四

七時起。此屋早晚極涼爽，可着夾衣，房東夫婦均好，其子媳亦知盡禮。予腹痛，今日大便六七次，似痢疾，足軟無力，命承佳至中園子購物。此宅距中園子彭受虛止七八里，一切買菜甚便。晚涼，今日飲食已減，似痢疾，寢亦不安。

初八日　晴　七月十二　星期五

七時起。連日聞萬戶沱逃警報，天熱至百十度以上，此間則清涼甚，不知警報，偶或聞機聲，均未當空過，不必避之。設早搬一星期，予少受痛苦矣。左側同居係沈岐生，巴東商會會長，民二國會議員，前清附生，曾留學日本者，原籍浙江。巴東沈姓，士族大姓，皆非本籍土著也。今日與晤見又有龔君，係巴東法院推事，其子曾與亡兒根生在黃州新民小學同班，彼知予曾任黃岡縣長者也。予疾未愈，擬明晨下山請和甫看脈再服藥，便可打聽行署人員何日可返施南。晚十時寢。

初九日　晴　午後大雨　夜半雨更大　天氣轉涼
七月十三　星期六

八時起，予疾似痢但不甚重，昨帥秘書開方服之，不甚效。天氣改涼，飲食稍進，但四肢無力。午後大雨，在寓悶坐而已。行署全體不日返施南，予亦籌畫同往，時局如此，已到巴東，只有再西進。抗戰何日勝利耶？晚十時寢。

初十日　陰　午後雨　七月十四日　星期日

七時起，昨囑承佳至巴東打聽汽車，準備攜眷到施南，心煩甚。昨、今兩日疾已痊矣。九時半有警報，敵機數架過此上空去。晚間蚊甚多，十時寢。

十一日　陰晴不定　夜雨甚大　七月十五日　星期一

七時起，囑長青至巴東車站探汽車開施信息，去函通電問馬站長，並電賀寶三、黃仲恂，均無辦法，頗焦灼也。巴東今日有警報數次，但敵機未至，長青歸述如此。晚十時寢。

十二日　晴　夜雨　七月十六日　星期二

七時起，今日囑家人清理物件，準備往施南。晚十時寢。

十三日　早陰　午後晴　七月十七日

七時起。飯後無事，囑長青至中垣子買零物。午後偶與龔、沈二人一談，四時至水田埧省立小學晤王校長典日立談片刻，傍晚歸。十時寢。

十四日　陰　小雨　晚七時以後大雨
七月十八日　星期四

七時起，徐宅婆媳夫婦凶鬧不堪。午飯畢，正待問車訊，不得消息。四時半巴東縣府諶科長派人送信來，云汽車已到，是予電請黃仲恂所派來者，請即下山至站。囑徐宅父子並雇工代予送行李等件，並滑竿一乘與萬氏分段乘之下山。坡路極難行，過諶宅，科長托帶其女至恩南住學校者，一同至巴東站。未抵站時山路兩旁矢溺滿地約半里，傍山兵士新墳淺埋者甚多，臭氣薰薰，欲嘔不得，此真所謂"臭巴東"也，將來瘟疫，其能免乎？住平安旅館，飯後往晤站長及閻任之，予與諶小姐至縣政府會李縣長問托各事，衣履俱濕矣。睡亦不安，真受罪不少。

十五日　陰雨　七月十九日　星期五

七時起，派袁、李二僕隨時至站打聽，乃云車不能開，仍囑家人在平安棧吃飯候車。予下午二時帶遲生至縣黨部郭季豪處食宿，袁、李二僕均有異態。予亦忍受之，仍敷衍彼等，囑其好好照顧予之眷屬也。

十六日　晴　午後微雨　七月二十日　星期六

　　五時與遲生先至棧中佈置開消，郭季豪送我上車，閻任之家屬老幼俱先上去。幸此一車爲予所包雇，則感黃仲恂之力也，不然許多麻煩，到茅田又須換車矣。買票畢車即開行，十時至硃砂土早飯，十二時過龍潭坪，買零物，花紅每洋一角，買五十餘枚，此地生活甚低，可想見矣。午後四時抵茅田，住芳田旅館，遇車站有同鄉棧員王隆佳，係王長卿之姪孫也。晚飯畢，十時寢。

十七日　晴　七月廿一日　星期日

　　六時起，今日車中添教育廳長時子周，彼因未覓得車，昨請予與任之商量將渠主僕帶往施南辦交卸，予已許之矣，請其坐前列。七時開行，八時至白洋坪，早飯時廳長堅欲爲予及閻宅眷屬開飯，因余不受其車票費也。午後一時車抵施南站，雇伕挑至包貢九寓，予家八人、閻家六人俱至包寓吃飯休息。任之之女來包宅接任之，予洗澡後隨同全眷住包宅。今日幸無警報，聞貢九云，此處目標大，有警報即逃避。傍晚與內子至店子坪一看，買鞋一雙，價二元五角，較之宜昌甚貴。商議另租一屋居住，明日當往瓦廟子去看再定。十時寢。

十八日　晴　七月廿二日　星期一

　　六時起。早飯後與貢九至省政府秘書處晤黃秘書長，感謝其派汽車至巴東盛意，便訪賀葆三，遇黃靈台談片刻，警報大作。飯後與貢九訪閻任之住地，距土橋壩十四里。在途中見敵機九架掠空過，知又有警報矣。至任之寓小憩，由其導予至瓦廟子名一灣水者，劉乾龍家有房二間，極污穢，以距土橋壩遠，因聞陳部長要來施開會，距省府遠，可無空襲之慮也。説定租金四元，似太貴，然亦無法使之再減也。傍晚與貢九同回包寓宿，與顏科長商定由府派伕子明日遷居。

十九日　晴　今日大暑　七月廿二日　星期二

六時起，七時飯畢，八時由省府派伕來搬物件，早有警報，稍候伕子同行。此次承貢九家中招待，予等極為心感。十一時行，到七里坪已午後一時，瓦廟子劉宅男人俱未在家。予稍休息後囑成家等借物佈置各事，約三小時乃已，身疲甚。屋黑窗小，如屋暗室，似照相館上膠片之室矣。心煩甚，晚早寢。

二十日　晴　午後雨　夜雨甚大　七月廿四日　星期三

早任之同其子女來此，便留飯去，談各事。晚早寢，以連日車行步行，疲困幾不能支也。身體發癢，是生瘡之兆，臀部已起大紅癗數處。

廿一日　雨　七月廿五日　星期四

八時起。午後任之來，云今日彼可往省府去探問各事。予以初來此地，暫不到府，已函達黃秘書長轉陳嚴代主席。晚十時寢。

廿二日　雨　七月廿六日　星期五

七時起，連日天雨改涼。飯後將室中檢順，準備寫信、寫日記等事。午後一時張貢之帶劉錫常來，劉即予在三遊洞為之作伐、與閻任之次女定婚者，麻城人，談甚久去。得陳季明自施城幹訓團來械已復，囑其即來瓦廟子一晤。宜昌失陷後，季明在施未歸也。萬氏今日忽病，不能起床，大約從前途行受熱所致已發出矣。傍晚寫信分致周鵬程、鄧實、梅先霖、胡貴堂、朱茂林、王久旃、陳子谷、石仲章、朱祐亭、易泮香、陳壽梅、諶鐵珊、彭受虛、陳慶復等，使宜昌、巴東、本籍、漢口各處親友知予已攜眷遷施矣。噫！此予又過一次大劫矣。希望與默祝何事乎？政治改良、軍隊努力，俾予等早回武漢，為安居樂業之平民，為萬幸也。十二時方寢。

廿三日　晴　七月廿七日　星期六

七時起，倦甚。早飯後囑李僕與遲生同往七里坪買物件，至土橋垻發各處信。晚六時李僕、遲生同回寓，云聞之貢九，陳部長已到施，現住秘書處，敵機再來須躲避云云。九時寫致周方立、王一鷗、帥和甫各一函。十一時寢。

廿四日　晴　七月廿八日　星期日

八時起。飯後至門外一遊，便過閻宅一敘。晚寢蚊極多，萬氏帳子在宜昌被潰兵搜去，室內燒艾及松枝之類以驅蚊，並佐以蚊煙，稍好，惟煙沈於室，眼不能睜，或至流涕不止，極以爲苦。十一時寢，多夢，心神不安也。予左左①臀已生瘡，左右腕節亦生紅瘡，發癢矣。

廿五日　晴陰不定　七月廿九日　星期一

七時起，倦甚。飯後在寓尋書看不得，悶甚。晚蚊多不能安寢，而板上帳中時有臭蟲發現。

廿六日　晴　七月卅日　星期二

七時起，九時飯畢，十一時帶同長青至七里坪買物，傍晚歸。天氣已熱，蚊又多，洗浴後在外乘涼。此間各屋尚駐有軍區政訓班學生，多皖人，偶與彼等一話而已。老闆劉乾龍原籍湖南桃源人。今日接周淬成自陽羅來信。

廿七日　晴　七月卅一日　星期三

七時起，倦甚。午後有敵機五十四架分批由此高空過去，大約係炸重慶。任之來寓談甚久去，蓋述省政府近事也。晚九時寢。

---

①　左左，疑應爲"左右"。

廿八日　晴熱甚　八月一日　星期四

七時起，飯後命李僕送各處信付郵。午後至任之宅中一談。晚十時寢。

廿九日　晴　八月二日　星期五

八時起，有敵機經此過，大約係偵察川中情形也。午後敵機約三次五十餘架襲渝也。今日借得任之房東所藏八比文、試帖詩等閱之，亦無聊也。晚十一時寢。

三十日　晴熱甚　八月三日　星期六

七時起，飯後看八股文。午後陳季明、陳宗榜同來寓細談各事，留之便飯去。彼二人思家，大約畢業後即返宜昌也。晚間浴後在院中乘涼，室內蚊嚙人，極難受，予之疾與瘡，蚊即為媒介矣。心煩甚，十一時寢。

七　月

初一日　晴　午後三時雨　八月四日　星期日

七時即聞敵機聲由此間高空飛過。八時予起後憶自五月初六日以後未寫日記，其間經過兵劫，天熱步行山路到牛坪，過南沱、太平溪種種困苦，到巴東種種危險，及受熱受病、逃空襲等等，足未停止，寢食未安，此則集艱難困苦危險之大成者。金錢、精神損失更不待述矣。從前懸揣推想於逃難之人者，今則自受之。噫，誰之賜歟？午後三時劉先潔同任之來談一時去。予原擬今日到施南城一看情形，已備滑桿，因雨遂止。寢後蚊蟲入帳，極難逐出，仍有臭蟲，較昨日稍少耳。今日午後三時，予因李、袁二僕做事不力，自檢曬臭蟲等等，持一板凳就地方敲擊，剛墮地上，凳倒於左眼眶，幾將眼珠撞出，痛不可忍，設下或向左五分，則目瞽矣，此真晦運所關。用藥敷之，痛不能止。睡二小時起，眼眶青瘇，珠痛異常，此亦逃難中之紀念也。

初二日　晴　午後雨數次　八月五日　星期一

今晨有敵機一架偵察，經此間高空偏過。午後四時乘滑桿到恩施，五時半達到。進北門後與朱士堪遇，此則三年未見者也。詳敘別後情形，并承其招待晚餐及洗澡購物，花洋約八九元。此生甚講感情。晚九時晤王夢生行長及張縣長皠樂。張與予昔同事於水利局，久思不起，渠送予出後乃敘及，真腦筋太退化矣。今日上坡時□與一公務員遇，立敘數語，彼未言姓名，似甚熟，予竟不能憶其爲誰也，腦筋錯亂如此哉。晚十時半宿警察局，因邇時吳毓靈局長已睡，未與談話。朱生退其床請予寢，室中蚊多且大如蠅，幸有帳遮，不然殆矣。

初三日　晴　夜十二時以後大雨如注　至天明止
　　　八月六日　星期二

六時起，與朱士堪同至省銀行倉庫，佚子已來，與成家遂行。過七里坪，訪鄉長買零件小菜，遂回寓。午後余憲章來談甚久，留晚飯畢別去。晚思往事，不勝太息，予出門已二年矣。廿七年此日在鄂城東門住宅料理各事，初四鄂城被敵機轟炸，初五予遷胡林，遂未回家。

初四日　晴　晚轉鐘二時小雨數次　初五丑初立秋
　　　今晚二時　八月七日　星期三

八時起，飯後派李成家送信到城內南行長、朱士堪，并發孟廣漳等函。晚歸取回貢之代領主席補助予之安家費八十元，細問各事，知朱懷冰已來施，省府遷移尚未定。得熊漢輔、鄧寶、蔡心壽等函。晚九時寢，蚊蟲極多，臭蟲、跳虱均較前數夕更甚，睡不能穩，起數次。

初五日　晴　今日立秋節　八月八日　星期四

七時起，疲倦不堪。八時半閻任之來，便寫函致朱懷冰，請任之帶與包貢九轉交，請約時相見。昨成家歸云包貢九告以府中無多事，不必去也。記予於廿七年七月五日離鄂城本宅，今尚未歸，思之心痛，國仇、家難、抗戰、人心、軍心，此五種事每一念及，可以流涕矣。晚寢蚊蚤臭蟲多，不能安枕。憶廿七年此日午前十時到朱湯莊。

初六日　晴陰不定　八月九日　星期五

七時起天陰，八時以後似有雨狀，聞敵機一架過上空去，十一時一刻有大批敵機自東來。予於層雲缺處見六架飛過，但甚高，大約又炸四川。午後三時三刻又由此間偏高空過去，以時間計之，當似炸重慶以西較遠之地也。晚飯後寫信五件，分致胡光麓、張皞樂、賀葆三諸人，明晨當着人送去。晚寢蚊蚤臭蟲如昨狀，難寐。

初七日　陰　小雨　夜轉鐘後陣雨時來
八月十日　星期六

六時命長青至店子坪買物，並送包貢九、張貢之、胡光麓等函。九時早飯，未能多食，連日均如此，病後元氣未復，百感交集，每一念及家園則淚涔涔下矣。十一時長青歸，攜回各信。朱懷冰已有回信，予遂同成佳至龍洞訪之，詢知則參議會住，與談一時半，彼對於戰事無甚把握，但謂非抗到底不足以圖存也；和議無稽，列強不能爲中國；八路軍在河北、晋省均強橫自主云云。彼不久離開此地，便詢省府，似無改組意。參會距予寓五里，小路難行，歸時出汗如雨，洗抹後休息一時許。晚間天黑似有雨意。去年七夕在小峰，今年則在恩施受苦而已。十時寢。

初八日　早晴　午後陰　熱　八月十一日　星期日

八時起，閻任之來談，謂今日須往省府去，談半時，予以信請致包秘書。今晨有敵機偵察過上空，十二時一刻敵機五十餘架自此間偏空過去，繼又一批，大約襲渝也。晚間在外乘涼，不外百感交集而已，寢亦不安。

初九日　晴熱甚　八月十二日　星期一

七時起。早飯後欲寫信，以身軟中止。十一時一刻大批敵機經此偏空過，據說五十架，旋又來一批，又係炸重慶無疑。晚間思家甚，寢極不安。

初十日　晴熱甚　八月十三日　星期二

七時起。飯後命承家送函與貢之、貢九二兄探息，得覆予病未痊可緩去，不必縈念府事。並致葆三函以續假，不便再啓齒也。室內外連日蠅蚊跳蚤密集，且有臭蟲甚多，晝不能作事，夜不能寢，苦到萬分矣。

十一日　陰晴不定　熱甚　悶極
夜轉鐘半時許大雨如注者約兩小時　八月十四日　星期三

七時起。飯後欲寫信，以精力不繼中止。午後熱甚，晚間蚊多，室內外均不能坐，連日以來均如此。正午熱甚則在床上休息，或小睡，此誠無可如何之辦法也。晚九時即寢，手不停扇，交秋已數日猶如此熱，可以想見城中及土橋坍人多之屋宇矣。轉鐘後驚醒，暴風雨大作，室外雷聲，室內雨滴聲，呼家人起接漏處，擾擾至一小時乃已。予更腹痛，大便後於隔厨中取水浣之，稍好。上床睡，天氣變涼，似甚熟矣。夢先母不異平時，居鄂城某宅，謂係新買者。予見格子門八扇爲昔年四眼井舊宅所用，置於此室。問先母謂此爲舊門，何必置之，母謂舊物一直在後宅，此前宅之原門也。旋見先君在後宅平居度日，似非貧困者。未幾又有天空有光如電影，印出一要人於上空，馳怒馬以騁，隨從甚多，則有許多飛機隨之，未見攻渠也。未幾下居於予宅之隔壁，觀者如堵，皆立門外。予爲解釋各語，見其隨從甚多，似無恐懼狀。此何課也？醒後默記清楚。噫！中元已近，予仍作難民，於今則去宜昌又遠七百餘里，故鄉東望，能不寒心哉！

十二日　早陰涼　十時以後熱　午後如伏
夜轉鐘以後大雨　八月十五日　星期四

七時起，倦甚不堪。九時寫包秘書、張貢之函，並吳警局長、朱士堪、宋濟賢等函。十一時半命成家送城內，便買各物。明日擬祀先父母於此，鄂城宅中連年茂林六兄代祀之，頗可感。此則表予心而已。晚睡不安。

十三日　晴熱甚　午後四時小雨數次　晚十時天氣轉涼
八月十六日　星期五

七時起，昨得賀秘書函，并轉示秘書長批示，予可緩到辦公。此次承主席、秘書長原諒，予居地遠，痛苦多，聽疾愈身健時到府辦事，極爲可感。而從旁建言關說者，則賀、包二秘書之力也。連日天雨係夜間，白晝則晴朗，真予敵機以襲重慶好機會。噫！天佑惡人，乃如此哉！午後六時有偵察機二次過此間偏高空，或者今夕敵欲夜襲耶？夜寢不安，腹痕如厠。

十四日　晴　晚月色如銀　八月十七日　星期六

九時起，身不適，氣痕不舒，大便稀結無常，且不時須大便。蓋近二旬冷熱不時，飲食不調，又無相當之藥醫治也。今晨又有偵察機過此，晚間渝、川間必有空襲。午後寫各處函，龍詩樵、郭季豪、李長庚、程曉波、吳獻之、武縣長、徐痴愚、王文端等共八件，明晨到土橋垻去送發。晚九時敵機一批過此間，十二時轉來。轉鐘二時又一批過高空，何時轉來則不知也。寢後大腸痕痛，連日均如此。

十五日　晴　晚七時大雨如注　旋晴見月光
八月十八日　星期日

　　七時起，大便後大腸仍痛苦不堪，此爲痢後之疾，大腸熱未盡下墜也。今晨敵機偵察過此高空去，夜間又有空襲渝方也。十二時以後乃食。連日飲食不進，瘧疾又惡，焦灼無已。又時時思家，真難處此境也。晚九時寢，展轉不寐，轉鐘後睡夢中聞大批敵機經此高空過去，予起溲一次，大便仍痛帶血，似大腸有病。今日黃仲恂秘書長來一函慰問予疾，誠可感。并囑靜養，復元後再到云。

十六日　晴　晚有月光　八月十九日　星期一

　　八時起，閻任之來述各事，彼今日又到公，予托其發馮漢玟信並致陳慶復一函，附有彭受虛函也。今晨有偵察機過，十時又聞大批飛機過此前山，似飛往渝之路線，正午又有敵機二架并飛在此廿里之空週中偵察，三匝乃去。午後寫一函，命成佳送往朱懷冰參謀長，便謀司令部兼職，不取薪水，俾將來到建、巴等縣便利也。二時有敵機九架過此上空，未幾又來二架繞一匝，即正午所來之機也。遲生等在外聞二機曾在附近投炸彈聲，未知何處。晚間施南城來人問之，知非炸施南。憶廿七年七月十六，予與夢閑、定兒隨彭、陳等到宜昌，自漢口行七日，晚九時抵榮昌旅館，可憐之，至今思之已整二年矣。連日疾未愈，焦灼殊甚。晝則觸目生憎，夜則思鄉無已。噫！戰事何時結束耶？今夕月明，無敵機過此。

十七日　晴　午後雷風暴雨一刻鐘　八月二十日　星期二

　　八時起，成家已往施城買物取信件。九時有偵察機過此，似盤旋一次。聞劉同居主人云昨日新塘被炸，未知確否。但此前民廳曾擬及遷此者也，或者漢奸報告，敵機來炸耶。十一時敵機三批自東到西去。午後一時貢之來談甚久，留酒麵去，因彼不願吃飯也。成佳攜回佛波、懷冰、任之、貢九信件。貢、任均云省府改組，朱懷冰代主席，嚴主席調政治部云云，不日可證實也。三時貢之別去，四時天有暴風雷閃，勢甚惡劣。敵機炸川歸來，在上空匆匆飛過，前九架，後三架，最後又二架，飛急響鉅，或者懼電觸耶。未幾雨遽止。晚九時寢，轉鐘二時起大便，痕稍好。今夕服藥肉從容、吳于、廣木香、厚樸、當歸、川芎之類，似較好矣。便後上床似睡熟，見先君、先母居室中如平昔。予問先君昔遊皖之南陵有徐子南者，今此間又皖籍學生則便問可也。繼思先君已卒，又問先母。則未幾醒，又似夢魘狀，喊不出聲。予似睡竹床上感寒者，內子呼予醒。次日見報，昨敵機一百七十架襲渝、萬。

十八日　晴熱甚　八月廿一日　星期三

七時予未起即聞敵偵察機在此盤旋一匝乃去，遂起視，問家中，謂敵機往前廿里之遙似投彈矣。午飯飲食仍不進，十一時勉強至任之寓一敘，便就其家食綠豆稀飯一盂。遊戲中默祝如從前在鄂城趙宅譔蔣朗寰先生，及在漢口李佛波寓中往事證之。如能三戰連續勝，則恩施可以不失。能以三翻連次勝之，限二次爲度，則今冬予可回武漢，此途行中所默記者。至入局後，予爲莊主則連勝三次不斷，下次三翻者有三次，惟隔時間，非連續也。意者今冬戰事勝利，或有和平希望，予尚不能回武昌歟？雖小道之禱祝，亦可靜以候之耳。五時在閻寓清出該宅所藏八比文，如《韞山堂》《江漢炳麟①集》等類數十本，並得此宅其先生手抄八比文及牕稿等等。後人不讀書，視先人手澤如廢紙，可慨也。已檢取數種回寓閱之，十時方寢。聞施南城內今晨被炸，死傷數十人。

十九日　晴熱甚　八月廿二日　星期四

八時起。九時食稀飯一盂，飲食仍不進，惟腹痛漲稍好。檢昨取回各書閱之。該宅讀書人大約在同治末、光緒初，已取功名者胡文泮、賴

---

① 麟，應爲"靈"。

萬才，兩姓名均見於此文簿上，是否此人手澤，不能斷定。予就其手抄之簿中均批有數行記之。又光緒元年乙亥科闈墨一本，見吾邑有孟履恆，係亞元，又袁明善十三名，又范德鎔五十名，衡鑒盡均刻其原作各一篇，孟則二篇。記是科尚有二名，城內魏瑞梗及某某也。抄本及各書先還其家，其家之果能保存與否不得知也。予記此一段，眼緣而已。午後四時任之自省府歸，攜帶予之旅費四十四元交來，甚感。晚間臭蟲九枚嚼人甚痛，分次起照捉之。連日天仍熱不可耐，晚間蚊如織，睡不安。今年自四月二十日熱起，屈指已滿三個月，前清及民國初年無此怪狀，無此氣候，是何乖氣致此災歟？吾人可以思之，然惟痛心而已。

二十日　晴熱甚　午後風雨　今日處署節
八月廿三日　星期五

七時起，大便仍帶血，肛門腸頭痛，或者係一旬前受傷歟？十時一刻天空大響，敵機又過此間上空，先後循一直線行者五批，後又來二批，計六十三架。以理度之，或不循此一路，必有沿長江線經萬至渝者尚有多架，或如前日百七十架襲渝、萬也。敵人殘酷，予固恨之，然亦由吾國年來內政外交不修，軍備不充，一味敷衍，驕奢淫佚，有以召之。吾國上下苟反躬自問，能不以此言為過激歟？午後一時半敵機轉來一批，餘大約分散回去矣。寫李佛波、胡二林諸人二函付郵，又致貢九、介庵、鳴皋、貢之諸人信，命長青送發。二時四十分烈風雷雨大至，設敵機遲一時過此，恰遇着矣。向來敵機襲川，過此時每在正午前後半時許，今日十時半過此間上空，似預測此一段天空氣候有變而提前歟？抑天佑惡人，故遲其時起變化耶？晚七時又大雨數次。九時寢。

廿一日　晴熱　八月廿四日　星期六

七時起。午後田慶考來談，田為宣恩人，述各事，問何時到宣恩。韓楚珩回信謂蚊帳在巴東，尚未取回，取後可借與之。閻任之夫人今日生期，其子來沽酒，便詢得之，囑僕買面二元送之去。接任之函，謂黃秘書長已辭職，朱懷冰以民廳長代主席，胡舜生爲秘長云云。室內外蚊聲如雷，近數日更以爲苦。晚八時半即寢，轉鐘起二次。

二十二日　早陰　午後涼　八月廿五日　星期日

七時半起。八時外出，聞敵機偵察聲似尚遠，聽不清晰。今日腹仍未愈，泄次多，總覺脹痛，便後帶血。晚九時寢後總欲大便，勉抑止之，極不適。

廿三日　陰霾終日　午後寒　八月廿六日　星期一

八時起。今晨成家送信買物至省府，攜歸貢九、貢之函並嚴公威報告，請轉呈主席者也。報告尚詳，惟不合體例耳。朱懷冰代理主席事恐有變更。劉紹先、劉子俊分任民廳秘書長也。昨、今兩日始呈秋意，予外出散步一小時乃歸。九時寫曾志炳、盧邦儉及復各處函。十時寢，夜夢魘一次，神亦不安。

二十四日　陰　小雨數次　寒　晚大雨至天明
八月廿七日　星期二

七時半起，八時半早飯，準備往省府去看情形。行至門外雨未止，路又滑，遂止。仍作函與貢之，並附送嚴公威報告去，此報告已近二月矣。昨日、前日俱無警報，午後成家回寓帶回陳季明、鄧實、熊漢輔、武縣長等函。武、陳所述與予所聞者同，宜市敵人暴惡奸淫，聞之令人髮指。張家場小溪過來十里地，仍屬我軍範圍，小峰、星坪似甚安靜，惟缺糧食耳。陳述陳益三確已被炸遇難，聞之悵然。益三在小溪塔行醫多年，甚和藹，與予見面近年甚多，每擾其家食宿，其妻子亦賢惠無比，予尚未有以報也。晚寫巴東曾志炳、盧邦儉、朱主任等函，爲補發旅費事。九時閱雜書。十時寢。

廿五日　陰雨　寒　晚九時以後大雨
八月廿八日　星期三

八時起，昨擬到省府未果。飯後雇得滑竿，冒雨竟到秘書處。途逢雨大，幸帶有雨衣、油布，被臥未遭透濕耳。下午二時半抵秘書處，晤包、賀、熊、曾、朱五秘書，又訪貢之、汪文伯等。五時陳主席到，立公已陪往他去，乃得與黃秘書長從容談半時，申謝其屢次維持關顧之事。五時半出與貢九同回其寓晚餐，就其家宿。

廿六日　陰雨竟日　涼甚　夜雨甚大
八月廿九日　星期四

六時半起，與貢之同往秘書處。八時半見嚴主席談各事，知改組事，民廳仍屬朱懷冰，是否如嚴之代主席尚未發表也。任之自鄉寓來，述其現在電務職務欲辭去，主席對渠亦無辦法云。與汪文伯、徐匡淩談各事，並取八月份生活費，乃知秘書長又加薪十元矣。黃仲恂頗念舊，令人可感也。十一時飯後，予往理髮一次。陳慶復送彭受虛函一閱，令人好笑，彼自欺欺人，尚向予致辨。理髮畢往建設廳晤及陳肖峰、石砥中兩同學，老邁之狀畢呈。周方立、鍾守光、周鳴皋、劉光潔、呂烺芬均晤談甚久。其熊、黃兩秘書尚非熟人，略寒暄而已。雨大未能即歸，至教育廳為遲生就學事晤及辜南傑，告以各事。今日因任之已先回鄉，予乃仍住包貢九家，并就醫於蔣笠庵，並購藥一劑。晚飯後與貢九談甚久，乃得救濟任之辦法，即調現職於編輯室是也，擬明晨為秘書長言之。

廿七日　陰　早小雨　八月卅日　星期五

六時起。七時與貢九同往省府見秘書長，將任之事與之商酌，允為任之調職務。見主席，未多說話。陳績昭自巴東來述重慶受訓經過，並告川渝之近狀甚慘也。曾志炳來，謂予之旅費及工役旅費俱可補，或者前行署預借之款亦可借也。午飯後遂歸，到家時下午二時，請任之來告以各事，命成家同往施城送信購物。晚飯後成家回述各事。九時半寢。

廿八日　陰　時有小雨　八月卅一日　星期六

七時起，閱昨日帶回函，陳子穀之妻在萬縣產亡，殊可憐也。王性淑述萬縣近況，言其亦病兩月。周治斌自遠安來信，述渝陷後之事。昨、今兩日大便仍帶血，惟僅每晨一次，服立庵藥甚順。晚間寫信三件，十時寢。

廿九日　陰　時有小雨　九月一日　星期日

七時起，連日天陰，飯後擬訪朱懷冰，帶同遲生前往。至龍洞警察所通電話，知其已赴省府接事矣。乃同遲生回寓，接任之、貢九函，謂今日主席須口詢各薦任以上職員。予以時間趕不到，又任之已歸，囑予今晚至省府宿，明晨六時紀念週恐有事也。檢點行李，命遲生送予至七里坪，因今晨長青已就政治部工役去，成家又往省府送信去。此地距府十二里，今日不得不往包貢九家宿，依人吃飯乃至如此，亦可慨也。囑家人造飯食畢，下午三時起行。四時乃與成家遇，遂囑遲生回，予到包宅已五時半矣。貢九未在家，飯後候之談數語。九時寢，不成寐。

八　月

初一日　晴　九月二日　星期一

六時起，匆匆與貢之到處，未幾各廳處職員、團體俱到，予以人眾且慮不能久立未往。六時廿分集合各長官在門外空坪舉行禮節，做軍樂，此則予廿一年在武昌省府所聞者，今再聞於此，亦不勝感慨。主席訓話至二小時之久，連散會已二小時四十分。職員中因陽光逼射、久立傷骨倒地者有劉習畔等三人。噫，吃飯之難矣。予於飯後向張熙光股長商之，得一室居住，藉作辦公地。緣從前此間雖有視察室，僅王度一人，亦未按日到公。其室在樓上，極不便，王去盧視察來此亦未辦公。今予來此又只一人，無住所，不能不佔一室，較方便耳。今日整天晴霽，無警報，亦奇事。晚間仍在貢九家食宿，晤及吳干城，知朱廳長對於民廳未換多人，除派三人外餘仍舊，亦是好事。十一時寢。今日與貢九多談話。

初二日　晴熱　九月三日　星期二

六時半起，至府後急清理室中各事，成家送私章來，向曾志炳補領各費，向張股長催辦各①。七時與秘書長從容談半小時，請假回寓取行李。八時帶成家至民廳，朱廳長未到，請吳干城代達意志，便晤沈、鄧諸人匆談數語。慮有空襲，與成家行甚速。至七里坪便買食物數事，到家已十時，浣洗食飯未畢，十時半敵機淩空，響甚鉅。天晴，空氣薄，聽其聲愈厲也。午後三時敵機轉來，過此者僅一批，今日免逃警報之苦矣。飯後小睡，起後寫孫壽山、帥秘書、周春崖、盧邦儉函，爲成家工餉事。寫朱祐亭、辜南傑、朱伊仲、胡升各函，備明日到府時付郵。憶今日爲先叔森亭公忌日，在此更不能舉行祀禮矣。晚九時寢。

初三日　晴熱　九月四日　星期三

八時半起，倦甚，足軟，又慮警報，且被單須浣濯縫齊，擬明日往府。午後一時命成家送各處函發之，並至省府托包、閆二兄照顧一切。今晨六時半即有敵偵察機過此上空，午後三時半又有一機過此上空去。五時成家回，帶來梅先林一信，問之府中無多事。

初四日　晴　午後陰　九月五日　星期四

七時半起，田慶考來請寫信三件。飯後清理各事。午後四時自攜口袋、傘件到包宅，飯後到省府宿。自無蚊帳，乃與任之同鋪就其帳，此亦無辦法之辦法也。寢不安。

---

① 各，後有脫漏。

初五日　晴熱　九月六日　星期五

五時半起，六時到府清理室中諸事。晚與任之同一帳，室中蚊如織，坐則足被嚼難忍。貢之來談。十時半寢。

初六日　晴熱　九月七日　星期六

五時半起，今日仍整理室中。午後與顏科長約定時間，傍晚五時半陳主席備便飯，傳詢各科秘談話問政見，個別細詢，予爲最後。談畢便飯，菜甚豐，有所謂伢伢魚者，湯類雞湯，予飲之頗美，追出門時問之同仁乃知之，心作惡，同仁述魚狀甚可怕也。歸後就寢，忽憶今日所戴新呢帽置桌上未檢，在床上細默，已失去矣。此帽僅戴二日，貢之爲予買者，秘書處以抽籤得之，去洋五元七角，人之背時，乃如此耶。府中新舊交替，必有人注意予帽乃竊之。

初七日　晴　今日白露節　九月八日　星期日

五時半起。午飯後以天氣欲陰，遂將包袱、夾被攜出，置貢九寓中。予遂回寓，行路十二里，汗出如瀋，在七里坪買糖食數件，慮有警報，匆匆急行，到寓乃知長青已病臥室中，以藥診之，晚間乃愈。予自到府後，感想極多，歸時亦愁悶不堪，抗戰抗戰，何時結束耶？十時寢。

初八日　大雨竟日　九月九日　星期一

八時起，昨夜天氣轉涼，五更聞雨聲。原擬今晨到府，雨大不能行走，遂止，悶坐室中而已。晚十時寢。

初九日　雨　九月十日　星期二

七時起，知夢閑已先起去買雞子送包貢九。予以天陰雨小，遂匆匆着皮鞋至省府，行二小時方到，汗濕衣矣。問貢之、任之各事。晚十時寢。

初十日　晴陰不定　九月十一日　星期三

五時起，七時有警報，敵機一架淩上空矣。午後清理各事。今日共跑警報四次。晚十時寢。晚聞城內南門投四彈，毀屋二重云云。

十一日　晴熱甚　月明如晝　九月十二日　星期四

五時半起，六時有警報，午前共三次。十一時午飯，予匆匆畢，囑長青在室中招呼各事，予帶同傳達往夏家灣監視焚毀舊債券事。飯畢即出門，未至夏家灣即有警報。今日開會，以候財政部代表未到，竟不果行，與沈碧舫、吳壽田談各事甚久。五時半開飯，又有警報，謂敵機三架自鶴峰來，將炸何處耶？八時半予與省黨部謝蘭倚同路歸府。九時又有警報，計今日已六七次矣。十時寢。十二時又有警報，敵機九架西飛過此。

十二日　晴熱　月光大明　九月十三日　星期五

五時半起，七時有警報二次。飯後帶同長青再往夏家灣，行及其半又聞警報，及抵洞口緊急警報已作，時正午也。敵機三架盤旋於城內及土橋壩一帶三四次。午後三時各代表已到齊開會，焚毀債券。七時吃飯，焚毀猶未竣事，予以時間關係早歸。十時寢。

十三日　晴　晚月光大明　九月十四日　星期六

五時半起，七時以後有警報二次。午飯後聞通傳明晨六時在施城內擴大紀念週，並檢查清潔，五時即往；後天亦舉行擴大紀念週，在省府舉行云云。予以諸事不便，又兼瘧疾未愈，距家又遠，洗濯無具，真焦灼也。晚與任之談各事，欲脫此間另圖生活。寢不成寐。今晚在張暉樂家晚餐。

十四日　晴　月明如晝　九月十五日　星期日

　　四時半起，五時漱畢即赴施城，趕路趕船均未及，至城內紅日高上。行路熱甚，衣汗濕矣。遂折歸至建廳訪陳肖峰談片刻，聞有情報，遂與肖峰同出，欲至財廳問各事。行未久警報已來，與肖峰避入教育廳防空洞中，此洞不減民廳之洞。未幾敵機聲大作，解除警報，遂往財廳晤及易泮香、陳壽麋、趙亨道、周武鎣、王嵩生等，約半小時畢，遂行至店子坪一小店中吃午飯。未幾警報又來，仍避入民廳防空洞。午後三時赴城內監視抽籤，還本公債，六時方畢，同徐秘書入酒肆晚餐。訪問周鵬程，未住勝利旅館。今日出入施城三次，足軟難行，徐振麐秘書為予雇轎一乘歸，甚感也。到府後疲勞甚，九時半寢。十一時半有敵機九架過上空，予起視，未避入洞也。

十五日　晴　九月十六日　星期一

　　五時起。六時又係擴大紀念週，在府外舉行，保安處、幹訓團均來。予與包秘書等立在第三行，朝日可曬及。未幾敵機聲作，偏過上空矣。陳主席不准人視之，演說二小時半，謂已取某人所上意見，以後軍事化，演畢介紹新秘書長劉千俊見面，散會。計近五天來，出差往返，行路受熱，做紀念週站立動二小時至三小時，予以生活之累，屈而為此折腰，嗚呼！何時戰禍弭耳，俾吾儕東歸耶。午飯後本擬回寓一視，以精神疲勞未果。晚間包貢九請吃飯，與貢之、任之同去。飯後與任之同步行至建廳，路上遇周一鳴談片刻，前途戒備不能通過，遂折歸。今夕無月，曇暗於天，少興趣矣。回府後思家無已，悶悶睡去。

十六日　雨終日　晚雨尤大　九月十七日　星期二

　　五時半起，天未明，即聞雨聲。午後辦報告畢，新秘書長約於四時召科秘十六人談話，未細詢，作普通語，約一時乃畢。晚十時寢。

十七日　雨　九月十八日　星期三

五時起，今日料不能晴，然少却逃空襲也。午後清理室中各事，寫報告等件，新委余文傑主任來奉看，聞將來一、二科俱須更換。晚無多事，早寢。

十八日　陰雨　天氣轉寒　九月十九日　星期四

五時半起，昨夜被薄甚寒，身體不健，瘡亦未愈，洗濯不便，愁鬱不堪。明日如此，必請假回寓一次休息，再作計較耳。

十九日　小雨　陰　晚似晴意　九月二十日　星期五

五時起，昨以寒，被又薄，睡未安。午後將應辦之事辦畢，四時寫假條，自明晨起請假三日。囑長青至城內取物送信，十時長青猶未歸，予遂寢。轉鐘後似有小雨一陣。今夕為亡兒根生忌日，念之神傷。

二十日　雨　寒甚　九月廿一日　星期六

五時起，長青未歸，六時半予決意行，長青攜新絮來，重四斤餘，價十八元，可謂貴矣。與之同出行，過店子坪雨已來，到七里坪雨更大，便買糖食數件，到寓衣濕，新履已沁水濕透矣。瘡疾大發，癢不可耐，夜坐不安，憶及亡兒在宜病故時情形尤難過。十時寢。

廿一日　雨　寒　九月廿二日　星期日

八時起，在寓調病，飯後欲寫信，以身疲中止。晚九時寢。

廿二日　陰　午後小雨　今日秋分　九月廿三日　星期一

八時起，瘡未愈，奇癢難受。遲生亦生瘡，內子及小孩亦生瘡。有人云，凡到施南來者無不生瘡，可見此地濕氣重矣。晚十時寢。

廿三日 雨 九月廿四日 星期二

七時起，今日派人去續假，未往府，在寓調病。晚間蚊多如織，以火燒之仍不能止，且異常大，如蠅矣。十一時寢。

廿四日 雨 九月廿五日 星期三

七時起。飯後命長青至核桃壩購鹽三斤，此地距市區遠，購鹽困難。午後看八比文、試貼詩並張文襄殿試卷，可作骨董矣。晚十一時寢，瘡癢甚。

廿五日 陰 午後小雨 九月廿六日 星期四

七時起，疾亦未愈，軟弱異常，飲食亦未大進，瘡癢不可耐。飯後看雜書。晚十時寢。

廿六日 雨 九月廿七日 星期五

七時起。飯後寫條命長青至閻宅問省府各事。今日疾稍好，瘡則未能全愈。午後看八比文，明日假滿，當往省府去辦公。晚十時寢。

廿七日 雨 九月廿八日 星期六

六時聞長青歸，謂秘書長昨晚尋予有要事須去，今晨特着其歸，包秘書亦囑其轉告早去。噫，何事耶？七時坐滑竿至府，則開會已畢。晤包貢九，云今晨已面代達秘書長，今日假滿應來。予小憩後遂見秘書長，乃知宣恩駐保安團與民衆衝突，兵民死者數十人，巨變也。主席欲予往查此案，嗣因予病，已改由保安處處長親往查辦矣，但須再問主席一聲。遂用電話達主席公館，得許可以，予有病可不去。予再向秘書長面請假，承其飭張股長派轎送予回寓調病。蓋朱廳長前日已面囑劉秘書長，對予須特別看待也。正午回寓，飯後閱書寫信約二小時。晚十時寢，蚊多難安睡，多雜夢，蓋心血虛，神志不安耳。

廿八日　陰寒　九月廿九日　星期日

八時起，疾似轉好，思飲食，但天寒，以洗瘡爲苦，又慮受寒症。飯後看書寫字，並作詩一首，明日當改定之。晚以寒早寢，中夜醒數次，又多夢。

廿九日　陰　九月卅日　星期一

八時起。飯後派人至任之寓問信息。得省府貢九、貢之等函，無多事。午後看雜書，心煩意亂，惟此屋極不清潔，隔一壁即主人大廁所，豬雞狗到處亂竄，跳蚤猶多，蚊蟲如織。予以弱質，焉得不病？又無近地可遷，鬱悶無已。前托府中同事代探租屋，無回信。此室污穢，實致疾之源也。補昨所做詩，已成二首，寫成當付任之一閱。午飯後身體不適，晚間未作事，十時寢。寢後神不安，夢已回鄂城舊宅。

九　　月

初一日　陰　十月一日　星期二

晨六時脾寒大作，至晚方退，吃虧不小，僅飲茶十餘次，未進飲食也，疲憊不堪。鵬程、陽春、先霖今日有函來。

初二日　陰　間或露日光　十月二日

九時起，屋內昨來軍隊四十餘人，極煩鬧不堪。予食未進，心煩意懶，每念家鄉，夜寢極不安。瘡疾因脾寒稍好，寫信四件。

初三日　晴　十月三日

八時命遲生至省府送信，並買各物、檢藥等等。九時思起未能也，遲生以予病早回寓。予脾寒又作，嘔吐發陡俱難受。今日請傅、穆兩排長吃午飯，予未陪。晚十時寢，寢後夢上四十餘級之梯上高樓，晤某縣長，危樓長梯，足力尚能支持，然殊駭汗也。

初四日　晴　十月四日　星期五

九時起服藥。午後準備至省府銷假，雇轎一乘，四時略進飯食，五時乘轎，行到府已黑。與任之、若筠談，知黃均已委宜昌縣長矣。十時寢，夜寒殊甚，極不安。

初五日　晴　十月五日　星期六

六時起，將食稀飯，警報已來，至前洞避之，與劉秘書長遇，驚謂予已來耶。予謂假滿須來。秘書長囑再請假調養，甚可感也。午後乘轎歸，又遇警報，今日已逃四次矣。飯後小憩，欲作事，懶甚。

初六日　晴　十月六日　星期日

七時起，廖玉田同公安學生楊某來寓，云接胡林信，甚平靜，留飯去。予以病未愈，今日未看書。晚寢多夢，忽見黃岡袁子道已就某要職，似欲報復，黃岡前數年彼被予判徒刑者。

初七日　晴　晚見月光　十月七日　星期一

八時起，疾漸愈。午後閱八比文，因無書可看也。命遲生往包宅借米備煮稀飯。晚十時寢。

初八日　晴　今日寒露　十月八日　星期二

八時起，九時以後閱雜書。午後閱報并寫信二件。晚十一時寢。

初九日　風　晴　十月九日　星期三

八時起，軍隊紮此宅中，紀律尚好，現已習而安之也。連日飲食亦進。憶今日重九，令人想吾鄉登高情況，不勝慨然。晚間穆排長來談一時許去。十一時寢。

初十日　晴　晚有月光　今日國慶日　十月十日　星期四

八時起，同屋軍隊整理清潔內務等等，聞夏楚中軍長須集合檢閱故也。九時天際機聲，敵機三架掠空向西飛過。午後閱雜書。晚九時半寢。

十一日　陰　午後雨　十月十一日　星期五

八時起，命遲生至省府探信、取報紙閱。午後歸時得陳季明函，云小峰存物尚在，宜派人去取。三時蔣笠庵乘輿來寓，謂朱廳長派彼來看予病者。談病源，立方，並謂朱廳長囑予有事函告，彼必能與我方便各事，省府可以不常到，以調養為主，頗可感也，傍晚方去。予看雜書，至十一時寢。

十二日　陰　十月十二日　星期六

七時起，今日假滿須往省府，九時乘輿去，與劉秘書長見面後仍續假三日，取回信件。得周伯翔函告，方子正因公在三斗坪墜水死矣。惜哉。晚閱雜書，十時寢。

十三日　早雨　午後晴　月色大明　十月十三日　星期日

八時起，往省府途中有敵機二次過上空。到府後與張科長、王科員商議請護照及赴前方手續，傍晚歸。飯後閱雜書，至十一時寢。今日為先母生辰。

十四日　陰　晚大雨　十月十四日　星期一

九時起，飯後命遲生送信往民廳去。午後看書，籌備往宜昌宣慰民眾並視察各處辦法。晚十一時寢，多夢。

十五日　雨　寒甚　十月十五日　星期二

八時起，十時派人至府取信件。午後得宜昌武縣長致林淵泉電並轉予，知陳季明、陳宗榜一委區長、一委救濟院事矣。晚十一時寢。

十六日　早陰　午後晴　月明如晝　十月十六日　星期三

八時起，囑遲生到府約長青往會計室領薪水。今日警報四次，敵機經此高空過去。傍晚遲生未歸，托穆排長派士兵尋至七斗坪，仍轉。或者在包宅宿歟？心煩意亂，十二時方寢。

十七日　早大霧　午後晴　晚雨　十月十七日　星期四

八時起，遲生已回，云昨在包秘書家宿。飯後長青自府歸，持朱少甲送來一條，云七里坪下有新房子出租。即命遲生去會，少甲傍晚歸，云屋尚未成功，老闆名張祖成。少甲與姜文山同遲生往看此屋，老闆索價月十八元，似太貴，俟其竣工時再說。今日有警報三次。晚閱八比文。十一時寢。

十八日　陰　十月十八日　星期五

八時起，連日準備往興山、宜昌等縣視察事。約成佳、長青二僕來寓詢其志願，誰先回宜。李僕就省銀行事，衣食均佳，彼不願去。其父來信謂必帶之歸，彼竟不願。從前在巴東思家流涕，今予帶之回里不費一文，彼竟不同去。甚哉，奢侈之移人也。午後長青來，願回去。惟此人之心已變，予不欲用之也。晚間清各事。十時寢，多夢。

十九日　陰　夜大雨　十月十九日　星期六

八時起，九時省府送來簽呈一件，主席已批，准往各縣宣慰民眾，以予病未痊，准假十日，俟調養完全愈時再行出發，可感也。張氏新房尚未落成，此間軍隊人多，煩擾不堪，予欲早日遷出，以便休養。午後看《江漢炳靈集》，吾邑柯遜庵之八比文甚佳。又乙亥恩科闈墨亞元孟履恒文清澹醇正。孟為吾邑南門人，予入泮時尚見之，邇時渠正爲羅田教諭，與關季華同署，關為訓導。羅田小邑，乃得兩名舉人為之師，是以當日文風不弱也。又是科袁明善第十三名，范德鎔五十名，俱刊在闈墨中。范後成進士，袁即同學袁仲廬之父也，因并誌之。晚十時寢。

二十日　早大雨　午後陰轉晴意　十月二十日　星期日

七時起，飯後遲生病發燒。午後看《藝苑卮言》，純係論詩，此書予在武昌肄業時曾閱，後數次，初學作詩之人閱此可悟其他也。今日寫信三件，告知龍匯東、陳三民等，云予不日來宜昌，便取存物。晚閱《炳靈集》及雜書，以遣沈寐而已。十一時寢，多夢不安。

廿一日　雨　十月廿一日　星期一

八時起，遲生感寒疾未愈。予以連日瘡癢未愈，殊焦燥不安，更兼連日大小雨不止，尤爲惱悶。仍服立庵所開方。晚九時寢。

廿二日　雨　夜雨至旦未停　十月廿二日　星期二

七時起，連夜以瘡癢睡不安，晨則軍隊早操，不能睡，真苦境也。長青來，以劉秘書長及萬隆焜、李曉波、陳子谷函交其發郵。連日飲食漸增，惟疲倦不思行動。晚雨未止，九時寢。

廿三日　雨終日　今日霜降　十月廿三日　星期三

八時起，長青自省府來，攜貢九函一件。予瘡疾稍輕，仍燥不可耐。今日自晨至暮雨未停，愁悶不堪，何時可晴耶？

廿四日　晴　風　天昏暗　十月廿四日　星期四

七時起，瘡疾稍好。軍隊駐此，因楊連長、穆排長與予相熟，紀律亦較前稍好，借物件可以急相還也。遲生病已愈矣。晚九時寢。

廿五日　晴　十月廿五　星期五

七時起。八時長青自府來，飯後囑遲生與同往看江汊子張姓新屋。

警報大作，今日上、下午有四次，敵機六架淩空過，在施城附近似投彈聲。抗戰愈艱，何時勝利耶？晚十時寢。

廿六日　晴　十月廿六日　星期六

七時起，予疾漸愈，惟瘡至今不能好，晚間奇癢難受。今午後請楊連長及穆排長吃飯。今日上午有警報二次，敵機淩空而上，午後又有二次，聞轟炸聲一次。晚十時寢。

廿七日　晴　燥甚　十月廿七日　星期日

七時起。八時飯畢，帶同遲生往江汉子看屋，晤張老闆，說話尚慷慨，不知其將來如何耳。至府取得梅先林、龍匯東函，知陳季明係任霧渡口區長，將來予過興山及在小峰取物均甚便利也。今日上、下午均有警報，敵機經過上空。午後四時過七里坪買零物，傍晚歸。十時寢。

廿八日　晴　燥甚　十月廿八日　星期一

七時起，飯後帶同遲生至土橋垻秘書處取護照，與秘書長談片刻，與同事諸人談半時許出。在亂泥沖遇建始遷來難民甚多，男女老幼似不勝其行途之苦。問之多九江、廣濟、安徽籍。噫！難民展轉流離，何時得歸故鄉耶？行至中遇陳主席輿過，予與之立說數語。主席囑予以病愈，往前方不必急也。下午四時與遲生在七里坪買糖食等件，到家已黃昏矣。晚十時寢。

廿九日　晴　晚大雨　十月廿九日　星期二

七時起，囑遲生至坪趕場零菜等件①，並囑李僕送藥至坪交遲生帶寓應用。聞江汉子屋已成，近日可遷入也。晚間囑家中明日須將各物件分類集合，以便早搬。十一時寢。

---

① 此句疑有脫字。

三十日　早雨　午後晴　十月卅日　星期三

七時起，飯畢乘轎至府取回各物，箱子、信件等等，準備搬家後即出發宜昌。此屋內軍隊亦奉令開黔江訓練。與楊連長商定，由渠派軍隊明日爲予搬家也。午後予回寓，晚準備各事畢。十一時寢。

十　月

初一日　早陰　午後晴　十月卅一日　星期四

早起，連日準備搬家各瑣事。午後清理各件，命袁長青購零件歸。晚十時寢。

初二日　早大霧　午後晴　十一月一日　星期五

早起，命家人收拾各物件。駐軍第二連連長傅雲青約予與遲生吃飯，午後三時派士兵十二人爲予搬家，至江汊子張宅側屋，一次搬竣，覺省事多矣。此屋地濕潮重。諸事極待整理也。十時寢。

初三日　早霧　晴　十一月二日　星期六

早起，飯畢至省府與包、閻諸君晤，詢各事，至一科與王曉耕、周印澄晤，請辦護照等事。聞宜昌武縣長已解施南，罪甚重云，晚五時回寓。今日步行頗以爲苦，蓋病體未復原也。寓中什物零亂，望之麻煩至極，囑家人清理部署。十一時寢。

初四日　早雨　午後陰　十一月三日　星期

早起，清理各事。午後向房東借桌凳，此人甚刁狡，非善類也。晚間寫信二件。十時寢。

初五日　雨　寒　十一月四日　星期一

早起，魯祖珍所長爲余來評此屋價格，房東張祖成堅欲余出價每月廿元，經魯討定爲每月十四元，爭執許久乃定。張爲此地漢流會之老幺，平昔以賭爲生，近因得其妻財乃做屋。其妻本張連長之妾，張連長死後乃以夫財帶歸祖成者也。此婦甚悍，有口辯。就時價說，此屋每月至多不過六元耳。晚間清理，準備出差各事。十時寢。

初六日　大雨　有雷聲　晚晴見星月　十一月五日

八時起，飯後清理室內外各事，今晨仍有雷。晚飯後清書籍。十一時寢。

初七日　陰　夜雨達旦　十一月六日　星期三

九時起。午後閱報，戰況如前。晚仍清理未畢之事。十一時寢。

初八日　早雨　天氣轉寒　今日立冬
十一月七日　星期四

九時起，乘滑竿至省府取各件，並至施省行換角票，傍晚歸。閱陳子穀自昆明來函，極言物價之高昂冠於全國，雞蛋每個二角，其他不可知。此地雞蛋每個僅一分半也。晚十時寢。

初九日　雨終日　極寒　十一月八日　星期五

九時半起，今日極寒，作事少，偶爾閱雜書。晚早寢。

初十日　陰　大風　寒甚　十一月九日　星期六

早起天寒甚，因天寒木炭漲價矣，每擔售十七元。去歲宜昌小峰炭價每擔二元而已。今日電臺添學生廿餘人，嘈雜已極。晚心煩甚，十時寢。

十一日　晴　十一月十日　星期日

八時起，今日天晴，已和煖，出衣物曝之。午飯後欲往省府未能也。晚十時寢。

十二日　霜　寒甚　晚小雨　十一月十一日　星期一

八時起。九時飯畢，帶同遲生至省府取各件，閱報知英首相張伯倫已死，此人早死，中國不致如此失敗矣。四時歸，飯後閱雜書。晚十一時寢。

十三日　早雨　祺時　十一月十二日　星期二

九時起，飯後清理各事，準備出門之事俱畢。今日爲總理誕辰，各機關放假一日。晚間寫信二件，十時寢。

十四日　霧　晴　十一月十三日

早起，連日瘡疾大作，奇癢不可耐，擬出差到城中買藥治之。晚間尤甚，十一時寢。明日擬首途。

十五日　早大霧　寒　晴　夜有月色
十一月十四日　星期四

早起，飯後囑遲生、長青準備各事齊全，午後三時帶同前往出差。四時半到城，往朱伊仲處，彼約余到勝利服務社洗澡。蓋自患瘡病，以天氣寒未洗澡也。伊仲甚講感情之學生也。十時寢，長青在房外宿。

十六日　霧　晴　晚大風　十一月十五日　星期五

五時起，七時至汽車站，時間尚早，七時半開行。予與遲生、長青同坐一處，乘客甚少，頗自由也。至白楊坪停車吃早飯，前因路上懼敵人至，已破壞一邊，故車行甚緩。下午三時抵茅田站，同鄉王谷生爲收票員。得站中一空房，予三人宿其中，因旅館人早滿矣。夜大風，寒甚，難寐。

十七日　雨　大風　寒甚　十一月十六日　星期六

五時起，車開行僅五里仍開回，因雨路滑不可行。予遂入旅館中得一房，寒甚，因孔多窗大風緊，極難受。遂約聯保主任來談話，囑其借一火盆，買炭十餘斤禦寒，惟風多，火亦不煖，極難寐。病後未復原，瘡奇癢難受。

十八日　晴　寒甚　十一月十七

早起詢之車夫，亦不開車，云無木炭，須明天開行。遂約馮聯保主任同至馮蘧伯家一談。馮昔在日本習法政，清末考取法政科舉人，民初曾一度爲國會議員者，人在此地聲名甚好，年逾六十矣，與談一時許出。四時回旅館。晚寒甚無所事，早寢。

十九日　晴　十一月十八　星期一

早七時開車，在小龍潭吃飯。下午五時到朱砂土，車則沿途修理。今夕本可到巴東，而汽車夫因其眷屬住朱砂土，遂不欲行。遂宿一民家，內有駐軍，又與住客發生衝突，不得解決。予遂晤其營長，說明往宜昌宣慰之意，彼乃止。噫！勢利如此，可畏也哉。打電話與巴東李縣長說各事，而李今晚曾約有陪客數人待予吃飯也。李小溪，湖南人，任巴東長已兩年，予久認識，乃知吃一餐飯亦有定數。九時寢，屋內外人多，不成寐。

二十日　晴　十一月十九日　星期二

六時開車，十時抵巴東，住省府辦事處，周春厓主任招待甚好。詢知明日有船可抵太平溪。晚至巴城省府大辦公處，屋舍寬敞，予懼警報，不敢居也。施方白住此，并介紹李公僕①相見，即從前所謂"六君子"②者。八時劉叔模同羅貢華以巴棧人多無宿處，亦尋周春厓要房子住。

廿一日　晴　十一月廿日

五時起搭輪船，九時開行。船上朱若愚在樓上坐，囑舵工招呼予等。到太平溪時須停輪下船，因已電告盧縣長邦儉，請其派人在河下相候也。葉鍾名同船，亦係到溪者。彼誤以廟河爲太平溪，迨予等下船後始知爲廟河，乃另雇民船下駛。傍晚方達太平溪縣政府，飯後詢問前方軍民各事。十一時寢。

廿二日　晴　十一月廿一日　星期四

早起，往李軍長談一時許，告予以前方近況其詳，許爲予協助一切。李廣東人，在鄂甚久，爲陳主席舊部，故對予甚好。午後歸，汪秘書萬里云接施電，武長青縣長已處死刑矣。甚矣，貪污之不可爲。而又與素行不法高華堂爲友，能不敗哉。晚飯時袁僕在門外見舊役劉長純，被軍士縛爲壯丁過溪交案，遂告予求援。此人尚好，彼前不隨予到巴東，今日設非予過此，明晨即解交軍管區充新兵矣。遂告知盧縣長釋之，仍爲予充工役也。霧渡河陳區長季明已派人持函來接，予晚與縣長商議，召集各保主任、保長來溪宣佈政府派予出發宣慰之意。十一時寢。

廿三日　早雨　午後陰　今日小雪節
十一月廿二日　星期五

早起，下午集附近各聯保主任、保長到縣府前隙地訓話，全體科秘亦在此聽予説政府今後對民衆各事，約半小時畢，餘則由盧縣長補充而已。午飯後朱致寅科長云田任秋去年爲匪暗殺云云。田生在九中教國文

---

① 李公僕，一般作"李公樸"。
② 六君子，應爲"七君子"。

數年，生徒能聽受，惟渠總帶□□性質，所以遭禍也。晚與邦儉談各事。

廿四日　晴　晚有風　十一月廿三

早起，龍滙東已派船來接予，此次以救濟院長資格代表縣長與予同赴宜屬各區宣慰。八時帶同遲生、長青及來人衛士乘船，至工廠與滙東晤，別已半年矣。今日經過三斗坪，懼空襲未起岸，僅囑衛士一人上街買物而已。晚飯後與談甚久。十時寢。

廿五日　晴　十一月廿四

六時起，伕子到齊，與滙東及員役坐船至南沱起坡，囑聯保主任雇齊轎子。此地予今年五月逃避潰兵至此，思之猶感傷不已。經過舊地至牛坪埡，欲趕至小峰陳三民家宿已來不及。天黑，遂尋得一劉姓家，予等人多，付錢請之辦飯。劉叟便問予，知為曾住小峰者，乃言予所存陳光典家之衣箱等等，前月被盜一空。予細詢之劉叟，謂光典昔非善類。然予心已逆料，必光典勾結盜賊取去矣。滙東慰予，謂事已至此。此次到此，原為一家大小無棉夾衣及被臥等，藉此次差事可便取物。從前朱廳長屢欲函知朱鼎卿師長代予取運送施者也。損財有定，且到三民另想辦法耳。在平時聞此必嘔氣，因念予西遷後受損失情形，那堪追憶？根生為予愛子，前年死在宜昌，更有何說？皆倭寇之賜也。十一時寢。

廿六日　晴　夜小雨　十一月廿五日　星期一

六時起，匆匆出發，予與惠東、遲生均乘輿，行路人多。過小峰寺天子墳時，陳光藻村中似有注意，予等以衛士披有長短槍支也。十時到三民家卸裝停止，飯後至對河山上予舊住宅中，已駐兵，晤其站長□□，襄陽人，曾在十八年充過軍官者。說明彼月前陳光典見彼，三五次辯竊予衣箱事。予細聽之，此物尚未走遠，光典父子俱在霧渡河區署被押。陳季明既為區長，其家同與予存物在光典宅遭損失者，必能追出贓也。晚得季明函，並派區員章君來接予，以光典在署供出天子墳陳天相兄弟二人爲主犯，且衣物俱藏彼家。遂命區員加派人，三民加派工役，與縣府政警三人攜持燈急往捕之，恐移贓也。九時半去，雞鳴時歸，執天相兄弟訊之，得予圍巾、白羊皮四塊。質之天相，遂又供出藏物山洞中。又派人攜槍，得予呢大衣、皮袍子等等，損失物件已尋出三分之二矣。餘物容天明再查，以疲甚，小憩。此案甚得力於區署派來兩警士，能破盜案者也。

廿七日　晴　寒　十一月廿六

早起，整理衣物，分類暫存，囑警士魯正卿再帶人往搜陳光典家中，尋出箱子二口，網籃存物凌亂，《詞源》三本彼亦未要，又予廿六年、廿七年日記並癸酉日記亦尋得，又在光典之媳枕畔搜出行政院退回登記予以專員存記之證件、相片、證書一本。因紙白硬，華麗悅目，大約預定以爲夾花綫者也。幸完好，甚慰。使當日宜昌潰兵見之，必毀矣。命遲生至陳玉卿家取彼母子所存山上巖洞物件，但如此高險之巖洞，我國潰兵亦尋往搜索數次。山下三家中據說搜洗二三十次矣，皆江防步隊及浠水、黃岡口音兵士，餘則浙江口音之海軍改組之士兵，可畏哉。晚間與三民說各事，十二時方寢。

廿八日　晴　十一月廿七　星期三

早起，今日命人整訂箱子，安置衣物，現在已有呢皮衣等物，不慮寒冷矣。噫！設非予自出差過此，原物向何處追索耶？今日與滙東至張家口召集當地保甲訓話，繼由滙東代表補述各語，二小時畢。予歸三民家宿，滙東別去。晚間命尋袁世高、李成家之父來問各事。十一時寢，備明晨出發。

廿九日　陰雨　下午更大　十一月廿八日

六時起，乘輿過易仙潭，早飯人多，耽延久。過七里峽時雨漸大。午後四時抵霧渡河，區署在山上，衣濕，行李等件俱用火烤之。與季明及各區員閒話當日事，感慨殊多。已定明日召集附近各保甲訓話，並佈政府意旨。十一時寢。

十一月

初一日　晴　寒　十一月廿九日　星期五

六時起，八時各聯保主任及保長、區署職員訓話，指示各事，宣佈陳主席今後對前方民衆之關懷，予以救濟諸事，約一時畢。午後四時馮藝林先生約予吃飯，非去不可，仍乘輿。馮寓距區署六里，并帶遲生同往，七時歸。與季明商各事，并囑其將竊案早日了結爲好。十時寢。

初二日　晴　十一月卅日

早起，至預備第四師訪其師長未在此，由部附武光宗代會。予詢之，武爲湘人，嚴代主席之學生，其出言似甚感激立三先生者，托予言致意焉。街上遇王興田，已改業做生意。李長庚來謁，云即日回黃岡，請予作信介紹襄陽李石橋，路過時予以便利。長庚即在小峰，今夏率兵護予至太平溪者也。彼曾在黃岡爲予之中隊長，有此一點善因，予於難中收此效果耳。晚早寢。

初三日　晴　十二月一日　星期日

早起，以力伕不能齊，遂留一日。午後至街上情報所打電話，詢興山縣情況如何，沿途安靜否。答以沿途須帶油米，因途中無大米飯也。晚早寢。

初四日　晴　晚寒甚　十二月二日

早起，飯畢伕役已齊，乘滑竿起行。此次因已獲得衣服箱籠，添力伕三人夯物。午後過馬良坪，到興山境也，即宿兵站。今日疲乏早寢。

初五日　晴　夜小雨一陣　十二月三日　星期二

　　七時起行，行廿里，順大路農民住宅俱爲夏季我國潰兵搜劫，居民散四方或逃山中未歸。自宜昌牛坪埡經此地已二百餘里，凡兵過處屋僅有土壁，其門窗戶扇早爲兵毀。一路荒涼，望之慘目，而民政廳之佈告貼壁上，尚有所謂提創冬耕之好聽話。試問無農民無耕牛，百姓不敢回家，將用紙人冬耕乎？朱廳長時時曰深入農村，此次何以不出巡視耶？韓文公云"先生欺予哉"，可移用於此時之文告中也。過兩河口上山下嶺極難行，薄暮抵石版溝聯保辦公處宿。保長賈先列，予以錢囑其代辦火食。十時略與談近事，早寢。

初六日　晴　極寒　十二月四日

　　五時起行，霜露甚重，寒氣砭骨，已屆隆冬氣象矣。沿途所見民屋多不完整，亦以今夏潰兵搶掠爲言，吾國抗戰得此兵隊，使老百姓印象太壞，以後軍紀應如何整飭？予返施後必得爲主席述之。到黃糧坪時，興山縣派政警王隊長到此相候已一日。王爲前年予出差興山時所素識者，其人不脫從前衙役舊習，惟彼地方情形熟，一則免途中危險，一可藉其招呼食宿，宿地甚便也。午後二時抵興山縣城住一旅館，非予從前所住沈姓宅，繼發現此屋污穢殊甚。石縣長約予到府中住，不得已乃搬入。其實府中亦不佳，不過稍清潔耳。飯後將出巡情形用電話告知主席，主席未在府，由劉秘書長代接，約五分鐘。予許以明日用電報相告。歸後與石縣長商各事畢寢。

初七日　陰雨　十二月五日

　　早起，石縣長約予今日午飯，不便却，同席者亦石姓關係，與石衡青親房者，作工程師，不日赴萬縣住家。今午有警報云霧渡河有敵機經過云。晚至街市一遊，此地某年城因水下陷五尺餘，故至今城門距地僅二尺，街市則新建者也。老同學沈季發病在家中，其狀甚苦，其獨子在滬學貿，至今亦無下落，傷哉。彼囑爲謀一事，羈身而已。夜半乃寢。

初八日　陰雨　十二月六日

八時起，九時同石縣長至中心小學、衛生局、縣黨部視察情形。午後一時各區聯保主任及附近機關均來縣府開會。予訓話約一時許，餘請石縣長代達，并請各人發揮意見。縣府備晚餐，就此時機留附近各區長談話。十一時寢。

初九日　晴　今日大雪節　十二月七日

早起至河干，縣長與科秘等人來送予，談一小時船開行。區長宋子仁在船上招呼一切。午後二時抵大峽口，該區所屬聯保主任及保長已到齊，飯後予與渠等訓話一小時散去。晚與宋區長言應改善各事。十一時寢。

初十日　晴　晚月色大佳　十二月八日

早起，飯後乘輿山行。十時過秭歸，胡縣長已派人來接。午後三時抵教場壩，秭歸縣政府辦公地也。李秘書冠群招呼一切，予遂宿於此，以疲甚早寢。

十一日　晨小雨　午後陰　十二月九日　星期一

早起，與胡縣長同往臨時禮堂舉行紀念週，秭歸各機關人員在此。予就此訓話，代表省府囑各縣應辦之事，約半時許回府。舊部聶湘派人在此候予，至沙鎮溪九九後方醫院。因上次過此地匆匆行，未及與彼歡聚也。舟行下水甚快，正午到，聶湘已爲招待住所。晚間晤及同鄉汪小卿，亦在醫院辦事，述彼離鄂城時情況，不勝感嘆。彼欲設法回籍，予勸之暫緩。晚到區署開會，集聯保主任、保長座談半時回聶寓。房屋精潔，承其過情飯食。聶於十七年八月由嚴立三先生薦與予，在蒲圻縣府充見習者也。林輔臣來晤，林黃岡人，與亡兒根生曾同學讀書，間各黯然神傷已。聶爲予治目疾，又爲予置白木耳食之，頗可感。十一時寢。

十二日　晴　十二月十日　星期二

早起，往街市上下一巡，此地物價已漲矣。聶湘今午請予讌，酒肴精美豐豐，約院長華建業及院中同事來陪予。醫生陳勉公亦來此，勉公宜昌人，清代南路小學堂學生，派赴日本學醫者也。武昌三佛閣勉公醫院，抗戰前獲利不小，與談甚歡。席散後與湘至街市一布店買白斜紋綿布作臥被裏子，價每尺一元九角餘，可謂昂矣。此布從前在武昌錦章布店每尺不過一角五分而已。晚間楊區長請予讌，同席有專署李視察，餘爲該鎮士紳。十時歸，晏寢。

十三日　晴　十二月十一日　星期三

早起，與湘商議各事，予欲回縣府，彼堅留，遂許再住一天。正午敵機幾架經此上空，聲隆隆，不知炸何處。晚與湘至區署坐談一時許，九時歸，與湘談各事。

十四日　晴　十二月十二日

午前與湘言各事。午後二時乘船回縣府，聶湘送予至河邊。風順船行甚速，少頃抵岸，聞有警報，敵機炸三斗坪云。到府後與胡、李諸人談各事，晚打電話問巴東辦事處有柁至施南否。周春崖已調回省府矣。十時寢。

十五日　霧　晴　十二月十三

五時飯畢，伕子已來，予乘輿帶同員役數人，李貫群來送予，謂胡縣長已出巡各鄉矣。至洩灘聯保處早飯，下午三時半至牛口吃中飯，晚六時抵巴東石灰窰辦事處。周春崖明晨便車回施，新主任溫厚甫今夕見面，以非熟人，許多事未便談也。十時即寢。

十六日　晴　十二月十四日

　　七時起，八時帶同遲生至晤源洞訪盧邦儉之夫人致邦儉之信，就其寓早飯。下午一時回辦公處，李曉波、朱陽春來談甚久去。七時有警報，云敵機在三斗坪盤旋三匝矣。十時寢。

十七日　陰　十二月十五日

　　七時起，往縣政府訪喬縣長，知已外出，其夫人出見，頗善詞令，因曾在中央政治部充職員者也。便往街中一看，歸後與溫處長略談。十時寢。

十八日　晴　十二月十六日　星期一

　　早起，到街市一閱。巴東自迭遭轟炸後生意愈發達，四鄉趕場者均以晨早來集，過八時即散矣。倭禍何時可已，使四民得以復恒業哉？九時回寓清理報告，備此次回省府得與主席陳述民衆痛苦、軍隊驕橫、官吏貪污、社會污濁各狀，使主席明瞭，嚴厲整飭之，予民以暫休息之機會，亦仁心仁術也。大凡儒者，不能行其志以安天下，必假借一有力者以行仁政。從前嚴立三先生代理主席，仁心有餘，規模太小，心地又窄，對予雖不多疑，然每每虛心而不採納。故每事須許改善，而終以氣餒未行。此所謂惡之不能去，而予之借他人力以行善之心亦終不能達到，可慨也哉。晚間兵站部、縣政府、省辦事處六機關聯合請客，七時去，九時散，酒肴甚豐，料每席價在百元，共八席，侈矣。九時半回寓。今晚同席僅喬縣長、黨部喻幹事、縣黨部書記長爲熟人，餘均軍界中上、中級軍官，未便與之說無謂應酬語也。十時半寢。

十九日　霧　晴　十二月十七日

　　六時起，至縣府開會。喬縣長昨已召集附近各聯保及三區長在府，約各機關到者卅餘人，有記錄。予訓話甚簡，約半時。喬縣長爲陳主席舊部，現以少將資格任縣長，一切可以代表也。予以簡而易行應即辦理爲清潔一事告各區、保負責人，謂欲洗除"臭巴東"三字之惡名詞，市區五里左右須有廁所三十座。現時集巴東之軍隊、機關人員、難民、商家約廿餘萬人，市區山上下以警局統計，廁所不過六七所。屎溺遍地，而死傷兵士、難民淺葬於街之兩頭者，天曙時臭氣沖天，正午尸氣四溢，明年春初瘟疫發生可斷定矣。正午散會，回寓小睡。午後一時羅貢華、劉叔模來此躲警報。未幾嚴公威來，云自渝新歸者，談一時許去。夜已寢後，陳三民着軍服來叫門借宿處，且帶一僕，予命與遲生同鋪。轉鐘後聞三民起，出門吸大煙，此人不畏法，予次早方聞之。

二十日 晴 風甚寒 十二月十八 星期三

今日無車，不能回施。午後嚴公威來談甚久去。公威語多不實，貌似有才，然立三先生每爲予言此人不可靠。故公威對立三有言，立三必正色厲聲答之。十時寢。

廿一日 陰 午後大雨 十二月十九日

今晨長途電話局長柯鵬陽新人。堅請予與嚴公威早飯，迭拒之不可。予畏寒，又值下雨不願去，柯迭電催，遂與遲生同往。舊僕袁長卿此次不回施南，諸事尤須自理。到電局後同席者亦多熟人，李曉波舊住其局之右側。飯畢約公威、曉波及柯局長就街中宜昌酒店請晚餐，天雨無警報，藉此機會還席甚好。三時席散，雨大回寓，衣履俱濕。巴東街市污穢各臭氣得雨洗於大江中，可潔淨一日矣。晚早寢。

廿二日 陰風 寒甚 十二月二十日 星期五

早起，連日因汽車不可得，只好悶居辦事處。予等未在處中起火食，早晚均往街市吃飯，頗麻煩。午後溫處長云，明天省府有車送俄國顧問三人回施，可便搭之，並搬主席存物大部份回施云。予遂整理行李等件，并此次在宜搜回陳光典盜去之衣箱等，計須三擔，搭車不易，此一其原因也。十時與溫良談甚久寢。

廿三日　陰　大風　十二月廿一日

五時即起，搬行李至站，辦事處處員周某與俄人未接洽好，且有軍隊數人竟上車，予物件遂不能上去。溫處長與俄人員交涉亦無效，結果只有將行李等件置車站。明日候票車有開行希望，或施南有來車再回。聞此間候汽車之客有三百餘人，數日內均無辦法，此建設廳廳長、段長之責任也。予不回寓，遂謀得平安旅社房一間，此房今晨方有人退出。巴東旅館人滿爲患，旅館亦難覓得。館中俱有衛燦先，一師範學生也，十年未見，晚間便約之至街市吃飯，與談各事，知其兄仲康尚任來鳳縣長，彼去幫忙者。買木炭升火禦寒。十一時寢。

廿四日　陰　小雨　寒甚　十二月廿二日

早起，至縣府晤喬乃遷縣長，囑其於前日決議各事以實力行之，勿托空言，致貽決而不行之誚也。打聽仍無車開施。晚十一時寢。

廿五日　雨　寒甚　十二月廿三日

七時到市區早點，途遇馮少岩同區員紀常於縣府門首，詢之謂奉派放賑者。府中無人出差，乃派彼至此，明日往野三關云。九時早飯，與仲康談從前第一師予教課時瑣碎。予年已五十三，彼亦已四十，邇時學生中彼尚屬少年，其年齡長者現恐亦逾五十矣。晚寒甚，炭火禦之，室外大小孔多，火力甚微。

廿六日　陰雨　十二月廿四

今日無車，頗爲焦灼，何時可回施南耶？下午帶遲生在街上一遊，遇從前宜昌行署傳達黃覺非，彼現在保安大隊充排長，堅邀予吃飯。遂同至酒店共食畢，至辦公處遇施方白、蔡惠莊自施南來此，遂與談甚久。施已任鄂北行署主任，彼與主席有舊，故得此小小獨立之事。惠莊言鄂東情形，予方得明瞭。歸後十一時寢。今日途遇各處解來路過壯丁約數百，每卅人均有軍官押之。詢之來自貴州，解重慶交軍政部者也。身著單袴褲且不完整，面無人色，骨瘦如柴，此之謂壯丁，以之抗強敵，真乃兒戲。各丁行路戰慄，稍好者軍官提出爲之抬滑竿，而軍官着風衣，皮領外見，欣然自得，驅此壯丁如牛馬，鞭撻隨之。聞市人云，連夕鎖於旅店或民房，數十人共一捆稻草，飢寒交迫，時聞鞭撻聲達户外。連日在街心倒斃者，即令警士收去淺埋，亦有不埋者。此不僅此次貴州解來之壯丁如此，此數月內見者何止數百次。民生公司輪船到埠，即驅而納之大艙，此等雖飢，尚可免寒。噫！是誰造此孽歟？又問壯丁着單衣者何故。據排長、班長云，棉制服要軍政部統發，壯丁來時自帶單夾衣已賣去路上零用。如軍官果有仁心，給壯丁以舊服，則恐其逃後長官責令賠償。此不過欺人語，現時軍官心如蛇蝎，安有以舊制服給壯丁者。徵兵制度行之今日已太遲，如此時徵兵辦法，凍其身體，餓其體膚，未來時繩捆索綁，視如廉豕，是既徵者如此，未徵者焉得不逃避耶？反之，敵國徵兵之法如何？寢後展轉不寐，因起補書之，可以誌吾國軍事黑幕耳。

廿七日　霧　陰雨　十二月廿五日　星期三

今日寒甚，午後譚菊畦來談甚久去。打聽汽車無消息，而站長金某爲予同鄉金牛人，據稱金澤生之子。澤生爲吾邑著名權紳，依傍柯逢時作惡多端者，後爲國會議員，其資格自辛亥革命已墮矣。金站長説話不實，滑頭滑腦，予亦不得不重托之。抗戰後恐湖北建設廳之腐敗應居全國首位矣，蓋從前石、林諸廳長實無成績可言也。

廿八日　晴　十二月廿六日　星期四

七時起，又到悟源洞訪盧太太問各事。午後至縣府一次。晚早寢。

廿九日　晴　午後陰　十二月廿七日　星期五

晨日光甚澹。午後打聽行車仍無望，旅客巴客候車者已步行數批矣。予以帶物多，不然亦行矣。湖北建設廳之成績如是如是，此則集人咒罵者也。

三十日　晴　十二月廿八日

七時起，今日慮有警報，往悟源洞預避之。午後至柯局長處打電話至施南本府，報告近況。劉秘書長外出未歸，遂由劉慕曾接話，請其轉達各事，並詢本府近政。晚十時寢。

十二月

初一日　晴　十二月廿九　星期日

早起天氣晴朗，早飯畢懼有警報，帶同遲生至省立圖書館押運處接洽。因主席已預定兩汽車，每日對開，運書籍者也。此地距巴市五里，可逃警報。尋一茶館坐之，晤崔冠侯、孫□□二君談甚久。午後一時有警報，巴東市人逃至此者甚多。二時解除，予回市區吃飯，晚與金站長接洽坐圖書館汽車事。十一時寢。

初二日　晴　晚有風雨　奇冷　十二月卅日　星期一

四時起，五時運箱子等件上車，九時開行。至硃砂土吃飯，至龍潭坪已昏黑矣。車中今日所見，高山大雪未融化者多。晚仍開行，坐者奇冷難受。距茅田十里，車行中有三兵士持短槍爬上車來，司機推之不下，欲附茅田某部者。其勇敢氣恐打仗時不如此也，乘客疑爲匪來劫車者。轉鐘一時方到旅館，人已睡熟，叫門不開，命遲生喊王谷生房門，乃得一空室睡之。倘不認識王谷生，今宵須露宿，出門真苦矣哉。然司機生今日何以如此勇敢，雖夜寒亦急駛茅田者，以其家眷住茅田也。中國人之"私"字真做到滿足功夫。

初三日　陰雨　十二月卅一日　星期二

六時車開行，九時半至白楊坪早飯，已達恩施境矣。下午五時抵施城，住鄂西旅館。飯後至省銀行倉庫晤朱伊仲，渠云施城昨日曾有敵機投彈，幸予未聞也。旅館客多，嘈雜一夜，鼠猶大，時時鬧，至不能安枕。

初四日　雨　民國三十年一月一日　星期三

七時起，李成家來館照料伕子挑行李等件送予寓中，十時到家矣。飯後清理各事，問省府近況，閱各處寄來信件。此次出差受苦不少，幸自取回已失之衣物、棉絮等等，家人得以無寒，則不能不感激陳季明與章區員之力也。十時寢。

初五日　陰雨　午後三時似轉晴意　一月二日　星期四

十時起，倦甚，今日在寓休息未出門，清理用賬。晚早寢。

初六日　早下雪子片刻　雨　一月三日

七時起，十一時飯畢，清算出差用賬。晚間擇要復各處函，十一時寢。

初七日　陰雨　一月四日

八時起，飯後清理出差用賬已畢，計主僕二人并遲生，一切雜用至七百餘元矣。在路上旅店被臥極髒，臥具中有虱數枚，囑家人速洗臥具。

初八日　陰雨　一月五日

九時起，倦甚，飯畢辦報消帳，填日記表。此日記真偽造者，政府公差用款須有日記支膳宿費故也。晚十一時寢。

初九日　陰　一月六日

八時起，辦理報告畢。今日往省府見劉秘書長談各事，新來省視察周適安在秘書室辦公。晚歸清理信件，擇要復之。十一時寢。

初十日　陰　一月七日

八時起，寫各處謝函，此次出差，招待予者不止一人一地也。出差在外，無熟人招待自屬恨事，蓋多花錢亦不得好結果也。予抗戰前出差鄂東、鄂北、鄂南各縣，不知予者甚少。且在戰前安心考查及遊覽各地，且有題咏。此次出門受苦實多，視察須各門學問俱備，民、財、建、教、保五部份政治法令須通曉，不然人所詢不能答，己所欲言者亦言無至理，無已則胡亂搖吹而已。無怪從前及現在民、財、保三廳人員年輕，出差在外多為官紳非笑，此實損政府之威信，政治不能通、下情不能達之原因也。晚早寢。

十一日　陰　一月八日　星期三

早起，倦甚。今日至省府取得朱祐廷自漢口來函，詳言武昌保安門住宅事，謂看屋人陶宏生已回黃州，孟祥煥母子曾在內住過，並收去租金兩月，後重房子已折毀。悶甚，繼思無人在省，僅孫壽山力量何能顧及，但此屋能保存之總屬萬幸耳，當作函復之。祐廷要來施謀事，未能拒之，亦不敢許之也。

十二日　陰　一月九日

八時起。九時飯畢，至府晤秘書長，下午見主席，祥陳各事，軍隊不良奪民食情形已與言之，相與太息而已。主席謂必用嚴令通知各軍長官云。明日須到府辦公，午後歸，清理行李書籍等件，準備在府食宿。十時寢。

十三日　陰　一月十日　星期五

早起到公。今午在包貢九家搭火食一頓。晚歸宿，試試腳力尚好。

十四日　霧　午後晴　晚月色佳　一月十一日　星期六

早起到公須簽到。午餐仍在包宅，餘星期日均照例同下班，似甚便。彼不取膳費，將來只有贈物代價也。晚歸補記未竣文件，十一時寢。

十五日　霧　晴　晚月色佳　一月十二日　星期日

六時起，六時四十分到公，連日行路練足力，予疾似已全好矣。在辦公廳無事可辦，閱書報定心而已。午正歸寓，飯後小睡，星期一搬行李，因寢室前爲嚴道生所佔已退出矣。

十六日　霧　晴　晚月色佳　一月十三日　星期一

早起到府，九時紀念週，各員站立聽報告各事，無緊要者，半時乃散。辦公廳人多，午後閱報看書，四時半仍回寓。

十七日　晴　元月十四日　星期二

早起至府，飯後因主席約予至幹訓團談話。四時去，主席分詢畢業學生未下班，予在石副官室候一點鐘。石淩生亦係主席傳見者，石先見，談片刻出。予與主席談前方事甚久，衣甚單，覺寒冷，主席欲予就室中吃飯再談，予托詞病初愈畏寒不耐坐，遂許予出。不然晚間城內無處可宿，又不知主席談至何時可已也。匆匆出門至警局，囑爲予雇轎一乘坐歸，已九時半矣。

十八日　陰雨　一月十五日　星期三

早八時到府，今日雨，擬在府宿，夏國斌送行李未至，下午仍回寓。

十九日　雨　寒甚　一月十六日　星期四

早起至府，照例到公，午後閱雜書。予之報告主席一一批出，應興應革者無不電令發出，可謂虛衷採納矣。晚寒宿府。

二十日　陰　寒甚　一月十七日

六時起，同室陳啓育，廣東人，能起早，身體強。午後寫各函復各處，晚與周、陳及隔壁張科長閒話。張，山東人，與我邑汪生翰章同學者也。十一時寢。

廿一日　陰　一月十八　星期六

六時起，清理各事，午後四時回寓。今夕電臺收音機聞南京偽組織演說與日寇音樂聲。予在宜昌行署負責時，曾囑邊、吳諸人提取教育廳存下橋邊之收音機兩架至行署，晚間能得敵情。今省府秘書處未提回巴東倉庫之收音器，任其生銹損壞，何也？除每日三餐，看"等因奉此"之外，有何事可作矣？土橋壩之公務員每晚打牌賭博而已，文武如此，抗戰前途可悲也哉。十一時疲甚寢。

廿二日　霧　晴　元月十九　星期日

九時起，倦甚。昨已請半日假，今日不到府在寓休息，懼有警報亦未出門。晚閱雜書，十時寢。

廿三日　晴　今日大寒節　元月二十日　星期一

七時起到府，八時半紀念週，秘書長報告各事云予赴前方宣慰及視察各案件，已提例會指示各地矣。午後借本府圖書室書籍閒看。晚宿府。

廿四日　陰　小雨片刻　晚晴　元月廿一日　星期二

六時起，到公後閱書報，寫各處函，代秘書長擬電文二通。今日小除，午後四時歸，晚祀竈神，思家鄉舊俗多感慨。西遷已三年，抗戰何時勝利則尚難料也。十一時寢。

廿五日　晴　元月廿二　星期三

早有警報一次，到府後照例辦公，十時又有警報，敵機凌空，與同仁避洞中。午後又有警報，逃避多次，身疲足軟矣。四時半回寓，早寢。

廿六日　晴　午後雨　元月廿三日　星期四

早起到府，午後至店子坪買零件及年下用物。此地土人已大富，公務員則日見窮困，待遇薄、規矩大，紀念週又多一切不兌現之語，不誠心之話，不相干之標語多貼，試問有何益耶？晚仍宿府。

廿七日　陰　午後小雨　寒甚　元月廿四日　星期五

六時起，吹號時連日天未明也。軍事管理之嚴待戰時公務員應如此，本來臥薪嘗膽者有人，匹夫有興亡之責，特以現時在上者只說而未實行之，僅行於下一等之人耳。午飯後至店子坪買得白金龍香烟三聽，每聽五元，據說近日來自湖南商人者。從前白金龍烟每元三聽，今則五元一聽矣。買洋臘二支，每支八角，還不算貴。回府後清理室中各事，晚回寓宿，囑家人略備年菜。十一時寢。

廿八日　早微雪　午晴　寒甚　元月廿五　星期六

五時起，八時秘書處舉行朝會並點名，有不到者罰之。計彭科長、股長等數人，當即通傳各科室，嚴厲哉。朝會抽籤講書，講三民主義。作偽如此，乃稱爲有朝氣。民廳朱廳長實主持最力者，揣摩風氣。甚哉，做官有訣也。午後至店子坪，又買得白金龍烟二聽，去價十元。晚六時回寓。

廿九日　陰　午後晴　元月廿六日　星期日

早起往省府探問各事，云明日仍辦公。十一時再至店子坪購零件回寓。夏、楊二警士來寓，各給洋十元與之，以時時托彼等買菜也。七里坪警察所長魯祖軫爲予幫忙不少。午後四時囑家辦菜數碗，具香燭焚楮祀祖宗，循舊例也。連年流寓，僅表寸心而已。晚分壓歲錢與老幼，十時飲酒一盞，感慨多。家人十二時俱寢，予以身體弱不能久坐，轉鐘一時寢。

民國三十年（1941年）辛巳日記

正　月

初一日　晴　新曆一月廿七日　星期一

五時半起，六時到省府，六時半紀念週。當局說話甚長，約一時半乃已。仍照常辦公，民廳及他機關有人到處賀年。予至包宅一次，凡事須近人情，予近卅年未見不近人情者□好結果。閩之孫、王，鄂之朱、何，均如此矯揉造作。吁，可畏哉。下午五時回寓，今晨有警報二次。晚餐後追憶往事，思念家鄉，默想前途，痛心無已。晚寢亦不安枕。

初二日　晴陰不定　一月廿八日　星期二

六時起，七時到府。午餐在包宅，午後三時半即歸。晚寢多夢。

初三日　陰雨　一月廿九日　星期三

七時半到省府，照常辦公，無事可紀，紀則嘔氣之事而已。午後四時歸，晚飯後細思今夕為先祖母晏孺人忌日，在施那能祀之，感歎不止。九時寢在省府。

初四日　陰　一月卅日　星期四

六時起，七時照例上辦公室，無多事。前方戰事沈寂。下午四時回寓，晚餐後略事清理。今春擬回鄉，予來此三年，受盡萬苦矣。寢後多夢。

初五日　晴　一月卅一日　星期五

五時半起，六時到府，連日在府搭火食。今日無多事，偶借圖書室雜書閱看，心緒紛亂，念及前途，不寒而慄。晚餐後在寢室中補寫信件數封，分寄本籍及各處。宿府。

初六日　陰晴不定　二月一日　星期六

早起，今日無多事。午後四時回寓，晚飯後偶念家園，心鬱也。九時半寢，多夢。

初七日　晴　二月二日　星期日

七時半起，早未往府。正午貢九來寓，留便飯去。午後至七里坪警察局視察，又至鄉公所，便訪高伯韓，傍晚歸。宿家。

初八日　晴　二月三日　星期一

六時半到府，十一時到包寓吃飯。晚五時參與降旗禮，因予值日也。宿府中。

初九日　晴　大霧　二月四日　星期二

早起，十時以後警報共四次，時時躲避，頗以爲勞。抗戰今四年矣，勝利何時，俾吾輩早回武漢，乃萬幸耳。晚宿府，閱雜書，心亂如麻，未能竟閱，寢亦不安。

初十日　晴　大霧　二月五日　星期三

早起，今日無多事。午後訪朱懷冰一次。晚宿府。

十一日　晴　二月六日　星期四

早起，連日復各處函，擬稍緩建始縣視察。晚五時外出，未走遠即回，心緒不寧，無友可訪，無話可說。早寢，復不成寐，殊難於處此境也。

十二日　陰晴不定　二月七日　星期五

六時起，連日住府中，無多事可辦，報載戰事多不可信。晚間寫信二件，閱雜書、雜誌之類，求其定心免他念也，然實不能收予心。九時即寢。

十三日　陰　二月八日　星期六

六時半起，今日上、下午無多事，閱報戰事無進展。下午四時回寓。連日思鄉甚切。九時半寢，多夢。

十四日　陰晴不定　二月九日　星期日

七時起，八時到府。午後一時訪魯巡官，與談各事，緣彼欲另謀事也。二時訪嚴立三先生，聞不日赴曬坪墾殖區辦實業，遂約貢九同去談二小時。立三對於抗戰認爲一時不能了結，此去欲籌民食，豫爲退步，用心甚善，但不知將來能獲效果否。四時半回寓宿。

十五日　陰　元宵無月　二月十日　星期一

七時起到府，八時記念週。今日幹訓團畢業學員來參觀。晚飯在經濟食堂，飯後至店子坪等處一遊，遇周鳴皋談片刻。晚宿府。

十六日　晴　晚子正大雷雨　二月十一日　星期二

六時起，九時清理各事，準備赴建始視察。午後一時入城向警察局借夏國斌爲勤務，訪朱士堪、龍詩樵等。傍晚回寓。

十七日　陰雨　寒甚　大風雪　二月十二日　星期三

八時起，寒甚，命家人清理各事，準備出門。晚寒早寢。

十八日 雪 寒 二月十三日 星期四

九時起，未出門，夏國斌來，囑其準備各事。

十九日 陰 二月十四日 星期五

八時起，九時到府。今日未能成行。

二十日 陰 夜雨 下雪子 二月十五日 星期六

七時起。午後進城至警察局，帶同夏國斌去，言明借之出差作勤務也。至省銀行訪朱士堪談半時，談劉叔模未晤，與其妻立談數語出。四時歸，十一時寢。

廿一日 陰雨 二月十六日 星期日

八時起，寫信與朱廳長、劉叔模，一爲便查區政事，一爲伯陽說項也。

廿二日 陰 夜間小雨 二月十七日 星期一

八時起，倦甚。上午清理各事畢，下午三時半自寓動身到城，宿省銀行倉庫，與朱士堪談各事。

廿三日 晴熱 二月十八日 星期二

五時起，至北門外車站搭車。遇李曉波，知其已調李家河郵局長，不日即往咸豐轉李家河云云。七時開車，午後一時抵建始，住平安旅社。飯後訪縣政府秘書陳右軍、科長魯堅，晤談一小時。四時訪謝蟄階，細詢劉葆初家事，欲約來城一談。縣長許雲漣未歸，未能即談。晚十一時寢。

廿四日 晴 二月十九日 星期三

六時起，七時至縣府與民廳朱廳長通電話，請予便查建始鄉公所。

九時有警報,與夏國斌至第一村吃飯畢,十一時至七里坪視察省立師範。因校長受訓未歸,亦未開課。下午至各街一遊,商業甚發達。九時寢。

廿五日　晴　二月二十日　星期四

六時起,至縣府。乘轎至長梁子,中經下壩觀,聯保主任宋某來見,詢以各事茫然。正午到區署,區長陳養員留便飯,但捨此又無他處可吃飯,是以安之,因予不願意受人招待也。便視中山鎮公所,鎮長施某。又參觀中心小學,劉、周、鄒等教員均晤見,辦理尚好。傍晚歸,縣府張警佐來晤談。

廿六日　晴燥　二月廿一日　星期五

七時至縣府,通電話至省府,與包秘書談話,商酌遲生讀書事。晚又至縣府通電話,與朱濟威約談片刻。今夕已遷縣黨部住宿。

廿七日　陰雨　下午轉晴　二月廿二日　星期六

七時起,張科長來約予至軍部談話,晤趙參謀長,頭腦甚清,評述軍政聯合事。午後至各街遊覽一次。傍晚縣長許雲漣已回縣,來黨部詳談一時許去,遂約定明日在縣政府開會。十時寢。

廿八日　雨　二月廿三日　星期日

七時起,寫李冠群、鄧實、孟廣湋、龍惠東、朱致寅函,均發出。午後二時至縣政府,三時已到參事徐海如、張文和、吳翼生,財委會主任袁崇階,商會主席袁立夫,救濟院長何美如,區長黃藝圃、程養員、顧盛卿,科長黃中文、賀光亞,中心小學校長袁慶民,督學柴曾愷。三時半予代表省府訓話,約半時畢。以後由許縣長商討縣政改良諸事,四時散會。五時就縣府便飯。晚歸見客數次,十時寢後聞劉葆初已來城,明日當與一談。

廿九日　陰　小雨　二月廿四日　星期一

七時起，軍部約予談話，許縣長來陪予去。趙參謀長陸大畢業生，與予談甚久，告以建始政況並軍民互助諸事。趙新舊學識均佳，且通法文，近時不可多得之軍事人才也。午後一時至謝螯階家看劉葆初，廿七年未見面，中僅通函二次，彼亦皤然老矣。謝宅午餐，談約三小時，期以明日再見。晚六時魯科長伏生約酒敘，同席者許縣長、吳參事翼生等八人，有邱醫生在座，聞醫道甚高明云。

三十日　早雨　午後陰　二月廿五日　星期二

七時起，至縣府打電話與省府張科長、包秘書說明各事。十時約葆初、謝螯階及葆初之姪至又一村午餐，約洋十四元，黃紫荃之弟未索賬，再三推讓，予亦不相強，緣黃與劉均世交也。下午五時黨部書記長張用九請予晚餐，同席者許縣長、張文和、徐海如、袁崇階等八人。九時散席，予與夏國斌至街上購各物，歸後遂寢。

二　　月

初一日　小雨　午後陰　二月廿六日　星期三

七時起，九時葆初尚未回家，來談敘各事，有戀戀意。建始尚有一同學聶守經，聞已六十餘矣。予曾函詢二次，渠亦無回信，初疑其死矣。聞魯科長、張書記長云尚存，但性甚乖僻云云。予亦不願與通電話。午後回看文和、海如。晚十時寢。

初二日　雨　寒　二月廿七日　星期四

七時起，縣長派人來云有車開。十時帶國斌同往車站，徐海如為予買票，免擁擠也。文和、許縣長、張天則來送行。十時半車開，午後三時抵施南，四時到家。飯後清理各物畢，十時寢。

初三日　陰　小雨　晚大雨　二月廿八日　星期五

九時起，倦甚。上午清理各事，下午看雜書，晚寫信二件，答復久未復者也。

初四日　陰寒　晚有月色　三月一日　星期六

八時起，寫出差日記及賬目。晚看雜書，消遣而已。十一時寢後多夢。

初五日　晴燥　三月二日　星期日

七時起，辦理建始報告。午後寫信二件。晚看雜書，十時寢。

初六日　陰寒　三月三日　星期一

八時起，十一時飯畢。午後一時到省府與秘書長報告建始情形，午後四時回寓。晚飯後閱雜書。九時寢。

初七日　晴　大風　晚有月色　三月四日　星期二

七時起，上午清理文件、寫報告畢，下午閱報，晚看《兩般秋雨盦筆記》十餘頁。十時寢。

初八日　早晴　午後陰　月色佳　三月五日　星期三

九時起，倦甚，聞警報一次，午後一時又有警報。二時至省府，無多事，四時半回寓。飯後閱雜書，十時寢。

初九日　陰　三月六日　星期四

七時起，到府辦公。午後四時回寓，閱筆記數頁。晚飯後帶同定生在門外小立，欲作詩未成也。

初十日　三月七日　星期五

六時半起，七時到府。今日閱報、閱雜書，未作事，餘時閒談而已。晚五時回寓，閱筆記數十頁。十時寢。

十一日　晴　三月八日　星期六

七時起，八時到公，午後四時半回寓。飯後閱筆記數頁，恐傷目力，早寢。

十二日　晴燥　三月九日　星期日

六時囑遲生起去考學校。七時沈碧舫來，予起與談。宋德鈞來，爲轉學事。十一時到省府，便往包寓晤李曜東。午後歸寫龍惠東、李曉波、劉伯陽函，均發出。

十三日　大雨　晚七時起風雨達旦　三月十日

六時起，七時到府。今日大雨未作事，晚間在辦公廳補寫雜文稿。九時到寢室，持燭爲風所滅，右足膝下八寸許撞石礎上，痛甚，遂寢。自後痛更甚。

十四日　晴　三月十一日　星期二

六時起，八時警報二次，十一時至包宅吃飯。正午跑警報至民廳洞內，聞施城西門遭狂炸矣，死傷不少。晚五時回寓宿。

十五日　早晴　旋陰　三月十二日　星期三

五時半起，六時即到府，七時到施城北門口，與饒杰吾遇，遂至問月亭，即李白問月詩所謂"青天有月來幾時"，《施南府志》列爲古蹟者也。今日爲植樹節，省府派予與饒及馮少岩代表植樹節。八時主席及各委員來此山下行植樹禮，建廳派董道鉩招呼此事。九時畢，予匆匆返府。

今日幸無警報，心稍安耳。午後無事，晚寫函二封，十時寢。

十六日　晴　今夕月偏食　三月十三日　星期四

七時起，今日午前有情報云敵機至巴東盤旋。傍晚問巴東辦事處，知巴東街市又遭狂炸。八時月食，約一時半復圓。九時半寢。

十七日　晴　三月十四日

七時起，八時閱文件，十時有警報。十時半至包寓吃飯，正午又有警報，至民政廳洞內避之，時間約二時半乃解除。知施城被炸甚慘，死傷人數八十餘，幹訓團學員，建、財兩廳所調訓者有死傷。晚間聞包秘書受驚不小。五時回寓宿，明日當往慰問。

十八日　陰　正午大雨如注　三月十五日　星期六

七時到府，悉聞昨日施城被炸詳情。十時奉派到城內慰問被傷軍民，分臨警局、縣府、醫院，大雨路滑，四時半乃畢。囑警局代雇轎子回寓，已七時矣。

十九日　雨竟日　三月十六日　星期日

八時半起，今日上午未到府，下午寫報告，定明再赴各處慰問。遂宿府。

二十日　陰晴不定　三月十七日　星期一

上午八時至省立醫院慰問陳家駿等。陳病重，其妻亦在旁。陳為邦燾之姪，在幹訓團受訓，受轟炸震動牽發其肺病，似難望愈也。聞建廳有萬縣來受訓之主任早已死矣。午後四時回寓，五時幸南傑與朱新民來談甚久去。晚閱筆記，十時寢。

廿一日　晴熱　三月十八日　星期二

八時起，上午共有警報四次。下午三時至城慰問十五後方醫院，由王看護長引導至病室。醫官張顯渠，張廑軒之姪也，欽幹臣醫生并述明各事。五時出，六時宿縣黨部龍詩樵處，談話多，睡極不安。

廿二日　晴　三月十九日　星期三

六時起，東方日輪呈殷紅色。八時到府後無多事，晚五時歸家。

廿三日　晴　三月二十日　星期四

上午有警報一次，在防空洞避之。晚五時仍回寓宿。

廿四日　晴　三月廿一日　星期五

七時起，八時到府，分函約諶贈善、熊漢輔、梅先霖、李蔭棠等後日過寓便飯。下午仍返省府宿。

廿五日　晴　晚大雷雨　三月廿二　星期六

早與李等通電話，約明日來寓便飯，請準時達到。下午四時回家宿。

廿六日　雨終日　三月廿三日　星期日

七時起，天氣已變，雨未止。午後二時候熊、包等未來，朱少甲過寓，云熊漢輔已與彼言不能來寓。三時楊科長同李曜東來寓，談後吃飯。四時半便托其帶函至府，請假三天。晚十時寢。

廿七日　陰雨　三月廿四日　星期一

七時起，八時以久存之紙作畫，僅成初次輪廓而已。午後梅先霖來寓，留飯去。晚閱雜書，至十一時寢。

廿八日　晴　三月廿五日　星期二

八時起，補畫昨日畫幅。飯後帶同遲生、定生往七里坪遊覽，並往通天洞一看，午後三時歸。晚畫件已成，並寫款，擬明日交與張科長澤君。數年未畫，筆墨生疎矣。又爲周適安作一幅未成。十時寢。

廿九日　晴熱　三月廿六日　星期三

八時起，終日爲張、周補畫已成，并囑內子將各衣服洗曬畢，明日到省府。

三十日　陰　晚小雨　三月廿七日　星期四

六時起，七時到府，得伯陽、陳宗榜、馮藝林、蕭中天等函。午後未食飽，晚至店子坪消夜。九時歸府宿。

三　月

初一日　陰雨　晚大北風下雪　寒甚
三月廿八日　星期五

七時起，十一時至包宅。飯後閱通知，明日放假。三時遂歸寓，行一時半方到寓。晚閱《兩般秋雨盦筆記》廿餘頁。十時寢。

初二日　晴　三月廿九日　星期六

十時起，倦甚，出門見對山有積雪。午後整理各筆記等件，魯祖珍來談甚久去。晚十時寢。

初三日　晴熱　三月卅日　星期日

六時起，七時到府紀念週，秘書長爲製服賬未結事大罵柳東川，其實賬非東川經手也。未知頭緒率爾罵之，不足以服柳也。午後四時半回寓。

初五日　晴　四月一日　星期二

六時起，七時到府，十時交下公事一件。在包寓吃飯後似感寒疾發，戰戰狀。十二時疾走回寓，即解衣臥約三小時乃起。四時至白如初寓談各事，六時歸。食稀飯一盂，八時又解衣寢，飲藥發汗，睡甚熟。

初六日　晴　四月二日　星期三

七時起，昨睡甚安，熱已退矣。十時有警報，午後一時至店子坪郵局寄盧邦儉一函，途遇警報一次。便訪包貢九，值其假歸，六時回寓。途行微汗，到寓仍食稀飯，寫陳三民、郭淵伯一函，又寫伯陽函，十二時方寢。

初七日　上午雨　午後晴　四月三日　星期四

七時起，八時到府，病已大愈。府中亦無多事，閱報并借圖書室各雜誌，抽閱而已。午後五時歸，晚閱筆記，十時寢。

初八日　早陰小雨　午後陰　晚八時大風雨電兼雨雹　下雪雨　四月四日　星期五

九時早飯，十時至包貢九寓，就其寓吃午飯畢，已正午矣。遂至城內鄂西第一糧食公司訪問各事，其副主任鄧濂溪則廿年前武昌三一中學學生也，談甚久出。與李僕同至西門、北門買零物件，四時渡小河回包寓略談即回余宅，已疲軟不堪矣。手提物件約十餘斤，腕痛甚，七時半即睡。未幾大雷風雨雹聲震瓦上，約一時乃已，十二時後大雨至旦。

初九日　早小雨　寒　今日清明　四月五日　星期六

昨未睡適，天欲曙時夢先母及甥女廣雲，又見玉笙，似搬家狀。先母背各零物，囑余云快走趕船，室中事放棄可也，余行時大哭，旋醒，天已大明。記今日清明節，流亡三載，鄂城各祖墳及先父母墓未能親祭，感傷無已。晚間清理各事。

初十日　晴　寒　四月六日　星期日

上午清理各事。飯後攜文稿等件至省府，已正午矣。見秘書長報告查鄂西糧食管理處各部組織事，秘書長請余代嚴秘書核閱文件，自明日起，因嚴入施城幹訓團受訓也。晚宿省府。

十一日　陰寒　晚九時雨　子正大雨　四月七日　星期一

六時即起，今日上午紀念週，予下午起代嚴秘書閱民政廳公事文件共十七件。自去年四月中旬，未閱公事近一年矣，公事格式諸多變換。晚餐在府食未飽。九時半寢。

十二日　晴　四月八日　星期二

六時起，七時半閱文件，午後文件較少。四時韓英華自遠安來談各事，云蕭液垓已抵三斗坪，不日可到施，同來者彭科長並王僕云。四時半予回寓吃飯，因昨日未飽，晚睡亦不安也。

十三日　上午雨　午後晴　四月九日　星期三

六時到省府閱文件，十時到民廳未晤林淵泉，太平溪來電甚長，譯未竣，欲閱林之原電也。午後陳漢民督學送來四區存宜昌縣府贓物，係去臘解府者，今日方送到。余以事冗亦未拆看，附來朱致寅一函。

十四日　早大霧　晴　夜月甚佳　四月十日

昨宿府，今日起甚早，八時劉叔模來電話告余以各事，正午在包宅吃飯。夢閑來，囑將宜昌帶來包袱囑其帶回寓。下午長梁子陳養員區長帶來新茶葉并香蕈，并退款四元。四時半予回寓，自帶此件回，攜物行路，汗出如瀋。

十五日　上午晴　午後陰　五時大雨如注
四月十一日　星期五

六時起，同遲生到府，因攜物多，不能提也。上午閱文件，到包寓午飯，遇蕭液垓自遠安來者，與談各事。午後文件更多，在府並補閱各件。宿府。

十六日　早陰　旋雨　午後五時轉晴意
四月十二　星期六

六時起，七時到公，午後雨。用電話詢林淵泉，知陳季明被軍隊捕去事，朱廳長已去電與盧縣長矣。買米囑周僕送寓，並帶皮鞋來。今日午飯至包宅，因雨頗以行路爲苦，明日當設在府搭火食，不外出也。

十七日　晴　四月十三日　星期日

六時起，七時到公，八時液垓來，予恐其有多話，遂導至寢室中談半時許。王僕安雪亦來，予便告以其家各事。九時閱文件，十一時在府午餐後回寓。

十八日　晴熱　四月十四日　星期一

六時起，囑遲兒攜包袱同來。八時紀念週後照例閱文件。下午文件稍多。

十九日　晴熱　四月十五日　星期二

六時起，今日上午警報二次，下午又有警報。今日文件多。晚間聞巴東又被炸，馬麻地一帶有損失。今日王安雪來述各事，予以其忘恩負義罵之，囑令去。

二十日　晴熱　四月十六日　星期三

六時起，今晨在府起火食，六時半稀飯甚好，予已數年早晨未食稀飯，今晨起尚不反胃。午餐、晚餐火食尚好，較勝於每月十六元火食已加數倍豐盛矣。今日文件更多。晚宿府。

廿一日　晴熱甚　四月十七日　星期四

早起，今日文件甚多，晚四時半校閱不盡，留作明晨再閱。予自十一日起，今已十一日矣，公文變更又與去春不同，然無甚意義。四時半飯畢回寓宿。

廿二日　晴熱甚　四月十八日　星期五

八時起，九時來府，足軟甚，閱文件。蕭液垓來提及王僕安雪事，予盛氣責之。午後文件更多，連日足疾，亦未至店子坪等處，繫念鄂城諸事，心中怏怏甚。晚間時與周適安談各事。

廿三日　晴熱　四月十九日　星期六

早起，七時朝會，舉行羅迪烺講書，共延時間約二小時。同人鵠立，予以足疾，真覺久立傷骨也。今日公事多，未能回寓。

廿四日　晴熱　四月二十日　星期日

早起，今日府中時間更變，食宿俱提前或退後。上午十時半飯畢，予回寓并帶僕攜包袱歸。朱少甲來談并詢各事去，予小睡一時許乃起。晚與內子說各事，孫壽山、胡太輔、姜成英俱有信來述各事。

廿五日　晴熱　下午有黃沙　四月廿一日　星期一

八時起，囑遲生與予攜包袱至府，循例閱文件。今日足疾未愈且加劇。下午四時聞主席已回施。晚間補寫信件及日記，復太輔、壽山等函，明日可發出。

廿六日　晴熱　四月廿二日　星期二

早起，今日閱文件，檢登記簿查之，自陽曆四月七號起截至今晨半個月中，已閱四百四十餘件矣。近來公事以民廳爲多。午餐後往蔣立庵、林淵泉寓中一談。連日未往店子坪，今午足疾稍好，乃思一往，仍未至坪，僅與蔣、林一晤。歸後朱伊仲送來代購之兜安氏藥膏一盒，照從前市價已增十倍，談一時去。晚餐前頭暈甚，傍晚未愈，寒熱不調，乃有此象。睡後夢見先母如平時。

廿七日　陰　晴　四月廿三日　星期三

早起，上、下午共核文件廿起，晚與周適安同往包貢九寓一談，便訪張文炳。連日以事忙足痛未外出，今晚乃得出遊，草木秧田蓬勃生氣，已近孟夏天氣矣。八時歸，十時寢。

廿八日　陰　上午十時半大雷雨　午後一時大雨如注　四月廿四日　星期四

五時半起，昨睡尚安。九時回家，途遇夢閑，予囑其不往店子坪，彼不聽。歸後匆匆飯畢，雷聲大作，予匆匆持傘出門，中途遇雨，履褲俱濕。到府後閱公文十一件，晝寢半時，極不安。李曉波來函詳告自恩施往常德路程，并云彼已定婚續弦，下月即來施。其前妻余於去臘見之，病勞瘵，已距死期不遠，余返施不久即聞其已死矣。此皆受抗戰影響而死者也。

廿九日　陰　晴　四月廿五日　星期五

早起，循例閱文件，飯後夢閑着人送信來，予遂往包秘書告以各事，并訪所長阮宴如，爲租鋪房事。午後核文件甚多，晚間欲回寓未能也。閱報知國際方面英、希俱敗，德國勝利，希特勒有統一全歐之勢，迨將來之拿破崙歟？自日俄協定後，民主國家日見失敗，以後戰況殊難推測矣。

四　月

初一日　陰　晚雨　四月廿六日　星期六

上午閱文件，下文更多。今日下午欲歸，又以雨作罷。四時閱通知，明晨七時到城內幹訓團擴大紀念週。孫傳高到此開會，便托其帶函及報紙與遲生一閱。晚仍宿府，恐明日天晴，須往城內也。

初二日　小雨　晚六時轉晴　四月廿七日　星期日

早起天雨，予決意不入城，不獨路滑難行，且無寄食之處也。八時至辦公廳補核文件，感慨殊多。來鳳吳寶炬呈文及代電，時已匝月尚未繕寫發出。以此事推之本府公文，批答至速者須七八天，迨至縣府或其他機關，奉到時總在半月內外，何其遲笨乃爾。晚飯後欲外出仍未果，連日報載英、希慘敗，德軍大勝。

初三日　陰　午後小雨數次　風寒　四月廿八日　星期一

五時起，今日上午核文件甚多。午後四時欲回寓，恐有雨，仍未歸。閱羅資深自監利周老嘴來函，知該地尚平靜。呂受圖函知下游生活亦貴，彼在長沙作貿，亦係有辦法之人。晚間與童股長、朱澤霖談甚久，閱《元曲選》一小時。

初四日　晴　四月廿九日　星期二

早起，七時閱文件。九時警報，十時解除。午飯後欲小睡，警報又作，再至新洞中避之，時間甚久，聞電話兵云敵機廿六架由資坵來，未幾聞上空機聲大作矣。投彈甚多，以地勢度之，似在城內外東南方，彈聲甚多，且震動殊甚。午後一時府派熊秘書等往查，晚間城內外東西南三門被炸均慘。敵機投彈二百餘，烏羊垻毀墳墓不少，死傷人數據警局報來者，死五十一人，輕重傷卅七人，此未可信者也，明日或另有報告。本府之勤務劉強生爲販賣部進城辦貨，在防空洞震死，聞此洞中共震死廿餘人。晚五時回寓宿。

初五日　晴　四月卅日　星期三

早起，今日文件不多，午前、午後跑警報二次。閱報知德軍勝，英已呈敗象。美總統之公子已往渝，或者將來歐戰有變化歟？晚寢後夢先母，似囑予乘船。

初六日　晨晴　旋陰　午後若有雨狀　夜雨達旦未止
五月一日　星期四

早起，七時有警報，九時又有警報。今日文件更少。五一勞動節，今晨本府各部份人員，昨夕派定於晨五時半即出發矣。午後宜昌白洋坪劉長純來一函，不知誰爲代書，殊爲可笑。晚飯後回寓宿。

初七日　雨　午後方止　五月二日　星期五

九時起，十時飯畢，雨猶未止。十二時着草履自寓經七里坪繞道至省府，約二小時方到，汗濕衣褲，足軟腿僵，頗以爲苦。至辦公廳閱文件甚多，晚飯後欲閱雜書，以目痛遂止。連日憶及童稚時事，又思鄉甚切，寢亦不安。

初八日　晴　五月三日　星期六

今日警報三次，電話中得知敵機三批入川，共六十八架炸重慶云云。下午核閱文件甚多。五時至貢九寓中吃飯，同席者蕭液垓、周立漁等五人，酒菜均豐。七時歸。今日爲佛生日，憶及往事，感觸殊多。

初九日　陰　晚七時小雨數次　五月四日　星期日

早四時即聞僕從喊職員到城內體育場開會，昨夕所預派者，擾擾半時乃止，予遂起。七時有警報，九時閱文件。十時半午餐，十二時予回寓略事清理，小睡片刻，連日思鄉。明晨六時又有紀念、擴大紀念等等，予以足不能久立預請假二小時矣。晚悶臥而已。

初十日　晴　五月五日　星期一

七時起，漱畢即行，八時到府閱文件。晚囑勤務送米回寓。公務員買米已減少成數，漲價愆期，政府法令說話多不可信，此一例也。閱報知昨日重慶又爲敵機五十五架轟炸矣。

十一日　晴　晚月色大佳　五月六日　星期二

早起，今日有警報二次。譚菊畦來函述其妻自石首來，用錢不少，路上甚太平。又宜昌北洋坪王區長來函云盜案又追緝，並告報分鄉失陷，當時情形極慘云云。今日核文件僅七件，下午五時回寓。

十二日　陰　午後四時小雨　子正大雨
五月七日　星期三

六時起，即來府核文件。今早有警報二次。午後天氣轉變，下午四時即晚餐，省府請各參議員觀劇，並有電影。七時大雨驟至，觀衆男女奔跑喧囂之聲擾擾半時乃已，何事可樂耶？人人均爲水淋鷄以去，電影鬧至十一時乃止。予寢亦不安，轉鐘猶未睡熟，府中工役尚爭食喧擾，是時大雨如注，至天明猶未止。今日宜昌四區吳專員又來一電。

十三日　陰　時有小雨　五月八日　星期四

六時起，天氣轉寒，與昨日大異矣。四鄉望雨，此時真不啻甘霖也。前接本籍函及閱文件，鄂東、鄂南各縣俱天旱，荒象已成，將奈之何。

不知現時已下雨否，殊爲念之。晚寢夢先君不異平時。

十四日　晴　夜月極佳　五月九日　星期五

早起，今日上、下午警報三次，云敵機八十餘架襲渝。下午三時半至施城，沿途天熱難行，至施已四時半矣。至鄂西旅館李曉波處，彼今日結婚，爲郵局同仁作伐，續絃劉姓女子，年不過十七八。其妻去臘死於巴東，未死前四日尚延予至巴東寓吃飯，親爲辦菜等事。人生危如朝露，可慨也。與曉波談數語，以天晚又不能在城內宿，遂匆匆出東門渡河回寓，汗出足軟，極以爲苦。吃飯後即寢，身疲甚。計今日連跑警報、到城、回家，已行十三里矣。寢甚恬。

十五日　晴　五月十日　星期六

早起，七時即有警報，午飯後又來警報，云敵機五十餘架襲渝，又不知死多少民人。閱報，昨敵機襲渝，似甚慘重，不過向來報紙無一次不飾詞如"我無損失"或"損失甚微"等語，致令閱者久而相信耳。晚睡後室中悶鬱，起視月光數次，寢則展轉難安，連夕均有蚊吸人血，此等小縣真非吾人所樂居也。

十六日　早小雨　旋大雨如注　五月十一日　星期日

四時即聞吹號集合，各科派代表至城內幹訓團擴大紀念週去矣。六時起天雨，予至辦公室看文件。午後欲回寓，以天雨遂止，自是以後大雨，晚雨達旦未已。予睡亦不安，買米一袋，因天雨未令勤務送歸，鼠時時來嚼，可厭。

十七日　雨終日　五月十二日　星期一

早起即大雨，七時紀念週，站立約一時半。今日核閱文件約廿餘件。午後寓中命盧雨青送菜來，并命其將米帶回去，正苦無人送回也。

十八日　雨　五月十三日　星期二

七時起，八時閱文件，午後續閱，計共有廿八件，中多爲軍民糧食問題不能解決請示者。又黃岡縣長嚴□□被新四軍綁去，較爲重要。晚飯後外出一次，十時寢。

十九日　雨　五月十四日　星期三

八時起，予以閱文電月餘，頗感勞頓，已呈病狀，遂請假五日暫資休息。嚴秘書已回省府，一切仍交渠核閱。午後回寓，晚間清理各事。十時寢。

二十日　陰　五月十五日

八時起，上午清理案上書籍，準備寫雜稿。連日核閱公文，殊少興趣也。午飯後□。

廿一日　晴　五月十六日　星期五

廿二日　晴　五月十七日　星期六

廿三日　晴　五月十八日　星期日

廿四日　晴　五月十九日　星期一

廿五日　晴　五月二十日　星期二

廿六日　晴　五月廿一日　星期三

廿七日　晴　五月廿二日

廿八日　陰　五月廿三日　星期五

廿九日　陰　五月廿四日　星期六

七時到公，今日仍閱文電，上、下午計共三十件，皆普通無關緊要者。當陽縣長何訓詩請展限實行新縣制，尤爲趣聞。該縣全部淪陷，縣政府借遠安一角辦公故也。

卅日　雨　五月廿五日　星期日

七時到府，上、下午閱文件十八件。前英山縣長楊必聲陷害胡人偉等一案，鄂東行署昔復行政院褒懲委員會文也。下午回寓。

五　月

初一日　晴燥　五月廿六日　星期一

六時起，七時到府，汗濕衣褲。上午警報二次，下午一次，閱文件甚多。予近日心亂如麻，思鄉念切，細記祐廷所述各事，尤動回鄉之念也。午後陳文伯來，仍爲季民事。連日府中火食係吃苞穀飯，各職員出錢，並非缺米，而乃爲此虛僞之事以欺人，辦庶務者可殺。傍晚歸，飯後身疲甚，遂寢。寢後多奇離之夢，似已回鄉，遂次遇敵人。

初二日　晴　五月廿七日　星期二

五時起，六時半到府，今日警報三次，核閱文件，心實不寧。連日祐廷、文伯時時來談，祐廷昨已入民廳矣。下午二時予至廳訪朱廳長，便問赴鄂北、鄂東事，又提及退休，彼均無具體答復。其心中若有事不豫然，談半時出。回府核文件，傍晚歸。夜寢，多奇離之夢。

初三日　晴熱甚　五月廿八日　星期三

五時起，六時到府，晨光甚烈，到後汗出如瀋。今日無警報，核文件甚多。昔賢不爲五斗米折腰，今年食米竟成嚴重問題矣。予之奔波於此，牽就於人者，爲米也。午後五時半歸，衣濕未能洗澡，此間水貴，連日又無人挑，價則每擔三角，殊爲奇事。晚寢多奇離之夢。

初四日　晴熱甚　五月廿九日　星期四

六時起，六時半到府，今日朝會予未參加，虛僞之事近時太多，可爲歎息。今日無警報，閱文件甚多。苞穀飯二餐僅食一碗。近五日有謠言，云戰事不利。傍晚歸。寢後精神不安，多夢，似已回武昌寓宅，見前重左右宅俱毀，予與易泮香同行街中，遇敵兵欲檢查予身，正驚惶中遂醒。

初五日　晴熱　五月卅日　星期五

五時半起，六時半到府。今日爲舊午節，記去年今日宜昌失陷，予已得信，正在小峰寓中鬱悶無策之時也。今日亦無警報，十時半下班至貢九寓中吃便飯，坐談二時許回寓，小睡數次不能熟。晚飯後帶同定生至前山閒眺，約一時歸。今年端午眞百無聊奈也。晚九時寢，極不安，夢先父母如平時，似予已回鄂城狀。

初六日　晴熱　五月卅一日　星期六

六時起，即往省府，朝暾甚烈，顯熱狀。到後即閱文件。午餐火食極壞，據說又須加價，月卅二元，予即書條自明日停火。人心近來愈壞，二科辦火食者事事又在職員身上打算。今午無水吃，挑水伕已病九人云云。五時請假擬赴宣恩，天氣似有雨，予遂匆匆回寓。夜寢多夢。今午警報二次。

初七日　晴熱甚　六月一日　星期日

六時起，七時半到省府，將近時聞警報，遂歸。在途小憩遇陳文伯來，同談，到寓留便飯，爲渠擬電稿二，午後四時別去。五時半祐廷來，談片刻去。記去年今日正避潰兵搶掠於姚家沖之岩洞中，可憐之至。定兒偶啼，予與夢閑以手塞其口，懼兵尋至而掠也。呼，此吾國之兵隊也！今日憶及猶慄慄然。明日爲予五十六初度，去歲避兵時偶與夢閑歎息咨嗟。今日居此，歡樂更談不到。前日包貢九和予舊作《五十述懷》詩，索酒明日，尚未計及也。今日敵機過上空甚多，大約又炸重慶。晚寢不安，多雜夢。

初八日　晴熱甚　月色佳　六月二日　星期一

四時醒，五時夢閑帶定兒往醫院診病。六時予起，盥漱訖往省府。今日萬內子病亦未愈，予以鬱悶在寓亦無事，又不知昨日請假單已准否。到府已八時矣，知昨晨幹訓團、各廳處職員聽講，有熱而猝倒者包貢九、周適安等數人，幸予已請假矣。閱文件數起，持昨單向秘書長請假，經予婉說乃准此月內必退休，無可再戀也。文件閱畢，警報大作，遂匆匆回寓。文伯在此，便留飯。今日爲予生辰，回想去歲今日及以後抗戰情形，百感交集矣。天熱如蒸，未能外出，偶與文伯談去年事，心亂如麻。呼，何日勝利回武漢耶？今日警報二次，敵機甚多，明日閱報當知之。

初九日　晴　晚雨至丑正　六月三日　星期二

七時起，上午文伯來。午後予心感觸甚多，連日聞各事心亂如麻，將來欲遷何處耶？晚寢多夢。今日亦有警報。

初十日　陰　午後晴　晚有月色　六月四日　星期三

七時起，八時飯畢，至民廳晤祐亭、何有詹等，晤和甫於法院。予即往城內至縣府二次，爲打聽汽車及雇滑竿，今日走路甚多。至幹訓團晤黃仲恂談甚久，晤朱伊仲談片刻，囑李僕送予歸，已晚八時半矣。文伯乃去。予飯後十一時方寢，展轉不寐。又聞盧宇青已為縣府捉去，內情不知為何。

十一日　晴熱　晚月昏黃　六月五日　星期四

七時半周僕送米來，張孝惠代買者，予乃起。八時半文伯來，夏國斌來取函去，致盧啟迪，一為釋盧宇青，一為中止赴宣恩事，囑其辭去滑竿。十一時與文伯訪白如初未晤，途次聞警報。午後心亂如焚，感想過去將來，令人無何自主也。寫二信付文伯去。五時半警報，六時半敵機數批入川，八時三刻敵機掠此高空過，想渝、萬又遭炸矣。此為敵機今年夜襲第一次，十時、十一時敵機分批自川歸，均過此間上空。寢後多夢。

十二日　晴熱甚　晚月色昏黃　六月六日　星期五

七時起，上午警報一次。十一時與文伯同訪白如初未晤，當交名刺與施僕，請其達意。是昨午事，已重寫。午後又有警報，晚飯後煩悶不堪。小兒病未愈，盧雨青在縣府亦未釋歸，陳季明案亦未開釋。予又急於退休，但退休以後作何辦法耶？十一時與遲生同往參議會晤段錫三、吳獻之談甚久，借得蚊帳一床。今日警報共二次，晚寢後不安，且罵夢閑數次。轉鐘以後夢李佛波及其妻妾俱歸仁壽里舊宅，其避亂時細軟未失，予為之打恭，似再見面而慶祝者。佛波十閱月無信來，不知彼現時在何處也。

十三日　晴熱　下午三時暴風雨　半時止　晚十時以後雨
六月七日　星期六

七時起，昨夢李佛波事猶在依稀中。吁，佛波尚存否也？飯後文伯來求作書，介紹白如初往見矣。午後寫嚴立三先生一函，言明來宣恩中止事，又寫信約黃純璋問宣恩事，並約朱伊仲明日來吃便飯，托文伯帶城内。午後三時暴風雨大至，今日有上午、下午有警報，暴風雨中敵機分批過此，又係炸渝市也。閱報前日渝市炸極慘，昨日炸衡陽。噫，此劫運何時已耶？傍晚猶聞施城警報二次。今晚涼甚有風，轉鐘以後聞雨聲。

十四日　晴熱　晚月色佳　六月八日　星期日

六時起。八時半文伯來。午後一時黃純璋來，與談宣恩事甚久，四時留便飯去。今日一天無警報。十時寢後百感交集，思鄉之心未嘗一夕釋也。

十五日　晴熱　夜十時雨至旦　六月九日　星期一

七時夢閑引定兒醫院看病，予起飯後清理往省府衣物等等。昨晚祐亭來時，予已往七里坪購物，傍晚歸，與談一時許。予愁回鄉，彼愁已來此，天下事不可逆料如此。正午整理各事畢，今晚當往省宿，到後再看情形上退職簽呈。五時搬行李、蚊帳同盧雨青至省府宿，與朱濟威、童旭玄等談近事。十時寢，展轉不寐。

十六日　上午小雨　午正大晴　仍熱　六月十日　星期二

五時起，六時上辦公廳，十時與慶復、文伯同出至包宅吃飯。下午熱甚，至慶復家一次。自今日起不閱文卷，予甚喜，惟聞退休旅費第三科已改章程，刻薄如此，殊可惡。蓋外籍人已退休者先領多金，再來限制鄂人也。五時遇財廳管卷室，請趙先生代查帥和甫退休卷。六時到家吃飯畢，遂補日記。

十七日　晴熱　六月十一日　星期三

七時起，上、下午有警報七次。午後未作事，四時半回寓。今午敵機凌空過。

十八日　晴　六月十二日　星期四

六時起，七時到府。今日朝會，王黎夫、周鼎瑞講話畢，未幾警報大作，各員役逃防空洞避之。晚四時歸。

十九日　晴熱　六月十三日　星期五

六時半到府，下午處務會議，決議各事多未舉行，真所謂決而不行也。四時半回寓洗澡。

二十日　晴　六月十四日　星期六

七時到省府，閱報，寫函三件。午後警報，敵機三架過上空，在城內柿子壩投彈二枚，七里坪過去石炭窯投彈一，均小有損失。

廿一日　晴熱　六月十五日　星期日

八時起，未到府，聞有擴大會紀念週。午後有敵機過上空，發警報二次。

廿二日　晴　六月十六日　星期一

八時到府，閱報及接各處函。各縣望雨，旱象已成，鄂東南各縣尤甚，殊可慮也。

廿三日　晴熱　六月十七日　星期二

七時到府，聞開例會。午後閱報，各地望雨，糧食飛漲，可慮也。戰況無真實消息，勝利在何時耶？晚五時回寓。

廿四日　晴熱　六月十八日　星期三

七時到府，接各地函，旱災已成，近已四十餘日無雨，禾苗盡枯，以後不堪設想。物價愈漲，不能制止，奈何。晚五時回寓，飯後與家人閒談。十時寢。

廿五日　晴熱　六月十九日　星期四

七時起，今早未往省府。下午各機關人員、員役到土橋埧挹水潤穀，表面救災，以博民衆歡心，此非根本救災法也。午後五時回寓，飯後乘涼，默察災情、戰況，令人心悸矣。十一時寢，轉鐘後不成寐，天未明時即有警報。

廿六日　晴熱　六月二十日　星期五

六時半起，七時到府，剛坐定有警報，九時半又有警報。下午一時半敵機多架在施飛機場投拾餘彈，另一架在土橋埧盤旋三次方去。今日人員跑路不少，辦公全停止矣。近數日天熱，員役完全跑警報。午後五時回寓，飯後未作事。十一時寢。

廿七日　雨　六月廿一日　星期六

七時到府，今日無多事。久旱未雨，得雨不足，尚無益也。午後四時半回寓，飯後閱筆記，晚涼早寢。

廿八日　晴　六月廿二日　星期日

七時半到府。今日有警報四次，上午敵機均未淩空。午後又有警報一次，晚五時回寓。連日敵機肆虐渝、萬間。難乎，爲民衆矣。

廿九日　晴　熱　六月廿三日　星期一

八時起，予因作文請假，未到府中。今日午後聞秘書長對於第二科職員大爲震怒，用手令押辦科員汪文伯，股長周春崖記大過二次，股長徐震東以後須案時到公，責令在府值宿。明令煌煌，但二科對於長官素不服從，且且表示反對態度。從前處務會議討論各處，彭科長鼎宣説話毫不客氣，並不相讓。予從其旁窺之，秘書長默無一言，何也？以其爲主席親信歟？然則何以對於他科室能管理，而二科在例外耶？又聞《湖北日報》已出號外，德、意二國於廿一日對蘇俄宣戰云云。晚十一時寢。

三十日　早陰　旋大雨　午後雨更大　轉寒
六月廿四日　星期二

五時枕上聞警報，未幾解除。七時小雨，八時飯後與雨青進施城，路滑難行。十二時至縣府與盧秘書晤，囑其早雇定轎子。午後一時至稅務局，久候局長未到局，與文牘曾海洲談甚久，細問各事。三時再至縣府索轎，又候一時許乃得之。歸寓衣履俱濕，身寒甚。晚飯後寫三函。九時半寢，多夢。

六　月

初一日　晴熱　六月廿五日　星期三

七時起，飯後命雨青取省府信件歸，得鄂城久旆函，知文端尚存在，住宜昌楊叉路同興合店，前因久病，未及作函告家中也。午後覆各處函，積壓久未答復者也。二時至省動委會訪白如初，爲季明事。白云囑致黔江二函俱已發出。與滕昆田遇，談宣恩事甚久。予欲居宣恩，諸事不能不囑托渠照拂耳。四時至七里坪買雜物，五時歸。飯後寫王一鷗函、熊漢輔函，約二人明晨到寓。便盧雨青進城宿，命之持往，明晨帶菜回，較便利也。晚十時寢後多雜夢，奇離殊甚。心亂不安，感而爲夢亦不安，連夕或展轉不寐。

初二日　晴熱甚　六月廿六日　星期四

七時起，八時文伯來，十時飯畢。午後一時熊漢輔來，商談往宣恩各事，約二小時，留之飯去。予與文伯進城已午後二時半，途行熱甚，避防空洞中。遇漢輔，邐進城已四時半矣。至南門稅務局與局長張兆辰晤談甚久，人甚精幹。傍晚因無轎，囑其派一工役送予歸。沿途訪文伯，立談數語；訪漢輔，尚未回旅館。今日行路多力，足疲矣。八時半到家，已不能動，洗澡後即寢。十時以後睡甚熟，以思家久，連日心神極不寧。夢予與易泮香牽涉某罪須晉省，無船遂歸，未幾云有船矣，須急行。著藍色特製之衣，先父母俱在場，遂醒。

初三日　晴熱　六月廿七日　星期五

七時起，今日鎮日無警報。接鄂城楊濟民、松滋呂受圖挂號信，均述兩地近狀。另一太平溪來雙號信名朱星祥者，余實不知其人也，函請謀事，殊為怪異。晚飯後小睡，連日疲困甚，十時寢後多奇離之夢，心思歸，實不安也。

初四日　晴熱甚　六月廿八日　星期六

六時起，八時早飯。九時至洗爵溪糧食公司，途中遇警報，到後晤倪柏青及經理張篤周，談甚久，並詢其改良辦法。十一時歸。十二時敵機六十餘架經施南南邊高空掠過。晚間對門鄒君自銀行歸，云係炸渝、萬也。閱報，歐戰德軍勝利，俄有敗勢，可為狡猾者戒。十時寢後多夢。

初五日　晴熱甚　六月廿九日　星期日

五時醒，命遲生去買菜。七時起，八時聞警報，旋敵機一架經此上空去。九時三刻敵機廿七架經此高空掠過，大約又係往成都。因今日警報較昨日為早，十二時以後聞解除。午後祐廷來談，留便飯，至傍晚方別去。李成佳來函云彼不日回宜昌小峰，便寫函與陳三民及巴東朱陽春，使之帶去。今日萬內子病仍未愈，成家送藥來，又另服頭痛粉一包，乃稍愈。胡文虎之頭痛粉兼治各種痛病，殊為奇事。九時寢後夢予與張銑、包貢九裸下身觀電影，七八折後云有飛機掠空過，旋於一白紗布上題七律，已成六句，第六句云"其奈諸人壁上觀"，醒時忘其五句矣。

初六日　晴熱甚　六月卅日　星期一

早有警報二次，八時到省府與秘書長説近日查案各事。十時有警報，遂歸，午後敵機多架淩空過去。三時至民政廳晤饒科長，并至糧食調節處查案。今日最熱，行路最多，極以爲苦，晚疲甚。寢後多夢。

初七日　晴熱　七月一日　星期二

七時起，記昨夕夢不甚了了。六月六日爲先君子平生最得意之日，時時爲予言之。蓋甲辰六月初五余入泮，六日賀客盈門。先生一生失志，無時不在坎坷中，每對戚友言此事也。噫！先君謝世距今已廿七年矣。椿蔭日遠，予懷念愈深，今尚羈棲於二千里以外，東望家園，傷感無已。晚十時寢，展轉不寐。國難未已，抗戰四年，天旱如此，將來諸事可推測矣。

初八日　晴熱如伏　七月二日　星期三

聞雨青自宣恩歸，熊漢輔來一函，謂已代租卓姓屋，扇子等件已托柳姓代售云云。今日無警報，晚沈伯賡歸，述宜、沙敵人撤退，省府不日遷宜昌云云。此事去春聞之數次，謠言過多，不足信矣。晚熱甚，寢後汗出，手不停扇，今年夏第一熱日也。

初九日　晴熱甚　七月三日　星期四

七時起，上午未到府，午後去未久即歸。晚間尤熱，旱象已成矣。晚十一時寢。

初十日　晴熱　七月四日　星期五

上午五時半即聞警報，七時四十分又聞警報，十時又有警報。予未往省府，午後天熱在家閱雜書。晚十一時寢。

十一日　晴熱　七月五日　星期六

七時起，八時有警報。午後到府，四時半即回寓。

十二日　晴熱　七月六日　星期日

八時起，上午未往省府。午後閱筆記，以天熱未出。晚十一時寢。今日下午有警報三次，敵機襲渝等處。

十三日　晴熱　七月七日　星期一

七時起，予已請假，未往省府。今日爲七七抗戰紀念日，恐敵機來施轟炸也。十時半警報已來，敵機大約又襲渝也。午後熱甚，在家作文。晚十一時寢。

十四日　晴熱　正午微雨　七月八日　星期二

七時起，八時有警報二次。午後往省府，晚五時半回寓。

十五日　晴熱　七月九日　星期三

七時到公，午飯在陳慶復家吃，午後四時半回寓。天熱行路極吃虧。晚間室外牆曬熱如火，又不能坐，頗以爲苦。因此種環境令人益動故鄉之思也。

十六日　陰　七月十日　星期四

七時到公，午後閱報，戰事亦未進展。天久不雨，聞鄂東南及武漢皆然。今歲如無收穫，則後患不堪設想矣。晚十一時寢。

十七日　晴熱　七月十一日　星期五

七時到公，午飯後閱報半時許，下午四時回寓。熱不可耐。

十八日　晴　七月十二日　星期六

七時到公，今日上、下午無事，閱筆記數頁。晚間在外乘涼，但近數日仍無雨意。

十九日　上午小雨　午後晴　六時後小雨
七月十三日　星期日

七時到府，閱雜書，寫復各處函三件，午後四時歸。今日雖兩次小雨，於農事無甚裨益也。

二十日　陰晴　七月十四日　星期一

七時起，有警報，八時又發一次，敵機未過此間上空。晚五時回寓，飯後乘涼，與家人閒談。

廿一日　小雨　旋晴　七月十五日　星期二

七時到公，午後無事，五時回寓。

廿二日　晴熱　七月十六日　星期三

七時起，今日上午八時至十一時警報二次，員役逃避，作事甚少。

廿三日　晴熱　七月十七日　星期四

七時起，今日上午警報二次，下午警報一次。予未往省府，各員役逃避洞中，甚忙。

廿四日　晴熱　七月十八日　星期五

七時起，今日上午警報一次，下午警報二次，各員無心辦公。晚間在外乘涼。連日警報不斷，天氣又熱，各廳處職員與土橋垻民眾鎮日逃警。天旱，即小菜亦難購買，七里坪住户挑水吃者每擔七角至一元，尚難雇人。噫，此成何景象耶。予因代秘書長等作劉氏百齡壽序，自廿二日起在家秉筆，是以未往省府，亦藉此少跑警報而已。昨至圖書館借來歸震川、耿天臺、方望溪文集數種，備翻閱參考，又向談君訥館長借來《甘岳樵文集》一本，列舉自漢至清末男女百齡壽者廿三人，得此參考，較易落筆耳。惟以事雜天熱，爲陳季明案又時時縈於心中，少作文興趣。晚間與徐周鄰居閒談，室內熱甚，俟夜靜後方可安寢。

廿五日　晴熱　七月十九日　星期六

七時起，八時至十時警報二次。飯後檢閱甘氏集中記嘉魚老婦朱太君，兼引證秦漢僅伏勝、張蒼、班壹三人，漢魏之間僅華陀、王真青、牛先生，晋佛圖澄、單道開二人，唐甄權一人，宋陳搏、祝道嵩、延贊、賀蘭棲真、柴通元、福安縣民羅母、郭宗母七人，遼金有孫賓夫婦、忽里罕三人，明有毛彌、梅吉夫婦、林春澤四人。秦漢迄清閱二千五百年，百歲老人見諸史册者纔廿三人而止。以上甘氏原序，甘氏係李春萱請其代嘉魚朱姓所作者。甘文述朱太君閱三世變亂，髮白轉黑，四世同堂，孫曾繞膝，并未詳述其家世及其子孫之果賢與否。又係及乾隆時涪州周老人壽百四十歲事，得此參考，作劉百歲壽文不難。劉爲現第六戰區副司令長官黃琪翔之外祖母也，以黃貴，廣東軍事長官聯名爲之徵文，近世軍人好名如此，可哂矣。晚十一時寢。

廿六日　晴　熱甚　七月二十日　星期日

七時起，今日擬作劉氏百齡壽文未果。午後陳文伯兄弟、朱祐亭先後來寓，孫三元姑娘與其同學二人亦來此。四時包貢九來坐談甚久，均留飯飲酒去。今日終日無警報，惟天熱如蒸，令人難受。七時朱、包等先後別去，晚熱不能寢。夜半以後夢回鄂城晤見王久旂、文旂、石云衢、鏡清、洪英等事甚多。似洪英導予至城外曬藍白衣處候某人者，心怦怦然，惟恐有敵人見予者。天欲曙時醒，枕上記夢甚詳。噫！何時回鄂城耶。

廿七日　晴熱如蒸　七月廿一　星期一

四時枕上又續夢，似到武昌，過大朝街一無招牌之旅社，見簡陽明立門外，着新藍竹布衫，予與語，旋同入內，見此屋兩壁挂白綾，所書零句署款則敵國姓字也，且有竊鄂城名人印而倒蓋之者。予詢陽明以北平舊事，又恐敵人來旅館中檢查，遂匆匆出，夢醒後天已明矣。噫！何時回武昌耶。憶陽明卒已久，今復見夢於此，主何事耶？七時起後擬作劉壽母序，至晚已成，並不愜意。今日有警報二次，敵機凌空一架，大約係偵察情形也。晚間更熱，似有雨狀，室外牆熱如火，不能坐。十時遂寢，未安枕，十一時半展轉□寐。

廿八日　晴　午後熱甚　夜十一時半雨大作
七月廿二　星期二

七時起，將昨作劉序整理重書之。今日有警報二次，午後熱更甚，晚寢極不安。十一時半乃雨，閱錶大雨僅一小時，轉鐘又下大雨二次，時間亦短。

廿九日　雨　陰　午後二時晴　晚仍雨
七月廿三日　星期三

七時起，早亦有警報，九時半予至省府取信件，知近日無多事。飯後至包貢九寓一談，四時天仍雨，遂歸。陳季明在寓，飯後與談各事去。聞省銀行得電話，宜昌敵已退却。真耶？僞耶？接朱士堪函，謂李成佳偷其衣服、眼鏡等等去，價值五百元云。人心難測如此，可歎也。九時寢後多夢。

閏六月

初一日　陰　時晴時雨　七月廿四日　星期四

七時起，倦甚。八時以後改刪昨所書壽序，扼要言之，字數仍不少。今日有警報一次，午正龍詩樵來談一時許去，季明來謂其案尚未結束。刪文就緒，閻任之來談，便留飯去。晚甚涼。

初二日　陰雨　午後四時晴　七月廿五日　星期五

六時起，原欲寫昨刪改之壽序，命遲生掃地，令予嘔氣，而萬氏不賢，與予爭鬧。此真諺所謂"蠢妻劣子，無法可制"者也。今晨雨中亦有警報。午後季明來，三時半囑雨青買米去。寫信三件，分致聶湘、劉小庶等，復將昨序再改正，俾明日往省府也。十時寢。

初三日　晴　晚後大雨數次　七月廿六日　星期六

七時起，今日有警報，予九時到包貢九家中，午後就其寓吃飯。到省府與朱澤霖談各事，五時歸。晚飯後以涼爽早寢，多夢。

初四日　晴　午後陣雨一次　七月廿七　星期日

五時起，六時到省府即聞警報，未幾解除。欲辦公，坐未久警報又作，謂敵機二架由鶴峰上空來，遂急行至防空洞。又未幾府中各職逃出，又云有百架續來上空，又轉入大洞。自是敵機繼續大批過此，外間職員入謂已見百零八架過去。電話中又聞廿七架續來，予等在洞時間約三小時，飢不可忍，解除時已十一時半矣。到家吃飯已十二時半，遂小睡。祐亭、魯祖珍先後來談去。今日敵機之多，爲抗戰以來所僅見，避敵機時間以今日爲最久矣。晚寢聞今日敵機一百八十架炸成都。

初五日　晴熱　七月廿八日　星期一

五時起，匆匆至省府。六時紀念週舉行，不及一刻鐘警報已來，云有敵機三架。解除後至辦公廳略坐，又有警報大批敵機至矣。予匆匆歸寓，自是警報頻作。昨聞敵機有百八十架炸成都，今日或不少矣。午後一時半剛至秘書處，又聞警報，又匆匆歸。計今晨至午後諸事不能辦矣。晚寫黃仲恂信一件。

初六日　晴熱　七月廿九日　星期二

五時起，五時四十分到省府，坐未定聞有情報，未幾警報作矣。至大洞中避半時，解散到廳後即檢所作文交秘書長，匆匆出。聞又有大批敵機襲渝，到寓後已八時矣。自是敵機頻過上空，十時有九架正過予屋上，聲轟轟然，頗可畏也。予飯後小睡，聞機過上空者數次，計至下午四時半猶有一架機聲過此間施城附近，終日警報未解除也。噫！如此恐懼，何時已耶？今日寫子穀、伊仲、伯陽、敬庵、胡林家信、周治斌、蕭仲榮、田慶攷、熊漢輔、王一鷗函，計十件。

初七日　晴熱　七月卅日　星期三

六時起，今日未往省府，七時聞警報，自是頻繁敵機過上空。十時半忽有敵機九架自城中上空急飛東去，投彈一響，事後知西後街某藥店門首被炸矣。事後尚有警報一次。陳季明在此吃飯畢，命遲生送書還圖書館，聞談館長教廳勒令退職也。談年逾六十，在教育界廿餘年，辦理圖書館京、鄂共十餘年，為簡任官二次，今乃退職，殊為浩歎耳。如此世界，那有公理可說？晚寢多夢。

初八日　晴熱　午後四時半有陣雨　七月卅一日　星期四

七時枕上聞有警報，未幾敵機至上空矣，自後又聞一次。午後三時半至省府取本月薪資，與貢九、再安、沛霖等匆匆談數語，皆受人所托之事也。又請假二日，書條即歸，在途遇大雨一陣。今日得孫壽山信，武昌米價每石百八十元。孟廣湋函，渝生活愈高。戰事不結束，以後生活之漲尚不可逆料耳。晚寢不安，牙瘇痛已二日，甚劇。

初九日　晴　晚七時陣雨片時　八月一日　星期五

七時半起，今日警報二次，午後似未聞也。五時季明來，云渠之冤抑已平反，省府去電責六師，并給三百元爲其醫藥調養費。此朱廳長之力也。晚因風雨已轉涼爽，九時即寢。牙痛未愈，轉鐘以後夢回武昌，在文昌門外遇沈雅樵、曾誠齋、心如昆仲，人山人海，似欲入城内。予徘徊欲向一公所進視，僉云内有敵兵二人守門，不易也。旋見三童子入，有輕氣球隨其腦上約二尺餘爲導引者。予謂敵兵僅二人，吾民衆近萬人，何不攻入耶？路人云懼其槍擊耳。醒後方知誠齋早年已物故矣。

初十日　晴　夜十二時雨　八月二日　星期六

七時起，身體極疲倦，八時早飯，今晨仍有警報。寫信三封，分致包、龔等人。擬明日到府。今日警報二次。

十一日　陰　雨　晴　八月三日　星期日

五時起，六時到府，途中遇警報，七時半又警報。約祐亭、新民來此吃便飯。予九時即歸，季明在此。午後三時祐、新同來寓，談甚久，傍晚方去。

十二日　陰雨　午後晴　八月四日　星期一

五時起，到府見有情報，敵機九架云云。午後大雨如注，六時予歸，途行滑甚。今日開處務會議，予曾出席，歸時晚，恰遇大雨，煩惱殊甚。今晨紀念週又點名清人數，不近人情，可慨也已。歸後雨未止，衣履俱濕透矣。

十三日　陰雨　晴　晚小雨　八月五日　星期二

五時起到府，聞昨日巴東又被敵機狂炸。午後至郵局兌取曹漢臣匯款，藍局長通融辦法，省予往城內。五時半回寓，吃飯後以天涼早寢。

十四日　陰雨　九時大雨數次　晚小雨
八月六日　星期三

五時起。六時到府，旋大雨。午後二時劉叔模送來望渝孔、賀、王等為鄂南各縣請振款五十萬電稿，係李輝武起草，轉請予改正者。三稿匆匆為之改定，送民廳。予匆匆回寓，途行又遇雨，從前旱甚，今覺雨多矣。九時寢，雨已止，轉鐘二時許聞大雨聲，心煩甚。

十五日　大雨如注　午後三時晴　八月七日　星期四

四時大雨未止，因今日朝會，遂起。洗漱畢着皮鞋又套草鞋，費半時許之力。四時半動身，山水暴流，雨大路滑，持傘持棍行甚緩，目注地，稍一不慎即傾跌，此數十年來未受之苦也。行一時許乃到省府，衣褲俱濕，急取衣褲襪履易之。六時已到，乃始不做朝會，真缺德矣。凡事不近人情，鮮不為無聊之小人者，只圖做官，那顧及僚屬耶。今日辦公鐘點延長至下午七時散值。予六時遂歸，飯後疲勞不堪，遂早寢，轉鐘四時聞大雨如注。

十六日　晨五時大雨如注　八時以後晴
今日立秋　八月八日　星期五

五時半起，雨未止，未能往省府。七時半警報大作，八時敵機一架臨空低飛，未幾又一架偵察，未幾大批過上空，手榴彈、機槍聲、地下高射炮及高射機槍聲齊作。下午一時敵機一架來投彈四五響，似在城。一時半又來投彈三響，似在小渡船一帶。三時半未聞機聲，但警報亦未解除。予匆匆往省府至山埜口，始知尚未解除警報也。四時至府略坐，清理各事，六時半歸。晚飯後有風雨一陣，十時半寢，十二時有警報，轉鐘二時有緊急警報。

十七日　晨五時雨　六時以後晴　八月九日　星期六

四時聞雷聲，似大雨欲至者。予遂起，浣漱畢匆匆出門，途中見天上月圓，西方雷雨沉黑，急行至省府，五時半已到達矣。晤滕昆田、徐劍青略談，彼等開會，予遂至辦公室矣。未幾秘書長請予查一案，示以公事，以爲在施南，未察內容，不知此案在屯堡也。案屬司法，予亦未看清楚，欲待述明，警報大作，遂匆匆回寓，已八時半矣。九時飯畢，自是敵機過上空三次，警報至下午四時半方解除，大約又係炸重慶也。今日與陳畹蘭、白如初各通電話，約陳明日便飯。晚室內蚊聲如雷。

十八日　晴　時有陣雨　夜小雨二次　有月色
八月十日　星期日

七時聞警報，八時以後有敵機過上空。正午祐亭來，云已病二日矣。午後三時警報頻作，候沛霖、畹蘭俱未至，遂與祐亭等吃飯畢，四時半警報解除矣。予往下官坡去查案，行過洗爵溪而警報大作，敵機凌空，遂回寓。在一小店中略憩，問一汪姓叟，年七十一歲，云數十年事，不能歎息。如此大劫何日改除耶？晚有警報，予十時寢。轉鐘一時三刻聞敵機凌空矣，予起視，月明如晝，敵機一架係折回，專偵察施南者。

十九日　晴熱　晚小雨一次　八月十一日　星期一

早六時半聞警報，七時敵機來上空矣。九時半祐亭去，予以今日無事，未往省府。上午十時到下午四時半警報七次，五時予至官坡訪問吳炳然，無此店，尋得魏周氏問明遞呈情形。候雨卿不至，遂歸，天已黑矣。至洗爵溪遇之，彼爲祐廷檢藥去，予自攜燈歸，飯後已九時。十時半爲祐廷吃藥至遲睡。十二時聞警報，予遂起，敵機掠上空過，轉鐘二時枕上聞大批敵機聲。

二十日　晴熱　午後三時陣雨　夜有月色
八月十二日　星期二

五時聞敵聲過，甚厲，過此間上空。六時又聞警報，八時予方起。昨日行路多，足已疲，心尤不安也。九時以後警報頻作，午後四時半乃已。今日買得米卅斤，此旬中半數之半，以後食米必起恐慌矣。季明留信，謂已乘車赴巴東矣。宜昌前方吃緊，渠爲其家小計，不能不先行云云。連日所聞，前方吃緊，敵人攻宜甚急也。予擬今午後到府，以陣雨、警報未解除未去。晚涼甚，室外偶坐，見西方一星低現，光芒四射如電燈，此星廿七年在沙市見過，廿八年在巴東見過，時間約十五六分鐘即沒，不知何星名也。與祐亭閒話漢口事，九時寢。十二時月色大佳，予慮有敵機過此，未幾果機聲作矣。川境如渝、萬、成都等處，連日不知冤死多少生命矣！

二十一日　晴　夜有月色　八月十三日　星期三

六時即聞警報，今日共有警報六次，敵機投彈北門外及小渡船，聞傷亡二人，餘無大損失。予五時因警報解除，乃送簽呈至省府與秘書長及劉秘書，匆匆報告查案情形。六時半歸，飯後與祐亭談片刻寢。轉鐘時夢當道手提水桶在水中游泳狀，水深二尺餘。予坐石上望之，足浸水中，着皮鞋，未襪，手持雨傘，大雨如注。當道與予言甚洽，並介紹年五十餘之趙秘書與予談笑，當道問及用人，予謂老少均當以其才耳。未幾雞唱，憶夢甚詳也。

廿二日　晴　午後陣雨一次　八月十四日　星期四

五時醒，欲往省府，枕上未久聞警報，遂止。七時包太太與其子女來，謂已二次警報矣。十一時敵機過此甚多，旋有十架在城投彈，又在小渡船方向投彈。十二時又來一批，仍似在城北投彈，勢甚可怕。下午二時多機返下游過此上空，高射槍炮齊作，敵機又有多架來投彈去。三時方解除警報，四時半予至省府，詢知今日城內死傷不少。傍晚歸，飯後閱報一小時寢。夢予應試，左邊群集諸人，有魯春庭父子，聞係區長班覆。右邊一群，聞係縣長班、縣府佐治班覆試。予視予同座之人，前有三名，第名則留爲予自填名者，每名須出試費四元云云，蓋稅局長班也。枕上醒後默記，殊爲可笑。

廿三日　早陰　午後四時雨約一小時
八月十五日　星期五

六時半聞警報，自是以後時而空襲緊急解除，各處相繼打鐘。午後又有警報，四時半天雨路滑，予擬去省府取公函未果。廖幼華同姜成英來寓，予細詢各事，傍晚方去。晚寢，隔壁徐卓人之妻產一男，擾擾數小時，多夢。

廿四日　晴陰不定　十一時大雨一陣　旋晴
夜大雨三小時　八月十六日　星期六

七時起，聞有警報二次。包世兄來，留早飯去。九時半予與盧雨青同赴鴨子塘地方法院查案，晤及黃文卿，數年未見者，彼在此充刑庭推事，予便詢魏周氏案。未幾汪院長來，與細談，彼猶不悉，遂約董推事來詳告予以各事，嗣又調全卷一閱，耽延三小時乃畢。文卿堅請予過其寓吃飯，辭以異日。午後四時歸，乃知徐卓人之妻血暈已死，產婦之命危如朝露，兒存母亡，可歎也。五時包貢九來，謂逃避其同屋有傳染病痢者死三人，欲來予寓食宿，乃竟夜亦不能安寢。十時以後大雨如注，予終夜起數次。今日行路多，足疲甚。

廿五日　晴熱甚　八月十七日　星期日

六時起，貢九已去，旋再睡，聞有警報二次。十時半予方飯，下午寢甚恬。二時半再起。陳慶復之妻來寓，留便飯去。補寫昨查案簽呈，傍晚出門，行半里許乃歸。連日心抑鬱，感想殊多。

廿六日　晴熱　夜小雨一次　八月十八日　星期一

七時起，八時寫報告，九時飯畢。今晨未聞警報。午後孫三元等來，云不日赴宣恩，便交周熊函與之，女子流離在外求學，能耐萬苦，亦可憐矣。三時到府，知今晨擴大週未到者正午補聽訓話云云。晚六時歸，又攜一卷，須查軍管區事。晚早寢，然展轉不成寐，起床三次，轉鐘三時猶未熟也。

廿七日　晴熱　夜轉鐘時小雨　八月十九日　星期二

昨睡不適，七時半起，已有警報二次。午後命遲生持函至民、教兩廳，並入城會朱伊仲、秦永喜、孫三元等，爲渠考學校事也。遲生荒廢三年，學無寸進，脾氣又壞，殊爲可憂，然亦抗戰後環境促成之也，奈何。傍晚朱祐廷來，細談各事，就此宿，遲生亦在城未歸。晚涼早寢。

廿八日　早陰　午前九時小雨　午後大雨　五時止
八月二十日　星期三

七時起，昨睡甚恬。今晨有警報二次，遲生在城未歸，不悉彼現在避於何所也？八時赴省動委會，請白如初打電話與滕昆田，爲遲生住學校事。九時至軍管區司令部查石云安案，晤參謀長彭善，并閱卷約半時許。晤韓楚珩便談各事。天雨路濕，便至七里坪購物歸，衣履俱濕矣。午後大雨，天氣變涼。晚寫信二件，十時方寢。細思遲生就學事，展轉不寐。

廿九日　陰　晴　晚大風　涼甚　八月廿一日　星期四

七時起，細思遲兒就學事，仍以宣恩爲宜。寫信四件，分交遲生往宣恩。午正與滕縣長通電話一次，囑生往宣。三時至省府，爲汽車事，四時半歸，付款、函、行李等等，命盧雨卿送至城內，備明晨與遲生一仝搭車也。今日爲瑣事甚煩悶，晚九時寢。室外蟲鳴，室中鼠嚼，聞之愈難寐。

三十日　晴　傍晚西北風涼甚　八月廿二日　星期五

七時半聞警報，八時半予方起，疲甚。聞今晨敵機多。九時半祐亭來，留便飯。十一時雨卿歸述各事，知黃純璋回宣恩縣府，與遲生同車行，似較便利也。十一時半敵機凌空向西飛，以後有數批。午後一時半至二時半，大批敵機三次過此上空，約五十餘架。高射炮聲齊作，然實未能擊中，幸三批均速飛過去，未惹及其投彈也。三時半祐亭回廳，予以疲倦乃寫簽呈，預定明日往省府。傍晚有風甚涼，連夕聞蟲鳴，益增思鄉之念。寢後室內鼠嚼聲令人煩惱。記明日為七月初一，設非月閏，已至秋八月矣。抗戰四年，民生顛頓，予之一家尤受盡萬苦。予年老，力疾從公，為老幼爭此食米。吁，可慨也矣。晚七時聞今日敵機有一百卅架，分三批襲川，在重慶市區、巫山縣、巴東市區均投多彈，死傷不少。計此兩日中天晴，無日不有敵機入川。吾國抗戰無空軍與敵作空戰，其失敗而不能報復，從前所謂航空某會某款，各省所繳航空捐、救國捐，聞不在少數，聞所購飛機多不能用。蓋外國售出者為舊式無用之飛機，航空某某會經手之人只顧回扣多少萬，且非內行，致購回飛機多不能用，或等於廢物，殊堪痛心。當局並不處罰或嚴懲經手大員，可為痛哭者矣。連日感觸多，每每寢不成寐。

七　　月

初一日　晴　八月廿三日　星期六

七時起，朱祐亭來取其存款去，並轉閱漢口來函，鄂東天旱成災。午後三時半赴省府，途中知有警報，遂在洞中候半時方出，到辦公廳送簽呈之件。今日警報多，敵機過此上空者數批，聞係百餘架炸渝也。今日又七月初一，記廿七年此日予自胡林回鄂城祀祖，今流亡在外，祖墓無人祭掃，七月中元不知洪英、茂林等能代爲祭祀否也。傍晚自省府歸，足力已疲，似有病狀。晚飯後胸膈忽作痕，睡後極不安。

初二日　晴　八月廿四日　星期日

五時即起，匆匆漱畢往省府，途中覺寒。六時一刻與秘書長匆匆談片刻出，旋警報作，予遂歸。到寓後似畏寒，胸痕氣鬱，遂睡至午後一時方起。身疲，口中無味，不思食也。遂囑雨卿購藥去，予食稀飯一碗。三時服藥，傍晚稍好。九時寢，僶臥無力，骨酸痛稍好。轉鐘天欲曙時夢先母正食飯，但有二席，先母狀不異平時。醒後知爲中元節近，何人代予致祭先母耶？

初三日　早雨　午後陰轉晴　八月廿五日　星期一

五時醒，腹餒甚，蓋僅食稀飯一碗也。六時聞雨聲，予嬾疲不能起。七時起後食粥已變味，不能下咽，遂止。正午寫鄧寶、孟廣漙、郭季豪三函，又寄祐亭一函，均發出。晚六時外出閑眺，手足忽轉冷，加衣後頭覺發熱。昨雖服藥，適病尚未盡退歟？晚喝救濟水一瓶，稍好。今日未多食，口中仍無味也。九時寢，展轉不寐，起數次，時冷時汗，直至天曙時合眼朦朧，實未睡熟也。夢大冶魏湘屏先生與葉仙橋同在一處談話，不知所述何事。魏先生近年示夢數次，其人頗正大，予昔年同事，見此等人格者甚少。

初四日　早小雨　陰　晚涼　八月廿六日　星期二

七時起，今日尚在假中，整理日記。午後四時祐亭送報紙來閱，英美與倭似在進行妥協中，果爾則中國抗戰已成孤立矣。念及家園，不勝感慨。晚九時寢，十二時半醒，自是展轉不寐以至天明，時冷時汗，病猶未盡退也。

初五日　早陰　九時以後雨　午後陰　夜大雨
####　八月廿七日　星期三

七時起，八時早飯，僅食一碗。午後寫信與李範一探黃松庵師通信地。三時往省府，得季明、淬成等函，晚六時歸。八時以後大雨如注，至子正乃已。自是小雨至天明未止，天氣轉寒。

初六日　早雨寒　午後大雨數次　至晚仍小雨
####　八月廿八日　星期四

七時半起，予昨已請假，今晨可不去。八時命雨青至七里坪買菜。昨接葉文鵬來函，云一月以前武漢鼠唧尾渡大江，敵人輪船竟停二小時乃渡，此奇事也。記吾鄉父老云某年曾有此事，後漢口大火一月，此或者敵退樊、漢口之兆歟？昨通電話問滕縣長，知遲生考新生僅得備取。設非滕與諸人先爲説通，恐備取亦難。此子近時不聽教訓，失學二年，毫不用心看書勤問，每每令余嘔氣，前途有無長進，在此赴宣一舉矣。午後小雨不斷，天氣轉寒。寫譚菊畦信，爲薦其叔鏡秋至石首就事。又寫梅壯宇縣長函，並介紹伯陽、濟賢諸人。晚十時半寢，轉鐘後夢魘。

初七日　早雨　十二時以後晴　晚有月光
####　八月廿九　星期五

七時起，八時聞警報，天正雨，不知何以有敵機也。午後到省府，聞馮少岩述朱再庵、胡雪事，不勝感慨。黃仲恂如在府中，或委員仍存在，朱當不受此辱，人情如此，可畏哉。朱祐亭送來鄭科員轉交之款，而陳季明原函未交閱，與陳自作函送來者有異。晚六時歸，飯後閲《鮚崎①亭集》，全紹衣之文多詳論明代事，推崇史、黃諸公，露出種族思想。清代文禁甚密，何以其集能獨存，不與胡、戴諸公罹殺身之禍也？

---

①　崎，應爲"埼"。

今夕爲七夕，記數事，心中無限感慨。辛丑七夕予尚童年，作七夕詩爲先師高公所重。癸亥七夕在滬，繫念先母未去於懷，内子孟夫人遠隔漢口，在滬寫一詩以見意。癸酉七夕孟夫人病已瀕危矣。此均予未敢忘情者也。十一時寢，轉鐘二時醒，自是難成寐。

初八日　晴　八月卅日　星期六

四時半起，五時到府，行至中途緊急警報作，猶以爲防空演習，自是兵隊阻止行人。予遂轉至一石上小憩，解除警報，行數武真警報作，未幾聞敵機聲，予遂轉入大洞中。由七時半直至下午一時半猶未解除，諸人餓甚。予乃乘間出，回寓已二時半矣。吃飯後小睡。敵機過此上空去。三時以後猶有防空演習，下午六時乃已。今日敵機不少，幸未投彈，自是予亦未往省府。

初九日　晴燥　八月卅一日　星期日

五時起，有警報，六時到府，警報已解除。至辦公廳清理信件，匆匆間聞警報，遂回寓。飯後敵機頻過此間上空，往襲川也。今日爲亡室孟夫人忌日，距今已滿八年矣，思之泫然出涕。下午四時飯畢，至省府宿，明晨九月一日爲省府紀念日擴大會議，須早起也。宿府後鼠鬧人喧，不得安枕。

初十日　晴　九月一日　星期一

四時起，盥漱更衣畢，五時即至府前空坪站立。各廳處職員到者約二千人，久候長官未至，立半時許乃開會。講説二小時餘，警報作後猶講一刻鐘。警報再作，各人遂避入洞中。約半時許，九時三刻警報又作，十時一刻乃得午餐，即所謂聚餐也。葷菜六盂，惜飯太硬，且已餓久。予僅食飯一碗後小睡，至十二時半忽警報大作，謂有廿七架敵機來此上空。予匆匆回寓，自是茶會亦未去。下午四時仍至府宿。今夕府外坪地唱劇，男女來此觀者近千餘。益以士兵、游民，秩序不好，汗臭襲人欲嘔。噫，此何所謂而快樂耶？今日爲亡兒太學殤日，計自宣統庚戌七月初十至今，兒亡已卅一年，設其生存，已卅六歲矣，思之傷已。九時即寢，亦不安。

十一日　早雨　午後陰轉晴　夜雨達旦
九月二日　星期二

五時半起，六時到公，今日秘書長交下請擬祭夏參議員祭文。十時至包宅吃飯，十一時往民政廳會吳、朱、姜、徐等諸人，十二時歸寓。晚寢不安。

十二日　雨　午後雨大　數小時乃止　晚雨達旦
九月三日　星期三

七時起，八時飯畢，九時以後代省府全體委員作致祭已故參議員夏正聲，文用韻文，約三百餘字，午後一時畢，寫真後備明日送去。晚早寢。

十三日　雨　午後四時似轉晴　九月四日　星期四

七時半起，身體疲甚，檢點諸事。飯後往省府，已下午一時矣。晚宿府中。

十四日　早陰　午後晴熱　晚月光如畫
九月五日　星期五

五時起，六時半將祭夏參議文改正後交去。九時半回寓吃飯，小睡一時許。午後二時再往省府。接陳挽瀾函、遲生函、龔敏函。三時本府買零布，予買灰色深布一丈三尺，去價十一元餘；綠市布丈七尺，去價廿八元，較去夏又高二倍矣。五時回寓，晚飯後寫包袱數對，略具祀祖禮，明日行之。九時寢，轉鐘後夢先君，又予似乘飛機赴某地者，準備一切。

十五日　早陰　九月六日　星期六

七時起，飯後將包袱寫齊，午後二時祀祖，草草不成禮，盡心而已。今日未往省府，靜心思之，感想殊多。晚九時寢。

十六日　早大霧　陰　午後五時雨　九月七日　星期日

四時起，盥漱畢仍小睡，昨夕腹鳴泄瀉，不知食壞何種菜也。五時匆匆至省府，腹仍泄，早僅飲茶一盃，餒亦不敢食他物。十時回寓，囑家人辦菜畢小睡一時許。掃室內，整理案上各物。二時白如初同胡漢才先來談甚久，四時貢九、啟育、適安、孝惠先後來，澤君來，遂開席。五時半散，六時彼等回去，路中遇雨，大約六時半可抵省府矣。今日勞頓半日。

十七日　大雨竟日　九月八日

四時半起，腹仍泄，五時出門，路滑難行，幸未傾跌，到省府已六時矣。午飯因雨大就府中食，午後五時半至包宅吃飯。晚宿府。

十八日　雨　晚大雨達旦　九月九日　星期二

五時起，午飯因雨大不能至包宅，仍就府中食。下午五時雨止回寓，六時以後仍大雨。寢不安。

十九日　雨　九月十日　星期三

六時起，七時到府，因今日起辦公時間已改遲一小時矣。寫簽呈一件，準備查各聯中也。午餐因雨大不能往包宅，下午晚餐就食包宅。晚歸寢，極不安。

二十日 雨 九月十一日 星期四

五時半起，七時到公，仍無朝會，聞已五星期未舉行矣。接通知派予往曬坪查案，藉此可晤嚴立三先生矣。午餐往包宅，就近下午往教育廳開會，初與教廳長接洽。今日得晤曾毅成，十餘年未晤及者。傍晚會畢，就包宅吃飯。七時回省府宿，腹泄未愈。

廿一日 晴 九月十二日 星期五

六時起，腹泄似稍好。七時半秘書長約予與貢九閱各廳處所擬計畫文稿加刪改。十一時就府中吃飯，午後覆聶湘及遲生函，並約李定餘星期日來寓吃飯。五時回寓，十時寢，夢予候火車至蒲圻，未買票時先至一洋房樓上，迎予者皆蒲邑後進，約廿餘人，天忽陣雨，路濕矣。又見朱懷冰至，略與談數語，未幾似立江干，有鐵殼大商輪一泊江邊，一茶房詢予欲至潯否，票價卅元可到滬矣。又蒲邑諸年少云龔體仁已判刑五年，予謂誰判耶，則云敵僞所指使者。夢境奇特，約二小時乃畢。

廿二日 早陰 午後晴 九月十三日 星期六

五時起，六時到府，今日無多事，寫復洪英信一件。午後五時回寓。

廿三日 晴 九月十四日 星期日

五時起，六時到府，八時約同事諸人今日下午吃便飯。午後三時貢九同道生、印澄、慕曾來寓，以後柯滌菴、李定餘、祐亭、繼李等均到。五時開席，七時方畢，傍晚散去。

廿四日 陰 九月十五 星期一

五時起，六時到府，紀念週予亦到。午後民廳張視察、保安處吳參謀均來談商往曬坪查案事。晚歸，準備出門物件。

廿五日　晴　九月十六　星期二

五時起，六時到公辦理出門各事。晚囑家人明晨洗衣服等等。

廿六日　晴　九月十七日　星期三

五時起，到府後取公文、護照等等，領經費。午後二時主席傳見。保安處改派阮處長親往，胡宗義不去。建廳派賀常，同學賀良輔之子也。三時與張、賀、阮同見主席，分諭各事。四時歸，準備各事。原定十八日往，恐趕不及，與阮處長決定十九晨搭車至桃園轉宣恩。

廿七日　陰　午後六時雨　九月十八日　星期四

七時起，飯後公役陳南山來。午後一時予往省府取信件，借薪水。三時歸，四時吃飯，五時帶工役入城宿。途中遇雨，天已昏黑矣。至老天寶略延遲半時，至朱伊仲處未遇。九時宿福昌旅館，不成寐。

廿八日　陰　時有小雨　晚大雨如注　九月十九　星期五

五時半起。與陳南山迭次探汽車，知阮處長七時方來，予昨不應到城也。七時賀常來，七時半阮、張先後到站，八時車方開。十一時半抵桃園，十二時吃飯，下午一時半乃雇得滑竿及挑伕，四時抵宣恩縣治，往大同旅館。飯後滕縣長來談一時去。晚大雨，幸予等今日已來此，囑工役約遲生來館問各事。熊漢輔、黃純璋俱來略談去。九時寢。

廿九日　大雨　九月二十日　星期六

七時起，天氣劇變。上午十時約張視察同往宣恩初中查看情形，學生火食菜甚少，然尚清潔。教員講解均得法。校長項東川、教務主任舒菊舫、教員詹詠之均晤見。十二時出校，飯後往看熊漢輔並黃純璋，各給其家小孩十元。晚遲生與孫祖榮來，分付各語去。

八　月

初一日　晴　今日日食　九月廿一日　星期日

　　七時起，八時遲生來旅社。十時天忽呈暗象，路人紛云日蝕。今年日全食，報紙一月以前即已紀載，謂甘肅蘭州能見金環食，但予早已忘之矣。遂取水一盆觀之，十一時食既呈種種現象，但不能見金環食之狀態耳。前報紙云此次日食形狀所謂金環形者，明嘉靖廿一年曾見之。宣恩城內日食既時呈黑暗狀態，未幾復圓矣。午後三時往各處遊覽，至縣府稅務局、民衆教育館詢各事，約二小時。晚飯後未出門，與賀常、張文運閒談。

初二日　晴　九月廿二日　星期一

　　六時起，與賀、張二君分乘滑竿往宣恩。十時抵獅子關劉姓吃飯，劉與張文運爲友，是以予與賀亦同就其家吃飯，不以爲歉。該地有武聖宮，便往觀之，有乾隆年間一碑，神像亦完好。五時抵長潭河晤郭鄉長、秦副鄉長，住李姓旅館中。飯後未出門，早寢，臭蟲多，不能成寐。

初三日　晴　今日秋分節　九月廿三日　星期二

　　七時起，九時早飯，十時約張、賀二君訪嚴立三先生，談二小時。立三已呈衰老態，爲墾殖區事極嘔氣，對胡協南舞弊情形完全告予等。噫！既知胡不可靠，何必當初重用耶？午後無事，探知阮處長今晚可到，俟其來再同往曬坪。

初四日　晴　九月廿四日　星期三

　　早起，十時往合作社問各物價。午後寫家信，示以到長潭後情形。訪阮處長，約定明晨赴曬坪。

初五日　晴燥　九月廿五日　星期四

六時起，乘滑竿往嚴先生宅，約阮處長同行。午後到山羊溪勘房屋，此即嚴先生所計畫住宅停工者也。段錫慶與胡協南再有爭執。阮處長與張文運因另查別事不上曬坪，予與賀、胡等遂先行，抵曬坪已薄暮矣。晤秦秘書治清、即同門秦員清之胞弟。許醫生伯遽。予任黃岡時派往陽邏辦理禁烟者也。飯後宿辦公處，半夜傷風鼻塞，頗難過。

初六日　晴　九月廿六日　星期五

七時起，疾未愈。十時阮處長已到，與談長潭河事。飯後予等遂遷新辦公室，新落成者，房屋寬敞。予與賀、張各分居一房，空氣甚好。立三先生督導曬坪墾殖區，何以不居於此？午後無事，閒談而已。晚寢甚安。

初七日　晴　晚有月色　九月廿七　星期六

六時起，疾似愈。飯後許伯蘧來談甚久去。午後二時至許、秦處查賬調卷，並買藥品數事歸。

初八日　晴　月色佳　九月廿八　星期日

六時起，出門視地上露水如雨，此間連夕寒甚。正午氣候與山下同，三時郵局送來廿四、廿五日《武漢報》，知長沙緊急，以文字推測，似長沙已失矣。晚九時寢，夢吳獻之代定有選舉票五十張，持之去。又夢予抱定生行路中。

初九日　晴　九月廿九日　星期一

六時起，門外露重如雨，寒甚。午後看賬簿，點驗屋宇，王、胡兩隊長請客。晚間飲酒過多，身極不適，與阮、賀、張等決計明日回長潭河。

初十日　晴　九月卅日　星期二

七時起，今日擬下山未成行。下午與阮、賀計畫各事。晚十時寢。

十一日　晴　晚月色佳　十月一日　星期三

六時起，七時飯畢。乘滑竿行平路十里，以後則步行下坡，石凸凹不平，至後山麓足已疲軟不能彈動矣，左足挫氣甚痛。下午二時抵長潭河，仍寓前日旅社中。囑工役買鷄蛋、板栗等等。飯後聞長潭河前次搶犯已獲二兒，明日可請阮處長處決。晚七時與賀、張沽酒飲之，十時起草報告各事。

十二日　霧　晴　十月二日　星期四

六時起，上午訪問各處并查賬，下午未作事，與賀常商報告辦法。

十三日　霧　晴　十月三日　星期五

六時起，八時往立三先生寓中一談。午後閱報，長沙危急萬分。

十四日　霧　晴　十月四日　星期六

六時起，九時至合作社查賬。午後同鵬程至衛生院察看情形，院長文國柱頗有精神，醫院內部均整潔。晚十時寢。

十五日　霧　晴　中秋晚月圓如鏡　萬里無雲
　　　十月五日　星期日

七時起，阮處長、賀常先回施南。予以須往咸、來兩邑未能同返，只有留宣度中秋節。午後往胡劍侯家聚飲，鵬程、純璋同席，有徐叟，辛亥起義有功者也，今亦落拓，聞來此已四年矣。八時席散，予同鵬程并攜小兒遲生，步同於珠山貢水間。今夕月明如晝，真所謂"纖雲四卷天無河"。回棧已十一時半，臥後作二律未穩，明日當足成之。今日在縣政府見木册長官司，永樂四年所鑄，賜土王銅印。

十六日　霧　晴　十月六日　星期一

　　七時半起，九時至縣政府打電話，便就滕縣長辦公室寫昨夕未就二律。因昆田未歸，就其書案上寫改均便也。午後五時鵬程、漢輔共約予到熊寓聚飲，並以昨夕二律示之。同席者胡劍侯、朱北平、段炳琳、孫端白、張書記長等。肴豐酒美，賓主盡歡。八時半滕縣長自高羅歸，予遂約與談各事，至夜分方去。予準備明日赴高羅，寢不安。

十七日　晴　十月七日　星期二

　　六時起，滕昆田、黃純璋來送行，七時至河干橋頭別去。滕、黃此次頗盡禮，世風日下，誰復講舊禮教者耶。行廿里至甘溝塘打尖，自塘經鐵廠坡、荷塘、毛埧塘等小集，至東門關有石碑，惜趕路匆匆，未及詳閱，至板寮天已暮矣。該集無宿處，乃趕路至高羅。滑竿今日行一百里。宿區署，飯後早寢。

十八日　晴燥　十月八日　星期三

　　六時起，八時飯畢，九時看新成立中心小學、鄉公所，鄉長魏民生已接見，十時往建始初中查看情形，教務、訓育兩主任，校長易衍道俱晤見。該校昨死學生一人，據醫生說尚有病傷寒者一人，頗危險。校中火食不良，學生營養不足，亦政府之責也。易校長近知整頓，改良辦理甚得法。高羅區署對於清潔甚注，街市整潔，晚有門燈，則區長努力之徵也。今日洗澡一次，晚十時寢。

十九日　晴　夜十一時以後大雨　十月九日　星期四

　　五時半起，今日已雇滑杠往李家河。七時半起行，十時距李家河約五里之地，遇李曉波來接，下滑竿與談半時，囑其先行。下午一時達到鄉公所，房屋高敞，休息半時，囑田紫城與同往女子師範，晤校長段奇璋、訓育主任朱□□，係黃岡朱幼浦之子。閱其校舍并學生火食等事。五時半至曉波局中吃飯，傍晚方歸。宿鄉公所，與段鄉長略談，九時寢。

二十日　陰　小雨　晚九時大雨　十月十日　星期五

六時起，七時飯畢，乘滑竿至來鳳。李家河至來鳳三十里，十一時即到。劉鯤游係三一中學學生，充來鳳科長。衛仲康、燦先、朱明灼、賀局長均晤見暢談。飯後得滕縣長電話，云宜昌已經收復，囑仲康令各機關放鞭炮致祝。予遂轉告仲康，城中正籌備雙十節，今夕可助興趣矣。晚八時提燈會，城內各機關提燈至靈鳳山寺門外過，燈大約二千餘，盛會也。九時半寢。

廿一日　大雨終日　十月十一日　星期六

六時起，予原定今晨往初中查學校，便往龍山縣一遊，轎伕來府，予以路濕不能行，遂作罷。自是大雨終日，未出門，與仲康、燦先及吳科長閒談而已。羅迪焜來此，又民廳彭仲康亦來此，均晤談。

廿二日　陰　小雨時作　十月十二日　星期日

七時起，九時劉鯤游、汪景侯陪予同往來鳳初中。此地距靈鳳山十五里，名黃麻嘴者。校舍極不佳，且年久失修，學生聽講、食宿均不便。下午一時視察畢，與劉、汪及龍智仙校長同往湖南省屬龍山縣政府參觀。龍山距來鳳十五里，兩省分界縣治未有如此之近者也。此縣上月曾被炸一次，無甚損失。街道尚整潔，鹽價每斤五元以上。來鳳只售三元，相距十五里，懸殊如此，無怪走私者之多也。晚六時乘輿歸，路途極不易行，九時始達靈鳳山。十一時寢。

廿三日　陰　十月十三日　星期一

七時起，天氣似欲雨，予亦未起行。飯後至城內各街遊覽。買雜物畢，至紅桂坡訪吳毅潘，皤然老矣，頭童齒落，談一時許出。便謁其祖母墓，並指看梁節庵先生所為碑文，約盤桓半時出。回縣府飯後與粲先、柳星寫對聯二付，條子二件，又與閒談二小時，十一時半方寢。

廿四日　晴　十月十四日　星期二

六時起，七時起行，過毛坪小憩。十時過討火車，汪柳星已在道旁相候，遂至其家便飯，酒肴甚豐。飯後過紅花嶺，下午四時過錢門關，七時方抵忠堡，至胡春山客棧宿。胡為鄂城永鄉人，與談半時，問當地情形。飯後以疲勞甚，發伕價，囑伕子先去，明晨由鄉長再雇滑竿為妥。十時寢。

廿五日　晴　十月十五日

六時起，盥漱後即起行，便看該鎮中心小學，學生年齡過大，但有避抽壯丁而入學者。輿行甚速，十一時即抵咸豐城。未幾徐縣長約予至辦事處午餐。先有同座張文運、湯之望，均民廳所派委員也。湯述前日宜昌得而復失，死傷軍民不少，聞之甚為短氣。我軍何以不能作戰耶？飯後參觀建設廳在咸所設化工廠，廠長馬君黃陂人。導觀製皮、製油墨各部份，惟出品劣而貴，買主恐不多。吾國凡政府所辦之合作社、工廠、製甚麼廠，均無良好成績也。晚宿縣府，與張、湯及徐縣長談至夜分寢。

廿六日　晴　十月十六日　星期四

七時起，飯後與譚科長、梅先霖等往查聯保處、稅務局、民教館。咸豐初中張校長漢川人，日本高等師範畢業生。辦法尚好，學生不食苞穀，則前縣長段繼李之功也。午後與宣恩縣府通話，李科長答云宜昌確又失陷，胡協南已逃往鶴峰矣。晚間與來鳳通話一次。

廿七日　陰　午後小雨　晚雨　十月十七日

七時起，八時至省立小學訓話約一小時。午後葉書記官、李審判官、何副團長輝均晤談。晚與來鳳、宣恩兩縣府各通話一次，聞來鳳有小股匪，已竄至咸豐境，過白水河矣。九時徐縣長鼐、湯之望閒坐三小時。

廿八日　雨　十月十八　星期六

七時起，因天雨未行又留一日，無處可供參觀者。晚與湯、徐等閒談。

廿九日　大雨　十月十九日

六時起，天似欲雨，予決計回施，呼陳僕起打聽汽車，云可開行。遂匆匆至站，徐縣長來送，追詢站長，云七時半方開車，乃返府食稀飯一盂再往。車開行廿里，大雨如注。下午一時過小關，雨尤大。飯畢車仍開，至恩施站雨未止。下車親為雇挑子，陳僕無用，此次一切事均予自己照料，且諸事囑托均不可靠，頗為懊喪也。五時步行回寓，衣履俱濕，檢點各事，詢家中事，飯後八時遂寢。

九　月

初一日　大雨竟日　十月二十日　星期一

八時半起，倦甚，陳僕已去，予囑其帶各物，並致羅鄉長年鳳一函。午後寫出差賬目，晚閱雜書，十時寢。

初二日　陰雨　十月廿一日　星期二

八時起，上午仍清寫各賬。午後清檢帶回各物件，寫函分謝咸、來、宣三縣友人。十時寢。

初三日　晴　十月廿二日　星期三

七時半起，寫信與鵬程、劍侯，並辦出差日記、表册等等。晚閱雜書至十一時寢。

初四日　晴　十月廿三日　星期四

八時起，十一時半往省府報告宣恩曬坪案查案情形，未晤秘書長，與劉夢曾詳言之。訪阮處長、朱廳長，各談半時許。朱心不懌，若有事存其胸中，或者又受外界或陳主席之激刺耶。午後四時半回寓，補寫武昌及鄂城函件。十時寢。

初五日　晴　十月廿四日　星期五

八時起，往省府，午後四時半回寓，仍寫未結之賬。

初六日　陰　十月廿五日　星期六

七時起，往省府，無多事，午後五時回寓。飯後閱雜書，未作事，晏寢。

初七日　晴　十月廿六日　星期日

八時起，倦甚，今日星期，祐亭來談，留便飯去。晚間未作事。

初八日　陰　十月廿七日　星期一

八時起，今日在寓寫報告視察宣恩各機關情形，未至省府。明日重九，未有遊目登高處，思之悵然。

初九日　晴　十月廿八日　星期二

七時起，午後清理各事，欲至七里坪趕場，以足疲未去。定生腹瀉數次，晚間仍甚擾擾，未能安枕。

初十日　晴　十月廿九日　星期三

七時起，十時吃早飯，十一時至省府清理各事，與段鴻軒、朱伊仲、陳受梅等通電話，省寫信手續也。四時歸，知定生服藥腹泄已愈，甚慰。

晚寫復羅資生函，謝其繪地圖見寄。十時半寢。

十一日　陰　早大霧　午後晴　晚八時小雨
十月卅日　星期四

六時半起，匆匆至省府辦理報告，囑李書記寫正本。午飯後至民廳會張文運，今日與滕昆田通電話一次。午後四時半與白如初同回，至漢路分手。到寓後晚飯，忽憶報告中李家河女師範未列入，明晨當補之。十一時寢。

十二日　陰晴不定　午後四時小雨數次
十月卅一日　星期五

六時起，七時到府。上坡時氣喘甚，深秋氣寒，足軟無力，老象也。為此七事累，不得不隨班簽到，殊可羞也。仍補作報告，四時回寓正值大雨，疾行以歸。飯後為蒲月濤寫薦信與來鳳縣長，八時仍作報告。今日為先母誕辰，未能祀也。

十三日　早小雨　午後大雨　十一月一日　星期六

六時起，七時到公，八時辦理報告，午後辦畢，囑李書記書之。四時回寓，飯畢寫信為蒲月濤向衛仲康謀鄉公所指導員也。十時寢。

十四日　晴　晚有月光　十一月二日　星期日

八時半起，倦甚。九時補辦出差日記、表冊等等。今日未出門，星期日無人來寓。晚飯前飲酒一次，欲補作出水洞詩，未果。十一時寢。

十五日　晴　大霧　十一月三日　星期一

五時半起，六時洗漱畢即出門到省府。七時今日紀念週，賀衷寒講政治約一時半畢，人云亦云之語而已。九時寫報告畢，午後與宣恩通話二次，黃、滕俱談十分鐘。四時歸，飯後小憩，十時寢。

十六日　晴　霧　晚八時小雨　十一月四日　星期二

五時起，七時到府，十時報告寫畢送秘書長閱。午後補作出水洞荚會詩，四時回寓，飯後清查證明文件，填表。九時作重九出水洞荚會詩已成。十時寢。

十七日　早雨　午後二時晴　十一月五日　星期三

五時起，六時半到府，沿途小雨，路滑難行。上午寫詩交閻任之帶交陳豫生，再轉張篤周。午後四時回寓，飯後寫信復聶湘等函。十時寢。

十八日　霧　晴　十一月六日　星期四

五時起，天未明，開戶猶見圓月。六時乃出門，七時到府。今日與宣恩通電話三次，得鵬程、遲生函。午飯時晤及魯聖輔，仍思作縣長。甚矣，名心之累人也。午後一時情報，敵機八架當陽十里鋪發現上空。遲之久無消息，大約已轉漢矣。四時回寓，飯後補寫日記。十時寢。

十九日　陰　十一月七日　星期五

八時起，九時飯畢，十時自攜夏布帳往龍洞參議會，適之段錫三未在會，與賀葆三談甚久，就會中吃飯。恩施胡建文縣長今日始見面。河南唐縣人，即朱懷冰所指為不能辦事者。下午二時到省府，略坐即回寓。

二十日　陰　晚六時雨　今日立冬　十一月八日　星期六

八時起，倦甚。十時飯畢，十一時往府，未辦事。午後二時與包貢九同往回看陳豫生，談詩文書畫約半時許，并檢出予五年前為彼所作便面二頁，一畫老松，一畫山水小品，山水題詩，老松題句。今日見之，似覺句工而切題有意義，當時心暢，故作所得意，現時無此興趣也。約任之來同予等往出水洞，王獻谷、張篤周出名為鄧廉溪代乞其父作七旬壽詩並壽屏。同讌者畢斗山，余子祥，饒勉卿，饒校文、杰吾昆仲，周恩九，廖西平，熊連城，胡鳳喈，閻任之，包貢九，陳豫①，王獻谷，鄧廉溪，張篤周夫婦與予及陪客不知姓者二人。酒肴甚豐，惜多雞子、肉湯等等，予不食也。七時半冒雨歸，有人持燈牽送，尚不爲苦，襪履濕透矣。九時補寫各事，十時寢。

廿一日　早陰　十一時雨　十一月九日　星期日

八時半起，疲倦異常。十時早飯。下午因雨未出門，四時晚飯，飽食終日，無所用心，孔子所惡者也，吾人真滋愧矣。

廿二日　陰　午後晴　晚小雨數次　十一月十日　星期一

八時半起。上午未往省府，午後一時半到公，囑僕取米油等件歸。四時回寓，辦理提會報告，代秘書長開檢討會議也。十一時寢，夢魘。

廿三日　晴　十一月十一日　星期二

九時起，昨夜睡不安，鼻涕多又咳嗽難過，轉鐘後夢魘，極難過。室中鼠嚼，愈不能睡熟，致今晨遲起。十時早飯，下午一時至府略清理各事，遂歸。晚寫信至來鳳衛仲康，寄洋十元，請其帶墨魚來施。十一時寢。

廿四日　晴　十一月十二日　星期三

九時半起，今日爲紀念日，放假未至府。飯後洗刷舊呢帽、油皮鞋子，費時至兩小時，就日曬之。現已立冬，秋陽仍如此之烈也。下午斜陽返射樹林中，與楓櫛相映，頗悦目。遂出門過小路去，立望吾廬，不異畫境，古人謂秋山如畫，信然。晚作詩一首，起二句云"秋山誠如畫，古人已先言"。晚十一時寢。

---

① 陳豫，據前文疑應爲"陳豫生"。

廿五日　霧　晴　十一月十三日　　星期四

八時起，省府約予去開會，到後知辦公廳已遷，予將桌上各事清理畢，警報作，此則兩月中未聞者也。未幾開會，敵機回頭過上空盤旋，乃散會出後門防空洞避之。十時開會，十一時止，就府吃飯。午後一時繼續開會，四時畢，五時歸。飯後辦理提案報告，至十時寢。

廿六日　霧　晴　十一月十四日　　星期五

七時起，八時到公。午飯後發馮藝林、衛粲先函，仍辦提會報告，代秘書長作總檢討提案也。四時半歸，整理各事。十時寢。

廿七日　霧　晴　十一月十五日　　星期六

七時起，七時半到，八時開檢討會議，說話多，毫無實際，聽者生厭，坐者腰痛。午後一時起，四時半散回寓。飯畢嘔閒氣，夢閑出語無倫，予實忍之，真女子與小人難養也。十時寢，極不安。

廿八日　霧　晴　十一月十六日　　星期日

六時半起，七時到省府，七時半開檢討會。九時有警報，十時又逃警報一次。開會發言者過長，至下午一時半方散會，餒甚。二時至包宅吃飯，三時進城送油布、圍巾、鞋子二雙付蔣科長帶回宣恩去。四時歸，過洗爵溪鄧廉溪處小憩，遇魯首席檢察官、胡鳳喈等，談片刻出。五時半歸寓，吃飯後略坐即寢。明晨又續開檢討會議也。晚十時寢，不安。

廿九日　晴　十一月十七日　　星期一

五時起，六時半至府，照例簽到及紀念週等事，報告約兩小時。十時與貢九同出至其寓，為鄧季雲寫紅屏壽詩一幅。午後到府編報告，無頭緒，此類事甚多，同者異者真鬧不清。四時半歸，五時半到寓。飯後夢閑詬誶，予亦①其自然。九時寢，十二時醒，彼仍瑣碎指罵不休，此真不可以德化者也。

三十日　晴　十一月十八日　星期二

三時起，嘔氣不能睡，且咳嗽頻作，鼻塞，極難過。不能不起，連日到府早，均予自起燒水，令人想念前八年之孟夫人不置。今之所謂妻則冤孽而已，只知吃喝要錢，未知大義哉。五時半天未明，又復睡去。六時半起，至府辦事。今日予爲值日，晚飯遂在府中食。七時與朱濟威談各事，十時遂宿府中。各員役拉琴唱戲，擾攘嘈雜，不成寐。噫！抗戰四年，人民受苦，公務有何樂趣哉？世風日下，廉恥不存，誰爲提倡者？無怪人民對於公務員多鄙視之。

十　　月

初一日　陰　夜十二時雨　十一月十九日　星期三

六時起，上午辦未竣之鄂西各縣概況表，索然無味，下午未成，不知尚需幾日。當局必欲如此列表，有何益處？四時回寓，飯後仍辦此表，寄函與孟廣漪，爲撥鄂城款事。九時半寢。

初二日　雨　寒甚　晚下雪子　十一月二十日　星期四

六時起，天雨轉寒。今日上午辦表未竣，午飯就府中吃，午後風雨交作，遂就府中宿。

初三日　陰　寒甚　十一月廿一日　星期五

五時半起，上午八時半開籌備會，決定廿五號到城內辦公。予所編

---

① 亦，後疑有脫字。

之表尚未竣事，午後二時續辦，手冷未能多寫。室內不明，目力吃虧。噫！此等事有可益處耶？下月一號開會，出席人有二百四十餘人，列席人有二百卅餘人。從前北京之參衆兩院似之，勞力傷財更屬無益也。五時回寓，九時寢。

初四日　陰　寒　十一月廿二日　星期六

五時半起，六時半到府。上午辦未竣之表，在府午飯，下午仍未寫竣。四時半回寓。飯後小睡一時許，起寫表，仍未竣。十一時寢。

初五日　陰　晴　十一月廿三　星期日

六時到省府，仍辦未竣之稿。十二時到郵局取回包裹，譚則自霧渡河局寄來者也。下午一時回寓，晚間仍辦稿。十時寢，夢予已回鄂城，見周知安，與之言談時即醒。

初六日　晴　十一月廿四日

七時起，到府已八時矣。九時閱報，日美談判愈接近，似有議和條件。總之，此議如成，中國吃虧是不待言，但吃虧到如何程度耳。九時有警報，敵機一架淩上空矣。午後開會，四時散，四時半回寓。

初七日　陰　十一月廿五日　星期二

七時半到府，仍辦昨日未竣之事。午後五時回寓，晚飯後繼續寫之。十一時寢。

初八日　陰　寒　十一月廿六日　星期三

七時起，疲倦甚，足軟，至府更疲矣。照例辦事，午後王一鷗、梅壯宇等先後來談。監利縣長黃向榮、公安縣長方擴軍俱係初見面，略與談叙片刻。四時半回寓，仍寫昨日未竣之表。十時寢。

初九日　陰雨　寒　十一月廿七日　星期四

七時半到省府，途行甚滑，到後仍辦表册，午後仍未竣。晚四時半歸寓，十一時寢。

初十日　雨　寒甚　晚十時以後微雪
十一月廿八日　星期五

七時起，見高山有積雪，到府後將表册清理一次，鄂北考查表已提要寫竣矣。得電話知施南以下縣長俱到施。晚四時半回寓，十時寢。

十一日　陰　寒甚　十一月廿九日　星期六

七時半到府，路途甚寒，高山積雪愈存，大約昨晚又下雪矣。到後辦鄂西宜、秭、興、巴等縣報告提要，係予去歲所查者。午後寫剛竣，蕭液垓、盧邦儉來，遂不能再寫，與渠等談半時出回寓。飯後寫信件致胡太輔，囑其將存貴堂家中之衣服、字畫，購樟腦丸置其中。

十二日　陰　寒　十一月三十日　星期日

七時起，八時到公，辦理表册已竣。十時半至包宅吃飯畢，十一時半與之同入城報到，至幹訓團晤及本府各同事，知予與貢九、杰吾俱免在團辦事，心喜甚，遂出購糖、米數事，並在途遇滕昆田、張天德，取回建始所帶香菰、宣恩所帶茶葉以歸，到寓已五時矣。今日行路多，汗出①潘，足疲身倦，腳趾疼痛異常，十時遂寢。

十三日　晴　寒　晚月色佳　十二月一日　星期一

七時起，八時到公，表册已辦竣。下午亦無多事，四時半回寓。飯後未作事，早寢。

---

①　出，後疑脫"如"字。

十四日　晴　霧　午後陰寒　十二月二日　星期二

七時起，八時到公，霧中途行極寒。今日上、下午無多事，寫各處寄來未復函件，擬明日在府食宿。下午四時半回寓，飯後未作事。九時寢，夢予已回鄂城矣，隔壁王久旃家前二重似爲敵寇佔據，舉火焚各物。有一圓球如火珠滾甚速，或曰此日球也。未幾聞倭寇歡笑聲，久旃自其家後門入予院中。似寇已知予回籍者，予亦匆匆逃出室外，向北門去。

十五日　大霧　晴　午後陰寒　晚有月光
十二月三日　星期三

七時起，八時到府。上午借薪買米，午後寓中送來臥具，今日正式在府起火食。晚七時寫函件，至十一時寢，甚安恬。

十六日　晴　十二月四日　星期四

六時半起，上午寫復積壓信件十餘封。午飯後訪易泮香，商請任岱青等事，便訪陳壽糜談半時許入城，欲至幹訓團，繼聞休課矣。遂匆匆購玄參、寸冬中藥十味，買糖果數事歸，急行，汗濕襯衣矣。晚飯後又補寫信數件。十一時寢，甚恬然。

十七日　大霧　晴　十二月五日　星期五

六時起，寒甚。七時吃稀飯，米太劣未多食。上午補寫各處函已畢，均發出。午後未出門，接電話任岱青改爲明日下午辦理。晚十一時寢。

十八日　霧　晴　十二月六日　星期六

六時起，十時回寓吃飯，午後一時仍來府寫信，辦理昨夕未竣表册。四時往土橋埧四合春酒館聚讌，同學聶漱六年六十五，任岱青五十四，皆老矣。餘則李範一、易泮香、石砥臣、鄢雲齋、陳肖峰與予及張嘯青九人，外理化同學熊鐵華，共十人，談卅年以前之事。辛亥革命予等均在武昌，回思往事，不勝慨然。九時回府，仍辦未竣表册。十一時寢。

十九日　陰　晚十一雨　十二月七日　星期日

六時起，今日上、下午仍寫未竣之表，至晚九時半乃畢，予今日亦未回寓。十一時寢。

二十日　雨　十二月八日　星期一

六時起，今日原擬到幹訓團開會，以雨遂止。午後一時得湖北日報館電話，稱美、倭實行開仗矣。二時半有各報號外送來府，美、倭正式接觸，海軍、空軍正式作戰。閱之快然。

廿一日　陰晴　晚十二時大雨　十二月九日　星期二

六時起，今日無多事。閱報，日美已在海上衝突，英美軍艦爲日人擊沉者數艘。午後三時回寓，飯後無事，洗脚剪脚指甲。九時寢。

廿二日　晴　十二月十日　星期三

七時半起，身疲倦甚。十時在寓吃飯甚飽，飯軟茶甘，恬然多食。連日在府中吃飯，飯硬，穀稗又多，咀嚼不易，頗難下咽。正午到府，閱報知中央已向德、義、日三國正式宣戰矣。下午一時寫《感應篇》起首，陳豫生屢屢以寫《感應篇》爲請，數月間心亂事繁，未以應也。僅寫四頁之半幅，頗吃力，科舉停後三十五年未寫楷書矣。

廿三日　陰寒　十二月十一日　星期四

七時起，上午九時有警報。許久未來敵機，今晨乃發現警報二次。午後一時到城內幹訓團，知下午無會，訪人亦不便，蓋渠等開審查會也。與祐亭、澤君、如初略叙即出。至省銀行晤朱土堪取電水，並遇賀葆三、吳獻之，略談即歸。晚十時寢。

二十四日　霧　晴　寒　十二月十二日　星期五

六時半起，今日寫《太上感應篇》又成半頁，頗吃力，且豫生一定要書廉卿先生體。廉卿楷書多參《吊比干碑》，瘦硬無丰采。予則參以《黑女誌》，頗受看也。晚在府中看洪文敏景廬《容齋筆記》三十餘頁。

廿五日　陰　寒甚　十二月十三日　星期六

六時起，今日報載倭、英激戰。下午回寓，晚閱《容齋隨錄》卅餘頁。十時寢。

廿六日　晴　寒　十二月十四日　星期日

八時起，倦甚。九時半早飯早開，午正至七里坪。今日趕場人多，予以足軟，遂帶同定兒回寓。三時午飯畢，清理各事，四時半到省府。晚間看《容齋隨錄》卅餘頁。十一時寢。

廿七日　晴　十二月十五日　星期一

七時起，今日上午無事，閱報、閒談而已。午後又寫《感應篇》半頁，晚七時閱《容齋隨錄》約四十頁。十一時寢。

廿八日　晴　寒　十二月十六日　星期二

六時半起，上午寫《感應篇》半頁。午後無事，閱報知英美尚未勝利，香港、非律賓、新加坡俱在危險中。倭寇如此凶橫，此則民主國所不及料者也。晚間閱《容齋筆記》卅頁。十一時寢。

廿九日　晴　寒　十二月十七日　星期三

六時起，上午寫《感應》已成三頁整，缺半頁，明日可足成之。午後四時半回寓，飯後接省府電話，謂明晨須往大會聽講云云。七時閱《容齋筆記》。十時寢。

十一月

初一日　陰　晨五時雨　十二月十八日　星期四

五時起聞雨聲，自起升火浣漱畢，六時出門，經官坡等處，路甚濕，到城時購餅乾，至幹訓團已七時半。詢知開會係八時，迨開會係財廳趙廳長主席，各縣長、校長發言，無非食糧、財政問題，予或聽或不聽，心中實未注意及之也。與吳師聖晤，敘及鄂南情形。下午再聽講，與張翩晤，亦數年未見者也。晚至朱伊仲處宿。

初二日　雨　寒甚　十二月十九日　星期五

七時起，八時秘書處報告，午後予未去聽講，晚仍宿朱伊仲處。

初三日　陰寒　十二月二十日　星期六

七時起，八時至會，朱廳長報告糧政辦理情形，予未去聽。下午五時主席請各會員聚餐，七時同樂會唱戲酬各會員。予在省府逢演戲三次，均未入座觀之。今日因不回寓，就此觀戲，遣悶而已。第一幕利川縣長于國楨唱《連環套》。巴東縣長李振宇唱☐，青衣戲也。鄖縣書記長唱☐。縣長、黨部負責人唱戲以爲時髦，奇矣。設在清代，寧不駭怪耶？以下則《蕭何追韓信》，唱做俱好；《捉放曹》亦有精彩。《寶蓮燈》之青衣爲軍管區秘書周恩九之妻，唱做嫻熟，大約係京津票友。是夕周恩九在座觀戲，似恬然自得者，其感想與常人異也。飾狀元公者爲省立高中教員劉某，唱工佳，做工不活動。九時畢，予仍至伊仲處寢。

初四日　晴　十二月廿一日　星期日

七時半起，八時與伊仲至館吃燒賣，此則三年來未嘗此味也。九時買糖果雜物，十二時回省府吃飯。午後一時回寓，在路上遇朱祐亭，約之到寓吃飯，四時別去。晚間未作事，十時寢。

初五日　霧　晴　十二月廿二日　星期一

八時起，倦甚。九時半吃飯，十一時清理各事畢，十二時半帶同蒲僕來府挑米，午後二時命之歸。三時半清理文件等等。飯後在寢室補寫數天日記。陳志五、王宇澄來閒談一小時去。十時半寢，鼠鬧甚，不能安枕。

初六日　霧　晴　十二月廿三日　星期二

七時起，九時饒新民、王濟亞來訪，談甚久去。午後鄧崇恩、盧邦儉談陳季明事。晚滕昆田來談，便請帶棉鞋與遲生，付洋五十元還熊漢輔茶葉錢，並給遲生用費。寫舒菊舫、朱敬丞二函，黃建中函。十一時寢。

初七日　陰雨　十二月廿四日　星期三

六時半起，上午整理雜稿。午正往包宅，今日約王擇西、蕭液垓、盧邦儉、陳英武等五人。陳、王二人未到，萬廉、何訓詩平昔不熟，在座亦談片刻。午後二時歸，晚間整理詩稿。

初八日　陰雨　午後轉晴意　晚仍雨
十二月廿五日　星期四

七時起，上午張毓華、吳師聖、鄭萬選來談，予詢吳甚詳，便托其致語鄂城諸戚。午後寫嚴立三先生函，附詩三首，并閤任之原詩。晚間又抄《小峰雜稿》，恐散佚也。

初九日　陰雨　寒甚　晚下雪子　十二月廿六日　星期五

七時起，上午閱報，敵人向湘北進攻，岳陽似危險。下午為陳興渭、朱厎之寫小聯各一副。晚下雪子，天氣轉寒。十時寢。

初十日　陰寒　小雨時作　夜子正大雪
十二月廿七日　星期六

六時起，八時寫雜文，九時張毓華、陳英武來問各事。陳任宜城十年，張任南漳二年餘，仍受撤職處分，渠等似沮喪。予則慰藉之，上臺終有下臺時，況茲亂世，軍民視縣長爲無足輕重之吏，有時不如一伕頭。政府更不予以保障，真所謂朝廷不甚愛惜之官也。午後寒甚，小雨時作，予以數日未歸，三時半遂回寓宿。

十一日　陰寒　大雪　十二月廿八日　星期日

九時起，倦甚，出門見前山與地面有積雪。十二時午餐。午後三時祐亭來談各事，便留晚餐去。晚寒更重，早寢。

十二日　陰雨　寒　十二月廿九日　星期一

八時半起，九時半到省府，午前與貢九商酌請蔣少瑗事。午後祐亭來談。晚間以無燈油未作事。

十三日　陰寒　小雨時作　十二月卅日　星期二

六時起，上午寫信，分復聶湘、周鵬程、胡劍秋、孟廣漳、陳挽瀾等。午後得鄂城久旃來函，述本地安靜、生活高漲，茂林可撥款三百元，久旃仍在宜，涂小書、漾霞自松滋已回縣，閔孝師、王象乾均健在云云。噫，戰事何時可解決耶？今日報載長沙似危急，尤可慮也。晚閱《容齋日記》五頁，補寫詩稿。十時寢。

十四日　晴　晚月明如畫　十二月卅一日　星期三

六時起，上午補寫詩稿，整理雜著，以後須計日辦理稿件，恐久散失也。明日爲卅一年一月元旦，本府通知各廳處明晨七時至施城慶祝並團拜云云。閱報長沙愈吃①，倭寇日張，不知長沙能堅守否。聞上次失守時湘府損失不可以數計也。午後無事，晚仍補寫詩稿。十時寢。

十五日　霧　陰　中華民國卅一年一月一日　星期四

五時四十分起，天將明。六時食稀飯一碗，六時半與省府同仁往施城，早寒不可耐。七時半到幹訓團，各機關於八時俱到。奏樂排隊排班，行禮演説，約二小時畢。就城內買糖果，欲與祐廷同往食湯元，人多如鯽，未食即歸。途遇貢九在小店，食包子二枚。十一時到府，欲開飯，警報大作，敵機一架過秭歸入川矣。飯後又有警報，予遂匆匆回寓。今日新曆元旦，敵機惡作劇，如此可惡也！今年老曆正月朔，敵機亦過此間，亦發警報二次，併記之。晚補寫詩稿，憶今日爲陽曆元月之朔、陰曆冬月之望，朔望同日，亦可稱巧矣。十時半寢。

十六日　霧　陰　一月二日　星期五

六時五十分起，盥漱後匆匆至省府，已七時五十分矣。省府例會，聞江陵縣長已易人。午後無事，與貢九聯句，即元旦望日陰陽曆不同也。

十七日　陰寒　一月三日　星期六

七時起，今日上午無事，下午三時半回寓，五時晚飯較飽，因連日在府中搭火食不能飽也。九時半寢。

十八日　陰寒　晚六時雨　一月四日　星期日

八時半起，九時半忽聞敵機聲，出門視之，已淩空矣。飛甚低，未幾三匝，高射炮聲、機上放機關槍聲、投手榴彈聲齊作，約十分鐘乃已。午飯後天忽雨，一時予乃動身至包貢九家，置袋於其室中，至涼橋雅春招待鄂東到施代表九人，蔣少瑗、王度、羅縣長、雷致中、周繼旦、陳

---

① 吃，疑應爲"吃緊"。

疇、龔科長、羅翔霄等，作東道者卅八人，貢九、呂烺芬實司其事。七時席散雨未止，路滑，歸來已九時矣。聞長沙敵已潰退，明日當有號外發出也。十時寢。

十九日　陰寒　一月五日　星期一

七時起，八時紀念週。今晨《湖北日報》出號外，云敵人已潰退。截至下午四時，無再傳之佳消息。午飯無菜，晚飯火食更壞，予遂至貢九寓再飯。飯後與聯句，足成前日《新曆元旦逢陰曆十五日》之詩題也。八時回府，補寫日記，長沙戰事無好消息。

二十日　陰　午後晴　一月六日　星期二

六時半起，九時閱報，長沙敵人似未退却，所云殲敵三萬人，何以知其爲整數耶？昨日號外恐亦不可盡信。午後補寫日記，晚十一時寢。

廿一日　晴　一月七日　星期三

六時起，九時半在辦公廳聞警報，往後山洞中避之，敵機凌空，十一時半方解除。寫信三件，分致吳端偉、汪南疇、吳嘯鶴，三人由鄂東代表雷致中、王度等分帶去。下午一時回寓，取合作社摺子換新證。晚飯後與王宇澄至貢九寓中詳談一切，約二小時回省府。十一時寢。

廿二日　晴　晨霜甚重　田水結冰　一月八日　星期四

六時起，七時往店子坪合作社換股摺送包寓，并付洋五十元，請其轉交內子，便買各物。十時回府，午正見牌示，謂我飛機出動過宜。一時忽有警報，敵機八架向西飛來。同仁等急逃入洞中，約一小時解除。三時又敵機回頭過此上空去。四時接鄂城洪英來函，云撥兌用款有三百元之數；西畈所存狐皮袍，吳文幸及其弟每冬日穿之；羅國貞仍在荆門就事。晚十一時寢。夢予已回武昌，各街道毀後牆壁俱已用劣土見新矣。自某大廈中出，忽遇二敵兵在黑暗中。予又轉入某屋中，遇一相識者默無語，似有多人爭外出。又見一敵兵立黑暗中，逡巡不得出，正急遽無法，遂醒。

廿三日　陰　霧　一月九日　星期五

六時起。九時王度、周繼旦等來府，便托繼旦帶函往重慶，囑孟廣瀞撥款百元來施。午後四時半與朱再菴、蘇子孚餞行，朱調參議會秘書，蘇因第四科撤消，四長官部供職也。五時半席散。十一時寢後多夢。

廿四日　陰沉天黑　午後三時小雨　一月十日　星期六

六時起，八時辦公室中沈暗無光，不能作事。午後寫致羅國貞一函，復孫致屏一屏①，爲購醃魚事。元旦聯句詩，今午後四時與包貢九作勉強成矣。晚飯後以天雨路滑不能回寓，在府補寫未竣雜文稿。

廿五日　陰　一月十一日　星期日

六時起，午飯後回寓。下午二時飯畢，三時往城內西後街。今日鄧廉溪請客，四時半開席，同座者包貢九、周笠漁、饒校文、沈碧舫，其他約廿人。晚七時回省府宿。

廿六日　陰　一月十二日　星期一

六時起，今晨宜城、南漳等八縣縣長宣誓就職，朱廳長來。主席八時主行擴大紀念週，約二時許畢。正午戴肇瓊請省府同仁吃飯。午後補寫雜文稿，閱筆記，晚五時回寓宿。

廿七日　陰　寒甚　一月十三日　星期二

八時起，倦。八時半到府，九時補寫雜文。午後閱報，長沙敵似未

---

①　屏，疑應爲"函"。

退盡。新加坡戰況際①上關係甚大，倭寇仍氣盛，美英着着失敗，可慮也。晚寒，仍補寫雜文，至十一時寢。

廿八日　晴　一月十四日　星期三

六時半起，上午無多事。閱報，國際戰況，美英仍失敗；國內戰況，長沙未脫危險，雖日日云勝利，而敵兵尚距長沙六十里，并且增援，前報言退百餘里、數百里者，皆不可信矣。午後二時買米百斤，親飭伕送回寓。與夢閑説各事，并在寓中吃晚飯二碗。三時五十分到府，晚閱雜書，九時半遂寢。

廿九日　晴　一月十五日　星期四

六時起，九時警報，十時半敵機自萬縣返，經此間上空盤旋二次乃逸。午後開處務會議，議決浴室已成立售票、合作社開辦售布、退儲蓄三事，不知近期可能實行否。晚飯後與祐亭至包宅聚談三小時。貢九爲祐亭説詩法，舉例甚暢。九時歸，十一時寢。

卅日　晴　一月十六日　星期五

六時起，七時到辦公室補寫出差時各事。午後往朱伊仲行中取物件，松煙確係真墨。抗戰五年，施南公然購得此墨，可喜也。欠仲款二十元，容日再還可也。晚十時寢。

臘　　月

初一日　陰　寒　一月十七日　星期六

六時半起，八時擬辦視察表式，與印澄、百熙決定三項。午後寫信

---

① 際，疑應爲"國際"。

二件，梅先霖謀調恩施事，已與胡縣長言之，大約可成。午後三時與貢九至民廳訪蔣少瑗談片刻，以在座人多，未便深談。四時半回寓，十時寢。

初二日　陰　寒　一月十八　星期日

九時起，十時盥漱畢，十時半到張百熙家吃午飯，同席十四人，酒少菜多但無餘肴，殊可哂也。下午回省府自訂被臥一床，四時半仍回寓宿。

初三日　陰　寒　一月十九日　星期一

六時起，七時到省府，稍休息即做紀念週，約一小時散。省銀行分來藍色粗布四百匹，分售各職員添製衣服。予亦例購二匹，約合六角一尺，此布從前不過每尺四五分耳，此係減價，如平民購此，每尺須一元矣。午後清理各事，晚間與同事閒談。十時寢，今晨疲甚。

初四日　陰　寒　一月二十日　星期二

六時起，七時聞售苞穀，遂購五十斤，午後家中派人來挑回去。昨夕本府澡堂已開辦，予曾洗澡一次。修理小屋聞已用去五千餘元，亦奇聞也。四月籌備至今已八閱月，尤奇。本府辦事如此，令人難推其內幕矣。午後接曾心如自黃岡來信，述困狀，知其受倭禍甚深，亦可憫也。晚十一時寢。

初五日　陰　午後似晴　一月廿一日　星期三

六時起，七時到公，八時復伯陽、陽春函，均發出。今日閱報，國際消息極惡劣，仰光情勢緊急，新加坡危急，菲律賓似已不守，緬甸危殆。就報紙揣度，恐短期內無好結果矣。下午五時至對門張孝惠家略坐。孫亞佛自老河口來此，遂與談一時許歸。今日為予總值日，晚間猶須簽名，怪事也。虛偽為近來政界之法寶，又何足怪哉。

初六日　陰　寒　一月廿二　星期四

六時起，七時到公。閱報，國際戰況愈不佳，殊可慮也。得渝函，孟廣溥款百元舊曆年內不能撥到，予須另作一番打算。晚間補寫日記。

初七日　陰　時有小雨　寒甚　一月廿三日　星期五

六時起，七時半到公。九時閱報，國際戰況轉劣，何時結束？以及吾人所期望之勝利何時實現？殊令人慨感也。晚五時朱祐亭來談甚久去。補廿八年冬出差日記，至十時半寢。夢已回武漢，見某道教內有認識者多人，着奇異衣服，似舉行傳教儀式狀，外間忽有軍隊追人，強脫人衣服。予着馬褂亦被脫去，在急迫中遂醒。

初八日　陰　寒　一月廿四　星期六

六時起，七時半到公，十時有情報，謂有敵機一架由長陽西飛，久未聞發警報，大約因偵察已西上矣。午正閱報，國際戰況多空話，不可信。午後四時予回寓，五時飯畢，欲閱書，以寒甚遂止。九時寢。

初九日　陰　寒　一月廿五日　星期日

九時半起，倦甚。十一時早飯畢，補寫日記數頁，遠安視察時未書竣者也。聞段繼李云渝信，鄂主席確為張厲生，已發表矣。午後三時來省府，晚間無事，仍補出差未竣日記。十時寢。

初十日　陰　寒　一月廿六日　星期一

六時起，七時到公，八時半朱代杰於紀念週中講國際情勢約二小時。彼之所言皆予所欲言者，特以職分上不能言耳。噫，言之又將何策以挽頹勢耶？午後遲生來府，知其於昨晚歸矣。問各事，帶之同往民政廳合作社買油，不可得。近來各地發油荒，平價愈嚴而貨物愈缺，民生痛苦尚不止此也。晚十一時寢。

十一日　陰　晴　一月廿七日　星期二

六時起，八時往民廳請蔣立庵開方泡藥酒，近兩月右足氣硬，時作抽筋，痛苦殊甚，與談半時出。午後定生來府，帶之往各處遊覽，小兒活潑甚。張科長給與糖餅乾，歡欣而出。晚十一時寢。

十二日　大霧　陰　寒　一月廿八日　星期三

六時起，八時與宣恩金紹濬、黃純璋通電話一次，并請其轉告滕縣長。午後聞主席今晚可歸，并請客。四時半聞張澤君云鄂省政無變化，謠言俱息矣。傍至包貢九寓，值其出，在張百熙家食豆皮半碗出。補作胡舜生《五十述懷》和詩。十一時寢。

十三日　陰霧　雨　寒　一月廿九日　星期四

六時起，上午看雜書，並擬所謂視察室計劃，擬填表冊格。晚補作和舜生詩六首已成，勉強湊合，終不愜意，因其韻腳太窄故也。十一時寢。

十四日　雨　陰　一月卅日　星期五

六時起，八時寫和胡舜生詩六章，勉強湊合而已。原詩均不好，予和作實少興趣，僅塵、撓二均稍佳。胡為同鄉，且貢九、祐亭近日均為之和作，慮其不悅而為之，真習俗移人矣。午後閱報，國際戰事極不佳，美英無實力，著著讓倭進步，後事殊可危也。四時閱雜書，晚閱《中國大事年表》，又閱《江陵縣志》人物、藝文等類，至十一時寢。

十五日　陰　寒　一月卅一日　星期六

六時起，九時閱報，英美對於日本著著失敗，後患堪虞。午後寫函三件，四時半與貢九往民政廳晤舜生、少瑗談甚久。回寓後飯畢清理各事，十一時寢。

十六日　陰　二月一日　星期日

九時起，倦甚。十時孫軍需自秭歸來，攜有聶湘所贈乾魚六條，又沃古林藥水一瓶，甚爲心感。留孫君便飯，與談二時許別去。午後梅先霖來，亦留飯，傍晚與予同來省府，因有零件數事，須先霖待予手提也。十一時寢。

十七日　陰　二月二日　星期一

六時起，八時紀念週。九時閱報，戰事并無好轉，國內外皆然。午後四時與貢九同至其寓中晚餐畢，與談詩并約笠漁同話。八時半歸，十一時寢。

十八日　陰　二月三日　星期二

六時半起，上午在辦公室覺無多事。九時回寓，并取回零件數事。十時半到府，飯後閱報，國際戰事并無好轉，殊可慮。午後王宇澄回府，便詢來鳳、宣恩、咸豐情形。托帶之小大英紙煙每盒已漲價至五元矣。從前武漢未失時，每盒僅六分，已漲至九十倍矣。據說時價每盒六元，以此推之，其他貨物可想矣。晚十一時寢。

十九日　陰　今日立春　二月四日　星期三

六時半起，七時半到公，九時閱報，國際戰事英美未見進展，國內亦沉寂。今日立春，天氣未見晴朗，就迷信說，前途尚未到光明時歟？十時購鹽二斤、皮蛋五枚，付遲生帶回寓去。晚間未作事，閒談而已。

二十日　陰　二月五日　星期四

六時起，八時半閱報，國際戰争英美失敗，報上雖有鼓吹，不足信也。午後遲生來，晚間未作事。建設廳石柱、周鳴皋同王君來談，王講佛經多中肯，予聽之約一小時。九時石等別去，十一時寢。

廿一日　晴　霧　二月六日　星期五

六時起，八時至店子坪略遊覽，九時半歸。午後得徐鼎函，遂約梅先霖來此共話，示以各辦法。晚未作事，十一時寢。

廿二日　陰　寒　二月七日　星期六

六時起，八時閱報，國際情形愈壞，緬甸、新加坡、仰光情勢愈緊迫。午後二時陳志五約坐談，選擇《總理遺教》等書，三時半散。四時予回寓，飯後欲作事，已疲乏，且天寒甚，遂寢。

廿三日　陰　小雨一次　二月八日　星期日

十時起，今日已請假半日。飯後帶同定兒往七里坪趕場，貨物多，人又擁擠不堪，約半時遂帶之回寓。祐亭來，留便飯畢已五時矣，遂與同回省府。八時欲和包貢九五十壽詩，以韻不便移動致未成篇。十一時寢。

廿四日　陰　二月九日　星期一

六時起，八時紀念週。九時閱報，國際戰況不佳，倭寇仍勝利。午後嚴道生、劉慕曾、施建生、吳羽仙四人請予等便餐。座位擁擠，每桌至十五人，菜亦不夠，興趣殊少。晚間閒談，無非設法借款，近兩日各廳處皆然，可見公務員之窮也。十時寢。

廿五日　陰　上午十時飛雪　寒甚　二月十日　星期二

六時起，八時爲寓中買米油等事甚忙，夢閑來府，爲買油事。午後米亦未購得，殊爲煩惱。十一時至貢九寓中吃飯，晚間閒談。天寒甚，十一時寢。

廿六日　陰　午前十時至下午微雪　寒甚　晚雪大
二月十一日　星期三

六時起，七時寓中來人挑米去。秘書長答復予等借款事，准各員借支半月薪，扣三月份賬。十一時曾秘書靜海約至其寓便餐。予與貢九等十二人同往，至則知其為嫁甥女，招婿張君，辦喜事行結婚禮也。十二時舉行，禮節兼講演約耽延一小時，一時半開席三桌。二時半回府，仍到辦公室。晚飯後祐亭來談片刻去。晚十一時寢。

廿七日　雪　寒甚　結冰　二月十二日　星期四

六時起。八時半閱報，英美失敗，星加坡似已失矣。午後四時半周適安、曹修爵等請予等十五人，適安大醉失態。晚十一時寢。

廿八日　陰　寒甚　結冰　二月十三日　星期五

六時起，九時閱報，星加坡已失矣。報又載一特異之點，即蔣委員長往印度是也。內容如何未詳載。午後五時余文傑、于瑩珍等請予等十二人酒敘。張澤君大醉失態，彼胸有抑鬱，多飲，其實酒不能解其愁也。晚寒甚，風砭骨，施南嚴寒乃在交春後，何耶？十二時寢。

廿九日　晨微雪　晴　寒　夜間無星斗　寒甚
今日舊除夕　二月十四日　星期六

六時起，先有微雪，旋晴，寒氣重，結冰。聞施南曩昔無此嚴寒，且在立春之後，尤可異也。八時清理各事畢，寓中囑僕來挑雜物件去。九時予回寓，早飯飲酒一杯，飯畢小睡一時許乃醒。午後二時帶同定生在門外閒眺，晚飯後清理室中各事，灑掃畢欲寫包貢九詩未果。九時再飲酒一盃，感念生世，又屆除夕，流寓在施，又過一年矣。抗戰勝利果在何時耶？內子及兒輩已先睡，予則欲睡不着，寫日記至十二時半。轉鐘一時半乃寢，展轉不寐。

民國三十一年（1942年）壬午日記

壬午正月朔午後峙三試筆

文章經國；詩禮傳家。

壬午正月朔午後發筆

祝前途諸事如意。

峙山朱繼昌

保天下者，匹夫雖賤，與有責焉。右顧炎午[①]語。

正　　月

初一日　陰　寒甚　結冰　國曆二月十五日　星期日

四時醒，枕上聞鄰近炮竹聲，五時睡熟，夢見雞犬豕羊等物。蓋去臘與包貢九談及舊正月初一以後爲雞犬豕羊牛馬等代日也，腦海中未能忘之。七時家人俱未醒，予遂自起升火。天寒甚，開門見對山頂有積雪，西方空際有晴雲。八時半家人悉起，九時半進早點，寓中窄狹，未能立祖宗臨時牌位以表祭典，殊自愧耳。十時一刻聞警報作，十時半敵機一架淩空盤旋二次乃逸。去年元旦敵機亦來施，爲時更早，抗戰何時勝利，免此敵機威脅耶。十一時早飯畢，貢九來賀年，談各事。囑內子具酒肴，

---

① 顧炎午，即顧炎武。

朱祐亭、梅先霖先後來，遂留共飲，並談作詩法，約二小時乃去。今日爲陰曆朔日、陽曆二月望日，去年冬月十五日爲國曆一月一日，陰陽朔望，殊爲巧合。閱報，戰事不佳，星加坡已到失陷之會。倭奴勢張，英美兵力崩潰恐旦夕間事也。趙哲仰來請爲謝純丞作函昭雪，許之乃去。晚十時寢。

初二日　陰　寒甚　霜　結冰　二月十六日　星期一

六時半起，七時到省府，知今日有擴大紀念週，稍息後到，前坪各廳處到者數百人，主席講話約一時半，旋又召集各科秘視察坐談約一小時。午飯係在貢九寓中，食畢再來府簽到。午後二時與貢九同往陳豫生寓，剛出門見有情報球高懸矣，恐有空襲，予遂回寓。傍晚寫信二封，命遲生送府，約滕、徐兩縣長明日來寓午餐。晚九時半寢。

初三日　晴　寒　二月十七日　星期二

七時半起，倦甚。九時半清理寓中各事畢，十一時命遲生至民廳請蔣立庵來寓。午後一時滕、徐、蔣、王俱來，略談即開席，二時別去。三時予到府，五時聚餐府中，科秘三桌飲酒多。晚間極不適，寢亦不安枕。

初四日　陰　寒　二月十八日　星期三

六時起，七時半到公。九時閱報，英國慘敗，星加坡英人爲倭俘虜者六萬人，總督夫婦投降，爲倭人拘押。英兵脆弱如此，軍械雖利，終不及倭寇之魄力，可恥哉。午後二時半本府處務會議僉到者卅九人，並由處備晚餐，無酒，菜尚豐，食亦飽，六時半乃散。晚無所事，十一時寢。今日爲先祖母晏孺人忌日，以未在寓未能焚楮表示禮節，尤爲悵然。

初五日　陰　寒　今日雨水節　二月十九日　星期四

七時起，八時朝會，本府成立合作社，當場報告選舉理監事十二人。

昨接洪英、朱茂林共函，云已撥洋二百元與孟廣瑋之妻矣。予昨用快函將愚溪原條寄重慶，囑其即滙款來施，以備急用。晚閒，出門亦無多事，至包宅略談，遇童股長，遂約貢九至詹宅消夜，歸已十時矣。

初六日　陰　二月二十日　星期五

七時起，八時半回寓一次。午後無多事，晚又至貢九寓中閒談，九時歸。十時補寫日記，十一時寢。

初七日　陰　二月廿一日　星期六

七時起，九時回寓一次。午後予與貢九等十一人同請本府同事，貢九大醉而歸。晚九時閱雜書，心極不適，連日接鄂城洪英、胡林太輔來函，述及本籍物價奇漲，予所存朱湯莊字畫已有損失甚多。又西畈吳老表家所存皮衣似不能保存，表姪去臘賭博已輸三千餘元云云。予離本縣已逾三年，昔年皮衣物件，鄉城共稱富有，數年不歸，無怪鄉人覷覦也。十一時寢。

初八日　晴　二月廿二日　星期日

六時半起，今晨因寓中送來有菜，遂吃稀飯一碗。今日予為總值日，不能回寓。遲生往宣恩上課，午後遲生來，余與分付各事並交各函帶往。晚間遲生又來，云行李因送電報兵未至，恐天過晚，遂囑韓青蓮送之入城，仍囑各語去。十一時寢。

初九日　陰　小雨　午後四時晴　晚月色昏黃
　　　二月廿三日　星期一

六時起，今日予總值日。九時半府中準備長凳，謂擴大紀念週以後尚有坐談會云云。十時舉行，各廳處科秘俱到。十一時坐談會，予未參加。午後梅先霖來電話，謂遲生今晨六時到宣恩，已雇有挑伕一力送之往，大約下午三時即可到矣。晚飯後回寓，九時仍夜飯，十時寢。

初十日　陰　二月廿四日　星期二

十一時起，十二時倦甚足軟。飯後清理各事，仍來府中，午後四時與貢九同訪蔣少瑗談各事。今日張嘯青來托回鄂東事，須與面商也，談一小時出，至貢九寓吃豆絲甚多，且當晚餐也。八時歸，十一時寢。

十一日　陰　晴　二月廿五日　星期三

六時起，七時半到公。十時閱報，倭寇勝利，魚雷艇已至美海岸發巨礮廿五響，奇矣！美國之大擂大吹，以後恐不足以號召各國矣。天下事俱當作如是觀。午後閱雜書、買米，忙過不了。近數月來，每爲七事所累，殊爲煩惱。晚飯後補寫宜昌未竣日記，取遲兒所記事以觸動記憶力，回思在姚家沖避吾國潰兵情況，令人心悸且痛恨也。噫！此種軍隊，能抗敵耶？九時補寫畢，十一時寢。

十二日　晴　二月廿六日　星期四

六時起，八時閱雜書，十時買得米及苞谷，命人分二次送回寓。午後得伯陽自曹家場來函，述謀事及其家損失情形。昨取回郵局滙款，純丞所寄來者。晚飯後洗澡畢，貢九來電話，相約蔣少瑗、胡舜生在其寓小飲，酒肴均佳，予因已飯，略食飯半碗。八時返府，十一時寢。

十三日　晴　二月廿七日　星期五

六時起，八時閱報，星加坡早失矣，爪蛙危險，恐亦難守，倭寇勢張，英美紙老虎已破矣。敵艦又到美領海示威，印度洋亦危險，仰光失已多日。吾國物質所靠者英美接濟，吾恐其亦自顧不暇矣，前途可慮也。晚未作事，與同室諸人閒談而已。十一時寢。

十四日　晴　二月廿八日　星期六

六時起，八時清理各事，擬明日請假三天，回寓補寫所提出言論集各條，陳志五所托者也。今晚截止火食，府中火食愈不佳故也。午後志五來請開會，仍催編書事，非予所喜也。晚飯後囑韓僕挑行李雜件回寓，晚未作事，九時半寢。

十五日　晴　晚小雨一次　三月一日　星期日

十時起，倦甚，聞警報一次。午後朱祐亭、新民、梅先霖來談各事，留晚飯去。張百熙、周適安來，談未久即去。今日元宵，無月色，今日本爲月食，但未見其形狀。晚閱雜書，十一時寢。正月元宵又值陽曆三月一日，朔望同期矣。

十六日　陰　晚小雨一次　三月二日　星期一

九時起，十一時飯畢，清理室中諸事，愈清愈多。頭暈未愈，思外出，十二時遂至施南城會朱伊仲談半時，途遇胡劍侯自宣恩來，爲其子續弦訂婚也。遇孫亞佛、龍詩樵，各談數語，至沈伯珍店中略坐，彼不幹公務員，專理商業，誠爲識時務者。五時返土橋壩與貢九談片刻，歸寓晚餐，又整理室中諸事。十時飲酒一杯。十一時寢，多夢，似見姊丈艾承倫，其卒時狀態，又見先姊。

十七日　陰　小雨　傍晚小雨　三月三日　星期二

九時起，十時飯畢。今日頭暈未作事，精神不繼，衰老之象也。晚飯後見暮靄籠罩，前四十里之山如雲霧中，僅露山影，亦屬美觀，帶同定兒至麥畦畔望之，至昏黑乃歸。欲作詩記之，僅成二句：暮靄如雲罩遠山，投林鴉鳥倦知還。明日當足成之。十時半倦極，遂寢。夢劉伯英托人向予借洋五十元，予未①彼前欠未償，何可再借，來人謂或者前生君欠彼賬亦未可知。又夢黃翰香來借五十元，坐予縣長前宅，予未之見也。似先父母坐後宅中，亦談及此事，分別借劉以五十元，黃僅給五元

---

①　未，疑當爲"謂"。

以去。醒時枕上憶之，翰香已死廿一年，伯英去年三月方卒。伯英生前借我款，前後約四百元；黃則僅小借貸而已，何以見夢耶？

十八日　早小雨　陰　三月四日　星期三

八時半起，十時早飯畢，到省府，知視察室已遷至予寢室辦公，似較自由。得黔江郭季豪信，知淵伯去臘已卒，其老四亦死，是身體強者亦不保，可見人生危如朝露。況茲抗戰數年，在鄂西冤屈以死，如近兩月間，枝江、松滋、宜昌、長陽等縣因無食餓斃者，現已逾三四百人，生茲亂世，將歸罪於誰耶？陳舜閣自宜都帶醃鯉魚二尾來，約共五斤餘，其價值當在廿元以上，較之未抗戰前漲十倍矣。午後五時半回寓吃飯，晚看《容齋筆記》。十一時寢。

十九日　陰　有晴意　三月五日　星期四

六時半起，倦甚。七時半到府，足軟甚。九時閱報，英美軍無甚辦法，倭軍進展愈。十時渝周金珊來號函兌匯款二百元撥其家中。遠安周治斌亦匯五十元來，彼竟有存款，奇矣！午後取到，晚五時回寓時遇夢閑、定兒，遂同行。六時半晚飯後閱《容齋筆記》，多發前人所未發，惜此書予於抗戰前未曾見也。十一時寢。

二十日　陰　今日驚蟄節　三月六日　星期五

六時起，七時半到府。今日寫信分復純丞、周金珊、洪英、胡太輔、貴堂、茂林等，皆為金珊撥款事也。晚五時歸，買紅、白糖並食鹽共九斤，命韓青蓮隨予歸，途遇夢閑至城歸，遂同行到家。吃飯畢，晚寫伯陽、華照等函，至十一時寢。

廿一日　陰　晚十二時小雨兼雪子　三月七日　星期六

六時起，七時半到府。九時閱報，國際戰事，英美仍屬空吹而已。十時貢九約過其寓午餐，同席傅汝楫、胡鳳喈、陳豫生、周笠漁、李受多等六人，論詩、談清代掌故，約二小時乃散。下午二時與貢九同歸，予便往民政廳訪蔣立庵、胡舜生、蔣少瑗等，又談一小時出。回府後匆匆檢各事，回寓寫信、閱雜文件。十二時寢。天雨，又似下雪子。

廿二日　陰　三月八日　星期日

十時起，倦甚。十一時早飯畢，檢案上書籍等件畢，寫信三件。午後吳羽仙、曹修爵、周適安來，坐談一時許去。四時朱祐亭、張百熙夫婦先後來，留便飯，五時畢與同出，朱、張各回，予往省府已六時半矣。晚閱報，戰事國際無進展，倭仍強盛。十一時寢。

廿三日　晴　三月九日　星期一

六時起，八時紀念週，主官說了許多紀念週一套老話，又檢出一份油印所謂《湖北的新氣象》，讀了半點多鐘，無非尊重主席之語，又謂如何新建設三民主義救國等等，主官又時補充發揚幾句，約一時半方散。午後閱報，國際情形極不佳。十一時與宇澄、印澄、百熙至土橋壋吃飯畢，至施城考查物價，至縣政府晤胡縣長、警察雷局長、民享社等處。晚六時回寓，足疲，又未食飽，九時再食，十一時方寢。

廿四日　晴　三月十日　星期二

八時起，八時半王宇澄來，九時半飯畢，與同至七里坪訪蘇鄉長，當陽人。警務隊之雷某，黃岡人。未在所中，由見習黃□毅隨縣人。代答一切。又至鄉間訪張小苑，值其未歸。又在袁業惠寓中略坐談片刻。訪熊洗銘，知其出差，已到資邱矣。遇汪□□，麻城人。與洗銘同學者。午後三時回寓，五時飯畢，仍來省府宿。

廿五日　晴燥　時轉陰　小雨一次　三月十一日　星期三

六時起，本府辦公鐘點已改，早晚改至五時半下班，殊不合理，應自陰二月半改起方好，此際白晝僅多一小時耳。上午約胡舜生、蔣少瑗吃飯，值其忙且有人先請渠等矣。下午四時予至廳，遂再面約。予回寓囑家人辦菜。四時半舜生同祐廷來寓，少瑗已有他約未至。六時畢，與舜生、祐廷同出，予仍回省府宿。

廿六日　早雨　午後陰　三月十二日　星期四

五時半起，天沉黑似欲雨狀。今日爲擴大紀念植樹節，檢閱各軍政、學校、團體、民衆、黨員等，予商之領隊李科長，謂可不去。七時天大雨，知今晨到會諸人必上下濕透矣。予未到會，遂在室中速寫調查最近物價報告表並說明書，就府中吃飯。聞到會諸人吃虧不小。午後三時約貢九、東川、文伯、陳慶復到寓便飯，貢九、東川均因事未到，寓中備菜甚多，且以予久置陳酒款之，盡歡而已。六時文伯等散去。予欲補寫各信，以倦而止。十一時寢。

廿七日　雨　晚雨達旦　三月十三日　星期五

六時起，洗面畢，七時到省府。天現紅日光，但恐有雨，途中見麥苗甚秀，口占一絕，另記於詩稿中。囑韓僕持函至城內約張嘯青、魯祖珍到寓午餐，投函建設廳約石砥丞、陳肖峰，電話財政廳約易泮香、鄢雲齋。十時半陳、張、易、鄢、石五同學均來府，予便約包貢九同行，天雨路滑，行走不易，十一時半到寓，十二時開席，亦以好酒款之。易、陳五同學同在土橋垻，久擬約至寓中一敘者也。午後二時半方散去。晚飯後偶記詩稿書之。天雨未止，十一時寢。

廿八日　雨　午後止　晚七時雨　三月十四日　星期六

九時起，十時飯畢，與夢閑同出至省府，知今日上午曾開會，報無非前日所說整理内務清潔等等，因居院長覺生來施考查政況故也。省府附近各路前星期加土修治，今晨大雨，泥浮舊路上數寸，極難行走，此真弄巧反拙矣。晚餐至包貢九寓中，與談各事甚久。九時歸，十一時寢。

廿九日　陰　午後晴　三月十五日　星期日

六時起，七時府中檢查內務，室中灑掃一次，二科揚言居院長覺生要來考查鄂政，住省政府，故有此番刷新也。吁，可笑哉！十時整理完畢，十一時回寓吃飯。午後小睡，牙齦浮瘇，極痛，起後痛甚，近一旬來腦筋痛甚，牙齒浮火，眼疾已稍好，總之老象也。晚囑家人炸油麵菓子，十時飲酒一杯。十一時寢，轉鐘二時夢予著孝服、白鞋，似鄂城四眼井舊宅，右邊舊花眼牆已改造爲窄形，月色昏黃中大哭先君並喊哭不已，醒時淚流枕上矣。四時偶與內人言之，離家三載，先人墳墓不知如何情形，清明節近，不知誰代予家作主祭掃，傷心哉！古人不輕去其鄉，予實爲不孝之人矣。

三十日　陰　十一時以後大雨　三月十六日　星期一

六時起，七時到府，七時半紀念週，主官所講無非迭次所談一套舊話。九時檢查各室內清潔。十時爲龍詩樵事往沙灣回口信，便回寓。午餐畢，天忽雨，午後小睡二時許，持傘著屐再到省府，便託曹台長代發電與孟廣漳，催撥款來施應用。五時半爲張澤君餞行，同席十一人，七時半畢。

二　月

初一日　陰　午後晴　三月十七日　星期二

六時起，予連日腦筋痛，牙齦瘇痛，食物不能嚼爛，頗以爲苦。午後閱報，無甚消息，報館執筆人連日亦無新消息可造出也。四時回寓吃飯，沿途桃李正開，予寓宅四週桃李尤多，澗廁之旁，桃花如笑，可見物之多者非貴也，天下事亦可作如是觀矣。晚食墨魚湯一碗，齒痛亦可藉此診之。十二時方寢，夢予與勤務乘民船，因舵工不慎，致與一大海舶相擦，後艙似鐵箱而圓式，眾客喧呼。水自圓鐵窗中湧入，船覆矣。予因水激胸際，氣促不能吐，自念死矣，正急遽間遂醒。

初二日　晴熱　三月十八　星期三

六時起，六時半起行到府，七時天晴，途中頗熱。九時半有情報，敵機十二架自湘鄂邊境西飛，予遂回家午餐。下午一時來府，五時張澤君同張啓明請客，秘書處秘科俱往。包貢九云其愛子德□歿已六年，今日爲其紀念忌日，痛心之至，爲文祭之，先以示予，亦傷感，因檢廿七年冬月哭根兒詩付之閱。烏乎！此皆前生夙債也，決非善緣爲父子者。先君子得予甚遲，垂老受予贍養，處順境者三年，臨終予與先姊送老，此則前世結善緣爲父子者耶。晚七時回府宿。

初三日　早雨　午後陰　晚雨　三月十九日　星期四

六時起，今日頭暈，腦筋仍痛。九時閱報，國際戰事所載多不可靠。十時至店子坪午餐，午後四時半回寓，晚間頭暈甚，十一時寢。

初四日　早雨　午後陰　晚雨　三月二十日　星期五

九時起，十時飯畢，十一時到府，無多事。午後四時同貢九至其寓吃飯，晚歸。九時補作李母羅安人生傳詩，又作寓齋前後桃李盛開詩共四首，至十二時方寢。

初五日　終日雨　今日春分　三月廿一日　星期六

六時起，天氣變寒，八時大雨頻作。今日補寫雜稿。十一時聞舜生、少瑗回鄂東，遂約貢九往民廳送之，遇諸門首，談數語別去，遂至貢九寓中吃飯。飯後回省府，周鳴皋來談半時去。午後一時開會，議減各縣政費，至五時半乃散。晚間頭暈腦筋痛，早寢。

初六日　陰雨　下午晴　三月廿二日　星期日

六時起，八時無多事。午後回寓，下午寫信三件，閱雜書。晚早寢。

連日頭暈痛甚，服涼藥，王科員所開方也。予已請假，明晨不去。

初七日　晴　三月廿三日　星期一

九時起，昨服藥稍好，服白木耳一碗。十時往周笠漁寓中，因渠昨約午餐也。同席僅劉科長係糧政局人，餘均爲秘書處同事。下午一時畢，到省府接伯陽、洪英等函三件。晚仍回寓。

初八日　晴燥甚　三月廿四日　星期二

六時起，七時到府。九時半有警報，予遂匆匆回寓，中途聞敵機過上空矣。行路及半，見夢閑與定兒在溪邊浣衣，遂同回寓，飯後小睡一時許，仍來府寫復各處函，致聶湘函並附李母生傳題詞，退去予作二詩，不甚愜意。今晨途中又得一詩云：桃紅李白菜花黃，地暖春溫具此鄉。欲寫成圖幽趣少，沿溪不見柳成行。施南，萬山中之盆地，產雜木，楊柳甚少，故及之。午後四時張嘯青請客，中央振濟會周秘書爲主體，朱文圃、崔吉六爲輔，予與民廳糧局楊秘書、譚秘書等皆陪客也。該館雖減價，計此席連酒恐八十元不能辦矣。六時半席散，本府前坪演有聲電影，偶爾一觀，殊無可取，觀衆男女約五六千人，可見此地娛樂時少，真物以稀爲貴也。十時寢，轉鐘後夢至某處應試，得成文二篇，頗得意，醒時尚記大略。

初九日　早大雷雨　大風　午後陣雨時來　晚五時晴
三月廿五日　星期三

六時起，大風，天氣變寒。憶昨夕月色昏黃，蛙聲閣閣，田野間暮靄籠罩，恰似民元壬子二月初八九予在黃安縣署與傅端屏微行出署之時。久蟄署中，兼理司法，不敢外出，暮靄昏月中，途次與端屏讚稱，謂此天氣爲黃安好晚景也，屈指記之，卅年一瞬矣。十時寫信三件，午飯在汪文伯家中，夢閑送衣服來。晚飯到店子坪吃未飽，便帶食物歸。九時補寫詩話。十一時寢。

初十日　晴燥　三月廿六日　星期四

六時起，十時回寓吃午餐。午後一時來府，因予今日總值日也。至郵局未取得款，晚飯後欲補寫各事，以室中人多，閑坐久，未能執筆。十二時寢。

十一日　上午雨　午後陰　夜雨　三月廿七日　星期五

六時起，聞主席昨已赴黔江豫接居覺生院長來施宣慰。十時填寫總值日各報告表簿，殊覺無聊，其實與府中考勤無關係也。三科無事可做，欲獻小聰明於主官，殊可鄙也。午後秘書長請予及百熙、印澄去，謂須日內出差宣、來二縣，注重查民食物價，順便查學校云云。四時回寓，十時半寢，轉鐘四時一刻大雷雨，遂驚醒，約一小時乃睡熟。

十二日　大雨　三月廿八日　星期六

今晨四時半暴雨，雷震屋瓦，約一時許，各房雨漏聲，電光閃閃駭人。五時以後予仍睡熟矣。九時半起，倦甚足軟。十時半飯畢，見寓宅四週夭桃四十餘株為風搖雨打殆盡。古人以桃花喻薄命女子，顏色雖嬌艷，為時太短，殆謂此耶。九時以後大雨，泥深路滑難行。予已請假，今日決計不去。且聞居院長今午到施秘書處，要全體職員與各廳處職員到公路兩旁站班迎接。噫！此民國體制歟？亡清惡習，今又見之。予不知提倡接官者將作何種解釋也。午後五時到府清理各事，備明晨搬行李等件回寓洗曬，以便出差。十一時寢。

十三日　陰　晚小雨　三月廿九日　星期日

六時起，七時聞本府職員已集合往施城聽訓者，八時居院長尚未去也。十時予清理室中諸事已完畢，囑韓僕挑行李等件回寓。飯後復重新清理一次。晚十一時寢。

十四日　陰　旋晴　晚又小雨　三月卅日　星期一

八時半起，九時飯畢，十時爲朱澤霖、龔沛霖補畫件並題款畢。午後一時送省府，便取護照等事。周印澄、王宇澄俱不在府，致領款事未接洽也。得孫稚屏快函，知醃魚已付郵寄施矣。以後信件包裹等件，當托朱濟威代收。四時回寓，晚間清理各事，十一時半寢。

十五日　晴燥　晚月色佳　三月卅一日　星期二

九時起，十時補作畫件，爲朱濟威、龔沛霖寫款已成。一交朱收，一托王視察帶巴東交龔也。取款未足，下午三時回寓，飯後清理各事。頭暈甚，欲寫各件，神倦而止。十二時半寢後展轉不寐，並夢楊厚安似平時，但予實忘其早卒矣。雞鳴後又不安枕。

十六日　晴燥　四月一日　星期三

七時半起，十時飯畢，攜定兒到省府取得旅費，便訪蔣立庵、彭仲康，問來鳳縣事。今日接盧雨卿函，知咸豐民變果有殺鄉長並縣府職員事，此殆官逼民變者也。午後攜定兒歸，已四時半矣。梅先霖來，便囑各事去。晚九時清理各事，頭暈痛未能多清理，俟明日再辦。十一時寢。

十七日　晴燥　晚月色佳　四月二日　星期四

七時起，倦甚。八時劉兆喜之繼母來，爲壯丁事，旋其嫂又來云其兄已被拉，擾擾一小時乃畢。午後又來，予遂約雷股主任來一説究竟。辦兵役之不公乃至於此。四時囑兆喜至梅先霖處取丸藥、絲棉等。晚劉嫗來，知其長子已釋矣。晚十時寢。

十八日　晴燥　午後四時天陰欲雨　四月三日　星期五

六時起，早點後久候轎夫不來。八時始起行，至城後轎夫爭値，擾擾至十時方行，沿途行極緩，頗可厭。午後二時方到百果樹，五時半天陰欲雨，趕椒園似不能達到。六時天已昏黑，乃至岩上坪新設之鄉中心學校借宿，校長劉大森，教員張歷藩、胡世藩、馬新齋、謝子節等均晤見，問近事，始知此校屬宣恩管轄。付洋十五元囑代辦伕子火食，該地米價現已售至每斤貳元六角矣。晚宿於此，極不安。

十九日　陰　六時以後大雨達旦　四月四日　星期六

六時起，盥漱畢即起行。七時半到椒園，至汽車站打電話與滕縣長，請其飭警僱定棧房，十時抵縣，住大同旅館。飯後頭暈痛甚，小睡二時許，午後三時至縣府，聞沙道溝附近卅餘里有徐伯皆匪首率領一千餘人，有向沙道溝進取之勢，頗緊張云。四時率遲生至郊外一遊。晚間大雨，竟至天明，睡甚恬。

二十日　晴　今日清明節　四月五日　星期日

六時起，七時至縣府探問昨夕匪情，據說人數又增加，且槍支多，頗吃緊。十一時早飯後爲滕縣長寫小長聯一付，久未作書，書成實不愜意。縣府有鄧科長名壁者，漢口人，能書畫，能鐫石章，頗佳，天姿、筆姿俱好，倘得名家指示，此人亦成名家矣。十二時帶同遲兒遊龍洞，校長項東川、滕縣長夫婦、鄧科長父子俱同往，約距城八里路，尚泥濘，頗難行。此洞較施南龍洞小，雨後水聲粗吼，頗覺奇景。游畢至李言三寓，李爲內政部視察，其妻左文襄曾孫女也。檢出文襄當時致其妻函卅餘通，中多述天國洪、楊時事，足資史料。又曾惠敏、紀澤一函，述中俄爭界及訂條約事甚詳，亦清代史料也。就其寓晚餐，飯菜均豐。五時起行，七時到城，與昆田等至胡劍侯寓中談二小時回寓。漢輔、黃純璋來談，旋劍侯送《清明感懷》詩來閱，又與談二小時，去時已十一時矣。予疲甚，寫日記竟寫不清晰，目沉沉欲睡矣。寫未畢，實不能支，十一時半寢。寢後不成寐。今日清明，予西遷四載，祖宗墳墓未祭，思之泫然。抗戰情形國際上近時英美對於倭寇竟無辦法，殊痛心也。

廿一日　晴燥　四月六日　星期一

六時起，七時至宣恩初中晤項校長、舒菊舫，略談即歸。朱敬丞先生來談半時去。敬丞對遲兒教英文頗盡職，可感也。十二時項校長約午飯，午後一時至縣府與金、黃兩科長晤，囑書記代寫詩稿付油印。晚囑警佐雇定抬滑竿伕子二名，準備明晨往長潭河。十時清理各事畢即寢。

廿二日　晴熱　四月七日　星期二

五時半起，六時早飯，七時乘滑竿起行，八時到七里橋小憩，九時到趙王坡，十二時。二時半①到甘溪，過到獅子關，去秋曾過此地，歇茶店中，便再往關廟一看，左邊鐵鐘係嘉慶十九年六月鑄，街頭一石碑敍修路出款人姓名。"乾隆十八年癸酉季夏月廿六日刊"字樣可證此市場歷史之久。廟內石碑有縣令張某銜名，下款刊嘉慶廿四年六月。午後二時抵老村，腹餒甚。一小店中僅有苞谷飯，予未能食，伕子在此中餐畢，予催其速行，五時抵長潭河，疲甚。囑鄉公所代辦火食，天已晚，遂宿於此，便與許伯蘧晤，以予頭痛甚，就李宅服涼藥一劑，因今日受熱，牙痛臉疰也。十時寢。

廿三日　晴燥　四月八日　星期三

六時起，七時仍至許君處服藥，李君堅留早飯畢，與熊鄉長、前郭鄉長及國民兵團副團長同往謁嚴立三先生。立三與熊、郭諸人談半時，諸人先出，予遂與嚴先生評談各事約一時許，進中點。先生素清苦，今午中點尚豐盛。旋張難先先生來，談近時鄉公所及地方環境不良情形，並請予轉告滕縣長各事及改良救濟諸法。四時晚飯，肴菜亦不菲，且食咸豐大米並有酒，則張先生所贈也。五時半爲嚴世兄善明講解習字作畫

---

①　此處"十二時。二時半"疑有誤。

之法約一小時，出門天欲黃昏矣。辭出，行二里，便訪張先生談一時許。僅作普通敍談，並慰張夫人咳嗽吐血。夫人年七十一，與先生能共患難且安貧無宦貴氣，亦近世難能可貴者也。返公所後知石驤已來長潭河，便與談曬坪善後事約一時許。今日托惠、段兩君代購之茶葉香薑俱已收得，尚不甚貴。仍在許君處服藥一次。

廿四日　晴熱　晚九時以後大雨約六小時
四月九日　星期四

五時起，六時早飯畢，六時半即起行。滑桿行三里許，有龔姓老者阻桿前，謂鄉公所派谷不公，求伸雪，予謂予非查此案者，婉却之。行半里又有龔明亮之婦跪滑桿前阻予行，稱三保保長楊德臣萬惡，又易云樵、龔方之、龔明章等相繼陳述楊保長與熊鄉長勾通一氣壓迫該保民衆，予一一慰之，謂到縣府與縣長轉說解釋一切。楊保長以私報復，陷害弱小民衆，殊可惡。噫！此種情況恐不獨宣恩此一保爲然也，推之鄂西各縣，無不如此。征實物公購餘糧，去秋值年荒，鄂西素非富庶，鄉保甲長如蛇蝎，政府高壓，糧政局焉知民間疾苦哉！廿年前鄂西靖國軍在此多種惡因，致激起民變，咸豐近事亦可懼也。九時過東鄉鎮，予催伕子速行至獅子關，值場期，就此中餐。場上人多，包穀每斤七角五，米每斤二元二角，較之長潭似略貴，較之椒園一帶又便宜五分之一矣。飯畢催伕子行，以天熱甚且雲重風起慮有雨。五時抵宣恩城，仍居原棧，但原房已爲軍隊佔去。飯後至縣府與滕縣長商各事。七時以後大雨已來，九時歸，十時寢。自是大雨時作，枕上頻聞，轉鐘一時方安寢。

廿五日　陰晴不定　四月十日　星期五

六時起，昨夕寢極不安，臭蟲因熱出而吮人血矣。枕畔摸得二枚，血盈指，始知之。今日貪酷官吏與鄉保甲長與此何異耶？七時漱盥畢至縣府，九時半至街市閒覽。午餐後趕場者群集，食糧僅有售包穀者，其餘各物又較獅子關貴。菜油每斤售至七元二角，布匹粗惡者每尺一元五角，以此時現況推之，猶有增漲無已之日也。晚八時半補寫日記未竣，項東□校長來談二小時方去。予疲甚，仍寫日記一段。十一時寢。轉鐘後此棧外犬吠時作，睡極不安。

廿六日　晴　四月十一日　星期六

六時起，樓上新兵喧擾不堪。八時往縣府與縣長、科秘等談各事，並與陳督學面談各事。午後一時與陳同往中心小學一看，校長已易朱安貞，朱伯平之女公子也。校中修理佈置甚見精神，與校長約談半時。出至民眾教育館視察，談一時，該館已由省民教館分撥圖書一部份，足資閱覽，較之去歲有進步。六時熊漢輔請晚餐，同席者劍侯、伯平諸人。八時回棧清理各事，結算旅賬，備明日早行。十一時寢，多夢。

廿七日　晴　四月十二日　星期日

六時起，七時起行，九時至甘溝塘，已行十五里，就店中早飯。予與僕食每頓共八元，伕子二名，每人三元，僅一豆腐佐餐。此路火食較去秋增一倍矣。保國民學校已開辦，因時間促，未去看。十時半經鐵廠坡，十一時半過毛垻塘小憩。保長李傳源尚盡職，今日星期，學生放假，彼尚在校中未去，問數語遂出。午後三時到東門關，路極難行，遂不能乘滑竿，予步行頗吃力。五時抵扳寮，六時到建始初中第二部，謝主任敬心及李醫官、陸教員均晤談，予身體甚疲矣。飯後與陸再談，始知其兄陸澄波於廿八年在籍已病死矣。陸生對予頗盡禮，爲之太息久之。並聞田生任秩廿八年爲人殺害，尤爲可憐。十時寢，甚安。

廿八日　陰　小雨一次　晚十二時大雷風至旦
　　　　四月十三日　星期一

七時起，昨睡甚熟。八時食麵半碗，與謝主任同至建中本部晤督學高其冰，山東人，北大畢業。離施南已二月餘矣。飯後匡區長來，予便詢昨日飢民索穀情形畢，與區長、高督學、□校長同往高羅區署、鄉公所、鄉中心學校視察並解決第一保集、鄉公所索穀情事。婦女多，秩序尚好。飯後回校途中遇挖蕨根窮民十餘人，據說近數日採蕨人數衆多，恐不久亦盡，可見高羅所屬各保情況也。五時半到校，足力已疲，今日往返已行十四里，連早晨來校共廿餘里矣。十時寢，十二時起溲。天際電光閃閃，似有大雨至，再寢後雷聲大作，暴雨至旦。

廿九日　雨　四月十四日　星期二

七時起，天氣變寒，昨預計今日往沙道溝視察情形，天雨泥深，只有中止。憶昨晨與謝主任過該校附近觀音堂，便入一看，門首有乾隆十七年一碑、嘉慶廿六年一碑，觀音堂之建已逾百年矣。鄂西民族多崇祀關帝及觀音，廟甚多，惟文化落後耳。謝又述及該校屋主李彰五爲清代知府，有積蓄，李卒後其二子蕩廢已盡。長子去歲死，次子年逾六十，尚教國民小學糊口。清代達官始不教其子以正道，予以職業，二百餘年中幾爲通病，致子孫受苦，誠所謂"一代做官，三代打磚"者矣。憶吾邑中官吏顯者，其後人與此相似，因連累書之。十時寫函飭役送區署，問今日發貸穀情形，囑便買各物。午後仍雨，未能外出，僅與高督學談近時各中學辦法。晚間校長添菜，約柳、孫、高三教員作陪。飯後補寫報告表，十時以疲倦遂寢。

三　　月

初一日　陰雨　四月十五日　星期三

七時起，八時辦理簡略報告，未成。李區員來補報災況及匪情文二件，親自攜交予閱者，並爲匡區長超然寫屏四張付之去。飯後小睡一時許。午後二時建初中兩部份集合學生訓話，校長欲請予指示各事。因此次任務不同去年，且秘書長於予與張、周、王三人首途時曾談及此行須帶秘密考查性質，不能對外發言表示，是以不能在各機關訓話也。午後補寫西遷詩稿數首，晚十時寢。記明日爲包貢九五十壽辰，欲寫一函賀之。

初二日　雨　午後陰　夜十二時又大雨
四月十六日　星期四

七時起，八時寫報告列舉宣恩民間無食糧，采蕨充饑，四次向鄉公所請願索穀，鄉保壓迫民衆，陶朱鄉三次匪警，請秘書長向主席陳明此間實況，過逼必起事變等等。鄂西民衆素稱強悍，近二年仇視政府與公務員。去年三次購糧及徵收實物等事，民間已無存穀，縣長奉令嚴緊，鄉長保甲假威催迫，長此以往，不設法停止，示以恩惠，則從前靖國軍可爲殷鑒也。並另寫一函提要說明各項致秘書長。寫至晚十時方罷，大約已寫五千餘字矣。近三日天陰雨，又談話久，目力在燈光下甚差。八時與高其冰論詩一次。十一時半寢。

初三日　早雨　午後雨　寒　四月十七日　星期五

七時半起，原擬今午起行赴沙道溝，天雨未晴暫止。八時將昨晚所寫信件、報告命僕送發，並囑在市中購各物，歸時無所得。午後寫一函致包貢九，並附汪文伯一函，又致內子一函，告以各事，囑區署雇伕二名備明日赴沙道溝，晚間補寫雜稿。昨、今閱報，國際戰事，英美仍未有勝利希望，倭軍海空似均勝利，錫蘭島緊張。國內戰況消息沉悶，餘無其他好消息。九時與高督學閒談，十一時寢，多夢。轉鐘二時天仍大雨。

初四日　早雨　旋止　寒　晚十二時以後仍雨
四月十八日　星期六

七時半起，八時半高督學乘滑桿往宣恩。予以久候伕子未至，仍在校中午飯畢。伕子來時已下午矣。遂乘滑竿至區署，因時已晏，恐不能趕到沙道溝，且慮天雨也，遂駐區署，今日值趕場，遂往看市上情形。包穀售價每升六角五，菜油每斤五元，大米每升九元，均較上次便宜多矣。此因天降時雨，各保窮民貸穀已發清，故現象轉好也。匡區長、李鄉長今日召集保月會，並約鄉中心學生來做紀念週，堅欲予訓話，不得已，遂出說明一切，對保甲民衆表示安慰，對各小學生説明鄂西教育現時便利，是政府西遷後予小學教育普及之良好機會云云。晚與滕縣長、來鳳張縣長通話商酌各事，小學校朱校長及女教員孫三元來談一時許去。十時寢，轉鐘二時聞雨聲又作，心甚煩悶。

初五日　早陰　十時以後晴　午後四時雨　晚仍大雨　四月十九日　星期日

六時半起，七時飯畢，七時半與匡區長、李鄉長、魏指導員再告以注意各事即起行。八時過五桂坡，九時半過當陽坪，自高羅至此已行十八里矣。天已放晴，爲之快慰。十一時半抵沙道溝鄉公所，王鄉長出見，與談各事。今日沙道溝趕場期，遂往街市查看物品及探物價，柴較高羅尤便宜，六十斤約洋三元，大米、苞穀出售者甚多，亦較高羅爲廉，據談皆來自鶴峰者。便往女子高級職業學校視察，校長范正恩已往巴東，由甘教務主任接見，傅事務主任陪同看學生寢室內務、教室。值學生午餐，飯中苞谷有六成，菜一盂，裝甚滿，逆料亦未能食飽。抗戰以後各校學生甚苦，聞近來亦安之矣。此校校址、設備俱不佳。以下午上課時間尚早，未能聽各教員講授，教務主任欲予向學生訓話，托詞婉拒之。回鄉公所後飯畢，由王鄉長約商會鄭會長、王保長、周保長等坐談各事。予囑各保長關於民間困苦，此時宜直言無隱，各保近時挖蕨度日之家可一一書出，予亦可以向政府直報也，遂由三保長書條交王鄉長福霖彙交予保存。晚間與王鄉長及農業改進所派來宣辦農貸陳□□談二小時方寢。天雨又作，心極鬱悶，不知明日能行否。十一時寢。

初六日　晴　四月二十日　星期一

六時起，天有晴意。八時已放晴，予決意到李家河，便看中心學校，授課學生每班不整齊，校舍亦未修完竣。飯畢起行，十一時在甘田場小憩，已行廿里矣。午後一時半到李家河，值趕場，生意甚發達，百物昂貴，豬肉售至四元四角，布匹、柴較他處稍廉。至郵局晤李小波，知其已添子矣。給其子拾元作俗所謂見面錢者。飯後又同田子城至街市一看。五時半歸，得宣恩電話，段繼李與予談，謂美國空軍已開始炸日京矣，爲之快然。未幾思之，《湖北日報》消息屢次不確，如去歲英美與倭談判破裂時，倭空、海軍於六小時即解決太平洋英美勢力大半。該報載美機五百架炸東京，後竟無其事矣。截至今日美機尚未襲倭，明日閱報當知之。十時寢。

初七日　晴　今日穀雨　四月廿一日　星期二

六時起，八時早餐，九時至實驗小學視察，聽教員講課並調閱課卷，約二小時出。再至街市，今日冷場，街上行人稀少。正午周鵬程同學自其家來鄉公所，快談甚久。午後三時約商會、附近保甲談話，示以重要各事。五時散會，至李曉波局中，因李約便飯不便拒也。鵬程、段中孚及聯中湯、瞿兩教員等十人。七時席散，陳松亭自來鳳運紙過此，與予談各事，並乞予以協助，當托中孚爲之照料一切。八時與滕縣長、張縣長各通話一次，與鵬程談至十二時方寢。

初八日　晴　四月廿二　星期三

六時起，七時早飯，七時半起行，中孚、鵬程均送予至街頭方轉去。十一時到來鳳城。住青年食堂，澤君已派警佐王□□迎予，先預定此館者也。民廳視察張爕、號熾君。省振濟會視察李煜號繼初。先居於此，與談數語。坐未定聞警報，遂至南城外避之。回館後小睡一時許，澤君同衛仲康來談各事去。今日天氣熱甚，四時以後至街市一覽，至王警佐辦公處細詢各事，十時歸。陳視察仲平自舊市歸，略與談來鳳鬧荒實事。十時寢。

初九日　晴熱　晚轉鐘二時大雷雨　四月廿三日　星期四

六時起，七時帶僕至靈鳳山縣政府，途遇民衆教育館，便取舊書觀之。有《天下郡國利病書》《經世文編》《史鑑》等類，惜無一部完整者。九時抵縣府，與澤君談各事並晤及新審判官杜國才。黃岡人，衛初本家也。爲澤君題縣府額，渠請寫隸書，予不善隸，姑從其請耳。飯時聞警報，敵機一架入川云云。下午二時與澤君入城，四時半澤君約予與陳、張、李三視察，賀局長就食堂便餐，攜有四川橘精酒一瓶，飲其十之九矣。省府有電囑查龍校長，明晨當往該校一查。十時寢。

初十日　雨　午後四時陰　七時以後大雨達旦
四月廿四　星期五

六時起，七時陣雨時作，原擬今日赴來鳳初中去查案，興伏已來，遂辭去之。十時以後仍雨，亦不能外出，以昨日餘酒與陳視察分飲之。飯後寫詩稿，請張澤君代印。小睡一時許，起後仍補寫詩稿畢。劉維漢請予與張、陳、李諸人便飯，以泥路難行，遂辭之，且慮晚間有雨也。五時衛燦先來，詳述此間鬧荒經過，約二小時乃去。九時以後大雨如注，十一時寢。

十一日　早雨　午後大雨至夜分　四月廿五日　星期六

七時起，飯後未能外出，寫報告並劉秘書長函未成，今日雨未止。下午四時賀局長癡瘦約便餐，澤君與熊鐵華同來，仲康亦至，予與張、李、陳三君同座，共八人。七時席散。十一時寢，是時雨仍未止也。

十二日　晴　四月廿六日　星期日

七時起，天已放晴，蒲月濤自悌恭鄉公所來謀調事，劉可權來談一時許去。飯後帶僕外出趕場，街上人極多，各貨物已暴漲，較之予去秋過此時已漲二倍矣。分次購各物歸，賀局長、熊鐵華、郭主任、張縣長因衛仲康昨已約定便餐，五時半齊來食堂歡聚，如前夕澤君辦法，攜來橘精酒一瓶待予等，頗感其盛意也。八時散去，予往王警佐處囑其雇轎伕二名，明晨黃麻嘴查來鳳初中。九時與張、李諸人閒談。十一時寢。

十三日　陰雨轉晴　四月廿七日　星期一

六時起，盥漱畢伕子已來，七時起行至土堡中心小學，因張縣長昨約予到此擴大紀念週，對國民兵團、稅務局、商會及各機關法團訓話也。八時半各團體均到齊，張縣長介紹後，予述來鳳鬧荒起原，征兵不得其平，衛縣長征實公購，兩項併辦錯誤，下鄉征糧人員又不得其時，致釀此次事變等等，約一時方畢。十時便看衛縣長。十一時在縣府午餐，陣雨時作。午後一時雨止，遂乘轎急行，到中學後已二時半，與龍校長、王教務主任、金事務主任晤談後，四時赴操場點名檢閱學生四百零一名，與報廳名冊相合。晚間查合作社賬，復與龍、王等談各事，至十一時寢。今日曾遊與校相距三里之旗鼓寨小集也。

十四日　晴　晚月色佳　四月廿八日　星期二

七時起，八時接見各教員，略詢學歷並辦法。昨晚延見各員，今日再不接談，石誦清新自沙道溝調來，且係昔年同事，另延與談各事。十一時早餐畢，乘轎湖南龍山縣政府調查元阜鄉李文峰搶案卷，陳縣長不在府，晤全軍法承審，常德人。與談各事，二時出府，龍校長來送行，面托各事方去。四時予回來鳳旅次休息後往川鄂旅館回看阮慶蓀內政部視察也，安徽合肥人，自咸豐來此者。與談各事，傍晚歸。晚飯後與陳中平視察至戲園觀劇，湘籍戲子與來鳳人合演之所謂漢劇者也，演韓世宗破金兀朮事，略坐半時遂歸。山縣得有此娛樂，亦可爲民衆解悶。十時歸，十一時寢。

十五日　晴　晚月明如畫　四月廿九日　星期三

六時起，七時半張縣長同阮視察來談一時許，張送予至東門外始別去。予乘滑竿，九時至小河坪小憩，行十五里矣。正午抵李家河，便訪李郵局長曉波。下午四時得鵬程函，知其因病不能來。五時半至街市中遊覽。此間冷場，行人亦少，鄂西各縣場集類如此。囑鄉長僱伕備明日早行。十時寢。

十六日　晴　晚月色佳　四月卅日　星期四

五時半起，六時半起行，曉波來送予里許別去，行十五里至唐王坪。早飯畢起行，輿伕途中與予述鄉長、保長各種罪惡。吾國行保甲制度已十年矣，收效如此，良可歎也。小民多幾層抑壓，政府徒受惡名。近三月中徵兵、攤糧弊端較從前尤甚，小民積怨難伸，如是有咸、宣、來等縣之近狀發生矣。以後如何尚難預料。下午二時抵高羅區署，飯後與李區員至街頭河干遊覽，看某姓男婦四人在水邊淘蕨，便問各事，據稱近日蕨已盡矣。六時訪郵局徐局長應辰，談片刻歸。匡區長自沙道溝來，予細詢初六日沙道溝男女鬧荒情狀。十時寢。

十七日　早雨　午後雨轉晴　晚月色佳
　　　五月一日　星期五

六時半起，知昨晚又下雨。九時因下雨遂中止赴板寮，十時匡區長約張視察爽來此共飯。正午雨更大。予至鄉公所一看，便在場中問物價，較予前十日過此時漲價四分之一矣。四時魏指導員約晚餐，同席六人，菜甚豐。六時散，回署後洗澡一次。易校長來談近事，且云嚴立三先生囑其覓住宅，欲遷高羅住家，談至九時方別去。予準備明晨回宣恩，十一時寢。

十八日　霧　晴熱　五月二日　星期六

六時起，天大霧，預料必晴。李輔臣鄉長請吃早飯，昨已許之。朱校長、匡區長、魏指導員同陪。八時即畢，八時半起行，九時半過初中分部，與謝敬止主任略談數語，換衣服即行。十一時三刻抵板寮，李保長來，稱伕子已雇定，可在此換伕。便看保國民小學學生四十餘人在武廟樓上，一切佈置辦法悉如鄉間舊式私塾，無所改良也。連日予所攜金錶未對準，不知時間確否。十二時行五里至東門關下坡，予下滑竿步行，坡石級過高，極難行。在高羅聞李區員云，此坡共有七千餘級，行至靈官殿前小憩，看瀑布約高六丈餘，上係雙流會合，下四丈餘有一疊，一里外即聞水聲怒吼。又行五里至峽道中見尺餘高石碑，係嘉慶四年立，紀首士覃某修路十丈，又某某修路三丈，工錢共五百六十文，僧某某刻石，可見當時物力矣。今日天氣熱，沿途歇息。下午五時半抵乾溝塘鄉公所，予餒甚，囑辦飯，劉鄉長赴施受訓，副鄉長已回家，由段鳳喈股主任招呼一切。中心學校姜主任率教員鄒希傑等來問各事，告以明晨到校視察，遂去公所，係武聖宮改造，後院有月月桂二株，聞已五十餘年矣，每月開花一次，八月則盛開，亦希物也。明晨當觀之，一窮究竟。十一時寢。

十九日　霧　晴熱　五月三日　星期日

六時起，盥漱畢與段主任至田賦管理處視察，該處尚未結束。指導員李志超黃陂人。去年八月來此辦理，述各事，謂宣恩老冊田畝數十萬零二千七百餘畝，現在田畝山塭已增至九十二萬餘畝矣，將來收入照舊冊可增加一倍以上云云。再至中心小學視察，校址甚好，但狹而不能容多人，亦頗清潔。今日星期，未能看其授課情形。約一小時回鄉公所，便至後院看桂樹，二株相距四尺許，各高二丈三四尺，此月已屆下旬，花正謝。聞段主任云，每月開花在初三以後，頗不爽。陰曆播種、開花、節序數千年遞嬗不爽，閏年月圓十三次尤準確，恰符一月名義。近時法人亦研究中華陰曆，亦信其諸事可憑也。飯畢起行，已十時矣。十二時抵宣城，仍住大同旅館。黃科長來云熊漢輔已添一子，遂至其家道喜，略談即歸。十一時寢。

二十日　晴　五月四日　星期一

六時起，七時往縣府取詩稿，九時得來鳳張縣長電話，告知各事，十一時孫端伯來談，晚間王渙菁來談。今日疲勞，未作多事。十一時寢。

廿一日　早陰旋雨　十時以後晴　五月五日　星期二

六時起，七時往縣府，與滕縣長同往稅務局國民兵團部司法處問各事。司法官陶端明，號欽安，天門人。新自鶴峰調來者，述該縣近狀甚悉。午後朱敬丞、詹詠之、熊漢輔先後來談各事。晚訪項校長並至縣府問各事。囑代雇伕子，明晨早到。前與棧主結賬共付五十八元。十一時寢。

廿二日　晴熱　今日立夏節　五月六日　星期三

六時起，囑棧主辦飯與伕子吃，便早行也。項東之、黃純璋來送予。七時起行，至河干別去。十時半到板場，已行卅里，板場僅傾斜屋七八家，聞近日亦無場市。自城至此卅里間人烟稀少，飲茶亦艱難，廿九年春擬卜居於此，今見此地非相宜之處，實不如長潭河、高羅等處也。鄉公所於此地三四保合設一保國民學校，教員胡萬鈞、羅夢樓來見，遂便往校中一看，係關廟改造，陽光太差，校舍亦修理未竣。學生卅人，未到齊，具形式而已。餓甚，無飯可購，食麵半碗，遂行十二里過劉定考家，其長子國棟已於廿九年六月被征出，次子已死。長媳出示國棟在家所書本子一册，云讀書四年，自被征後迄無信歸，生死莫卜，言之甚慘。保長去年公購餘糧，尚買一石四斗穀以去，並無優待軍人家屬條例也。下午三時到萬寨鄉公所，鄉長羅年鳳率職員、學生候於門。飯後細詢此間各事，云匪十餘人上月搶距此六里之商人，現時已逃至恩施界矣。至街市略看情形，房屋廿餘棟正值修理，修街聞尚需兩月可完竣。九時半寢後聞有人口哨，似約人者，鄉長起囑槍警警戒之。

廿三日　陰　小雨二次　午後五時大風　寒甚
　　　　五月七日　星期四

六時半起，八時鄉長請向學生訓話，該校四班學生百餘名，以愛國家、敬師長為訓，約四十分鐘畢。飯後趕場，人集食糧甚少，大米、糯米均多，價較宣城低，苞谷約計在百餘石，尚有繼續來者，皆鶴峰邊界來，可見去冬鶴峰豐收也。餘物均比來鳳、李家河等處爲廉。午後四時半大風，氣候變寒，可着棉衣矣。寫立三先生一函，梅壯宇一函，各附《李家河道中》詩二首挂號寄去，囑羅鄉長代雇伕子三名，俾明晨回施南。十時寢。

廿四日　晴　五月八日　星期五

六時起，七時早飯，七時半起行。九時過界牌，十時半過長沙河，恩、宣兩縣分界處也。中經恩施插花地數處，自是所經均爲恩施地。下午三時過法院、鴨子塘等處。四時抵家，命輿伕、挑子回去。夢閑此時不在寓。予飯後小憩，閱彙存各處來函。□慶蘊玉來函僅有信皮，内所書何事不得知也。餘函無關緊要。傍晚夢閑歸，問以各事。予殊不願其與人共貿也。十時寢。

廿五日　晴　晚雷雨　五月九日　星期六

六時聞夢閑已起出門矣。八時起，倦甚，十時飯畢，欲至七里坪未果。清理帶回各物件畢，夢閑傍晚歸，問以各事，予殊不願其早去晚歸，置定兒於不顧也。所謀之利幾何耶？十時寢後大雷雨，爲時不久。

廿六日　晴　五月十日　星期日

五時聞夢閑已去，予殊憂氣，孜孜爲利乃雞鳴而起耶。七時韓僕送省府所取各處函件並萬隆焜電報一件，爲友人李成之呼冤，請向省府伸雪。李，予不知其爲何許人也。九時飯畢欲往省府，包貢九來寓，遂中止，留之便飯。貢九遂述近事及參議會與朱廳長質問事，約兩小時乃去。晚十時寢。

廿七日　陰　時有小雨　五月十一日　星期一

五時又聞夢閑同僕出門矣。予九時起，十時飯畢，十一時到省府與諸同仁晤，十一時見秘書長報告查案及視察兩縣情形。劉兆喜事，鄉長來呈請秘書處放歸充兵役，此事惹麻煩矣。午後二時歸。今日時間促，府中應購之物均未購得，夢閑不管家事，累予諸事操心，殊可惡也。五時半彼方回，予問合貿各事，含糊答應而已。晚間欲寫信、作報告，心煩意亂而止。十一時寢。

廿八日　陰雨　五月十二日　星期二

七時起，十時清理各事，愈清愈麻煩。午後三時往省府領物取卷，爲劉兆喜事又説話數次，此乃夢閑多事惹此麻煩。五時再與秘書長詳述來、宣兩縣情況，傍晚歸。夢閑所説各事，予殊不相信也。十一時心煩甚，寢不安。

廿九日　晴　五月十三日　星期三

七時起，八時飯畢，欲作報告，心煩神疲而止。午後一時朱祐廷來談近事，四時留之便飯畢，予與同出門至省府，取回鄧實、陽春等信件，陽春並寄有紙烟六盒來。六時回寓，飯後細問夢閑合貿事，答語含糊，予遂矯正之。家用不足，夙已安之，何勞彼合貿濟用耶？心殊嘔氣。予囑其明晨自決以退屋，停止此事，且小孩頑劣無人管理，予近日係請假，將來何人照管耶！殊嘔氣。十一時寢，極不安，起數次。

三十日　晴　五月十四日　星期四

五時起，旋又睡去，八時乃起，飯後清理各事至五時乃畢。疲甚，晚十時寢。

四　月

初一日　晴熱甚　五月十五日　星期五

六時起，疲倦殊甚。夢閑今晨剪髮，彼自遷宜昌小峰後與鄉婦習慣同，由短髮蓄而成髻矣。此月警兵到處勒令婦女剪去髻，且有種種侮辱，搶去鄉間婦女髮簪等事。予上月在沙道溝見鄉長飭警迫婦女剪髮，次日幾釀巨變。噫！此所謂新生活檢查成績者也。聞憲兵不日來鄉間檢查婦女已否剪髮云云。九時半有警報，十一時又一次，午後一時又警報，敵機一架過此間上空而去。三時半予欲往城內會客及做衣服，以無汽車，且時已晏矣，至教廳訪朱新民未晤。晤辜南傑，問鄂東近情。至建廳訪陳肖峰，約請參議會中諸同學事至包貢九家略談。便請張伯熙代予續假二天。六時半歸，漸行天漸黑，至寓已不辨路矣。今日報紙載吾國戰況不佳，頗可慮也。十時疲甚，遂寢。

初二日　晴熱甚　五月十六日　星期六

六時半起，九時飯畢清理各事。下午一時為萬隆焜電報往保安司令部訪曹秉哲，問及李某案，乃知係石首梅壯宇所辦之事。梅好大喜功，將來必受打擊。曹謂此案實有冤抑，省府以其先報過，大不便直斥駁回也。乘汽車至施城，途中顛播不能立足。到城晤縣府秘書許□□、宜都人。縣長王開化，各談片刻。至時代、惠豐兩縫衣店，均云省府賑已結矣，不能做制服云云。五時半回寓，汗出如瀋，洗澡畢，閱祐亭留函，知其不日回鄂東矣。戰事如此，早回鄂東亦好辦法也。今夕省府讌參議會全體，議演京戲酬之，何其尊重乃爾。時局如此，有愛國心者當作如何感想耶？十一時寢。

初三日　早雨　午後大雨　寒　五月十七日　星期日

七時起，疲倦甚，未能作事。屢欲作寫報告，精神不繼而止，飯後亦如此。晚天氣寒甚，可著棉衣，九時遂寢。

初四日　晴燥　午後三時陰似欲雨　五月十八日　星期一

七時起，倦甚。八時半到省府，行至岔路口遇朱陽春來尋予，予遂將存件送府寢室中安置，與同返寓，留之飯，談各事。彼已取得資格，獲國稅分局長矣。所娶宜昌李妻已生二女，不欲回鄂城矣。天下事妻財貨利足以留人不去，俱陽春一類人也。付洋百十元，囑其買襪子等件寄施。五時半別去，予送之里許返寓。晚夢閑攜筆歸，云係其族兄處貸與者。十一時寢。

初五日　早陰晴　午後陰　五月十九日　星期二

七時起，疲甚。飯後欲寫信復各處，以精力不支遂止。晚間疲倦異常，寢後亦不安神。

初六日　晴熱　五月二十日　星期三

六時起，七時到省府，足軟甚，行極遲。九時有警報，寓中送飯來，此爲第一次。午餐在省府搭亦不便且貴，不如此辦法爲佳。午後料理買米挑力諸事。午後四時歸，晚飯後未作事，疲甚，十時寢。

初七日　晴　五月廿一日　星期四

六時起，七時到府，諸事麻煩，不知從何下手，欲執筆精力疲矣。報消賬今日仍未辦，寓中仍送午餐，食甚飽。午後四時歸，飯後未作事，十時寢。

初八日　雨　今日小滿　五月廿二日　星期五

五時半起，精神疲倦。六時半到省府，幸今日早行，已到府門大雨至矣。在府未能多作事，寓中送飯後，祐亭、康屛均來談事，多不相干。寫信分致王紹虞、林均中，向會計處借款補買米。今日因雨，下午四時即回寓，飯畢補寫日記。十時寢前付夢閑七十元，明日趕場。

初九日　早陰　九時以後大雨數次　五月廿三日　星期六

六時起，七時到公，十時復萬炎午電並函。今日辦出差日記並列賬目。百熙云鄂東行署有電來，須遷英山黃土嶺，敵人有來攻之說，此與昨日朱祐亭所言相同，湘北敵又有攻勢，洞庭水漲尤可慮也。閱報，英美兵力無發展，緬甸全潰敗矣。浙贛路危急，敵人對於鄂中、鄂南、鄂東俱在進攻。午後四時即歸。明日星期，請假半天，下午不去，便休息也。晚間未作事，九時半寢。

初十日　陰　五月廿四日　星期日

六時聞夢閑已出門，七時起，疲倦異常。八時辦理出差賬目，飯後繼續辦理，無甚頭緒，兼回各處函。午後三時祐亭來談，渠不日可領款回鄂東矣。予久客思歸，未得機會，遇事未便向人啓齒，以致牽延至今尚未作一定打算，精神不濟乃如此耶。晚間辦理賬目仍未就緒，眼倦欲睡，十時半乃寢。轉鐘後夢回鄂城原籍，處處敗瓦頹垣，遇胡劍侯約予同到酒肆中，食畢彼此堅開酒賬，予篋中實無多錢。帶僕仍爲袁長青，癡呆甚，持燈導予與劍侯，卒尋不得予住宅。又見先父母，似仍存在安好者。周知安見予面，偶入某室，則云外面街市有敵人，捉賭博民衆數人正行途中，予懼而返室中，遂醒，已天明矣。屢思回籍，乃有此兆歟？吁，可慨哉！

十一日　晨五時以後大雨　下午陰　五月廿五日　星期一

六時起，天大雨，匆匆持傘至省府，途中滑甚，汗出如瀋，到後簽到二次，已七時一刻。未幾舉行紀念週，秘書長報告數事，真僞不得知，未免限制公務員太甚。要人兼數職，最高長官如部長之類可做大囤戶，吸民膏血，視爲固然而不問也。真所謂竊鈎者誅，竊國者侯耶。歷史中所引爲殷鑒者，近時重要人乃躬自蹈之，何耶？午後三時往土橋坰做制服，便訪教廳張、許二人，未晤。四時回寓，汗透衣衫，路滑，又着皮鞋，脚趾疼痛，西遷來施，予受苦不少。晚飯後告夢閑以各事，決意節省度日，天不絕予，束歸時再計善後辦法也。九時半寫日記，眼力已減，精神不繼，十時寢。

十二日　晨小雨　午後二時晴熱　四時半陣雨　晚有月色
五月廿六日　星期二

五時半起，六時半到府，途中有泥深難行者數處。十一時辦理出差賬畢。午後四時歸，天熱甚，衣透濕矣。四時半飯畢，清理房中各事，頭暈甚。傍晚大風雨數陣。九時半寢。

十三日　雨　陰　五月廿七日　星期三

五時半起，六時半到府，途中遇小雨。九時半有劉某來講防毒常識，始而堂中列坐位，繼而囑各職員至操場聽講至二小時之久，各員腳已軟矣。劉尚欲續講，衆人嗤之，少興而退。午後至民廳，四時至教廳晤張秘書希之，說明龍智仙事。五時與夢閑途中相值，定兒同在一路，到寓已六時矣。飯畢欲作事，以精神不繼乃止。十時寢。

十四日　雨　午後陰　五月廿八日　星期四

五時起，六時半到府時大雨驟至。九時開會研究法令時時改變及下級機關無從依據等問題。十一時訪朱懷冰述各事。予久欲改任參議，事較閑且不拘時時簽到也。石信嘉回信云夢閑事於六月一日起可以安置之。午後四時回寓，飯後精神不繼，未作事。今日買米、油、黃豆、苞谷等等回寓。九時半寢。

十五日　晨六時大雨如注　十時以後大雨至暮
五月廿九日　星期五

五時起，六時因雨大未行，七時雨稍停，遂至府。見途中積水，田疇雨足矣。到府後東塗西抹，不知作何事好。精神散漫無依，一提筆即懶。連日心中抑鬱。祐亭以詩來留別施南諸友，不日東歸也。予因其東歸而生無限之感，妻子從前如信予言不離鄂城鄉間，致累予數年之久，予亦早東下矣。午後三時即回寓，懼大雨又至矣。晚餐飲酒多，益無聊。

十六日　大雨數次　時時小雨　五月卅日　星期六

五時半起，六時半到府，今日辦理賑已畢。午後王宇澄約晚飯，六時去，七時席散。予匆匆歸寓，晚間未作事，九時半寢，自是天雨時作。

十七日　雨　午後四時陰　晚雨　五月卅一日　星期日

七時起，天雨未止，予昨已請假，今晨雨大不到公。夢閑八時至城內購物。午後三時祐亭予約其來，餞之東歸也。今日疲倦殊甚，飲米酒三次，盡一大盂矣。五時夢閑歸，知關金亨已往鄂北，未在民享社，昨夕空寫此函，惟已晤周寶善云云。晚間又雨，天氣轉寒。十時寢。

十八日　晨雨　十時以後陰　六月一日　星期一

六時起，夢閑七時又外出，予不知彼忙何事也。昨受寒，鼻塞傷風，極不可耐。八時又再睡。十時半起，倦甚，飯後懶於作事。晚間夢閑出言無狀，予罵其無良，遇事累予嘔氣，自私自利不顧其親生子，尚得為人哉？十時辦查來鳳初中報告。十二時寢，不成寐。

十九日　雨終日　六月二日　星期二

五時起，六時往省府，途中滑而難行。到公後寫信三件，午後來鳳沈廷模托人帶綫來，予起時來人已去矣。囑劉兆喜持函往取歸，證以函中貨價不符，已有錯誤矣。午後四時歸，飯後頭暈痛，未能作事。十時寢。

二十日　早大雨如注　午後四時晴　六月三日　星期三

五時半起，六時往省府，途中雨大水深極難行，足疲甚。魯警佐來晤，囑劉僕與之見面申述各事。寫信分致嚴立三、沈廷模、朱陽春等。午後四時雨忽止，天氣轉晴。予遂回寓，萬寨羅鄉長派人送所買米蒜等等來寓，寫信付之去。晚飯後小睡二時許，八時起寫信三件。十二時寢。

廿一日　雨　陰寒　六月四日　星期四

　　五時半起，六時半到府。連日早寒，可御棉衣，四月下旬如此，鄂西天氣已變矣。七時朝會，主官報告各事，聽入者殊少，蓋各職已厭聞矣。閱報，浙江各要地吃緊萬分。午後四時回寓，晚以目力不佳未寫字。十時寢。

廿二日　陰晴　熱悶至極　晚十一時以後大風雨
　　　　六月五日　星期五

　　五時起，六時到公，午後四時半包貢九請予及視察室同人補其生辰未到之客，於明日下午，已許之。因今晚府中演戲，遂至貢九寓，飯後與之同來觀戲。府中去年演戲數次，予均未觀，一則心緒不寧，一則懷疑時局如此，政府何事可樂耶。七時開演，看戲者軍官、政客，來賓男女雜坐。天氣悶熱欲雨，人與人擠坐，汗臭粉香發出一種怪味，令人欲嘔。《追韓信》一齣唱畢，予即回寢室中抹汗。寢後臭蟲因熱爭出嚼人，枕畔到處皆是，不能安寢，轉鐘後大風雨。

廿三日　大雨　寒甚　午後二時晴　今日芒種
　　　　六月六日　星期六

　　六時起，七時到公，補作報告及寫信數件，午後四時半至包貢九寓吃飯，候白如初、李士魁，至五時半方開席，菜甚豐。六時三刻席散。七時與白如初同歸，途中便談各事，到寓已上燈矣。晚間寫信二件，十一時寢，轉鐘後多夢。

廿四日　晴熱　六月七日　星期日

　　七時半起，倦甚。午後約魯祖珍、朱祐亭、梅先林、朱新民來吃飯。新民因事未到。梅則魯等已去，彼與毛科員同來，再補開飯一次，梅去天已黑矣。萬寨鄉公所派人送黃豆、小貓來，又留來人吃飯。今日下午開飯三次矣，柴米人力俱有損失，非節約之道，以後須戒之。寫信給來人去。十一時寢後夢見先母，似生時在方先生肆中作客者，具酒肴甚豐。予與先母別方宅時，方大先生與其弟欲送母出門，盡其敬禮，予謝之，謂出街時人見之，謂先生過謙，乃止。憶，予今夏可回籍耶？

廿五日　晴　六月八日　星期一

六時起，匆匆到府，七時舉行紀念週，八時補寫報告並爲任鵬寫薦信，又爲易技士寫薦函與蕭液垓，均非予所願也。午後至糧政局查案件，五時回寓。飯畢補寫日記。十一時寢，展轉不寐，跳蚤嚼人難受，起看數次。

廿六日　晴　早寒　午後極熱　六月九日　星期二

五時起，六時半到府，糧政局檢送予原報告來，已簽數事，實未辦出。該局辦事遲緩，各員給薪甚厚，設予昨不自往清此卷，彼即束之高閣矣。午後四時即歸。飯後清理各事，寫楊光第一函。十一時寢。

廿七日　晴　六月十日　星期三

五時起，六時半到府，命僕將楊光第函送去。飯後寫各件，午後三時到城訪錦文筆店劉桂軒、劉玉瑞，即述陶胞弟、夢閑之堂兄也。與談半時即歸。今日行路甚疲，候汽車不至，是以多行五里矣。城中百物漲價，以後平價之説恐不能行。在松蘭齋買芝麻糕、綠豆糕，每小塊五角。以從前武漢價推之，每元僅能作一分錢用，可慨也。

廿八日　早陰　午後晴　六月十一日　星期四

五時起，六時半到府，八時往省立醫院。途中聞警報，八時半敵機一架到上空矣，與院長楊光第談一時許，爲夢閑謀事非自去不可。楊爲大冶中學及省立師範學生，已十八年未見面矣，承其兄爲夢閑安置職務。九時半解除警報予方回府，飯畢午睡二小時。午後三時聞府中招待戲子卅餘人，十三桌，都歸文藝委員會約聘，其月薪每月二千八百元者數人，以後各送中山服一套，材料、製法與公務員同，真平等矣。但公務員薪水尚不及彼等之優也。閱報，戰事不佳，浙贛重要縣份均失，倭寇愈張矣。四時回寓，飲大麯酒一杯，今日購自城中者。予初到施，大麯每斤售二元餘，今售廿二元矣。飲之亦過分，不禁慨然。十一時寢，倦甚。

廿九日　早陰　午後大雨如注　至晚未止
六月十二日　星期五

五時起，六時半到省府，因有事。早飯畢，十一時步行至施城，到錦文筆店晤桂軒、玉瑞等略談，便訪民享社周寶善、李達可等。桂軒堅請予吃飯，請陪客熊營長、劉營附等四人，又便約吳羽仙、羅□□等，皆湘籍也。正午至酒店中，菜多，計價當在百數十元，彼以親戚關係且筆店生意佳，不得不如此，予覺其奢矣。三時半至民享社問各情形。四時半警察局訪陳康民局長問各事。天雨未止，請其雇轎回寓，途中逢數次大雨，衣帽皆濕，到寓已黃昏矣。飯後小憩，今夕飲酒多，昏昏早寢，疲倦殊甚。

三十日　晴　六月十三日　星期六

五時起，六時半到省府。閱報，浙省已失地不少矣。英美對日仍無若何勝利也。午後四時回寓，沿途甚熱。晚飯後寫信二件，清理各事至十一時寢。

五　月

初一日　晴熱　六月十四日　星期日

八時起，倦甚，夢閑已到施城去。予以疲乏，屢欲作事中止。飯後小睡二時許，午後三時清曬室內各事及衣物等等。晚飯後寫信二件，晚十一時寢。

初二日　早陰　午後四時雨　六月十五日　星期一

五時起，六時半到府稍憩即做紀念週，當局嚴詞罵遲到職員，其實鐘點已提前五十分矣。府中鐘點向來由工役爬早退遲，第二科亦不之禁也。飯後至民廳與祐廷、笠庵晤，各談片刻出，途中遇雨，歸寓飯畢寫劉玉瑞等函三件。十時寢。

初三日　晴熱　晚八時狂風暴雨約三小時
六月十六日　星期二

五時起，六時半到公。十時閱報，戰事無進展，國際情形亦不佳。午後同仁向民享社購買糖果、雞肉等事，用公函去買，該社答復似供不應求也。四時回寓，連接鄂城來信，均未回復，以精力疲也。十時寢，轉鐘後夢先室孟夫人，着新藍夏布袿褲，與予叙渴別事，甚親暱之。予謂此非汝從前所製淺藍粗夏布衣也。醒後記憶，孟夫人卒已十年矣。西遷以後示夢時少，即今思其音容，證以往事，令人涕淚欲落矣。

初四日　陰　陣雨時作　時忽轉晴　夜雨達旦
六月十七日　星期三

五時起，六時半到府，途中水深，陣雨時來。午後由民享社購得雞肉、糧食等等。文藝會送來通知，囑夢閑到會就助理員事，予從前未在就事打算，因夢閑經商予已拒之，不能不爲其謀事也。五時回寓，飯後清理家中各事，十一時寢。轉鐘後跳蚤大作，不能安枕，此屋濕氣，連夕均如此。

初五日　晨雨至暮未止　六月十八日　星期四

五時起，大雨如注，六時半到府。沿途水急溪喧，路滑難行，到公後皮鞋及襪均濕。今正至現在雨大者僅見於今日，農人一旬前仍望雨，今嫌雨多矣。今日爲端午節，屈指西遷已四年，抗戰何時勝利耶？追憶往事，静觀將來，不勝感慨危懼也。彼醉生夢死之徒，尚欣然以過端午，吃喝看戲説風涼話，大有過一天算一天之氣慨①，前方士兵官長作戰如何，予不知其有何感想也。十一時冒雨回寓，飯後雨尤大。神疲，遂睡至下午四時起，五時晚飯。今日飲酒二次，悶甚，無以自解。晚十一時寢。

初六日　陰雨　午後晴　六月十九日　星期五

五時起，六時到府，午後寫信二件，約劉桂軒、周寶善明日來寓便酌，並約省府二科李震蒼等六人、楊光第院長同席。四時回寓，十一時寢。

初七日　晴熱　六月二十日　星期六

五時起，六時到府，午後二時歸。四時楊光第先來，旋李震蒼等六人來，遂開席。六時半席散，李等去後清理室中各事，至十一時寢。

初八日　晴熱甚　晚間尤熱　六月廿一日　星期日

五時起，六時到府，八時與包秘書等約定今日下午必到寓。今日爲予五十七歲初度，思量國事，眷念故鄉，不勝感慨也。午後三時天熱如蒸，三時半包等十人先後到寓，自帶酒二瓶來。四時四刻開席，菜多酒多，合座懽譚，秘書叔隆酒後唱戲，已忘形矣。六時方散去。晚間熱甚，十一時寢。

初九日　熱　晴　午後三時陣雨二次　今日夏至　六月廿二日　星期一

五時起，倦甚，足疲，行一時許乃到府，已六時三刻矣。今日紀念

---

① 慨，應爲"概"。

週報告仍上次所説重複語。午後至教廳晤朱新民并曾慶詰，爲遲生轉學事。三時半聞雷聲，慮雨又作，遂回寓。晚補寫日記，十一時寢。

初十日　晴熱　雨　午後四時大雨　六月廿三日　星期二

五時起，六時到府，無多事，寫報告亦未畢，連日心煩意亂。接鄂城周治斌、洪英等函。午後四時歸，途遇雨。飯後未作事，十時半寢。

十一日　雨　陰　六月廿四日　星期三

五時起，六時半到府，八時開檢討會，視察室與秘書室合併報告，十一時乃畢。午後四時回寓，連日盛傳省政府局部改組，但何時實現，未可知也。閱報，連日國內外戰事俱不佳，倭寇繼續勝利。噫，戰禍何時可平耶！十一時寢。

十二日　晴熱　夜雨　六月廿五日　星期四

五時半起，六時半到省府。飯後作詩未成，至圖書室查管寧遼東帽典，《辭典》《詞源》中均未載及。予憶此事載某劄記中，皂帽已破十年未換，迨晏子一裘三十年之類耶？新補職員楊某曾敘及彼與亡兒根生爲省立高中同班同學，尚未知根生已死矣，言之觸予悲慟而已。四時出府至包貢九寓，夢閑已在此蓋保單，遂與同回寓。天熱，汗出如瀋，飯後寫信二件。晚十一時寢。

十三日　早雨　午後陰　六月廿六日　星期五

五時起，六時夢閑已往文藝會並省立醫院去。予六時半起行到府，十一時爲夢閑刻印。午後四時半歸，知夢閑已就醫院合作社事，據説彼甚相宜也。晚飯後寫日記，十一時寢，夢沈雪廬師，似其剛卒時情況，赤身臥棺中。雪師歿已廿二年矣，記示夢此爲第三次也，傷哉。其子伯名抗戰前曾通函，近亦不知如何情狀。

十四日　早陰　午後一時大雨如注　至晚十二時未止
六月廿七日　星期六

　　五時起，六時予與夢閑先後出門去。八時省府開檢討會，十一時停止。午後二時又開會，五時停止，下星期一繼續開會。所說改良改進均係做不到之事，廢話而已。上下相矇已成風氣，好話說盡，歹事做盡，安有恤民力者耶？五時半回寓，沿途雨大，衣履俱濕。飯後遂睡，九時再起，寫日記後，十一時寢後多夢。

十五日　晨大雨　午後三時陰　晚有月光
六月廿八日　星期日

　　五時起，六時半到府，途中遇大雨，幸傘大，僅濕皮鞋及褲脚。寫陽春及昆田函發出。十時半即歸，途遇楊自強詳述蕭液垓此次軍隊報主席及吳專員赴遠安詢問此案情形，已將液垓押解來施矣。蕭貪戀縣長位置，屢不受予勸告辭職，嚴立三先生亦曾勸其辭職不聽，致受此辱，豈非自取其咎歟？然此案尚不知將來如何了結，可為貪位者戒。到寓後飲酒吃飯，頗適。夢閑歸，予問以各事畢。午睡二時許始起。下午四時自熬油油雨傘，緣近時空襲間軍隊干涉打紅油傘也。八時又飲酒一杯，食麵半盂。十時半寢。

十六日　晴　六月廿九日　星期一

　　五時起，六時到省府，七時紀念週，所說者予未聽入。八時續開檢討會，午後二時又續開會，各員連日報告，指陳政界利弊，言之痛切，當局果採納歟？予未敢信也。四時散會，予即回寓。飯後小睡，晚起再寫日記，十一時寢。

十七日　晴熱甚　六月卅日　星期二

　　四時三刻起，六時半到府。上午寫沈廷模、王紹虞，鄂城洪英、周淬成函均發出。午後天氣極熱，四時回寓，飯後清理室外各事，命劉僕將地打掃，向省府借得鋪板等等，因接宣恩電話，遲生明日回施寓也。文藝會送來夢閑薪水九十元，係付整月，當給收條付來人帶去。晚九時寫信四件，十一時寢後多夢。

十八日　晴　極熱　七月一日　星期三

五時起，七時到省府，今日上、下午與滕縣長通電話，發鄂城張渭泉、王少泉、洪英、淬成等函各一件。傍晚遲生自宣恩回寓，十時半寢，轉鐘後夢劉伯英，似乞予計劃其謀事者，實已忘其今年三月間已死矣。劉之爲人以後殊爲輿論所不恥，亦可惜矣。

十九日　晴　極熱　七月二日　星期四

四時三刻起，五時半早點畢，六時半到省府。今日又有朝會，八時半起，十一時方畢。各員站立兩時半之久，聽取總檢討準備之報告。時間過久，各人恐未聽入。所説者與所做者不相符，且説此類語已非一次，故無人相信也。飯後小睡二時許，午後四時歸，今日未作一事。晚間尤熱，寢亦不安。

二十日　晴熱甚　午後二時暴風雨一小時
　　　　七月三日　星期五

五時起，六時半到省府。天悶熱，上午未作事。午後聞省府例會，聞程仲蘇已免職，調李石樵接行署主任，原之專員缺，調徐會之。胡舜生之總指揮降爲副指揮矣。成立醫學院，委宜都朱某爲院長。閱報，戰事緊急，江西失去重要縣分甚多，浙江金華、衢州重要地點俱失，浙贛路敵人已攻開截斷矣。以後在在堪虞，勝利何時可實現耶？四時半回寓，汗透衣褲。飯後洗澡，室外熱甚不能坐。夢閑說話每令予嘔氣，殊可惡。予自到施在省府，關於人事上嘔氣，僕役無一善類，亦惹予嘔氣。在家則一月之中必有數次嘔氣也。何時還鄉離開家口靜修數年吃閑飯，則予之願也。

廿一日　陰　熱　晚七時以後雨　轉鐘雨更大
七月四日　星期六

五時起，六時半到省府，八時半各廳有人來府開檢討會議。予以室中來客多，飯後遂歸，清理室內外各事。晚飯後欲作事，以身疲遂止。十一時寢。

廿二日　晨五時以後大雨如注　午後四時晴
七月五日　星期日

四時醒，聞雨甚大。六時起，雨更大，遂未到省府，飯後小睡。午後二時夢閑出語不遜，予連日嘔氣，多指罵之。人之無良，一至於此，令人追想孟夫人之賢而有禮也。予離家四載，在宜在施境遇惡劣，兼之時爲萬氏與夢閑嘔氣。萬氏不明大義，夢閑唯利是視，西遷以來予精神上已受痛苦不少，正無處可申說者，每念孟夫人至於流涕，傷哉！晚九時以後補寫各處函件備明日發出。十一時寢，不安適，回思往事益覺傷心。

廿三日　晴　極熱　七月六日　星期一

五時起，六時半到省府，知又有擴大紀念週，召集各廳處、各機關來聽訓。七時半人已到齊，空坪中萬頭攢動，天熱甚，主官講至二小時又十分，聽者已不耐，後數排踞地者多。予先與李科長言之，是以未往，否則熱成病矣。擴大紀念週太多，聽者捫心自問，正不知主官所講何事也。午飯後往包貢九寓中坐談半時出，今日自往郵局發藝林、沛霖、陽春、渭泉、少泉、仁山等十二函，皆昨晚所寫者也。沛霖函附洋廿元去，托朱士堪代劉曉庶訂報，去價廿二元二角。五時方回寓，汗透衣褲，晚飲酒二次，遣悶而已。十一時寢。

廿四日　晴　酷熱　據張百熙說寒暑表室內八十六度
七月七日　星期二

六時起，予昨已請假，今晨各廳處全體須往城內幹訓團做七七抗戰紀念。四時到該團集合聽講，就抗戰起時計算，今已整五年矣，敵人愈橫，英美實力何在，湘贛路又吃緊矣。勝利果何時耶？飯後寫信三件，今日飯酒三次，睡二次，天熱不能作事，想見行路之人與本府辦公室狹小，職員已熱不可耐。政府日日言爲公務員謀福利，紀念週所報告尤好聽。烏乎！將誰欺耶。晚十一時寢。夢孟夫人不異平時，似往何處，予爲之送行，有戀戀不捨之意。噫，孟夫人卒已九年，近月頻頻示夢，何耶？

廿五日　晴熱　午後三時小雨　今日小暑
七月八日　星期三

五時半起，七時半往省府。十時陳挽瀾來，彼到施已三日矣。述宜都各事，與談二小時方去，又述陳壽梅之子已當團長矣。其子爲三一中學學生。環顧吾身垂老，尚須扶值兩幼子，不勝感慨。得胡升、林均中函，並發鄧廉溪等四函。午後擬至建設廳請石砥中看足疾，雷雨欲來，遂回寓。飯後睡二小時乃起，天氣轉涼，大約他處已大雨矣。朱祐廷今午到府辭行，謂晚間至城內宿，同伴有十餘人。往鄂南走，並可至其老屋看看，再渡江至鄂東行署云云。祐廷去年四月來，今年五月回去，所謀皆遂，尤令予增無限感想耳。十一時寢。

廿六日　晴　極熱　七月九日　星期四

六時起，七時到府，今晨所謂朝會及處務會報予均未到，蓋一切欺人演說已厭聞之矣。莊子曰"以身教者從，以言教者訟"，其此之謂歟？飯後發胡升等函三件。午後三時至建廳訪石砥臣同學看足疾，至店子坪剃頭，並發劉汝璿挂號信，附曉庶定報單一紙。五時半回寓，飯後補初八日《生期有感》詩四首，並和朱祐廷《歸黃州》詩一首。十一時半寢。

廿七日　晴　極熱　七月十日　星期五

五時半起，六時半到府，府中辦公鐘點提前半時，中間歇四小時備午餐後午睡之用。去年以此時間避空襲，今年敵機未來，各員精神上不感此種痛苦矣。今日天熱未作事，午後二時即回寓，晚亦未能作事。十一時寢。

廿八日　晴熱　七月十一日　星期六

五時起，七時到府，連日閱報，戰事不見轉好，浙、贛兩省失地甚多。午後補作前日未竣之詩。五時譚叔隆請客，府中同事十八人，餘爲外客六人，酒肴均佳，天熱未能多飲。八時席散，九時方歸，洗澡後補寫日記。十一時寢。

廿九日　晴　酷熱　七月十二日　星期日

七時起，今晨未往省府，天熱如蒸，在寓休息，偶或補寫雜件而已。晚間尤熱，手不停扇，大約寒暑表今日總在九十度以上也。十一時寢，不乾汗。

六　月

初一日　晴　極熱　九十四度　晚六時雷声大作　雨僅半時即止　七月十三日　星期一

五時起，六時到府。上、下午均熱，不能作事，寫壬午生日詩四首示陳豫生並請和也。午後熱甚，今日紀念週及開合作社討論會，以熱故均未參加，四時半回寓。晚間大雷陣雨半時。十一時寢。

初二日　晴　極熱　時有陣雨　七月十四日　星期二

五時半起，六時半到省府，十時開檢討合作社大會，經理、監事指出社中弊病甚多。午後熱甚，三時予遂回寓，十二時寢。

初三日　晴　極熱　陣雨三四次　七月十五日　星期三

六時起，七時到府。十時閱報，江西戰事似轉好。午後二時半即歸，天熱未能作事，十一時寢。

初四日　晴　熱極　陣雨二次　今日初伏
七月十六日　星期四

六時起，七時到府。十時龍智仙來晤，便與談各事。今日熱甚，午後四時歸，飯後未作事，晚寢後多夢。

初五日　晴　極熱　晚有風　七月十七日　星期五

六時起，七時到府，十時用電話問許雲漣各事。午後四時約龍智仙來吃飯，晚六時別去，十一時寢。

初六日　晴　酷熱　七月十八日　星期六

六時起，七時往省府。今日買得柴米分交劉、蒲二僕送寓。午後四時易冀生請客，爲陳啓育餞行也。同席者李延炎、周傑雨參謀員、盧鏡澄、朱□□、袁科長、閻秘書及張孔容等，七時散席。予歸時途中以滑幾跌矣，晚間以後不宜行路也。回寓洗澡畢，疲甚，十時寢。

初七日　晴熱　午後四時陣雨半小時
七月十九日　星期日

八時起，今早未到公。午後以熱甚亦未作事，足疾未愈，覓好酒不得，未能急治也。十時寢。

初八日　晴熱甚　七月二十日　星期一

五時起，六時半到府。今晨紀念週並合作社選舉，予均未去，一則厭聞之門面語，一則重重黑幕之組織也。下午予總值日，至五時半方歸。歸途熱甚，汗淋淋，足疲軟，真以爲苦矣。飯後洗澡，十時寢。

初九日　晴熱甚　室內寒暑表應有九十六度
七月廿一日　星期二

五時起，六時欲出門，黃推事文卿來，遂陪與談廿分鐘，同行至省府，十一時半予值日責任已了。飯後覆黃龍斗等函共八件，均發出。四時歸，熱甚，汗出衣濕，行路氣促如衰翁，奈何！到寓洗澡，休息半時，飯畢未能作事，十一時寢。

初十日　晴　酷熱　七月廿二日　星期三

五時起，六時出門，七時到府。連日天熱，到府後亦不能作事。閱報，德蘇戰事德占優勢，蘇聯着着敗退。假如蘇失敗，倭寇必趁火打劫，蘇聯危矣。中倭又必起劇烈之變化，奈何奈何！午後四時回寓，晚十一時寢，多夢。

十一日　晴　酷熱　今日大暑節　七月廿三日　星期四

七時起，八時到民廳，因昨晨建始黃紫銓來函爲其姪呼冤事也，與陳右軍談半時出。回本府佈置請陳啓育公餞事。九時半有警報，予至大洞口避之。與嚴道生等閒談，十一時至包貢九寓，爲啓育舉行公餞，席間賓主盡歡，惟天熱不可耐也。聞蕭液垓今午可出獄，時局如此，蕭戀戀於縣長一缺，致受此屈。昨聞保康劉沛然縣長夫婦同時自殺，其性命與庸夫婦不若。噫！近時軍隊、各機關團體、下等民衆直把縣長不當作人看待，然則省政府民廳應將縣長作人類看待矣。且聞劉縣長致死之因係被朱廳長懷冰在大會場中罵了一頓，馴至自盡。果爾，則政府以後對於各縣長將何以自解耶？午後一時自包宅竟回寓。晚熱甚，未作事。十一時寢，多夢。

十二日　晴熱甚　午後四時陣雨半時許
七月廿四日　星期五

七時起，八時到府，飯後寫滕昆田、袁炳南二函，袁已十餘年未見面，予不知其已由德返國至渝也，昨朱生光祖來府言之。午後具條請假三日，擬明日不去。四時回寓，飯後因雨略改涼，與夢閑說各事，教以公文簽條諸法。十時寢，轉鐘後多夢。連日足疾未愈，昨日頭額又爲木釘戳傷，邇時痛不可忍，愈增予之焦燥耳。

十三日　晴熱甚　晚小雨片刻　七月廿五日　星期六

八時起，疲倦甚，今日未至府。午後劉僕引一賣板炭人來寓，價每擔八十元，可謂奇矣。去年此際每擔十八元，天下事俱可作此推測。抗戰不勝利，吾輩如不回本籍，倘再牽延半年，物價之增漲必至不可思議之境矣。當局果能救濟歟？晚小雨片刻即止。連日四鄉望雨，謂旱災較去年重云云。十一時寢，多夢且雜，似已回縣矣。

十四日　晴熱甚　小雨　七月廿六日　星期日

八時起，連日早睡甚恬，晚間已睡足八小時，身體稍適。飯後寫信二件，備明日發出。午後熱甚，未作事。晚聞德蘇戰事不佳，蘇已敗矣。國內戰事亦不佳。噫，抗戰勝利果何時耶？十一時寢，多夢。

十五日　晴熱甚　七月廿七日　星期一

八時起，昨睡甚安。飯後寫信二件問鄂城情形。午後熱甚，不能作事。晚間仍熱，聞此地土人云，施南向無此熱，近省府西遷，氣候已變矣。理或然也。晚十一時寢，夢已回縣，社會情狀如平時，惟聞敵人未走盡耳。

十六日　晴　早陰　熱甚　午後暴風雨半時即止
七月廿八日　星期二

　　六時起，七時到府續請假，與諸人問各事。閱報，蘇俄似未能支持。浙、贛各據點已收復者仍爲敵人佔去，敵尚在猛攻，各處可危也。十時半回寓，飯後劉僕挑米來，命之斫樹搭涼棚，久未實行者。天氣熱，無人幫助似難成功。晚間未能作事。十一時寢，多惡夢。連夕睡後思孟夫人平時情形。夫人歿已八年餘，猶令人不能忘，以之較萬、劉二氏，其賢不肖天淵矣。

十七日　晴　酷熱　大約表在九十度以上
七月廿九日　星期三

　　七時起，假未滿，在寓休息，午後天熱未能作事，欲寫信，執筆即倦矣。晚間室內蚊聲如雷，天乾甚而蚊大且惡，不能外散，以艾火逐之，僅令蚊伏而已。十一時寢。

十八日　晴　酷熱　大約表近百度　七月卅日　星期四

　　八時起，飯後寫信致蘊玉，寄麝香二枚，自縫包裹寄去。玉兒來函，彼已就工人子弟學校教員，月可得薪三百餘元，可見重慶人才之缺乏也。晚未作事，十一時寢，連夕雖熱，但睡後甚恬，多夢。

十九日　晴　酷熱　寒暑表室內已逾百度
七月卅一日　星期五

　　七時起，八時以後寫復各處函件，晚間熱不可耐。問之本地人，云近數十年來無此奇熱，殆乖氣也，今年又秋乾，苞谷已枯死，荒象也。閱報，國內外戰事俱於我國不利，奈何奈何，豈真中國劫運歟？十一時寢。

二十日　晴　酷熱　聞昨日熱至百十餘度
八月一日　星期六

六時起，與遲生同往城內購酒及醬油，買藥。天熱如火，行路氣喘，十時半轉到土橋垻，遇胡子濤、蔣笠庵、周笠漁，約至經濟食堂便飯，有包貢九同桌。飯畢至貢九寓略坐談，往省府取信件。午後二時回寓，熱甚。因急欲回復各處函件，寫孟慶湋、周印澄、劉萃三、鄧虛若、沈廷模、孫三元、鄧廉溪、胡倫芬等八函，寫竣已十二時矣，遂寢。

廿一日　晴　酷熱如蒸　八月二日　星期日

八時起，將昨寫各函囑夢閑送郵發出。午後更熱，大約已有百度上矣。晚間寫復馮藝林、辜南傑二函，又向省府借薪函。十一時寢。

廿二日　晴　酷熱　時起南風　八月三日　星期一

七時起，命遲生送信至省府借款並向教廳爲孫三元考女師研究院事。飯後寫梅先林、孟嘯鶴、曾心如、李石樵、蔡德瑜函，爲詢朱陽春下落，又孫三元函告以考試事，共六函。室中熱如火，南風時起，送熱到室內如烘，此地昔日炎天不熱，抗戰以後得此現象，勿乃奇怪歟？十一時寢。

廿三日　晴　酷熱　八月四日　星期二

七時起，上午未作事，連日天氣熱不可耐。午後盧雨卿自咸豐來乞函薦事，此人輕浮如舊，油頭皮鞋，聞其就好事八個月未餘一錢，可想其他矣。晚十一時寢。

廿四日　晴熱甚　八月五日　星期三

七時起，飯後寫信三件。午後熱甚，未能出門一步，幸昨已搭涼棚，室中陽光曬入時少耳，清理室中各事。晚熱，室內蚊多，必用艾葉薰之稍好，甚爲可恨。

廿五日　晴　酷熱　八月六日　星期四

七時起，匆匆往省府取信件，問各事。查閱報紙，蘇俄未見勝利，但高加索尚未失去；國內戰事，我軍仍守原地。教廳長約談話，謂朱廳長有電致彼，囑薦予往教育學院任教授國文云云。至省銀行取款，係重慶電滙請予轉韓素賢之洋五佰元。素賢何人耶？問省行亦不之知。十一時回寓，熱不可耐，途行氣促，如此天旱，秋季民食必取恐慌矣。予春間料此間年歲必豐收者，真妄下斷語矣。豈知天佑倭人，不與華人以好景象耶。晚仍熱，十一時寢。

廿六日　晴　酷熱　九十三度　八月七日　星期五

七時起，九時以後酷熱如蒸，明日立秋，天氣仍早晚奇熱如一，並無改涼之時，此與武漢之熱何異。予自西遷後，宜昌、巴東、施南之地熱不減武漢，且時間較長。去、前兩年熱三月餘之久，乃已人畜病重，乖氣彌天，可慨也。飯後足疾未減，臥床上。今晨定兒頑皮不歸，為予責數次。午後四時田姓小狗發瘋咬人，其家已有大小四人被咬，予未之知也。予臥床上聞定兒哭回，謂手指被咬出血，尚不知為田姓瘋狗。萬內子以布包之，劉內子回時問及之，乃知田姓狗已瘋，被擊逃矣。心煩意亂，明日當治之。晚仍熱，十一時寢。

廿七日　晴　酷熱　午後四時暴風雨半時即止
　　　今日立秋節　八月八日　星期六

七時起，往省府問各事，清理信件，聞劉廷著告予各事，往看易衍道。訪蔣笠庵，未在家，午後一時歸寓，記從前家藏瘋犬咬方，囑夢閑至城內檢藥，定生無甚異狀，俟明午笠庵來再酌之。今日熱甚，午後四時暴風雨半小時，晚十時仍熱甚。予念定生被狗咬事，心不安，十一時半寢。

廿八日　晴熱　午後陣雨二次　八月九日　星期日

七時起，夢閑入城買藥。囑遲生接笠庵，彼有事，入城開一方來，即前日報紙所載人參敗毒散加地榆與紫竹根二味，予慮藥力小，今日當用班麻、紅娘等藥治之，以毒攻毒，此舊方有效者也，晚命定生服此藥，冀其早吐泄出毒也。飲藥時照此間俗例擊銅器，定生服藥後戲翫半時乃寢，予睡未安枕，時時注意種種變態也。今午易衍道來寓，午餐畢去。

廿九日　晴熱甚　午後陣雨暴風一次　八月十日　星期一

六時半起，定生昨夜服藥後無甚變態，大小便如常，亦未變色，如此藥力何以不能達到耶？一切飲食如常。予八時半往省府問之各同事，治方與蔣立庵所抄方同，飲藥時亦須擊銅器。吳秘書云湘人被瘋狗咬者，僅飲紫竹根水可解毒。陳慶復謂萬年青連根擠水飲之可解。昨日省立醫院楊院長云打針無藥，治狂狗咬傷藥水名狂犬病血清，價甚昂，施南無售者。楊接事未久，予疑前任以此種貴藥未移交亦未可知，遂請羅迪烺電話盧處長，設法謀之。得訊盧允今午帶小兒去打針，有辦法云云。午後回寓，夢閑在城未回，飯後乃告之。四時帶定兒去打針，晚歸云明晨打針藥水已到，此則羅迪烺請求之力也。七時仍命定生續服藥並加紅娘一個，木通、大黃兩味，服藥時仍同昨夕擊銅器。定兒活潑翫皮如常，十時寢後甚安。予十一時寢，時時注意兒服藥後之變化也。連夕多夢，心神不寧。

三十日　晴熱甚　午後四時雷聲震屋者二次
暴風小雨片刻　八月十一日　星期二

七時起，定兒已先起床，翫笑如常，小便略黃，似無痛苦，此藥何以不驗？加大黃、紅娘烈藥而仍不泄，此兒身體與常兒不同耶？八時夢閑帶之至院打針。十時李科長專差送信來，內附馬副官函，云狂吠咬藥名狂犬病血清，每盒價五百元，重慶有售者，價太貴，窮人用不起，如十分需要可商請劉處長看有無辦法云云。夢閑到院，今日打針或係此藥，昨聞汪科長家中云每盒需千元也。十一時廖玉田來借摺子買布，便托其送函與包貢九、周印澄並便取予之信件，囑其必來寓中，回信久候不至。午後四時雷聲震屋二次，陣雨二次，暴風一刻鐘即止。傍晚夢閑帶定生方回寓，問以各事，定生已打針，聞此藥每盒十四管，須用七管，每日打一次。定生小便略帶深黃，大便亦無異狀，仍活潑翫皮。已打針，然不能吃中藥，惟紫竹根煎水，予囑其常飲，總有益也。今日民享社作集團結婚聯二付已成，爲羅迪焜代作。寫韓瀋之母八秩壽頌亦補成，明日當自帶府中分別交之。晚間寫信二件，俾明晨到府去發。十一時寢，多夢。

七　　月

初一日　早九時大雨　午後晴　晚大雨至夜分　達旦又雨
八月十二日　星期三

七時起，天欲雨狀，予須到府，遂持傘行。中途遇李煜，小雨漸大，與之隨談來鳳查案事，到府後衣履俱濕矣。聞包、周、王、曾諸人云，予已改爲參議，僉稱賀，以後可不簽到辦公，紀念週受訓均不參加，此予去冬屢求不得者，誠可喜也。閱報，印度已起劇變，英印衝突於各國抗戰殊不利也。辦理各事畢，天已晴，遂回寓吃飯，帶回袁生炳南復函一件。此人甚有良心，較勝於其他學生也。小睡一時餘，午後三時往省立醫院晤楊院長問定兒打針以後情形，楊云有此藥不甚要緊，但不宜再服中藥云云。便晤孔會計主任，新洲人，非文軒先生之姪也。四時半到教育廳晤張秘書希之說明各事，遇張金光，知其已調第四師範校長。出廳至建廳訪黃、張、周三秘書問各事，談片刻即下班。予與張同出，遂回至民廳旁，遇鄭萬選、魯伏生，均自建始來者，立談片刻，天已薄暮，未能多語。回寓洗澡畢，見定兒如常，今日打針，晚睡亦無他異。予因天又大雨已改涼，十時遂寢，多夢。

初二日　早六時大雨如注　至七時半止　十時晴　熱甚
八月十三日　星期四

七時半起，午後劉玉瑞同其戚來寓，帶有傘及枕簞各二件，湘中物價較施便宜三分之二，留其酒飯去。四時仍大雨，夢閑帶定生去打針。晚寫袁炳南函，備明日用快信發出。十一時寢。

初三日　早雨　午後陰晴　八月十四日　星期五

六時半起，九時飯畢。今日須往府購油鹽米雜物，非自去不可。連日因伕子不易雇而寓中僕未來，予足疾未愈，遲生百事不能代予做，其焦悶之至。十一時到府，午後四時乃雇得一伕挑雜物回寓。晚天涼，早寢。

初四日　晴熱　今日末伏　八月十五日　星期六

七時起，夢閑入城買藥，囑其會梅先林及爲其母買藥等事。飯後寫滕昆田、項貢川等函。今日未閱報，不知消息。憶廿七年是日敵機炸鄂城北門外一帶，予適在縣宅，次日搬家至朱湯莊。今已四年，撫今思昔，不勝感慨，何時勝利耶？晚十一時寢。

初五日　晴熱甚　八月十六日　星期日

七時起，今日因購油鹽等事須往省府去，並清各處來信件。到府後與同事略談即出。今晨定兒仍至醫院打針。午後回寓，飯畢未作事。

初六日　晴　八月十七日　星期一

七時起，八時往省府取信件，十一時回寓寫復各處函。晚間蚊極多，十一時寢。

初七日　晴熱甚　八月十八日　星期二

七時起，九時得省府電話，未聽清楚，須自去取信件，予以爲來鳳包裹已帶到也。先晤曹台長，始知爲民享社請予與包秘書至城觀集團結婚典禮也。明敬庵自建始來會，求爲鄧蕘甫事幫忙，談半小時乃去。飯畢與貢九同至民享食堂觀禮，室小人多，天熱空氣不流，人汗奇臭不可耐，乃至小客廳中略坐，與吳壽田談話甚久，與李小園、沈碧舫僅敘寒暄而已。下午三時半退出，至北門訪梅先林，略談即出，歸寓已五時半。飯後洗澡畢未作事，今日七夕，天際先有星月，自後黑雲密佈矣。憶及往事，感慨殊多，辛丑年十五作《七夕》詩，高師甚賞之。癸亥在滬濱作《七夕》詩，憶孟夫人也，詩纏綿沉痛。今歲仍在施南，何時回武漢耶？今日行路多，足力已疲，十時即寢。

初八日　晴熱　八月十九日　星期三

七時起，八時半飯畢，十時往省府取信件。午後至省立醫院訪楊光第未遇。四時回寓，飯後小憩，晚未作事，十一時寢。

初九日　晴熱　八月二十日　星期四

七時起，九時飯畢，十時往府取信件。十時半往建廳會周鳴皋問馮少岩住址。午後三時回寓。今晨買得肉一斤，晚間具酒肴於門外，焚楮遙祭亡室孟夫人，今日初九，爲其忌日也。夫人歿已九年，今年頻頻示夢。噫！西遷來施，觸目生感，每念孟夫人不置。今夕憶及，痛心無已。十一時寢。

初十日　晴熱　八月廿一日　星期五

七時起，九時飯畢，往府與王、周、包等談片刻，同任之出，遂至其寓吃飯畢，往陳豫生寓中談二小時出。今日取得本府改參議委令一件。晚十時寢。

十一日　晴熱　八月廿二日　星期六

八時起，倦甚，今晨未到府，足軟未能行遠，明日再往一看。寫王一鷗、袁子青、孫穉屏函，並托柳東川印名片。午後二時回寓，晚熱未作事，十一時寢。

十二日　晴熱　八月廿三日　星期日

七時起，九時往省府一次，十一時歸。吳壽田來談一時許去，晚熱不能作事，十時寢。

十三日　晴熱甚　小雨一次　今日處暑
八月廿四日　星期一

七時起，八時起行至農學院。在途遇路保長，詳述三遊洞以後情形，自宜昌失守後，敵人並未到洞一次，沿洞及山下各房屋俱爲十八軍拆毀作薪，洞內凡有尺木俱已焚毀無遺。民衆未逃者俱先後染疫死盡，可慨也。天意助惡，何以不死敵人而死民衆耶？豈中國人心太壞，天實創之歟？此理之不可解者。到農學院已十時，與馮少岩談各事，彼亦謂張伯謹爲人太滑，專心做官，無誠意之人。鄂中輿論均不直其爲人，觀於前日擴大紀念週受痛罵而亦忍耐下去，衆聽俱在，何以無氣節如此？有聞河北多直戇之人，則張何以柔弱至此耶？午後二時歸，熱甚。飯後寫復各處函件。晚十時寢。

十四日　晴熱甚　月明如晝　八月廿五日　星期二

七時起，八時至夏家灣省銀行訪吳壽田、沈碧舫，沈未遇，與吳談一時許歸。飯後囑家人辦菜肴、焚包袱，遙祭本籍朱、胡兩姓祖宗。予西遷已四年，每念及故鄉，心爲之痛矣。恨倭奴肆虐，尤恨吾國從前政治太壞，實有以召外侮之人。閱淪陷區來函，問淪陷區區來人，國難至此，民困至今，誰之咎歟！祭祀畢，午後五時約楊光第、段繼李、汪慕符吃飯。晚有月色，十時遂寢。

十五日　晴熱　晚雨　子正更大　八月廿六　星期三

七時起，建始兩女生來寓乞作函考女高，一名劉素㮕，一名敖俊，劉右丞姪女也，引之至民廳請饒校文作函劉校長，問及二人來時步行，極辛苦可憐，付函去。便約液垓、笠漁、立庵、胡子濤、貢九、宇澄來寓午餐，二時乃畢。晚間補寫曾義成、柳東川、袁炳南、潘受盦、龍智仙、龍滙東、蔡韞、鄧實、孫三元、劉萃三、王紹虞函，共十一封，俾明晨發出。天氣下午已涼，十時寢。

十六日　雨　陰　晨四時雨　至十一時方止　八月廿七日　星期四

八時起，午飯後囑夢閑送信去發，並至省府買米買物。今日得大雨，食糧或有收成也。晚寫復各處函，十時寢。

十七日　晴熱　八月廿八日　星期五

七時起，飯後至府取信件，與同事略談。午後歸，寫復各處函件。晚間未作事，連日目力不佳，未能作書也。十一時寢。

十八日　晴熱　八月廿九　星期六

七時起，着夾衣，連日朝晚均涼，此間氣候與鄂東異，正午仍熱甚。今日又至府一次，予已改任參議，本可不到，但油鹽柴米均須自往説話也。晚十時寢。

十九日　晴熱　八月卅日　星期日

七時起，今日往軍管區訪雲瑞未晤，遂尋其寓中，與談鄉間事。因袁芷青屢有函來，請予與渠一談也。熊洗銘同在其家吃午飯。午後歸，命遲生至城借款兼至包宅取信件。晚間交到朱士堪二百元，明日可償汪宅。十時寢。

二十日　晴熱　八月卅一日　星期一

七時起，疲倦甚。陳挽瀾、包太太先後來，留便飯去。正午至府購苞谷未得，與王、周、包、劉等同事談片刻出。僉云明晨紀念週，正午聚餐均須到府，予漫應之而已。午後四時回寓，得馮少岩函，謂教院教授有辦法，已與陳友松言之矣。予亦聽之，且此事即成，尚須費腦力參考也。晚十時寢。

廿一日　晴熱　九月一日　星期二

七時起，昨夕傷風鼻塞極難過，起數次，今晨紀念週當然不能去，聞汪宅已行矣。十時飯畢睡至十二時起，傍晚段繼李回，問以各事。今晨紀念週有三小時，站立不能支持倒地者有五人云。晚十一時寢後鼻塞，仍似傷風狀，此予入秋以後睡後情狀也，今已六七年矣。少壯時無之，老境侵尋，將奈之何。轉鐘後多夢且雜，枕上能記憶者數事，先夢庭院中有高植物二蓬，甚茂，予謂何長之速也。繼則有僕搬數盆花卉交予，秋海棠二盆，紅花四大瓣，與常見者異，其葉更肥大。繼則見馮藝林與予談，繼又見喻育之與予同事在一處。

廿二日　晴熱　九月二日　星期三

六時起，七時半食早點甚多。九時往訪胡彥聖未遇，留字出。訪楊光第，為定生打針缺藥品事。聞有警報。今年警報極少，敵機想已集中太平洋等處應戰矣。九時四十分到省府，問知無多事。交款陳松亭買布、買黃豆，取得馮、龍等信歸。飯後閱近人所編詞學書，頗多見地。三時嚴秘書電話約予明日到府，謂秘書長有事約予。何事耶？予自改參議後不辦公不到府，頗自由，此事則不能①感朱廳長之美意也。聞前日秘書

---

① 能，後脫"不"字。

長通傳各處，罵包貢九、曾鏡海等不准時到公，待僚屬未免寡情，其實簽到與辦公有何關係耶。省府簽到之人，無事者簽後即出外閒遊。監印與會計日夕在公，不簽到亦不外出，而必以簽到爲成績，未免目光小矣，爲之一歎。晚間寫信三件，十時寢，多夢。

廿三日　晴熱　九月三日　星期四

七時起，到省府買包谷、油鹽等等，連日均爲七事所累。晚間寫信二件，十一時寢。

廿四日　晴熱　九月四日　星期五

七時起，八時半飯畢。十時至洗爵溪糧食公司訪張篤周，托其代買大曲酒，付廿元。以渠與松蘭齋係同鄉，必可辦到也。便至福音堂訪譚君訥先生，聞其星期一方到館，留刺出。訪陳豫生，談一小時回寓。飯後以室中蚊多不能作事，十一時寢，夢魘，足數伸擊，且罵人，內子呼醒，已解陁矣。此月多惡夢，心血虛矣。

廿五日　晴熱甚　九月五日　星期六

七時起，今日未出門，因此旬在外時多，足疾氣稍暢。但行路多，足力疲甚，須休息一日也。藥酒尚未完，連日飲之，求速效也。欲代劉秘書長作許君傳，提筆神疲，不耐構思。晚十時寢，夢見先母爲予具酒食，似予有遠行者。又同先室孟夫人再往學校，此行期與一見，羅僕國貞請趕輪船到漢，王文達先行。噫！久未回鄉，無日不念先人墳墓。孟夫人卒已九年，今年則頻頻示夢。醒後起小溲時，計已上午三時矣。默念先母與亡室不已。王文達是否尚存，不得知也。抗戰勝利果何時耶？

廿六日　晴熱甚　九月六日　星期日

七時起，八時將案上各淩亂物件檢點安置清楚。昨囑內子釀米酒，今日已成。施南酒貴，聞包谷酒已漲至每斤十元矣。北門外寄售汾酒，每兩二元，尤奇。飯後喻忠益來談，謂左宅新遷來賈某係其友也。午後三時陳豫生引其兩孫並涂君來寓談甚久，留便飯去。晚間蚊大且多，未能作事，十一時寢。

廿七日　晴熱甚　九月七日　星期一

七時起，飯後至包宅，聞貢九云今日擴大紀念週站四小時，其餘未到各廳處職員，均於下午一時起補站至四時半止云云。予因着長衫，遂未往省府去，將借條請貢九代爲借款。二時歸，天熱甚，飯後小憩，欲爲劉秘書長代作文，以身倦遂止。晚以蚊多，不能秉筆。十時寢，夢予已回鄂城，有諸親友招待，且與端溪相見矣。未幾行街中，遇一着綠衣敵人檢查來人自行車票，予懼及檢查，幸此人未之見。又未幾見紅衣敵人三四，予遂避入一已毀室中，牆雖矮而不能逾，外面皆深水，且有風浪激之。正急遽間，遇二三青年來救予，以紅綾爲套之相片與予，謂予相在內，其二則彼等也。醒時恐懼乃釋。噫！何以屢夢回縣而尚有敵人未退耶？從前夢回武昌亦如此，久客思歸，同此感想者當不獨予一人耳。

廿八日　晴熱甚　今日白露　九月八日　星期二

七時起，九時半到包宅。午後一時到府，有公私事均須自往。聞同仁述各事，殊可太息也。午後歸，寫朱陽春等函。晚熱未作事，爲人作文至今不能動筆，私事多，精神又倦，奈何奈何！晚寢多夢。

廿九日　晴　陣雨時作　九月九日　星期三

八時起，飯後至包宅已十一時，在其寓補午餐。午後至府取信件，與譚、王、周諸人談，各取各物件，並告以前日胡倫芬來寓所述各語。今已晤朱廳長，謂教育學院事，張廳長已定議聘予爲教授，已用電話詢明，予在座聞之，不便與張直接談話。並爲王宇澄探廳長意旨，似已許可矣。傍晚歸，十時寢。

八　月

初一日　晴熱　九月十日　星期四

七時起，飯後往省府，午正往建廳晤及黃、周諸君。晚间未作事，十一時寢。

初二日　晴熱甚　九月十一日　星期五

七時起，八時半往省府，十一時至包宅吃飯。午後往財廳晤易泮香、賀秉庭、傅秘書汝楫，先後談甚久，至民廳晤蔣、蕭諸人。四時歸，飯後韓英華來，必欲寫信薦往合作處所云童旭亥充秘書，已誤為童鐮也。韓年已老而腦筋不清，如此社會何能討生活哉。晚十時寢，多夢。

初三日　晴熱甚　九月十二日　星期六

七時起，九時飯畢，十時到府探訊各事。來鳳沈、王來函，不解其故，究竟郭汝楫將此物交與誰人耶？十一時至包宅略談，午後回寓執筆為文，三小時草創成矣，晚間略修改之。十時寢。

初四日　晴熱　九月十三日　星期日

七時起，九時至府，十一時至包宅。貢九愁狀難看，謂龍山縣已被新四軍踞之，其弟下落不明，其寓所畜豕病欲死云云，午後四時回寓。晚間將所作《許銘彝傳》潤色之，明晨可書交劉秘書長矣。十時寢。

初五日　晴熱　九月十四日　星期一

八時起，十時飯畢往省府，足疲甚，行甚遲，至則已下班矣。李逢春約予會晤，但至今未見面。十一時半警報大作，予避入大洞內一小時乃解除，到府再料理各事，與嚴、劉兩秘書談各事，交代作之文與慕曾，請其轉交秘書長。下午一時半警報又作，予遂匆匆返寓，傍晚劉兆喜送繃子及藤椅來寓，清理案上諸件。今晚天氣涼，早寢。

初六日　晴熱甚　九月十五日　星期二

七時起，九時飯畢，十時攜定生至七里坪趕場。午後二時回寓，山坡不易行，且天熱如蒸，疲軟殊甚，晚十時寢。

初七日　晴陰不定　九月十六日　星期三

七時起，腹大泄，十時又泄一次，身疲足軟矣。午後一時約閻任之來談甚久，留便飯去。晚間寫鄧實信，言明已託土橋壩郵局查小包郵件事。十一時寢。

初八日　晴　小雨數次　九月十七日　星期四

七時起，九時飯畢，到省府取回馮漢驥、孫稚屏等信八封，接教育學院通知一件，言明日上午開會，予因接洽各事，午後三時半方歸。晚間以疲勞未作事，十時寢。

初九日　晴熱　午後五時暴風　七時大雨二次
九月十八日　星期五

七時起，八時飯畢即動身。到教院門前遇馮少岩，遂同至會議室開會。十時起，十一時半方畢，晤見陳友松院長及國文專科孔肖雲、舒連景、黎翔鳳，皆國文科同事，餘均為新添教員，陳發軔今日方見面。教務主任徐伯申，當塗人，孔則懷寧人。午餐畢又開會一次。二時予遂到施城訪許伯邁、朱伊仲、陳志純，均談甚久。志純已呈老象，非從前任漢陽縣長時狀態也。與談甚久出，至汽車站搭車，至土橋壩下車時遇劉儶立談片刻，知其已委民廳視察矣。民廳視察何其多也。途中遇風暴，回寓時大雨驟至，約一小時乃止。晚為汪慕符寫介紹函二件，分致梅、陳二縣長者。十一時寢。

初十日　晴熱　九月十九日　星期六

七時起，劉兆喜引一南京難民曹步雲來充工役，便詢其何時來此及如何不能維持生活諸事。十時至省府，十一時到王宇澄家，午餐畢聞有警報。下午一時時予出門至前山，聞機聲又退回王宅。二時至糧政局訪姜文山，訪段繼李未遇，再至省府便托李科長諸事，遂回寓，已四時半矣。飯後疲甚，晚十一時寢。

十一日　晴熱　九月二十日　星期日

七時起，飯後到府已十時，與同仁談各事。十一時宇澄約至其寓吃飯，飯後有警報。下午一時半敵機過上空，予又避入王宅，三時方回寓。飯後閱各書，先取詩詞一類者。晚十時寢。

十二日　晴熱　九月廿一日　星期一

七時起，十時聞有警報二次，省府送來教育學院補聘書一件，係改專任講師矣。飯後外出一次。晚間欲補作詩未成，遂寢。

十三日　晴燥　晚大北風　氣候轉寒
　　　　九月廿二日　星期二

七時起，飯後帶同曹步春①往七里坪趕場，曹新來工役也。予便往石信嘉處一談，便訪黎翔鳳、白如初，白未遇，遇廖廓，亦本府參事，與黎、廖、石等談甚久出。途中聞警報大作。噫，敵機近四日均來此偵察，何也？晚寫信與孔育之、陳肖峰，明晨當着曹僕送去。十一時寢，多夢。

---

①　曹步春，本月初十日日記作"曹步雲"。

十四日　陰雨　寒　九月廿三日　星期三

六時起，定生吵鬧不堪，予遂起吩付曹僕送信。內子入城，便還朱士堪借款一百元，連前二百元已清矣。午後省府取來鄂城茂林細純女、淬成、龔少山、葛店熊學謙等信件，又鄧實、孫穉屏等信件。晚寒，時有小雨，十一時寢。

十五日　陰　小雨　寒　晚雨達旦未已
九月廿四日　星期四

六時半起，清理室中諸事。今日中秋，予在施南已過三中秋矣。閱昨日家函，今日各廳處公務員全體往五峰山，感觸多。因念五代時傳國五十年，易十八帝，戰爭頻作，邇時官紳士庶不知何以自處也。謀生之計，或有忍氣屈節不忍言者也。此真佛家所謂"共孽"歟？午前午後均飲酒，今日菜蔬多。晚間夢閑出語無狀，使予慍氣甚，致夜間未寐。起服當歸、橘紅等藥，稍好，仍不能安枕也。寫信復鄂城龔、周、熊諸人，明日可發出。

十六日　雨終日　寒甚　夜雨達旦　九月廿五日　星期五

昨睡極不安，九時起命曹僕送信發，今日天寒如九十月。寫信與沈廷模、劉曉廉，並附其甥信去，知火腿、芋粉等物未送到也。復廖玉田、明哲、衛粲先等函，省府取回朱湯莊、熊學培、盧雨卿等函。雨卿帶咸豐貢米三升餘，大約十斤也，照現時米價可值卅餘元矣。連接鄂城函，知米油鹽肉均較施南稍貴，將奈之何。晚雨未停，十時寢，夢喻育之在予家宴會，酒菜甚豐。飯畢有小輪船候予等於北門外，天晴但時已逾下午三時矣。予謂何能到漢耶。育之云到團風歇宿可也。繼思團風必過敵人境，奈何。時先母亦在家，夢閑侍母飯。醒時枕上思之，鄂城住宅尚歷歷在目，已忘吾邑有敵人也。

十七日　終日雨　寒　晚雨達旦　九月廿六日　星期六

九時起，飯後看詞書。午後命遲生到學校去探信，命曹僕送信，發沈廷模函另挂號。得陳志純信，明日可訪李曉圓。教院徐伯申送信來，必欲予就該院專任教授，謂功課已定，不便更改。賀良璜決計不來施，是以必欲予兼專任也，俟上課時去看情形耳。約魯警佐、廖玉田明日來寓問各事。連日天雨路滑，不能出門一步，數月無雨，今則一雨三日，無益於農事也。晚十時半寢。

十八日　終日小雨　晚雨甚大　天明未已
九月廿七　星期日

七時起，飯遲開，候魯警佐至，因昨已與約也。十一時半魯來留飯，談甚久去。黎翔鳳來談舊學，約三小時去。今日自早至午雨未止。午後二時遲生往小龍潭上學去。四時教育學院送功課表來，明午有課須往授。雨未止，予寢後雨尤大，慮明日往院行路難矣。十一時寢，多夢。

十九日　早大雨　午後雨稍小　晚仍小雨
九月廿八日　星期一

八時半起，十時飯畢，天雨未止。十一時一刻着皮鞋動身往院授課，記己未在省垣渡江往晴川中學授課時大雨乍止，到校甚早，屈指廿一年矣，又作教書人，不勝感慨系之。在洗爵溪糧食公司休息半時，到院已下午一時。與孔肖雲晤談，問及班次及章則。未幾黎丹池來略談，予即往六教室上課。英文、體育專科學生第一次見面，學生未到齊，僅九名，問其餘，以爲今日天雨，予未必來院云。與彼等泛談各事，教材尚未選定，不能發文與彼等而講授之。便問諸生，似未讀過四書五經，以後作文改者困難矣。第二堂學生已集訓去了，遂與丹池同往圖書館一談。李匡甫先生，予之師兄，此爲第三次見面，談片刻恐天又雨，遂辭出，到寓已上燈。今日雙足指爲皮鞋夾傷，行路困難萬分。設無此皮油鞋，竟不能往五峰山也。今日爲亡兒根生客死宜昌之第四週年。回念前事，心爲之痛，設其在世，已廿三歲矣。抗戰以後西遷之公務員與義民無一好境遇，此殆佛家所謂"共孽"歟？傷心哉！八時補寫教院之教材，備明上課講之。晚十一時寢。

二十日　晴　九月廿九　星期二

七時起，飯後欲往圖書館借參考書，以警報大作未往。午正往包秘書寓談未久，警報又作，遂匆匆歸。今日教院課有兩班，不上文學專科，填詞未尋得譜亦不能往。晚十一時寢，多夢。

廿一日　晴燥　九月卅日　星期三

七時聞警報，八時半解除，十時又警報，至午後一時未解除。韓英華來，必欲予介紹曾秘書作函，遂與同往省府。坐未久，又有警報，謂有敵機三架西飛，遂不能不出。予經防空洞口，蕭液垓欲予與傅霱如營救保取，遂至民廳晤蔣立庵，遇張家駒，知傅不日可釋，遂中止見朱廳長矣。又至教廳晤朱新民、韓仲祁談片刻，回寓已五時半。餒甚，飯後寫信與李定餘、高其冰。晚看書作事，至十一時寢。

廿二日　晴　十月一日　星期四

七時起，報有警報。飯後到府借書，下午四時同曾秘書至城內民享社食堂，李達可請客爲王開化餞行，林淵泉就縣長職接風也。曾須往鄂北，予與包頁九係補請，酬上次未到者也。五時半開席，七時畢，與曾同歸至省府宿，因天晚恐途中遇豺狗也。在府以臭蟲多，不能安枕。聞嚴立三先生今日已到施，予未去接。十時就寢，直至天明，僅合眼而已。

廿三日　陰晴不定　晚小雨　十月二日　星期五

五時半起，六時半洗漱畢，七時取書及雜件，八時半回寓。飯後小睡未穩，雲海霞來訪，遂起與談一時許乃去。晚飯後編學生講詞，拉雜寫數段，直以予胸臆一吐之。十時寢。

廿四日　陰雨　十月三日　星期六

七時起，飯後看雜書，接鄂城洪英、張渭泉信。晚寫信三件，分致詩樵、寄滄、湯璞遜諸人。十一時寢。

廿五日　早陰　午後二時雨　至晚未止
十月四日　星期日

七時半起，得張孝惠函，約予至經濟食堂吃飯，午前九時半到府辦理各事。十一時與貢九、熙光同往食堂，正午開席二桌，同桌認識者均本府同仁，餘為民、教兩廳人員。下午一時散席。菜豐且有鮮魚，頗可口，連紙烟、酒大約每席非百廿元不可，然較之重慶不過四分之一，聞重慶請人吃便飯至少五百元。抗戰未結束之前，物價尚續漲無已，奈之何哉。二時回寓，雲海霞攜其婿鄒乃文來談。鄒江蘇江都人，現充恩宜師管區司令部法官，談一小時去。晚十時寢。

廿六日　陰雨　十月五日　星期一

七時起，飯後即往教院上課，晚四時回寓。今日在閻任之家吃飯，在陳豫生家談半時許歸。途偶憶舊詩，能全記十餘首。晚十時寢。

廿七日　陰雨　十月六日　星期二

七時起，八時往教院上課，途中泥濘難行，以錶記之，自寓中起至省銀行新做住宅處需廿五分鐘，由此至洗爵溪需十五分鐘，由溪至上官坡十分鐘，官坡至院口休息室十分鐘。天雨共行一點鐘，天晴五十分鐘即到達，較之予平昔往省府只多十分鐘耳。到後即上課，問孔主任，云學生因搬校舍，恐一時趕不及，暫停授課，予遂進東門城剃頭一次，至北門乘車至土橋壩，遂回寓。晚十一時寢。

廿八日　陰雨　寒　十月七日　星期三

七時起，八時到院上課，今日在文學專科初授諸生以填詞各要訣。午後一時回寓，便往省府一次。晚間看書並搜集教材，至十一時寢。

廿九日　雨大　寒甚　終夜雨聲不斷　十月八日　星期四

七時起，八時起行，雨大泥深。到院小憩即上課，第四次因教室在院本部，值大雨，學生亦未到。予問明即出，向教務處問及各事，交印刷文詞等稿並晤會計鄧毅生，京山人，一切總務組歸渠負責。便問知會計員余受卿、宣恩人。吳炳法、黃梅人。易修樂、天門人。陳儒愚及合作社幹陳華堂等交涉各事。雨仍未止，遂出院至任之家借褂褲，因寒甚，恐受病也。至省府問各事，下午二時半吃午飯，五時半余文傑請本府科秘諸人吃飯，今日為其卅初度也。酒好菜多，七時方散，予先命曹僕來接，不然途中不能行矣。回後看書，至十一時寢。

三十日　早雨　陰　今日寒露　十月九日　星期五

七時起，九時早飯，午後二時劉石遺自建始來述各事，並送來香茶一斤，香薑四兩。施南近日香茶每兩二元，香薑每兩十元，大約建始不若是之貴也。四時留飯別去。晚看雜書，十一時寢。

九　月

初一日　陰　今日為國慶日　十月十日　星期六

七時起，天陰欲雨，十時飯畢，閱詞學一類書。正午往土橋垻，先至包宅，未晤貢九。一時至松花園，民享社新開第三食堂也。吳壽田前日約予至堂聚餐，祭辛亥起義諸烈士，望東遙祭而已。今日宛思演、余子祥、殷子衡未到。殷為日知會老人，辛亥革命成功，彼未就軍政界一職，仍傳教，實有令人起敬之處。余與予爲同鄉，其人後來作師長、局長，積有資財，抗戰後亦受損失，去夏方來施行醫，聞頗利市。宛與予爲同學，現時神經已壞，與人接談時多不清楚。去冬予與陳肖峰等約之亦未至，任本府參事二年，予未之見也。此三人於辛亥推翻滿清有功者也。饒校文亦未至，陳少武、楊傑丞、程次宗均於今日方晤談。程孝感人，亦本府參議，均壽田先爲介紹。追思往事，慷慨殊多。彭烈士楚藩，吾邑永鄉人，世稱爲"彭劉楊三烈士"者。辛亥八月十九晨五時彭、劉、楊三人就義於武昌督署門首。晚十一時塘角輜重營先放槍示信，自是黃土坡工程營士兵程鎮瀛放一槍舉義，邇時子彈未運到，士兵原有子彈均一星期前爲排隊長搜去。程之子彈係預先密藏於棉被中三粒者。未幾金兆龍又發一槍，擊排長某死矣。鎮瀛，吾邑城內人，寄養周姓，後官營長，民國四年以變節不得其死。金兆龍，武昌人，居黃州數年。予丙寅任沙市徵收總局時，曾派之充下哨卡長，假歸一月再返沙市，乘大元輪，中途輪中火發，乘客死者百餘人，兆龍與焉。下午四時席散，與壽田同返，在途偶記此事，亦革命史中應補編入者。民十以後假革命名以作官者多矣，民十五以後向中央銓敘部、中央黨部冒革命名以謀簡任官資格者更多，甚有假借辛亥革命事蹟，今日聞次宗述之甚詳。得官者以其年齡推算，辛亥、壬子、民三之役，彼時年不過七八齡。噫，此真無恥之尤，"名器"兩字尚堪聞哉！辛亥舉事，兩湖同學俱在武昌。同班生牟鴻勛、利川人。蔡大輔京山人。均於十八夜開會時爲鄂督瑞澂軍隊捕去。邢光祖黃梅人。開會即回堂，周開迥、號鵬程，現名之瀚，宣恩人。蘇成章、利川人。蔡以員、黃陂人。張祝南吾邑人。均未遭捕。是晨劉書封自外來予室中告予以各事，均駭甚，不能語。予邇時值大病中不能起床，朱純愚自糧道街棧中來予室述各事，語聲細，同室中有左德威，應山人。彼素反對革命者也，而尤嫉牟、張兩人，然此時同學性命均在危險中，蓋革命黨出於兩湖學堂，則非瑞澂所及料者。彭楚藩以督署憲兵資格排滿，欲殺瑞澂，更非瑞澂所及料。兩湖學堂爲鄂督所主辦，澂即予等之監督也。彭烈士與予岳父孟寬甫公有世誼，幼時寄與予岳父爲義子者，民國六七年其父尚寄居鄂城內，邇時能領恤金。民十其父死，而繼母不賢，嗜賭，民廿二年予長黃岡時，其母領恤金搭小輪回鄂城，在輪上與流氓賭，輸盡恤金，投江遇救，現時大約已死矣。烈士僅一女，嫁某姓，如存在亦四十歲矣。噫！有辛亥八月十九日之推翻滿清，而後有雙十節之名，八月十九即西曆十月十日，國府定雙十爲國慶日。丙寅以還，作官者誰能追念前勳而憶及已死之彭、劉、楊三人耶？紀念國慶，是應先紀三烈士爲稍有人心耳。今夕牢騷多，特記之，百年後不知果有經史存否？晚九時飲酒一杯，十時半寢。胡祖舜，號玉齋，嘉魚人，亦今日方見面。

初二日　陰雨　十月十一日　星期日

七時起，九時食早點，命曹僕送教院及糧食公司函去。十時整理床褥等事。午後寫昨日日記，敘辛亥起義事，然未能詳也。他日當另作一記，恐修黨史者變亂事非，而真革命推翻滿清者反湮沒不彰矣。晚看詩話一類之書。十時寢。

初三日　陰雨　十月十二日　星期一

七時起，午後一時至教院授課，四時半到省府，今日同人爲曾鏡海、王宇澄餞行。酒肴均佳，賓主盡歡，六時半方散。曹僕已帶燈籠，予同曹台長一路回寓。九時準備功課，十一時寢。

初四日　陰雨　十月十三日　星期二

七時起，天雨未止。八時至教院，途中難行，因向圖書館借書，僅得《清文評注》一部歸。晚閱三小時，摘提數篇，俾上課之用。十一時寢。

初五日　陰雨　十月十四日　星期三

七時起，八時至院上課，途中難行。今日講書甚久，頗吃力。午後一時回寓，腹餒甚。飯後閱雜書，十一時寢，多夢。

初六日　雨終日　十月十五日　星期四

七時起，八時到院上課，泥滑極難行，講課連續三小時，午後一時回寓。晚閲各書，字小目力極吃亏，以後須戒之。予年五十六未發眼力①，以後保養得法或不致再發也。十一時寢。

初七日　早陰旋晴　十月十六日　星期五

七時起，八時飯畢，囑曹僕與予同行，去打油、送書、送信等事。到院尚早，授課二小時，就孔肖雲家吃飯，下午二時須開會也。正午有警報，予等未避，事先不知也。學生約開會，予亦指示各事，説話十餘分鐘。四時回寓，途中與黎丹池談，行甚緩，五時半方到家。飯後未作事。今日接孫壽山函，謂省宅無負責之人照管，陶宏生僅留其母在宅，甚可慮也。發賀痴瘦、林均中、周□春三人對聯，賀等三月前托寫者也，日前方借得大硯磨墨，乃得書之，明晨當飭僕送局。十一時寢。

初八日　晴燥　夜十二時雨　十月十七日　星期六

七時起，九時天氣大晴，慮有警報，未往省府。午後一時去晤閻任之、包貢九、張百熙，談詢各事。借書三本，四時回寓。飯後閲清代文，便抄二篇，便講授也。晚間類傷風，鼻涕眼淚同出，極不可耐。十時寢，夢在兩湖學堂受考試，已成文稿矣，而墨金忽爲包貢九將内棉取去，致無從寫文也。幻夢殊可笑也。

初九日　雨　十月十八日　星期日

八時起，天雨改變氣候矣。十二時至曲水洞，今日張篤周約予莵會，去年莵會予未至，今日冒雨前往。到者皆去年舊人，止予與閻、李受多、篤周之兄幹清、余某、金某爲新加入者。分韵賦詩，予得一"鄉"字，

---

①　力，疑應爲"疾"。

倡議者陳豫生用老杜《聞官軍收復河北》句中"白日放歌須縱酒，青春作伴好還鄉"十四字，五時開席，雨仍未止。七時予與曹僕同回寓，小憩後十時寢。

初十日　陰雨　十月十九日　星期一

七時起，午後至教院授課，五時歸，路滑極難行。晚飯後看書，至十時半寢。

十一日　陰　時有小雨　十月二十日　星期二

七時起，九時韓英華來，仍談謀事，留之便飯，十一時與同出至土橋埧，便訪貢九、百熙問各事。至圖書館借書十餘種，便至民廳晤笠庵、液垓諸人，至建廳晤黃、張、石、周四秘書，談甚久出。五時回寓。

十二日　陰　時有雨　十月廿一日　星期三

七時起，八時飯畢至教院上課。正午回寓，途行甚緩，到時已午後矣。今日為先母生辰，寓中備祭典，有愧人子矣。先母歿已八年，至今思之，心痛無已。今年頻頻夢先母，蓋流亡在外，先人邱壟俱未親祭，洪英每年雖有來函報告，謂已與茂林族兄清明、中元俱代祭，不知果可信否。今午有警報二次，晚九時又有警報，至十二時方解除。敵機夜來，今年則第一次也。寢後多夢。

十三日　早小雨　午後陰　似有晴意
十月廿二日　星期四

七時起，八時到院，方知今日學生全體遵院長諭整理內務、大掃除、清潔衛生等等，謂中央有《大公報》記者同陳主席來施，今午必來院參觀云云。院中如無人來參觀，則一切清潔內務可不講矣。客來掃地，臨時抱佛腳務外表，僅顧一時敷衍顏面而已。吾國近十年政治皆犯此通病，上下粉飾，可慨也。予以學生均停課，遂回寓。飯後閱雜書，午後二時至雲海霞家中吃飯，同席者僅熊洗銘、袁業惠為熟人，餘則張軍法官及軍管區職員五人。四時飯畢，酒菜均豐，以施南物價計之，當在六十元以上。但聞袁□君此一席菜在重慶需六百元矣。該地官吏及公務員尚能安居不恐慌，亦時時請客者，或亦另有收入也。抗戰節約，名詞好聽耳。又轉述渝中各情形，奢華較去年尤甚。總之敵機不至渝，渝方人類早晚均度驕奢生活，不計其他。五時半回寓，閱江亢虎之《臺遊追紀》，述臺灣事，令人生無限感慨。因連累而憶及印度、安南、緬甸亡國之痛，尚堪聞哉。十一時寢。

十四日 晴 寒 月色佳 十月廿三日 星期五

七時起，九時到院授課。國文科學生到教室甚齊整，細詢其程度，舊學無甚根底，施教頗感困難，予時時以旁語勗之。正午回寓，飯後閱雜書，至十二時寢。

十五日 晴 寒 晚月色佳 今日霜降
十月廿四日 星期六

八時半起，夢閑已與曹僕先至城內買菜，備明日約劉石遺、雲海霞、傅霭如等吃便飯也。九時有警報，以後有二次敵機未來。予原擬往土橋壩訪周笠漁，亦未能往。晚閱雜書，至十一時半寢。

十六日 晴 寒 月色佳 十月廿五日 星期日

七時半起，昨夕遲生回寓，予囑其清理書籍。上午警報二次，午後二時又有警報二。今日約傅霭如、雲海霞、劉汝璹、陳松亭等八人來吃飯。因警報未到者魯祖珍等四人，久候不至，開席已四時矣。席散後張伯民方來，彼云為警報所阻，宜昌楊漢川、秦學白等實不能來云云，僅談五分鐘別去。中間朱衣名伯侯大隊長由孟廣漳介紹來寓一見，據其面稱已訪予數次矣。軍管區楊書記導之來，談半時方去。朱、楊俱皖之桐城人。晚閱雜書，十一時寢。

十七日　晴　十月廿六日　星期一

七時起，今日上午有警報二次。午後到院授課，三時半有警報，遂回，便過省府與各同事一叙，約其明午後來寓譧集。四時半回寓，晚間清理各事，至十一時寢。

十八日　晴　十月廿七日　星期二

七時起，清理室中各事，九時菜肴均辦齊，室內外諸事整理已畢。三時同事諸人如施方白、劉慕曾、譚叔隆、嚴道生、吳羽仙、閻任之、包貢九、李少仁、余文傑、羅迪烺、饒華松、周印澄、曹印陀俱到。有事不能來者李震蒼、張樸、于瑩徵三人。四時開席，五時半方散，六時乃別去。今日肴十四色，酒二斤半，俱盡矣。晚看雜書至十一時。今日午前警報三次，可惡。倭人尚如①凶橫也。十二時寢。

十九日　晴　十月廿八日　星期三

六時半起，七時至院，途行遇警報。遇帥文甫、韓英華，談一刻許乃至院。九時至十一時五十分均爲上課時間。課畢歸，又有警報。到寓飯畢，疲乏甚。晚閱詞選、集部一類之書。十一時方寢。

二十日　晴　十月廿九日　星期四

七時起，八時到院授課。午後半時與黎丹池同回，便至其寓奉看。越山坡而過，汗出如瀋而腹餒甚。稍休息，與談片刻，回寓已三時矣。餓甚後飯亦不能多吃，胸中甚難過。古人可食要當餐，誠經驗語也。今日整天無警報。晚閱雜書並抄詞數闋，俾明日授課。十一時寢。

---

① 如，疑應爲"如此"。

廿一日　陰　時有小雨　夜子正雨數次
十月卅日　星期五

七時起，八時半到院，十時上詞選二次，諸生已有領會者。安心聽講，是以有益。此班到堂人多，似感興趣矣。十二時畢回寓。吃飯頗飽而有味，蓋適當其時矣。午後四時空中發現飛機聲，室外人皆立觀之。予出門見機甚低飛且三發動機畢現，嗣以電話問省府，知爲吾國飛機也。噫，予西遷四年，見我國飛機其爲第一次矣。安得飛機成隊，炸退倭兵耶？晚閱書，寫信五件，至十二時方寢。

廿二日　陰雨　十月卅一日　星期六

七時起，今日九時擬往府，以雨折回，遂在寓中寫信數件，看書。午後二時遲生回，問以各事。晚間看雜書，十一時寢。

廿三日　晴　夜有月色甚遲　十一月一日　星期日

七時起，至府買布二疋，取薪水，九時出。擬往土橋垻，見有情報一燈懸矣，遂匆匆回寓，飯後看雜書。昨寫馮漢驥、汪奠基、孟廣漳、譚哲信俱發出。午後三時命遲生返校。晚閱書至十一時寢。十二時枕上朦朧聞飛機聲大作，似有十餘架。但無警報，或者我國飛機襲敵人耶？予未起視。

廿四日　晴　夜十二時小雨　十一月二日　星期一

七時起，今晨五時半聞飛機聲，似低飛甚速者。六時聞又有一機聲，遂有警報。予仍未起也。九時用電話問省府，知爲我機，已飛炸漢口、南京等處矣。事之確否待查。然敵屢炸我後方，民衆無辜而死者何止千萬，此仇烏可不報哉。正午出門，午後抵府洗澡一次，就民廳合作社買糖及紙烟，均甚便宜。民廳一切辦事均較省府好而有條理，用人甚少；省府則人多而不負責，遇事受攻擊則主官無辦法也。四時歸飯畢，爲學生朱翰崑改填詞甚費力，此生讀詞不多且不知用典法，然尚屬用心者。十一時寢。

廿五日　雨終日　十一月三日　星期二

六時半起，七時半飯畢，起行至教院授課。天雨路濕，所着皮鞋夾脚甚痛，上課三次，正午歸，行一時許乃抵寓。飯後未作事，晚閱雜書至十一時寢。

廿六日　雨　午後陰　晚仍雨　十一月四日　星期三

七時起，八時半到院授課。十二時至城內民享食堂吃飯畢，便訪朱士堪，知宋濟賢不來，僅其女來施云云。訪李曉圓先生談甚久。四時至北門渡河搭汽車至土橋壩下，至圖書館借書，五時歸。飯後看書二小時，十一時寢。

廿七日　雨終日　十一月五日　星期四

六時起，七時飯畢至院授課。正午歸途雨大，行甚遲，到寓飯後小睡。三時約姚庫員□書、吳書記來吃飯，因姚已考取軍校，予爲之餞行也。晚十一時寢，多夢且雜，未能之①記之。

廿八日　陰　午後轉晴　早大霧　十一月六日　星期五

七時起，八時至院授課，途行甚緩，連日所見上官坡至院通途處蔗林數處，且有香氣撲鼻。"蔗境"二字詩人屢見，但未聞以香稱也。今日教國文科，諸生似均有領悟，但尚未試其果能一一填詞否。午後一時回寓，途中擬成九日萸會詩。到寓吃飯，晚偶檢出吾邑柯巽庵三遊洞詩。蓋光緒乙巳六月初七柯在洞與傅弼卿軍門，黃叔頌、孫詞臣兩觀察讌集時所賦者。柯長於八比文，清代爲張文襄公之洞所拔識，《江漢炳靈集》

---

①　之，疑應爲"一一"。

八股文選刊柯作最多。柯邇時過宜，已任八省膏捐大臣之職權，僅辦理鴉片公賣之事，其位置駕乎督撫而上也。其詩云："洞府凌虛突兀開，訪碑聯騎雨中來。文章自古多憎命，天地何心不愛才。萬里炎荒垂老別，一門風雅勝遊陪。漓江泛罷牂江接，頭白今年放棹回。"予髫年聞先君子言柯文得翰林無愧，且曾任學台大主考等職，尚不知嫻於詩也。寫字看書疲甚，十一時寢。

廿九日　早大霧　晴　十一月七日　星期六

七時起，九時至省府晤包、周諸人。十一時至民享社吃飯，十二時至教院，午後二時授課，四時半回寓。飯後抄文二篇，備油印以分諸生者也。晚閱雜書，欲補作重九英會詩，以身疲而止。十一時寢。

十　月

初一日　早霧　旋晴　今日立冬　十一月八日　星期日

七時起，九時有警報，清理室中諸事。午後三時約藍芝穀、李震蒼、張樸、汪文伯、楊育民、同屋賈伯□吃飯，僅陳慶復、陳松亭未到。四時半開席，六時半方散。李、張等出門已天暮矣。晚閱雜書，十一時寢。

初二日　晴　晚雨　十一月九日　星期一

七時起，飯後往教院取補薪兼接洽各事。至民享社吃飯，途遇紀廷藻，與談各事。午後回寓，晚寫抄各文稿備下次授課用。十一時寢。

初三日　陰晴不定　十一月十日　星期二

七時起，飯後閱書一小時。午正往教院接洽各事，下午二時授課。傍晚歸，飯後閱書一小時，閱《中國近百年史》，湘人羅元鯤所編集者，尚翔實。閱至十一時寢。

初四日　晴　晚雨至旦　十一月十一日　星期三

七時起，午後一時到教院，二時授課。今日方將訓練班國文鐘點退出，學生程度太低，講解費力也。傍晚歸，飯後閱《小學集注》四小時。十一時寢。

初五日　陰　下午晴　晚小雨　十一月十二日　星期四

七時起，九時飯畢，十時半至土橋壋民享社，本縣同流寓施南者約聚餐，且調查各家近況也。予到時已十一時半，與會者已來八十餘人矣。與陳豫生、余子祥略談，轉鐘半點方食，一時半照像畢。至包貢九寓中坐談片刻，四時半方到寓。知劉萃三已來予寓，並未與會也，留之飯，晚間與談甚久。因遲生今日未回，留萃三在此宿也。睡後談不休，十二時方睡熟。

初六日　晴　午後五時雷聲作　七時以後大雨
十一月十三日　星期五

六時起，因萃三在此，予已不能睡矣。七時與之飯畢，八時別去。予遂至教院，爲時尚早，休息一時上課。講填詞各法已畢，下星期囑諸生試作之。下午至省府取米不可得，派勤務到府先後六次，竟不得米，此上月份未取者，將來更困難矣。糧政職員多、開支大，而所辦公務員之食米至發生如此恐慌。聞近六日各校學生無食糧，小兒今午亦回家云校中無食，教師令之歸。如此龐大組織之糧政局，尚何以自解歟！此真諺語所稱"飯桶機關"者也。晚雨，室中大漏，擾擾半時乃止。閱各書，不得要領，自遣而已。昨聞吳壽田先生痢疾謝世，原擬今日往弔之。壽田爲革命老同志，辛亥以前勵功甚多，民元被選爲參院議員，袁氏解散國會後彼又往粵一次，自是亦未作他事。西遷後與予見面不過六七次，前月雙十節與之叙談，見其容顏滋潤，予謂其有返老之象，今竟死矣。可見人之氣色佳晦與否不能判其夭壽也，革命元老又弱一個。噫！倭寇尚强，我國尚無收復河山消息，奈之何哉！十二時寢。

初七日　早陰　午後雨　十一月十四日　星期六

七時起，今日擬將久積之函復出，飯後寫衛燦先、張澤君、周笠漁、鄧實、王伯彥、朱伯侯、蔡德瑜、孫稚屏等十三函，至晚九時半乃畢。十一時寢。

初八日　陰　早小雨　十一月十五日　星期日

八時起，九時飯畢，夢閑出門，囑將各函付郵發出。午後閱雜書，四時寫傅幼虛、龔沛霖、孫壽山、姜昭陽等四函備明日發出。

初九日　陰　時有小雨　十一月十六日　星期一

八時半起，倦甚。今日上、下午吃飯均飽，飲酒三次。段繼李來談片刻去。晚間賈伯齊來談甚久，看雜書並抄全榭山《梅花嶺記》。十二時寢。

初十日　晴　有月光　十一月十七日　星期二

七時起，八時飯畢，十時半到省府。剛至警報作，在防空洞口略立片刻。到府後知劉慕曾請客，下午在汪文伯寓吃飯後往教院上課，已遲卅分鐘矣。僅上一堂而生徒均未到，與八九學生談話而已。四時半再到府，五時慕曾約客均齊，僅熊裕係外客一人。酒肴均佳，有鮑魚湯，則四年來未吃者也，糕點亦好。七時散席，予與曹僕先歸。九時爲學生改詞，至轉鐘一時方寢。

十一日　陰　小雨　午後四時雨　十一月十八日　星期三

八時起，匆匆到教院，至則剛下堂。小憩即授課，下午一時方歸。飯後解衣睡二小時，四時乃起，六時吃飯，七時寫詞選備明日功課，十一時寢。

十二日　晴　十一月十九日　星期四

　　七時起，倦甚足軟，至教院已九時矣。上課至十二時歸，欲往吳宅弔壽田先生，竟不能往，俟明晨專誠往奠之。吳先生今年六十一歲，顏色滋潤，不料其死也。以氣色觀人，江湖量相之流耳。到寓吃飯後小睡半時，晚間寫范寄滄、李佛波、孫三元、朱祐廷、孟嘯鶴函備明日發出。十一時寢。

十三日　雨　十一月二十日　星期五

　　七時起，八時半飯畢，原擬今日往吳宅弔唁，以雨遂止。天下事要做時即做，凡事不決，今又天雨矣，吳宅何時可往耶，因循之弊如此哉。午後寫王理原、關金亨函寄老河口，一問葉炳然家中情況，一托購物也。寫李廉方先生函，又幹訓團劉萕森函轉劉伯陽信。十一時寢。

十四日　晴　有月色　十一月廿一日　星期六

　　七時起，九時以後閱雜書，如詩文學一類，無足觀也。近時新文學之風稍殺，大約一班人之覺無味矣。各學校教員教學生以語體文，故學生程度日低，不讀古文，不背誦，作文時無材料，空洞無物，不能不說白話，而所謂新文藝作家東塗西抹，古文一句可說竣，用新文字可做七八句說，動曰我能作數千言至數萬言。吁，那知人間有羞恥事耶。晚欲作詩未成，十一時寢。

十五日　晴　晚月色佳　十一月廿二日　星期日

　　七時起，九時飯畢，十時帶同遲生、定生往圖書館還書，未遇其管理人。便至建設廳，晤張、徐、周三秘書，並遇石麟生，自利川來者。十二時至包貢九寓談片刻出，因約劉萕森來寓吃飯，恐其到也。下午半時回寓，劉未晤即去，留片云已帶隊往龍鳳壩參觀去。晚閱雜書，十一時寢。今日正午有我國飛機十餘架往炸敵人，四時有警報云敵機來偵察重慶情形云云。

十六日　晴　晚月色大佳　今日小雪節
十一月廿三日　星期一

七時起，九時飯畢往省府，知我國飛機昨炸沙市、沙洋之敵，燬其軍實、油庫等等。是否確實，姑且爲快，四年間只見敵機炸我後方。

十七日　陰晴不定　十一月廿四日　星期二

七時起，午後一時往敎院授課，有警報一次。四時回寓，晚爲學生改填詞並詩，至十二時寢。

十八日　陰　午後晴　十一月廿五日　星期三

七時起，八時匆匆至院授課。正午回寓吃飯，晚間閱雜書，十一時寢。

十九日　陰晴不定　晚大風　十一月廿六日　星期四

七時起，八時飯畢到院授課，十二時回寓。今日在途購得猪肉十三兩，以萊菔煮之，味鮮美，飲酒二次，午餐、晚飯均飽。十時寫信三件，十一時寢。

二十日　陰寒　十一月廿七日　星期五

八時起，倦甚，飯後未出門，自將舊呢滌洗一次。補寫廿九年在瓦廟子病中未竣日記三小時。邇時已囑遲生便記之，閱後觸類書之而已。晚十一時寢。

廿一日　陰雨　十一月廿八日　星期六

七時起，今日原擬往建廳，因雨遂止。在寓看書寫字，並看學生課卷。填詞俱係初學，教之廿餘課，總算能動手矣。午後書記劉子夔來，請予明日吃飯，在涼橋味雅，已面辭之，云明日不雨即來陪客云云。晚十一時寢。

廿二日　陰　十一月廿九日　星期日

七時起，十一時至省府。聞貢九云，四川巫山、奉節與湖北建始、利川四縣邊境毗連之處，中央電兩省之府委人會勘，須新設一縣。因民廳簽呈，由省府派一參議去代表負責報告。貢九以予合格，須派往云云。午後二時回寓，晚閱詩詞一類書，至十一時寢。

廿三日　陰　午後晴　晚見星斗　十一月卅日　星期一

七時起，九時飯畢，至省府及財政廳晤及范子琦、周羨、易泮香談甚久出。下午三時歸，飯後寫信二件，晚十一時寢。今日至省立醫院洗眼一次，較好。

廿四日　早陰似有晴意　午後二時忽大雨　至晚未停
十二月一日　星期二

八時起，十一時飯畢。午後即往教院，因今日開訓導會議，須早到也。一時半方開會討論研究，至四時方畢。大雨未止，借孔宅傘、鞋歸，衣襪俱濕透矣，今日有雨則非予所能料也。飯後閱王少泉、葛韻春來信。又雲海霞一函，知已抵穀城，該地物價甚廉云云。晚十一時寢。

廿五日　雨終日　寒　晚至十一時未止
十二月二日　星期三

八時起，飯畢冒雨行，途中吃力，皮油釘鞋夾脚指甚痛，此路又非油釘鞋不可。九時半方到院，學生在堂未散去，予遂講授，正午歸，途中仍小雨。今日得袁次璋自成都來函，其父子青亦自浠水寄予之五十壽詩及蕭液垓所作序、先父母墓誌銘拓片，挂號遞到，甚感，此久覓不得者也。十一時寢。

廿六日　陰寒　對面高山積雪　十二月三日　星期四

八時起，匆匆到院授課。正午往省府一次，繼往民廳晤地政科徐科長，告以建始、巫山、萬縣、利川等之插花飛地劃界事，非一時所能出差勘界也。四時歸寓，知胡玉齋今日來寓一次。晚寒甚，僅閱閒書而已。十時寢。

廿七日　陰寒甚　十二月四日　星期五

八時起，九時胡玉齋來談甚久，留便飯去。午後爲玉齋事至府，與李科長談及爲黎邵平預撥薪水事。三時至土橋壩楊稷臣處與玉齋回信，便至建廳談半時，晤肖峰，周、黃兩秘書，告肖峰以定期請李範一、聶守經諸參議員也。四時歸，今晨倦甚，足力不強，因玉齋之托不能不到省府也。十時寢。

廿八日　陰寒　十二月五日　星期六

八時起，午前看書寫字約三小時。午後一時至教院開討論會，孔宅辦有茶點、糯米飯、包子等，甚佳。五時到土橋壩省銀行辦事處，王、熊兩行長請本府秘書處同仁也。五時半開席，酒肴均佳。六時半方散，予因曹僕往接，遂同回寓，天寒甚，行一時許乃到。十時半寢。

廿九日　陰寒　十二月六日　星期日

八時起，九時早飯畢，十一時至曹台長處略坐，即往七里坪趕場。買物者已區分在兩街頭，行路較易，此警察局之力也。下午二時歸，囑遲生吃飯早回校，并復朱祐廷函，囑之付郵。四時晚餐，飲酒一杯，菜可口，食甚飽。晚寫詩稿，十一時寢。

三十日　陰　十二月七日　星期一

八時起，早飯後看雜書。午後清理室內外各事，約三小時乃畢。爲高督學其冰寫條子一張，高前屢請予寫條及詩相贈者也。今春在高羅初級中學與之同住數日，知其亦能詩也。晚閱報，國外戰局俄國似穩定，倭寇無甚進展。十一時寢。

十一月

初一日　陰晴不定　今日大雪節　十二月八日　星期二

七時起，十時早飯畢，十一時到院。先去購油鹽並理髮，午後二時上課，下午四時回寓，晚寫各處信，十一時寢。

初二日　晴　雨　十二月九日　星期三

七時起，八時到院，九時上課。正午回寓，途中帶回皮子等物。今日晚飯食甚飽，飲酒二次。晚十一時寢。

初三日　早陰　午後晴　寒甚　十二月十日　星期四

七時起，八時半到院授課。音、體兩科合班，學生程度不齊，且不向學，聞向來如此，不及國文專科學生之整齊誠意聽講也。正午回寓，晚閱雜書，飲酒禦寒。十時寢。

初四日　早大霧　九時半方晴　十二月十一日　星期五

七時半起，十時飯畢，至省府爲買柴米事。至建廳爲請李範一、聶守經等便餐事，至郵局取萬隆焜所匯款二百元，又寄來包裹油魚卅二個、條子乾魚八個、銀魚六兩。此生多情，去夏曾寄銀魚一次，郵費十四元五角，尚在未加價之前所寄者也，估其價已逾百元矣。又謂劉有國匯予百元。劉雖爲昔年學生，無甚感情，且教彼不過一年，何其多情耶。四時向圖書館又借《聊齋》及《施南府志》歸。晚九時爲學生改文，今日接蕭中榮自鄂城來函，知其已由渝安全到家矣。又接朱湯莊化山來函，述陽春妻女窮困事。此人無良，一至於此。十一時寢。

初五日　晴　十二月十二日　星期六

七時起，九時早飯畢，十時閱雜書，午後外出一次。遲生三時回寓，問以各事。晚飯後爲學生改文，至十一時方寢。

初六日　晴　十二月十三日　星期日

七時起，十時早飯。十二時至省府晤及施方白談片刻。午後一時至建廳，泮香已先到陳肖峰處候予，遂與石抵中等同往民享食堂。三時李範一先到，未幾曾義成、熊鐵華來，久候聶守經不至，因渠未下車，與鐵華言即來也。候至四時半開飯，四肴一湯，均豐美，另添麵餅一盆，蓋該堂經理人某係李之舊屬也。六時方散，予匆匆歸，途中無行人，到寓前里許始遇曹僕來接，幸有微月光照地，予尚不懼也。到寓後仍爲學生改文，至十一時半乃寢。

初七日　晴陰不定　十二月十四日　星期一

八時半起，疲倦甚，十時早餐。午後爲學生改詞頗費力，初不應試，學生以《漁家》一闋，係用仄均。學生胡亂綴句，予則改時受窘矣。晚間仍繼續改之，至十一時半寢。

初八日　晴　十二月十五日　星期二

七時起，九時飯畢，十一時曹僕要走，已算賬與之。彼來僅兩月餘，以難民集合振濟會發款遣散回籍，予不能留也。午後一時至教院授課，四時半歸。晚間將國文科學生試卷改齊，至十二時方畢，遂寢。

初九日　陰　十二月十六日　星期三

七時起，八時出門，劉迪軒在路上與予遇，云其回湘，明春方來也。到院已遲到一刻，逕上堂發所改填詞。下堂後到省府取所做棉衣，仍未成，取信紙等件回寓。吃飯後小睡一時，晚看雜書，十二時寢，轉鐘三時聞驟雨。

初十日　晨雨至晚四時半　寒　十二月十七日　星期四

七時起，午後得孫次屏挂號信並寄來包裹一件，預新式紙烟二盒，每盒百根，又哈德門二盒、仿大英牌一盒，照恩施現價計算約值洋八十元，郵費約七元。又接鄧寶、范寄滄自渝來信，劉桂軒自湘來信，云有銀魚及紙烟寄來。昆明陳子谷，黃岡曾心如、劉伯陽來信。晚復李佛波、黃翰明、馮藝林信，俾明日發出。十一時寢。

十一日　陰雨　寒　十二月十八日　星期五

八時起，倦甚，十時飯畢。今晨來一雇工程明善，補曹僕之缺者，夢閑帶往省府買物去。午後閱雜書，晚寫復萬炎午、鄧寶等信六件，十一時寢。

十二日　早陰　十時以後晴　十二月十九日　星期六

七時起，十時飯畢，夢閑到省府取回新做棉制服。午後劉石逸派人送來火腿一支，此即七月間劉曉庶囑其甥帶來禮物未交到者也。晚①胡林貴堂信，並囑稚珊抄新譜中先君行狀及孟夫人引述一篇寄施備閱。十一時寢。

十三日　陰　晚七時以後雨　寒　十二月二十日　星期日

七時起，十時飯畢，帶同定兒至土橋壩包宅略談近日省府事，至圖書館借書數種歸。晚間閱書三小時，十一時寢。轉鐘後夢見先父母仍居在一宅中，狀如曩昔，久未見父，枕畔猶隱約記諸事也。

---

① 晚，後疑有脱字。

十四日　雨　午後陰寒　十二月廿一日　星期一

八時起，十時吃飯。十一時磨墨，爲劉石逸、劉曉庶、孫稚屏寫條子、大小聯八九副，至四小時之久。晚飯後看《中國六十年大事記》，上海太平洋書店出版，編者署名半粟，不知何人也。起清同治五年丙寅，迄民國十七年戊辰，頗與予之日記有相關者，字雖小，然以愛故不能不閱也。他日當取予清代日記補注增加，可爲他山之助也。今日寫字過多，頭暈目眩。十一時寢，多雜夢。

十五日　陰　今日冬至節　十二月廿二　星期二

八時起，午後往教院授課，四時半回寓。晚間爲劉石逸補寫條對等件並送小庶各條對等。十時半寢，多夢。

十六日　陰寒　十二月廿三日　星期三

七時起，八時至教院授課，爲學生講詞並舉二詩試例也。十二時歸，遇龍智仙，說各事。遇包貢九、傅康屏，便過其寓吃飯，糧政局副局長程□、黃岡人。崔吉六均同席。午後三時至省府買得木油五斤歸，四時半到寓。飯後閱雜書。今日發胡林貴堂信，囑稚珊抄先君行狀及孟内子小傳來施以便參考一事。十二時清理案上各事畢寢，多雜夢。

十七日　陰寒　十二月廿四日　星期四

七時起，八時半到院授課，但時間已過，院中號兵鐘點忽遲忽早，任意爲之，與省府號兵同，但管理上課時間者亦淡漠視之而已。正午十二時歸，吃飯後疲甚思睡，連日行路足無力，極以爲苦，而省府與教院間距離相近處又無房屋可租也。睡一時許再起，晚間看書寫字。五時半吃飯，飲酒一杯。十一時寢，多夢。

十八日　陰寒　十二月廿五日　星期五

七時起，飯後閱謝无量所著之《詩經研究》，以白話文編之。謝於《詩經》確有心得也。晚間寫信四件。十一時寢，多夢。

十九日　陰寒　十二月廿六日　星期六

九時起，倦甚，午後續閱《詩經研究》，晚間補作重九登高詩詞各二首，因張篤周催印也。九時構思，十一時詩詞俱成，圓熟甚，明日可書之。十一時半清理案上書籍等。十二時寢，轉鐘後多夢，拉雜可笑。

二十日　陰寒　十二月廿七日　星期日

八時半起，飯後看《施南府志》。午後寫昨日所作詩詞，又改十餘字。晚爲學生改詩詞十餘篇，因有胡生寧康所作須編入某報紀卅二年元旦者，明日須送與之。十二時方寢，夢與李佛波晤於武昌，彼已租一里份居住，並見其大婦，説話甚久，雞鳴時枕上記之甚悉。

廿一日　陰寒　十二月廿八日　星期一

九時起，因昨睡遲又多夢，今日起甚遲也。十二時吃飯，來一高紹文，獻縣人，談一時許乃去。予匆匆至省府辦理各事。午後三時半到教院，將所改詩詞交胡生，與孔肖雲談片刻即回，到寓時已上燈矣。晚飯後寫字看報看雜書，至十二時寢。

廿二日　陰　十二月廿九日　星期二

七時起，十一時飯畢，往教院行甚遲，下午一時到。今日學生爲辦理壁報，又籌備演劇事，上堂人少，至將正課抛荒。近兩年來各校均如此荒娛，校中當局亦不之禁。噫，一月能有幾日讀書耶？四時半到省府，今日劉慕曾、饒華松、施建生同請客，本府同事廿一人，施方白、吳羽仙等；外客則李瑾，浙江人，新自小關專員公署調文藝委員會者。餘如吳嘏熙、郭驥等，未與周旋。酒肴甚豐，七時畢。八時半回寓，閱報一小時，十一時半寢。

廿三日　陰轉晴　十二月卅日　星期三

八時起，今日未到院，因學生連日忙預備演戲事，無人上課聽講也。十時半徐僕來寓，帶之往土橋壩圖書館還書，便還省府書。行至店子坪，有警報，予匆匆至館交各書畢，至民廳晤蕭液垓談片刻出。欲至府，途中遇緊急警報，敵機已淩空矣。遂向山上樹脚暫息一刻鐘，下午一時解除警報後到府領本月份薪水，與施、包諸君談片刻出，送信與段繼李。三時半回寓，四時半飯畢。晚間閱書報，至十一時寢，多雜夢。

廿四日　陰　十二月卅一日　星期四

八時半起，十時王視察來談甚久去。宣恩萬寨鄉公所送函來，羅鄉長年鳳代予購得糯米二升、葵花子一升，共付價四十元，並給來人力洋十元，留飯一頓，便托其再購鯉魚醃之，另付卅元去。十一時帶同定生往喜鵲溪、官坡等處一遊。午後二時歸，便購皮子等物以佐餐。五時遲生校中已放假回寓。聞連日敵機炸三斗坪甚慘，建設廳及四川民生公司船隻共被炸沉八艘，聞死傷人數約六百人以上。噫！敵機肆虐吾國，每次必有一批血帳，何時勝利，復此仇耶？十一時欲寢，偶檢前日李瑜所贈之《子午山紀遊册》閱之，內容有詩詞序畫等等，紀貴州遵義鄭子尹、莫子偲、黎純齋三人墳墓事蹟。中叙鄭墓無人管理，其族支親戚亦不賢；莫之後遠在蘇杭，其墓樹尚有人致敬保護之；黎則姪孫等均住其第宅，巍然存在，李瑜、趙迺康、馮勵青、羅巴山諸人均住宿在黎宅酒食，豐子愷爲作畫七幀，然畫粗獷無可取也。閱畢視錶，已轉鐘二時矣。

廿五日　晴　中華民國三十二年一月一日　星期五

七時四十分起，昨睡極遲，一覺直到天明未醒，亦無夢兆。今日爲新曆元旦，記去年在包貢九寓中聯句，予值宿省府未歸也。飯後清理室中各事，午後一時帶同遲生、定生往包貢九寓。聞秘書長已改任許瑩漣矣，此中調升情形外人無由得知，因突如其來也。劉千俊仍爲委員云云。四時回寓，飯後即小睡。六時姚勉卿來談來鳳近情，且知張澤君已改委矣。澤君從前視縣長爲易事，此際解職是其幸事，再往下去更無法支持也。今日爲卅二年元旦，天清氣爽並無警報，亦是佳兆。晚十二時寢。

廿六日　陰寒　一月二日　星期六

九時起，十時飯畢，十一時半至省府，並發蕭中榮、龔少山信，就秘書處觀戲，午後二時半開場，《神亭林》① 武戲也，無甚精采。二齣《武家坡》，譚叔隆秘書飾薛平貴，陳潔女士飾王寶川。譚嗓音小，唱做尚不錯，其人聰明；陳女士久於習藝者，唱做均佳。第三齣《黃鶴樓》，予看初套即出，不耐久坐也。四時半歸，飯畢疲乏殊甚，小睡半時。晚寫重九登高詩詞，俾明日送往張篤周處。十一時半寢。

廿七日　陰寒　一月三日　星期日

八時起，十時飯畢，寫湯璞遜、朱茂林、葉炳然函，備明日發出。十一時至洗爵溪，便往曲水洞訪張篤周，送詩詞去，托其覓住宅，便晤饒聘卿、李曉園及生客二人，餘則前次荚會諸人也。十二時半就其家便飯，二時半未終席，與任之同往于瑩徵處祝其婚禮，客多，酒肴均豐，五時半亦不能終席，懼天晚難行也。與曹台長同回，途遇僕人來接，到寓後仍食飯，因兩餐均未食，終局須補飯也。今年自改參議以後，食量已增，足力較健。晚九時寫信，至十二時寢。

廿八日　晨北風　寒甚　午後陰　一月四日　星期一

八時起，十時飯畢，至七里坪文藝會訪石信嘉、白如初均未晤，與廖秘書談片刻出。至警察所，所長鄭德宣未在所中，僅與其巡長說各事。

---

① 《神亭林》，疑應爲"《神亭嶺》"。

再至鄉公所，鄉長張某亦不在所，晤其經濟主任康某，談數語出。此兩所均無形勢精神，食粟而已。至郵局買郵票十元，與藍局長談片刻，知前日三斗坪、巴東相繼被炸後，老河口又被炸矣。恩施報紙並不載此消息，殆所謂愛國心歟？殊不知載倭寇凶殘，使吾民深刻痛恨，不較愈於諱疾耶？四時半到省府，與李科立談數言出，回寓已黃昏矣。飯後閱今日重慶陳漢存及鄂城洪英，五峰張伯民、朱衣仲、周鵬程、李曉波等函。九時閱《詞律》，至十一半寢。

廿九日　陰　寒甚　一月五日　星期二

九時起，十時早飯，十一時至教育學院，午後上課一堂，至東門訪許伯蓬，知今日停診。至通志館訪李小園先生，説明李焴地點，在館遇同學雷律丞，監利人，自咸豐來施轉襄陽就事者。與談片刻，約其明日到土橋壋民享社吃飯，匆匆出北城過新成之行易橋，似尚未成功者。在汽車站搭車至土橋壋步行回寓，足力已疲。晚飯後清點明晨上課課程，十一時半寢，多夢。

臘　月

初一日　陰　微雪　一月六日　星期三

八時起，九時到院，帶同工役買油鹽，上課二次，寒甚。午後至省府補領八成加給，往建廳晤肖峰，知雷律丞上午即來廳，十時已返城內矣，與予所約時間不對。予以足疲甚，不能再至城內走訪也。三時回寓，吃飯後小睡二時許。晚清理書籍還省府，明晨着人送去。十一時寢。

初二日　陰　寒甚　一月七日　星期四

七時半起，八時半到院授課，已過時矣。僅上一堂，十一時以後國文科開會，爲今年春季更授功課事。派予教曲選，學生程度低，詞剛教以門徑，又教曲，恐難收成效矣。午後因實行導師制，約萬儒剛等開小組會議，約一時畢。學生李綏璽隨予來寓中，欲閱予所寫日記，因渠亦有日記也。留之便飯，並抄予記雙十節一段事實以去。魯警佐祖珍來談甚久去。晚閱雜書，至十一時寢。

初三日　霜　晴　寒　結冰　一月八日　星期五

八時起，十時飯畢。正午至電臺打電話請閻任之改刊圖章，至七里坪看趕場，午後回寓。晚寫致洪英、劉伯陽等七函，十一時半寢。

初四日　大霜　陰寒　一月九日　星期六

八時起，九時半飯畢，十時半帶同徐僕往金子壩，約行一點半鐘方到省黨部。訪黃稚明主任，因渠函約欲來予寓也，談一時許出。至馮少岩寓中談半時，食麵一碗，與同出，至三公橋分手，彼往保安處授英文。予回寓時已薄暮矣。飯後即睡，因疲甚足痛也。睡一時半乃醒，賈伯齊來談一時半去。十一時半寢。

初五日　霜　結冰　晴　一月十日　星期日

八時起，聞飛機聲，嗣後警報頻作，聞係敵機來，我機初停恩施飛機場矣。午後一時往陳豫生家，途中遇警報，在山腰小憩數次，三時乃到陳寓。傅逸塵、李以祉俱在其家，遂同進城至通志館，今日李館長曉圓約便餐也。四時半客齊來，五時半開席，同席者陳鳴書、饒校文、廖西平、李子瑾、陳志純、李焮等。七時半徐僕去，持燈回寓。夜寒風緊，頗難受，到寓足疲無力。十時半寢，多夢。

初六日　陰　下午晴　一月十一日　星期一

九時半起，倦甚。十時教院通知學生全體請會餐。十一時半到時已開席，菜冷飯粗不能食，予略舉箸而已。正午在休息室與黎、王、孔諸人談片刻，至省府坐一時許。至郵局購匯票，羅年鳳、孫稚屏各匯五十元。取回報紙，立煌收復，潢川劇戰，恐敵人欲打通平漢路線，以後鄂東豫皖邊境百姓不能安枕矣。閱報，福州自一月一日起至八日止，雨後飛雪，奇聞也。福州暖甚，予癸亥在閩聞督、道兩署同事云該省六十年未見下雪，文人幾不知雪之狀態如何也。晚十二時寢，夢先父母在一宅，一切不異生時。

初七日　大霜如雪　晴　寒　一月十二日　星期二

八時起，上午有警報二次，午正往教院，下午二時授課，四時半回寓。晚閱雜書，十二時寢，又夢先君。

初八日　大霜厚如雪　寒甚　一月十三日　星期三

七時半起，八時半至教院，剛到時聞警報，遂至休息室，各班學生均下堂，久候解除。購得食鹽以歸，便往省府探問各事。下午一時回寓，飯後小睡。晚間為學生改詩數首，十一時寢，多夢。

初九日　陰寒　一月十四日　星期四

八時半起，飯後至七里坪趕場，買肉五斤十兩，去價四十五元，去臘廿元可購肉十斤，囑徐僕送回寓中醃之。早晨先買三斤，此即今年臘肉也。至文藝會訪李子瑾談甚久，看酈某字畫及豐子愷之作。李並示其文集，則卅歲以前所為文也，亦典雅可誦，致章太炎一書駸駸入古矣。其詩詞予曾見之，畫未見其整幅。四時歸，五時飯畢，小睡半時，晚九時飲酒一杯，十二時寢。

初十日　陰　一月十五日　星期五

八時起，十時到省府換購物摺子。聞各職員已赴城內幹訓團去矣。取得劉伯陽、曾心如信件歸。晚間賈伯齊來談甚久去。十一時寢。

十一日　晴　一月十六日　星期六

八時半起，疲倦甚。午後閱雜書，今日段家慶同惠質夫來談甚久，留便飯去。晚未作事，十一時寢。

十二日　陰　晚晴見月　一月十七日　星期日

八時起，五峰劉肇沛來，持有張伯名介紹函，與談各事，留早飯去。午後三時劉有國、李定飴、姚兆麟來寓，李、劉係予預約者。劉述漢口近事甚悉，且知何韻珊之死係日本一小軍官所槍者也。楊揆一近雖名爲省長，仍受制於敵人云云，五時散去。周適安同劉夙起來，略談即去。晚十一時寢，多夢，奇離之至。

十三日　晴　一月十八日　星期一

八時起，飯後爲孫稚屛作畫，補作陳豫生山水已竣，孫畫亦草草成功。現時作畫少興趣，墨硯不齊備，更不能設色也。近時施南遍覓花青、胭脂等物俱無之。劉肇沛來乞予寫薦函二件去。晚未作事，十一時寢，多雜夢。

十四日　晴　寒　一月十九日　星期二

九時起，十時飯畢，十二時往教院，就其合作社理髮。二時授課畢，便訪陳豫生談半時，歸家已黃昏矣。飯後小睡一時許，八時起整理書桌上各物。十一時寢，多夢極雜，轉鐘三時醒，醒後又夢。

十五日　陰　寒甚　晚十二時雨　一月二十日　星期三

八時起，九時到院上課。午後一時到省府買油鹽等物並取得元月份加發之八成年金，今歲臘月各職員所不及料者，以貧窘中有此二次加給，不無補助之益也。四時歸。飯後閱報，戰局蘇英俱轉好，中國則立煌失後至今未恢復。鄂東行署失地不少，將何以善其後耶。晚十一時寢。

十六日　早雨午後陰　晚晴　元月廿一日　星期四

九時起，早聞雨聲，是以晏起，未到院也。午後閱報並接傅幼虛、姚兆麟函，一時補作孫稚屏等畫件。晚十一時聞附近有野獸發怪音四五聲，且長如放汽笛，翁家有人出喊，犬吠乃走，明晨當詢之爲何物也。十二時寢。

十七日　晴　一月廿二日　星期五

九時起，飯後爲孫稚屏、陳豫生補畫件已成，備明日發出。閱報，外人戰事有進展，吾國戰事，立煌失守後尤未圖恢復也。晚閱雜書，十二時寢，轉鐘後多夢。

十八日　陰寒　晚十時大雨　一月廿三日　星期六

八時半起，飯後至土橋壩寄孫稚屏畫件，至包宅請笠漁代寄劉肇沛薦函，至張百熙家便飯。午後至省府購米票付款，至民廳晤段季李，四時回寓。今日已將徐僕辭退，此人甚懶，不愛清潔也。晚十一時半寢。

十九日　雨終日　寒甚　一月廿四日　星期日

十時起，昨至教院知今日上午九時開校務會，以雨大路滑難行，決計不往，是以晏起。飯後在家看雜書。晚整理日記簿子，今歲臘盡須補綴逐年日記。予自甲子年在閩寫日記，每日不缺，廿七年西遷，僅帶是年日記，餘在胡林以一箱置之，曾囑族兄保存，謂此箱內較衣飾爲貴。今在此所藏已十本矣。十二時寢，夢見先君似在一新縣城內有新成屋三棟，又在鬧市有大屋二棟，與予商議定租價若干，旋出街過一酒店，額書"傅座"二字，此地係淪陷後已收復者，天明記憶甚清。

二十日　陰寒　一月廿五日　星期一

八時半起，九時吃飯半碗，至教院考音體專修科應用文。十二時畢，便至省府取信件、報紙。三時回寓，飯後小睡。晚間寫復各處信件，皆積壓者，必須復出，計劉肇沛、劉葛森、王黎夫、劉伯陽、石信嘉、袁炳南、宋濟賢等，寫至轉鐘二時方寢。夢先母如平時。噫！予流寓施南已逾三載矣，每念先人墳墓在籍無人照管，今又屆歲暮矣，枕上思之，不勝悵惘。

廿一日　雨終日　寒甚　高山有積雪
一月廿六日　星期二

九時半起，飯後寫陳豫生函，轉祐亭原函去，復萬炎午、孟廣漳、王宇澄、傅幼虛、胡文卿函，備明日發出。遲生今日放假回家，大雨路滑，衣履俱濕矣。晚寫孫稚屏一函，十時半寢。

廿二日　陰寒　微雪　一月廿七日　星期三

八時起，九時飯畢，至教院考國文科學生填詞。午後一時回寓，寒甚，飲酒一杯。晚寫信一件，閱報美英似占勝利矣。十時寢，夢先姊狀如平時。

廿三日　陰　雪　一月廿八日　星期四

七時半起，八時半飯畢，到院考英算合班學生國文。午後一時回寓，飯後小睡。今晨忽患目疾，右目紅腫矣，晚欲閱學生卷不可能也。十時寢。

廿四日　晴　一月廿九日　星期五

九時起，右目仍紅痛。十時半飯畢，帶同定兒出外一遊。先至包宅，繼往民廳、省政府取元月份薪，午後二時回寓。晚間目痛，十時寢。

廿五日　陰寒　一月卅日　星期六

九時起，目疾未愈。飯後廖玉田來述各事。夏衛民自利川來，云不日赴宣恩秦宅度歲，便帶片囑去晤朱敬丞、周鵬程轉告予況，不能作函也。晚賈伯齊、楊育民先後來談去。十一時寢。

廿六日　陰寒　晚小雨　十二時以後下雪
一月卅一日　星期日

九時起，飯後外出至省府、民廳，爲曹台長辭職事，與許瑩漣見面談半時許，得張金光函知許曾住三一中學，名許昌海者是也，予則久已忘之。前年在建始晤見時似不認識，無從叙及之。在圖書館借書出，四時回寓，途中小雨。飯後閱學生試卷，國文科程度尚可，然不及從前武漢初中二年級。英算、音體兩班所考之國文，應用文程度太低，且白話文予實不知其優點在何處矣，可慨哉。十一時聞下雪聲，十二時寢。

廿七日　雪盈三寸許　二月一日　星期一

九時起，見平地雪深三寸，昨夜子正已降雪矣。午後閱學生試卷，晚十時乃畢，將分數册填就，明日派人送院。十二時寢，多夢。

廿八日　陰　寒甚　二月二日　星期二

九時起，今日因路滑未至教院取薪，而新來之僕愚笨，未能着之往也。晚以目疾未愈早寢，轉鐘後多夢。

廿九日　陰　寒甚　二月三日　星期三

九時起，飯後帶同遲生往教院晤孔肖雲，交試卷，至院取薪，會計不在院。至省府買得板炭五十斤，餘五十斤俟再取。張重心已有航空回信，彼已由酒泉調肅州國立師範學校教員，月得薪千元，不知彼教何課也，邊區學校缺人教授可想矣。四時回寓，飯後閱雜書。十時寢，展轉不成寐，大約轉鐘以後猶未睡熟，心緒紛亂如此可見矣。

三十日　陰寒　午後三時略見陽光　二月四日　星期四

八時起，十時飯畢，往教院晤孔肖雲，已代予取薪矣。教部三十元之津貼此月未發，聞係未到。院中人事略有變更，蘇信女教員辭職，鄧毅生調圖書室主任，胡志文調總務主任，皆陳友松之學生也。院事欠振作，難有起色。學生讀書時少，荒廢時日，可惜也。午後一時渡河緩步入城東門至正街，繁盛較前益進步矣，買糖果之店購者甚衆。聞近三天施城鯉魚每斤四十元，公然有人購買。肉每斤十元，尚不容易買得，奇哉。至縣政府晤林縣長談半時，彼甚忙，聞對於恩施事已借款百餘萬。晤秘書羅道學談片刻，便托其二事出。仍步行回，見途中有菜花一畦，近時甚冷，何以此地菜花怒發耶？至省府，各職員早已紛紛回家，僅無眷屬各員在寢室聚談而已，取得孟廣沄、劉汝璹、葉炳然三函，葉則久未得其狀況者也。到寓已四時，囑家人備酒肴，在室中點香燭、門外焚楮，遙祭祖宗。予流寓施州，三次度舊年，今晨至晚無限感慨，真筆難盡述，惟有默祝太平，還鄉祀祖，則予之願望耳。祀畢與家人共飯，程僕上午已回家度歲，亦不能勉留於此。張篤周派人將前款退來，開年再退還各家。九時以後清理室中諸事。癸未正月朔，立春在除夕十二時子正二刻，十一時五十分予具香燭迎春畢，遂寢。夢前鄂主席張群與予談甚久，似有宴會者。並述及在黃岡任內嗎啡案，彼曾代予主持正義公理，得以減君之危云云。又似敵人已退出武漢，予等安居情狀。又夢先母仍居原籍宅中。

民國三十二年（1943年）癸未日記

是年施南物價奇貴，所產副食品供不應求。蔬菜極貴，魚價每斤至卅元以上，肉則每斤十五元以上，其他能佐食者，無不十倍以上，法幣貶如此。

後方同人以營養缺乏，時時思有公讌，相約或各家籌集二薪以謀一醉飽之。令非酒食相爭逐也。

癸未元旦立春試筆　　峙三山人繼昌

鬚髯如雪鬢如絲，攬鏡深懸少壯時。傲慢豈能居幕府，迂疎只合作經師。西遷五載存清節，東望三黃歎子遺。願祝汾陽複京國，贊襄撫輯責安辭。

爆竹喧鄰動客思，如膏一夜雨絲絲。新春恰喜逢元日，彩筆生光寫妙詞。繞屋碧桃含媚態，當門青嶂見高姿。輕寒薄醉辛盤酒，自慰喬松得運遲。

日日深杯酒滿，朝朝小圃花開。自歌自舞自開懷，且喜無拘無礙。青史幾番春夢，紅塵多少奇才。不須計較與安排，領取而今現在。

世事短如春夢，人情薄似秋雲。不須計較苦勞心，萬事原來有命。幸遇三杯酒美，況逢一朵花新。片時歡笑且相親，明日陰晴未定。

右《西江月》二首，宋朱敦儒字希真。所作也，以明人生須及時行樂之意，錄之，凡處世失意之人皆宜作退一步想也。

　　　　　　　　　　癸未元旦　峙山山人試湘製小雞毫

正　月

初一日　陰　小雨　今日立春　二月五日　星期五

八時予醒，未起床，曹台長來略坐談去。賈伯其①來拜年去。予九時半方起，飯後試筆，寫詩一首、詞二首。目疾已減輕，右目腫已消矣。今日日食，去年報載日本可見全食，以字義觀之，倭今歲必敗之徵也。予近十年立春前後即除夕前後必發痔疾，已成習慣之疾。今日更衣，下血殷紅，衰老之象，未治之，聽其自然痊可而已。午後一時朱賢守來坐片刻去。有生以來逢元旦立春，此是第三次，光緒三十二年元旦戌時立春，民國十四年甲子元旦巳時立春，今年立春爲子正，恰值壬午除夕與癸未分日起點，則尤難逢也。吾國勝利將判於此耶？晚飯飲酒一杯。天雨未止，欲出外路滑難行，悶坐而已。檢詩均得四友，遂作元旦試筆詩二律，有一聯未就，遂寢，夢前主席張群談甚久。

初二日　陰雨路滑　二月六日　星期六

十時包貢九來談甚久，留飯去。嗣段繼李、劉雋、陳慶復、梅先林、陳肖峰來，各坐片刻。楊育民、傅康平來，均未晤。予原欲至省府教院，因雨中止，晚補昨詩已成矣。第二章有"新春恰喜逢元日，彩筆生光寫妙詞"之句，似尚大雅，自是連寫數詩交陳豫生並補其去年立春索和之作也。十一時寢，夢已回鄂城，街市新建房屋多未竣工，予乘人力車迤過某新宅，室內若臨時巷道然。歸家亦見先母居新宅，如平時狀。

初三日　晴　寒　二月七日　星期日

十時周笠漁來，留便飯。十二時至七里坪朱宅，至文藝會，轉而至

---

①　其，應爲"齊"。

土橋垻張宅、包宅，途遇熟人甚多，欲轉至教院，足已疲矣。至民廳、省府均未晤一人，留片飭僕，達意而已。歸後吃飯，晚寫詩數頁。今夕爲先祖母忌日，向例必祀。自流寓後僅焚楮門外，今歲更草草。先祖母歿於丙戌正月初四子時，昔聞先母言，邇時家計至困，予尚未出生，先君在時每念及當時情形，淚涔涔下。傷哉貧也。十一時寫字倦極，遂寢。

初四日　晴　寒　晨結冰　二月八日　星期一

十時曹台長送函來，係周印澄請客柬也。汪慕符同唐季涵來談片刻。飯後往民廳、省府，知昨日敵機炸巴東八九次，六架回還炸之。投廿餘彈，損失當不少，此種國仇或者最近可報復之。盟軍勝利，太平洋日美之惡戰不久重演，如非天心助惡，則此次勝負不待筮龜矣。沙道觀孫稚屏寄來佳煙甚多，其郵費或不少。予本不嗜紙煙，前在武漢款客皆用大前門，次則紅錫包、小大英聽子煙。前門牌每聽四角，小大英則每元三聽。今聞哈德門煙每支售一元二角，前門每支二元矣。從前價賤不吸，今日價奇貴乃嗜之者，西遷後受刺激深，寓中藉以解悶而已。晚五時回寓，飯後小睡一時許。八時閱通志館重印之《客美紀游》，梁溪顧彩號天石。所著者也。十一時寢。

初五日　晴　晨霜甚厚　二月九日　星期二

九時半飯畢，十時李子瑾、曹台長來，遂同往土橋垻經濟食堂赴二周所請讌集也。同席者除人事處二人，餘均爲本府同事十餘人。席散後至建設廳訪陳肖峰、石砥丞、張皞樂等，談甚久歸。四時半飯畢，看雜書，十一時寢。

初六日　晴　晨霜　二月十日　星期三

八時半起，九時姚海舫、鄭鉉科、姚作民三生來談，以日記及近作畫與之一閱去。十一時至曹台長寓，同席者朱鼎、李瑜、楊達五、劉千仞、朱良佑、汪慕符、唐季涵、李震蒼等，菜甚精且多。午後二時席散，三時回寓，聞孔子因同法院推事左開瀛號心周，江陵人。來訪予，閱其留片，爲張金光事也。晚間閱報、寫信，至十一時寢，多雜夢。

初七日　晴燥　有月色　二月十一日　星期四

上午清理室中書籍，檢清案上各物。十一時至省府，途中聞有情報，謂飛機甚多。十二時與包貢九同至李震蒼寓，同席者季雲林、張百熙、熊運臣、王金璞、陳右軍諸人，酒好肴豐，調味甚美。午後一時席散。予至省府謝柳東川、曾秀中，因彼同用名義請予、貢九至經濟食堂，爲下午四時張篤周請客亦同時刻也。開年未與各至好相晤，不能不往張宅也。饒杰吾新自鄂東歸，與細詢各事。校文、豫生、幹卿、畢斗山、笠漁、任之俱同席。傍晚與李瑜同回，談甚久，連日困於酒食，殊非衛生之道。到寓看雜書，十時寢，多夢。

初八日　上午晴　午後陰寒　二月十二日　星期五

飯後九時半至教育學院與孔肖雲、舒峻山晤談。至後院，因正值開飯，未與陳、胡、鄧諸人晤談，慮有警報，匆匆出。過陳豫生、閻任之宅，談數語即出。至民政廳約液垓、繼李星期日來寓便飯。遇滕昆田自宣恩來，遂並約之。晤朱廳長談片刻，因渠欲另會一客，予遂辭出。再到省府取信件報紙，借《元曲選》歸。晚十時寢，夢多雜可笑。

初九日　小雨　二月十三日　星期六

九時起，飯後梅先林來述辦學困難，陳右軍來談半時去。午後囑家人備菜購零件。晚補寫日記，今日忽將金錶殼子弄壞，此表自十五年三月廿八日所購未壞外面者，今日真爲其紀念也。金錶保險期已逾六年矣。晚十時寢。

初十日　陰寒　小雨　二月十四日　星期日

八時起，九時清理室內，午後一時半孔肖雲、王茂先、舒峻山先來，繼黎丹池、蕭液垓、陳康民、羅子勝來，久候劉逸塵、段繼李、魯祖珍來，遇及便留之。四時開席，五時半席散。今日擾擾大半天，頭暈痛。晚十時寢，多夢。十二時半張老闆喊予醒，稱有龍燈來此，請予起接，漫應之而已。濛朧再睡。

十一日　陰　小雨　二月十五日　星期一

上午至省府買油鹽，匆匆回寓吃飯。又至教院上課，至則云張廳長來與學生訓話，陳院長與徐教務主任至小埡口迎接，久候探望。甚哉，學官之難做也！為人師表者何必具此一番習氣耶。三時半再過省府未入，遂回寓。飯後看汪宅住客唐季涵並發函約石信嘉、曹印陀等明日來此便餐，因已購得猪肉也。晚十一時寢，多夢。

十二日　雨　寒　二月十六日　星期二

七時半起，八時飯畢至教院上課。午後半時回寓，路滑天寒，細雨中極難行，陳右軍、陳肖峰、石砥丞、易泮香、張暐樂、周一鳴、曹印陀先後來寓，談甚快，至四時半開席，因久候石信嘉卒未至，得其函知在城方歸也。同寓賈伯齊、汪慕符、唐季涵亦約入座，旁晚席散。今日疲甚，十時即寢。

十三日　陰　時有小雨　寒甚　夜十二時下雪子
　　　二月十七日　星期三

八時起，飯後寫信約黃文卿、周笠漁等明日來寓便飯。午後三時賈伯齊請客，予入座後問姓名同席人，旋即忘之，真腦力弱矣。五時席散。今日為試燈節，憶在鄂城本籍時先君分付後人狀況，甲寅先君去世後，先母於試燈節指示兒孫諸事，歷歷縈於腦中，不勝惘然。晚十時寫函已畢，又聞雨聲，遂寢，寢後下雪子聲，轉鐘二時枕上聞春雷聲動矣。

十四日　陰　高山上見雪　時有小雨　晚九時半下雪子
二月十八日　星期四

八時半起。午後二時李子瑾先來談，旋惠質夫、易美濂來。三時包貢九、周印澄、周笠漁來，坐片刻遂開席，五時半散去。石信嘉與李又在汪宅坐二小時乃去。十時寢後多夢，予自去秋以後夢多，精神漸衰之象也。

十五日　陰　時有小雨　晚九時月光大明
二月十九日　星期五

上午十時飯畢即往教院，途經糧食公司未遇張篤周，與王茂先説明租屋事。上課畢轉經公司又未遇張，遂至其宅訪之，請其寫函付其姪注紅，爲予招呼寓房漲租金事。今日在本院借書三種，内有《自怡室古文選》一部，外殼均蓋"兩湖書院北書庫"八①大字。此予前清肄業湖堂時藏書，隔卅二年而重見，如對舊友，不勝感慨，此書經四千里而到施南矣。書爲雲間許寶善號穆堂。所輯，乾隆五十六年春崑山程郁文刻。程以刻工著名，亦毛刻、陶刻之類，故刊其名於部首耳。晚九時略瀏覽之。十二時寢。

十六日　晴　午後三時陰寒　二月二十日　星期六

七時起，匆匆往院，至則尚未到時也。在國文科仍授詞數首，因院中至今未借得元曲及《綴白裘》等等諸曲部也。午後歸，飯後疲甚。晚間張注紅始來寓將房租事解決，已增至五十元矣。無屋可搬，恐他處無此奇貴之屋。九時張乃去，閱《自怡軒文選》，凡例有一條云"旁批總評，務在闡明作者精意，不可順口讚頌，昔人所謂譽之不當，反足以傷其心者也"數語，極爲精當。世風譽人詩文者胡亂作頌揚語，僚屬之於

---

①　八，應爲"七"。

長官胡亂作恭維語。爲長官者果係文人，受之赧然；如非文人而好名倩人代筆者，下之頌上者得勿違心耶？此直卑鄙小人而已。閱《公羊》、《穀梁》、唐文十餘篇。十一時半乃寢。

十七日　陰寒　二月廿一　星期日

九時予未起，蔣笠庵、高元勳同來，遂起與談一時許乃去。吳羽仙接客，予因行錯途，至其寓已正午逾刻矣。同席貢九、叔隆、百熙及府中舊同仁，共十一客，肴多且豐，予以食後未敢多食。下午二時散席，與貢九便往豫生寓談半時；至澤君、震蒼寓中送行，與澤君談片刻出；至貢九寓略坐即歸。飯後仍閱文選數篇，十二時寢，多夢。

十八日　晴　二月廿二日　星期一

上午有警報，敵機一架掠空三次，今晨長官部有大部份往滇，各廳處職員同在汽車旁站立相送云云。下午至教院授課，數理一下學生似能安心聽講，然不知果領悟否。五時回寓，足疲不堪。今歲行履較差，蓋非如省府日日早起簽到足力健也。晚閱古文及《元曲選》，至十二時寢。轉鐘後夢已回籍，新建宅中房寬敞，帳被陳設精美，飲食豐盛，室內除沙發椅外，予另以皮胡床襯高坐之。先母亦在室中。噫，衣食住頗佳矣。憶似夢境，奈何。唐人詩所謂"何必言夢中，人生盡如夢"，真達者之言。

十九日　晴　二月廿三　星期二

上午至教院授課，學生不多，據稱某生被捕後，各班學生無精打采矣。噫，此誰之過歟？午後半時回，途中聞警報。飯後省府送通知來，知明日午後石瑛、黃建中、郗朝俊出名請各廳處薦任以上職員會餐，並爲孫連仲代長官接風、陳主席餞行也。晚間看書，十一時寢。

二十日　晴燥甚　二月廿四日　星期三

早起閱書報，飯後至土橋壩，欲晤包貢九告以教院事，其寓已鎖門矣，遂回寓。飯後閱古文數篇，十一時寢。身體已呈衰狀，谚所謂"莫笑他人老"者，今日證之矣。寢後多夢，腦筋似未停工作者，左右脚二中指抽筋直硬，殊痛楚。

廿一日　晴燥　二月廿五日　星期四

九時半起，疲倦甚，足軟不良於行。午後閱清仁和杭世駿所著諸史，然疑數頁，此書對讀史有獨到處。杭與全榭山同時治史，學頗精允，自序云廿五歲時即研究諸史，家貧不能全購。序末云："舊業就荒，桑榆景迫，時過而後學，獨學而無友。"噫，深慨之矣。古人有機會讀書，須在家境饒裕、年富力強之時乃有獲耳。予近二十年來，其所謂"時過而後學"者也。今夕省府又送委令來，囑予於三月一日以前達到萬縣第六區，會勘川鄂交界各縣之插花飛地，繪圖報核，行文舉重若輕，簡單如此，可笑也。此種伏案作文之秘科職員豈真飯桶歟。十一時寢。

廿二日　陰　晚雨　二月廿六日　星期五

八時半飯畢，即往民廳晤徐鴻年、段繼李，與說不能赴萬之理由，並以簽呈示之。朱廳已往主席處開會，不及晤也。至包貢九家未晤，就其寓午餐畢至教院授課，途遇貢九，立談數語。到院白如初來，詢知亦兼院中功課，為人設科，聞所教者地方政府，此四字課名，予教書十餘年，今始聞之。徐伯申為院中教務主任，白即徐所約也。授課畢又往省府與許瑩漣談出差不能往事，以簽呈及三件公事繳還，請其與朱廳長一商，以另派人為好。五時回寓，足力已疲。飯後準備明日功課，曲選無參考材料，院中無法借用，殊悶悵耳。十一時寢，夢雜，極奇離。

廿三日　早雨　午後陰　時作小雨
二月廿七日　星期六

七時起，八時到教院，途行著釘鞋，足指痛苦難。九時抵院，聞陳主席曾到院訓話一小時，已去矣。上課畢借得《科學綱要》等書，重而難行，至糧食朱寅守處小憩，餒甚，遂歸，到家已下午矣。飯後小睡，晚閱雜書，至十一時半目不能睜，遂寢。夢已回縣，乘人力車過電網三四次，到家係新居，床帳之美麗悅目，食物精絕可愛，真離奇之境。近數月何以如此多夢耶？

二十四日　早陰　午後三時晴　二月廿八日　星期日

上午清理室中各事、掃地，費三小時乃畢，頭暈目眩甚，真老象也。午後候劉有國、姚兆林二生，均未來寓，不知何故，或者前日之函彼等未收到歟？閱報無多事，今日飲食未調好，心煩悶。晚十一時寢，寢後夢雜亂可笑。

廿五日　陰寒　晚雨　三月一日　星期一

昨寢後將帽脫落，似已傷風鼻塞。飯後到院，以時尚早，就理髮室剪髮，室小而陰，理髮後又傷風。午後四時課畢回寓，神極不安，晚寢多夢，手時時外舉，寢不成寐，夢多奇離。

廿六日　雨終日　三月二日　星期二

九時起，病象已現，頭痛甚。昨聞教院新班無國文教員，函包貢九囑其速謀，並告以三項辦法，恐捷足攫取也。午後傷風狀已現，欲服藥，此時已不能買。晚八時發寒，遂寢，寢後極不適，頭腦俱痛，身體發熱，夢極奇離。

廿七日　雨終日　夜雨達旦　三月三日　星期三

昨睡極不安，今日下午一時方起，左腕痛甚，不能抬起。頭痛，四支酸楚，頗難受，二時勉強寫一函與包貢九，囑渠對於教席趕快謀成。晚九時即寢，寢後骨脇頭足到處皆痛矣。服防風、白芷、川芎等藥，冀其解也。轉鐘後兩足抽筋，膝下則堅硬如石，痛不可忍。一時許方減輕，受寒與濕也。擾擾直至天明，偶一合眼，則奇離之夢現矣。

廿八日　大雨終日　三月四日　星期四

昨夜足抽筋甚，早仍服藥一次。十時省府送信來，索收條，拆觀之，則戰區五位長官請本日正午到舞陽坝招待所請客之信也。設天晴予未病，尚可一往。正午勉强起床，右足餘痛猶在，行動費力，連日飲食不進，僅喝粥水，口中無味，兼之牙痛已二旬矣，此時苦況頗難述也。寫信二件命僕送教院，一爲覓房屋事，一請假停課。晚腰痛甚，鼻塞，眼淚痰唾並出，痛苦不堪言狀。九時寢後展轉不寐，稍定神，夢見西式宅兩處起火。

廿九日　大雨終日　晚下雪子　仍大雨夾雪　通宵未止
　　　　三月五日　星期五

昨夜四肢痛已止，時時出汗，頭痛亦減輕。九時起大便，久踞不下，連日食少，或者無廢物之可排泄也。今午稍覺餓，食稀飯三次、乾飯一次，晚食豆絲半碗，漸可辨味，連日不知辛酸甘苦也。食橘子兩個，以水泡之，胸中鬱悶似已漸消。晚間賈伯齊來，予與之談二小時乃去。九時補寫病中未記諸事，十時寢後雨聲、雪子聲未斷。睡熟忽醒，有夢奇特，似有人請予，菜肴甚多，又似予領首銜，火食在第一桌，未幾躲飛機去。近三月來無夕不夢，只要合眼，無論在子前寅後總有夢，夢有奇離至不可思議者，記其奇，真不爲奇矣。腦筋中雜念多歟？

二　月

初一日　早陰寒　午後雨　至晚十時未止　雨通宵
　　今日驚蟄　三月六日　星期六

九時起，疾似已大退矣。早餐稀飯食二碗，午後又吃一次乾飯，盡一大碗，九時食豆皮一碗，明日當可如常飲食矣。程僕足瘡痛已回家去，省府無人去取件、報，不知近日情況。看《元曲選》，無句讀，有時上下句似不能分豆者，他日上課恐不自信矣，須借得舊式刊本讀之方好。久坐背痛，十時半寢，多雜夢。

初二日　陰　三月七日　星期日

上午吃乾飯一碗，已覺菜蔬有味。午後病已減輕，惟四肢無力。連日欲寫復各處信件，終以疲軟而止。晚十時寢後仍多雜夢，不獨可笑，且有不可思議境界。

初三日　晴　三月八日　星期一

上午吃飯二碗，午後遂至教院授課，行一時半方到，足無力也。時間已過，遂上第二次課。舌甘無津液，講書極以爲苦。四時回寓，疲甚，晚九時半寢。

初四日　早陰　小雨一次　十時以後晴
三月九日　星期二

八時半到院上課，行二小時方到，講書極吃力，十二時畢，上氣不續，小憩片刻，與黎丹池緩緩同行，回寓疲甚。飯後解衣寢，以資休養。左推士來，爲張金光事，遂起與談一小時方去。晚寫信一件，十一時寢。

初五日　陰　三月十日　星期三

上午未作一事，精神疲甚，中氣不足。連日飲食亦不佳，寢後多夢，極不安神，牙痛未愈。

初六日　晴熱　三月十一日　星期四

晏起，牙痛頭暈俱未愈。飯後至省府買米油鹽俱未到手，辦事人之遲滯疲玩可惡也。便至建廳請石砥丞診脈並立方，惟藥到十五味之多，只好試服之。晚間屢欲寫信，竟不能執筆。十時寢。

初七日　上午陰　午後三時半雨數陣
三月十二日　星期五

今日午前頭暈目眩，十時以後清理室內書籍等等，並糊窗子畢，頭更暈痛。晚十時寢。

初八日　陰雨　晚雨達旦　三月十三日　星期六

早聞雨聲，余疾未瘥，牙痛甚劇，遂決意不往院授課，路滑且不易行也。午後寫信八件，復袁次璋、李佛波、陳子谷、劉光潔、汪志高、王宇澄、洪丙南、馮藝林諸人，晚九時方畢。十時寢。

初九日　雨　三月十四日　星期日

昨夜雨聲直到天明稍停，後又雨，自正月初一日起算至今，晴者僅十三天，則雨天已佔廿六日也，山多濕重，甚不合吾鄂東南人之衛生也。

初十日　陰晴不定　三月十五日　星期一

連夕牙痛，左膀內骨痛已一月，近日更甚。中氣不足，四肢軟弱無力。十一時進湯一碗後即往省府，欲詢各事，值下班，予亦出門，遂至教院晤陳、孔、胡、徐諸人，並看徐退房子二間，不合用。在九教室講課二小時，極吃虧，下堂後進城，足力已疲，腹餒甚，送錶與老天寶銀樓代整理之。過橋到汽車站，久候車不開，遂回寓，今日步行共二十三里矣，頭暈目眩，手痛足疲，如害大病然。晚飯後以山漆磨酒敷左腕，九時遂寢，展轉不寐，十二時以後夢回鄂城縣，所識者皆舊人。

十一日　晴熱　三月十六日　星期二

八時起，天已大晴，精神為快。十時半飯畢，帶同程僕往省府買油鹽。至府遇警報，未幾敵機已凌空，候甚久不能除，乃將摺款托貢九辦理，予遂回寓。今日敵機卅餘架西上，幸未經此路線也。借得各種曲書爲參考，東塗西抹，真看不入也。牙痛劇，遂寢。

十二日　陰　似欲雨　三月十七日　星期三

昨日一事未辦，今日決計在家編功課。十時飯畢，正摘寫《殺狗勸夫》《桃花扇》等曲，陳豫生來坐談上下古今，至三小時之久方去。午後四時往省立醫院看病，未晤楊光第，與在電話中説數事歸。飯後未作一事，牙痛甚，遂寢。

十三日　上午陰　午後晴燥甚　三月十八日　星期四

飯後往省府，遇貢九、叔隆等談片刻，借書，取三月份柴津貼八十八元，在省立醫院取藥歸。前日寓中四周桃始開花，較至①去春遲十二日矣。此地氣暖，如在鄂東、鄂南各縣，桃花開必在三月初間。晚目疾又作，十一時寢。

十四日　上午八時以後暴風雨約四小時　午後仍雨　三月十九日　星期五

今日早起，原擬送課程往院油印，自是暴雨中止，窗紙俱破，雨小後重爲補綴，費三小時之力乃成，自是身疲不能作事。晚間清理文稿，旋作旋輟，遂寢。寢後以跳蚤嚼人，極不安枕，轉鐘後聞雷聲暴雨震瓦屋者約一小時。

十五日　上午雨數次　午後晴　三月二十日　星期六

七時半食豆皮半碗，匆匆往院授課，至則鐘點已逾，遂上第二次，因曲選講義尚未印就，僅與諸生講曲之家數及扼要諸法則。聞孔肖雲決計辭去院事往川。與陳友松談數語，不得要領，此君腦筋不清，近兩月間作事顛倒，與院各同事極不洽，其心中似有難言之隱然，近時亦受刺

---

① 至，疑應爲"之"。

激甚多也。午後一時回寓，飯後小睡，久候貢九不來，膏藥亦未取到。晚閱書二小時，十時寢。

十六日　上午陰　午後晴　三月廿一日　星期日

早劉振華來云就警局督察，來此看予，係其兄震球自渝來函囑其至此，華為同學，劉蜀彊次子，予在武昌未之見也。蜀彊年未五十，為人忠厚，寡言笑，曾任竹山縣長、咸寧財政局長，家無餘財。予長黃岡時約其充財政科長，到署住。一日以不勝繁劇仍辭去，自是人天遠隔矣。今其子女俱能自立，渠死可慰也。振華述其來歷半時別去。九時惠質夫、左推事、包貢九相繼來談，留包、惠便飯去。午後劉九經、姚兆林來談武漢去年近狀，四時留飯畢乃去。左腕又新貼雲南膏藥一張，由于瑩徵轉借得來者也。晚為學生改詩及準備應用文課程，目疾模糊，疲甚乃寢。

十七日　陰　夜轉子時後大雷雨達旦
三月廿二日　星期一

上午出門見四圍桃花已盛開矣。李花廿餘株先五日已齊放，白如雪，飛帶霧中，桃花卅餘株，色淺，反被其奪之。深白淺紅，鮮艷悅目，昔以桃李喻講學生徒，且喻佳人顏色，夭桃濃李皆詩料也。晚間立門外聽蛙聲四起，憶及童時受業於高幼泉師門時情況，不勝黯然。九時為學生改詩，欲改其韻，因遲生私將均本取往校中，一時又不能記，倦眼模糊，遂寢，大約十時以後矣。展轉不寐，轉鐘二時許電光照輝室中，雷聲震屋約一小時，暴雨如注直到天明。原擬明晨到院授課，此念中止。

十八日　雨風　午後四時止　三月廿三　星期二

暴風雨大作，未能到院。十時左推事來寓，仍為張金光事，說一小時乃去。飯後為學準備元曲提要，各摘取扼要語，又摘選聯語，晚十時方竣一部份。

十九日　陰　晚雨　三月廿四日　星期三

午前摘選應用文材料，午後得周鵬程、袁子青等來函，頗多感慨。鄂東仍陷敵人，安居者有之，受害者亦有之。東望鄉關，五載尚未歸去，祖宗墳墓如何？節近清明，見此間鄉人祭掃，真欲痛哭流涕矣。傷哉！吾輩丁此時艱，殆佛家所謂"共孽"歟。晚仍摘抄聯語等等。十時目疾作，遂寢。左腕仍痛，展轉難寐。

二十日　早小雨　陰　晚十二時以後大雷雨震瓦屋
　　　　三月廿五日　星期四

宴起，飯後過士橋垻已十一時，搭車進城至縣政府晤林淵泉，為程僕事，不得要領。至教院授課，晚五時歸。過王茂先寓，與談院中各事。陳友松如此辦學恐無好結果，此人毛病在自是、自用、自專，以故與院中上下不睦也。借回參考書二本，頗合用，閱至十時寢。轉鐘後又聞雷雨大作。

廿一日　陰　夜雨　三月廿六日　星期五

上午寫等音表及摘提應用文上中下扼要公式字句，午後又寫分韻表，因教院各班學生均不知平仄也。細詢之，彼等在高初中學時未有教平仄者，遑問作詩詞對聯耶。晚看雜書，十時寢。

廿二日　陰雨　夜間又大雨達旦　三月廿七日　星期六

早起，食麵半碗，匆匆至院授課，十二時歸。飯後為張金光事往保安處晤汪復東談半時。至民廳聞朱廳長殤女，未便晋談，至秘書處與諸人略周旋。四時回寓，飯後又雨，此月已過二旬矣，晴者僅六日，潮濕極重，吾輩殊難受此氣候也。定生因寒疾咳嗽甚。晚十時寢。

廿三日　雨　寒　午後雨至晚十二時方止
三月廿八日　星期日

宴起，夢閑進城，余囑其買物，取所整錶歸。今日又大雨，氣候如冬，門外桃李盛開，連日經雨，旋開旋落，賞者少，亦花之厄運也。午飯後寫抄公文程式及摘記聯語材料，晚九時乃畢。十時半寢，雜夢可笑。

廿四日　上午晴　十時以後陰　三月廿九日　星期一

五時醒，枕上聞雨已止，七時半起。今日為祭革命諸先烈紀念日，聞城內幹訓團集會，大約有一番盛典與演說也。噫！先烈已死矣，後之人勿爭權奪利，專事空談以欺民眾，則可以對諸烈士也。八時半馮藝林來寓，敘渴別後事。姜文山來，有所要求，予答以待查。十時半施方白來坐甚久去。蔣笠庵來為定生看麻疹，與馮談甚久，予送之出門，又立談半時乃別去。定生患麻疹已三日，晚間服藥，藝林在此宿，予與同鋪。十時以後起二次，寢不安，且今日整日勞頓也。

廿五日　陰　午後晴　三月卅日　星期二

六時起，今日定生不飲食，疲甚，臥時甚長，藝林下午四時辭去，予送之至民政廳後面方轉，回寓已昏黑矣。晚間定生仍睡，似極疲乏。口渴，以藥飲之。夜間未作事，遂早寢。

廿六日　晴燥　三月卅一日　星期三

今日午後至教院取印講義。三時進城訪馮藝林並取回所整金錶，途遇李煜與談，無汽車，遂與步行至土橋壩，到寓已上燈。疲甚，飯後小憩，仍編講義，至十時寢。定生疾略轉輕，仍未多食。

廿七日　陰　小雨　夜十二時以後大雨達旦
四月一日　星期四

午前編課程，午後定生疾稍輕，晚間閱雜書，至十一時寢。

廿八日　上午大雨如注　午後陰小雨　四月二日　星期五

七時起，定生疾較昨日輕，下午思食。今日至院授課，路滑難行，頗以爲苦，傍晚方歸，身疲氣促，幾類大病。甚哉，賺錢之難也。晚備功課，十一時寢。

廿九日　早陰　小雨數次　午後陰寒　四月三日　星期六

七時起，早食不能下咽，齒痛甚。匆匆出門，路仍滑，着皮鞋到院，稍停即上課。連續三次俱係講解者，聲嘶氣促。十二時回寓，因遇陳僕代予提布袋，行較速。回寓吃飯，定生今日飲食更進。晚十一時寢。

三十日　陰晴不定　夜雨　四月四日　星期日

早起將室內打掃清潔，連日以定生病，予事又多，天雨地氣上升，潮濕殊甚，乃自爲之。遲生驕養慣，僕人愚笨如廉豕，內子亦忙甚，均不能代予作事，非自苦也。午前未作事，午後寫信五件，分致鄧埆、羅年鳳、滕縣長、王宇澄、劉督察，除劉外皆久未復者也。三時半出外二次，太陽時隱時現，溫度不高，宅之四圍李花早已落盡，桃花四十餘株，經連雨打碎，今日尚有餘花，無色可賞矣。天下事皆可作如是觀，花到正開時遭此一番惡風雨，真不幸也。晚飯未多食，連日胃口不開，予病後亦未培養，觸景增煩惱。今日寒食，明日清明，流亡數年，曷勝惆悵。囑家人辦包袱，備明午遙祭吾祖宗。噫，干戈滿地，太平在何時耶？十時寢，多雜夢。

三 月

初一日　晨小雨　陰　午後四時似有晴意
今日清明　四月五日　星期一

早起，九時飯畢，遲生回校去。十時予自持燭香錢紙在前面小埠上望東焚楮，遥祭鄂城祖墳，此不過盡心而已。廿八年在胡林與貴堂兄等祀祖一次，以予從未於明節①祀胡姓高祖以上諸墳也。焚香畢往省府晤魯科長，爲米油事。至施城訪馮藝林談甚久，因彼明日攜其孫女返霧渡河，買餅乾壹斤贈之，前來寓中，以定生病，未多暢叙也。三時返寓，途中汽車已壞，遂步行，到家已五時矣。晚未作事，九時寢，左腕痛未止，跳蚤嚼人，展轉不寐。

初二日　陰　晚七時雨　九時以後大風雨
四月六日　星期二

九時起，疲倦甚。飯後自挫虎骨、沉香等物爲泡酒之用，費二小時之力乃已。晚飯後更疲，晚間未作事。十一時寢，轉鐘後夢在宜昌乘木划子，似欲上輪船者。旁有划子七八隻滿載客，但均未上。予懼水急，又似欲起岸狀。未幾醒。

初三日　上午雨　下午四時晴　晨見對面山上有積雪
四月七日　星期三

早起寒甚，前山有積雪，當係昨夕風緊時所降者，諺云"清明斷雪"，不盡然矣。午後編纂應用文。晚飯食甚多，因有肉，可口也。寫抄各書至十一時半寢，多雜夢。

---

①　明節，應爲"清明節"。

初四日　晴　四月八日　星期四

八時起，清理室內諸事。定生疾已痊，飲食大進，但咳嗽未止，體弱殊甚。午後編課程，晚閱雜書，十一時寢。

初五日　陰　午後轉晴　晚子正以後雨
四月九日　星期五

午前十時飯畢，十一時至院接洽各事。午後上課，因有警報，敵機一架凌空過，學生多散避，上課者少。四時半回寓，飯後小睡，晚準備明日課程，十二時方寢。

初六日　早陰寒欲雨　午後晴　四月十日　星期六

七時起，八時飯畢，九時到院。自寓左起行半里，路濕滑，極難行。今日上午三次授課均係講解者，頗吃力。孔肖雲今晚到城宿，明日乘車赴川，與之言別。十二時與陳豫生同出，豫生亦往孔處送行者也。回寓後飯畢清理各事。晚閱詞曲一類之書，摘抄數頁付油印，十一時寢。

初七日　上午陰　午後似晴　晚大風
四月十一日　星期日

早起腹痛水泄，或係昨晚時①油炸米過多歟？午後又泄一次。今日默寫從前詩稿甚多。予之原稿詩文寫有二部，一存胡林鄉間，一存漢口秦培新處，此時能記者不過十分之一耳。間有不能記全首者，空行待補而已。得張重心自甘肅來函，第二次航空函已行廿九天，蓋自酒泉寄，寄渝可通航函，較平信快廿餘日。晚間又補默詩稿，惜在黃州所作詩不能憶及，奈何奈何。十時半寢。

---

① 時，應爲"食"。

初八日　陰晴不定　四月十二日　星期一

早飯畢，往省府取得周淬成自鄂城來函，知彼境遇好，已添孫男女各一。其子與亡兒根生同年生，今年廿四，已育男女矣。其女嫁孟姓，已添外孫。其女孿生，長一時者爲孟姓媳，遲一時者爲予四子遲生媳。設非予隔在施南，今亦授室添子矣。噫！西遷以來受種種激刺，亦不止於此一事也。午後一時到教院，四時半課畢，六時回寓。飯後寫信分致張文慶、張仲心、朱介蕃、洪英、周淬成，俾明日發出。晚十一時寢。

初九日　陰晴不定　晚小雨　四月十三日　星期二

晨起清理室內外各事，囑內子辦肴菜九樣，下午二時約魯伏生、蔡縣長、德瑜，來施開會，便約之，欲問朱陽春事也。于瑩徵三人，龍詩樵、張國瑰同來，因便留之，爲賈伯齊餞行。五時席散，蔡欲約劉肇沛見面，予寫函約之來，竟未知渠住何棧也，內子遂持原函歸。晚十一時寢。

初十日　早雨　旋陰　午後三時雨數次
四月十四日　星期三

早起劉肇沛來，寫函與之去而又來，寫致王一鷗函與之。午後至省府買油及米，送信至郵局，因有萬縣匯款也。五時歸，晚十一時寢。

十一日　雨終日未止　四月十五日　星期四

午前未作事，正午飯畢往省府，午後二時同包貢九入城到東門民享食堂，因李達可約便餐，同席者吳獻之、陳志純，餘客陳、余、段、畢諸人均未至，便約朱士堪來，問宋濟賢近狀。七時席散，予與陳僕同回，到寓已九時矣。今日得淬成、久旂、渭泉公函，云東門住宅已公同判定，每年租金五千元，實收四千元。茂林應攤八百元不取，供給純女吃飯，但較之洪英前次來函，袁裕泰房屋現時租八千元者尚欠小半。予與眷屬俱不在縣，只好聽渠等公判而已，此所謂"業不由主"者。晚十一時寢。

十二日　雨終日　晚雨更大　四月十六日　星期五

上午調墨將挽吳壽田聯寫起。十時飯畢往教院授課，路滑泥深極難行，午後四時半回寓，足軟不能提，疲乏極矣。五時飭僕挽聯送烏羊壩民享社去，因財廳明午爲壽田開追悼會也。晚①雜書，十一時寢。

十三日　晨雨　陰　晚雨　四月十七日　星期六

晨聞雨聲，以不能到院授課也，遂晏起，在室中清理各事。午後到烏羊壩民享社招待所去弔吳壽田之靈。今日爲吳與劉南如開追悼會也。予於劉不認識，故未送挽聯。途遇陳豫生，與同往簽到。後見室中所懸挽章約三四十副，室小人衆，空氣不流通，殊難受，遇陳紹武、楊稷丞、賀葆三等，略與談片刻，以祭時未到，予遂歸。午後五時賈伯齊請客，人多菜少，然價亦不廉也。九時閱周淬成、洪英等來函，於本籍居宅租人事不勝忿恨。萬內子當時不聽予言，不居鄂城鄉間，將城內居宅各物不遷鄉間，輕輕西上，致演成今日之失策，殊爲可恨耳。十時寢，多奇離之夢。

十四日　陰　晚雨　四月十八日　星期日

早起清理室中諸事，十一時張天則來談甚久去。午後補寫各處未復之函，如淬成、洪英、張重心等七封俱寫就。晚閱雜書，十一時寢。寢後夢奇離殊甚，其意境真所謂夢想不到者也。晚間腦筋未停，可見心血之虛矣。

十五日　早雨　午後小雨數次　四月十九日　星期一

十時飯畢往省府，午後上課，五時半方歸。晚間龍詩樵同李芳來談甚久去，予再補寫各件并閱書，至十二時方寢，多夢。

---

① 晚，後疑脫"閱"字。

十六日　早小雨　陰　晚小雨　四月二十日　星期二

早飯後囑程僕送發各處函，午後爲學生編應用文講義，至晚十二時未能畢也。轉鐘一時方寢，多雜夢。

十七日　陰　陣雨數次　四月廿一日　星期三

九時惠質夫帶段繼瑞來，爲教育學院入學發生問題事。午後三時到省府買布一丈二尺，棉花一斤。五時至周笠漁家，彼與吳、周、艾諸人餞行，請予作陪也，同席者尚有湯之望、徐麐軍等。晚八時歸，足軟甚，昨夕已如此，衰之徵也。十時編講義，至轉鐘一時寢，多雜夢。

十八日　陰雨　四月廿二日　星期四

早起疲倦甚，午後編纂應用文講稿，寫復各處函件，孫稚屏、袁炳南、胡林稚山、鄧實、蔡縣長、兼説劉肇沛事。王安雪、袁子青、劉伯陽、王守澄等，俾明晨發出也。轉鐘一時寢①方寢。

十九日　早陰　午後晴熱　夜有月色
四月廿三日　星期五

早起倦甚，午前十一時到省府，未晤魯、施諸人，遂出至教院，則上課時間尚早也。午後二時考第九教堂國文，四時五十分回寓，以五時半矣。今日燥甚，計此月已過十九天，僅晴兩日半。今熱如蒸，明日則未可料也。此地氣候之壞如勿乃厲氣所鍾耶。晚寫雜件，至轉鐘一時寢。

二十日　陰　午前午後各有陣雨　轉鐘以後聞雷雨聲
四月廿四日　星期六

早起，飯畢至教院授課，正午歸，途行極勞頓。午後一時回寓，飯

---

① 寢，此處有誤。

畢賈伯齊來辭行，便送之。晚間龍詩樵、張國魂來談半時去。看雜書，左目疾似又發，遂止。十一時寢，多夢。

廿一日　晨大雷雨　陰轉晴約一時許　午後五時陣雨數次　四月廿五日　星期日

三時聞雷雨聲大作，七時半起，今日陳僕已歸去，無人買菜及取信件。午後一時疲極而睡，四時易泮香來，予乃起，留便飯，與談甚久乃去。今日天氣極悶，時熱時冷，濕氣上升，頗難受。據說施南從前無此惡劣氣候。吁，此殆所謂乖氣者歟？十一時寢，展轉不寐，轉鐘後夢境奇離，真不可思議者，直至天明猶未離夢境也。

廿二日　晨雨　十時雷雨交作　夜雷雨達旦　四月廿六日　星期一

早飯後到省府及土橋壋送信、買郵票。陳僕已回家，諸事須親往也。今日下午慮雨，至教院功課亦未上。四時歸，晚雨大作，屋漏甚。寫課程及信件，至十二時寢。轉鐘以後雨更大。

廿三日　竟日雨　四月廿七日　星期二

八時起，看書寫信，抄摘《劇曲源流》等。午後陳僕來，取回報紙閱之，連日云戰事總係我軍勝，外國戰事總係盟軍勝，真耶？偽耶？敵人每據一小市集，我軍終未克之，遑問大如南昌、開封、武漢者耶。噫！何時見太平，俾吾輩返故鄉耶。國內人心之壞日甚一日，軍隊之確能抗敵與否，今已五年，事實俱在，可慨也已。三時雨猶未止，今日許瑩漣請客，度不能往，以函辭之。晚復鄧實、余子祥、盧主任等函，俾明晨發出。

廿四日　晴　四月廿八日　星期三

八時起，今日纔放晴，囑家人曬衣被等事。飯後寫陳季明、鄧廉溪、朱致寅、劉石逸、葉炳然等函。晚閱雜書，至十二時寢，多夢。

廿五日　午前晴　午後陣雨一次　四月廿九日　星期四

早起，飯後清理各事，正午往省府圖書館借物還書，午後三時往教院還書借書。晚閱借回之《花甲閒談》四本。番禺張維屏，號南山，清進士，即用知縣，曾署黃梅，後升江西南康知府者，嘉道間負詩文名。書中刻卅二圖，頗精美。其父□□亦孝廉，大挑二等爲教諭者也。維屏曾襄校湖北鄉試二次，解元均出其房，書中記爲美譚。檢閱詩詞，確有精到之語，古文辭稍遜。此人生逢治平之世，十年中四爲縣令，境遇甚佳，非於吾輩生遭離亂，且值老年，無好懷，焉有好詩也。閱之不忍釋手，直至十二時半乃寢。

廿六日　陰　午後時有陣雨　晚大雨　四月卅日　星期五

十時飯畢，十一時往省府取信件。午後至教院授課，四時半回寓，足疲甚。飯後閱書報、寫信，至十二時寢，多怪夢。

廿七日　陰　時有陣雨　晚大雨如注　風雷大作
　　　五月一日　星期六

八時起，到院授課，正午歸，飯後寫復各處函，晚閱雜書。囑陳僕挫虎骨儲酒中，予左腕痛至今未愈也。十二時寢，多奇夢。

廿八日　晴熱　午後時有小雨　五月二日　星期日

八時起，飯後劉石逸來談甚久去。劉振華約七里坪警察所長向征强號蓋之，五峰人。來談甚久。郭宇藩、萬儒綱兩生來談教院事，院長不問事，職員進退無常，諸事茫無頭緒，用湖北如此鉅款，收效如此，可歎也。晚閱雜書，寫復湯瑛遜函，並匯六十元去。因予①曾代予購得廣三

---

① 予，應爲"彼"。

七一兩，須償其價。渠雖云贈予，予不能受者也。十二時寢，夢境奇離，殊可笑也。

廿九日　晴　熱甚　晚六時雨　九時以後大雨如注　滿屋皆漏雨至通宵　五月三日　星期一

早飯後往教院，下午二時授課，五時歸。晚飯後天熱不正，似又有雨來，屋内潮濕大起，悶人難受，此不正之氣。據此地老人云，以前無此狀，真乖氣致異耶。晚七時又下雨，九時以後雷雨大作，滿屋皆漏，不能睡，接漏麻煩。稍停後看《花甲閒談》一遍，當時與張維屏唱和及文字往來者皆一時知名之士，如翁覃溪、伊墨卿、陳蘭甫、吳荷屋、劉海峰、惲子居、梁茝鄰、湯雨生、黃穀原、林文忠、陳蘭石、舒白香、吳山尊、劉英初、許滇生、龔定盦、盛子履諸人，海内聞人也。餘如翁遂盦心存、英煦齋和，皆當日官之顯者。吾鄂僅羅田陳九香瑞林與有唱和，此見之原刻中者。張，道光壬午進士，能爲各體書，不知當時何以止於即用知縣也。子祥鑑、祥瀛俱諸生，亦能詩。其在湖北兩次充鄉試同考官，一爲壬午，一爲乙酉，壬午科解元黃經塾，乙酉科解元萬時喆，他日當取《通志》證之。中有一段叙江西科場頭場試卷約二萬五千卷，湖北鄉試頭場試卷八千九百餘卷，何江西應試人之多？該省舉人名額不知多少，但予童時見該省闈墨壬寅科解元龍元勳策論，鄙俚如童話。是科中監生廿餘人，知該省舉額多，秀才易取功名也。噫！予生也晚，清代科名太易，惜未取得之以娛親也。倦極欲睡，已轉鐘一時矣。

四　月

初一日　早小雨　午後晴燥甚　五月四日　星期二

十時起，倦甚。午後寫復各處函，計李曉波、楊光第、馮漢驥、楊霖、劉有國、李佛波諸人，俾明日發出。三時又倦甚，小睡，腰痛。晚間看雜書，十時寢，多夢。

初二日　早陰晴不定　五月五日　星期三

　　十時起，倦甚。飯後清理室中，檢閱日記。今年春日已了，正月至三月底止，九十天中晴者僅二十二日，其餘六十八天皆雨也，濕氣之重大可想矣。予癸亥在閩，雖雨多濕重，該省旋雨旋晴，不似此間氣候之惡也。

初三日　晴燥　今日立夏　五月六日　星期四

　　早飯後往教院剪髮一次，便至省府問買布縫衣各事。午後四時回寓，飯後爲學生編功課。晚九時閱看借回之《唐詩三百首》，因觸予懷，回憶光緒癸巳四月下旬始讀唐詩，先師程公松年講五絕《鹿柴》《竹裏館》二首，皆王右丞詩也。未幾端陽放假矣，先君子爲予讀書，所買四書必湖北官書局版，唐詩亦佳版也。原詩民國九年尚存箱，自是遷居，展轉遺失。其餘先君所遺留及予所購置者，此次東寇西來，本籍及武昌住宅藏書散失。噫！何時重聚藏耶。十二時寢。

初四日　晴　下午四時以後雨數次　五月七日　星期五

　　早起清理各事，午後洗舊呢帽及草帽，曬衣服等。院課未去上，作瑣碎事，頭暈痛甚，近來精力衰頹情狀愈見矣。晚仍閱唐詩，至十二時寢。

初五日　陰　十一時以後大雨　晚五時止
五月八日　星期六

　　早起至教院授課，行路疾，氣喘甚。國文科連講二小時未下堂，旋又至英文科講應用文。十一時半歸，途中正遇雨，歸寓襪鞋俱濕矣。教廳約予下午二時爲本院招考學生事，以雨大路滑未能去。剛弄飯熟時有武昌人范樂亭者自常德來，持有李佛波名片，介紹爲其子三人往招致大隊就食，又彼與妻及幼子謀救濟事，留便飯，述佛波近況甚好，每日可賺百元云云，與談三小時乃持函去。晚間閱唐詩已畢，恍如十五歲以前讀書時狀態也。十二時寢。

初六日　晴燥　下午六時大雨如注　約三小時乃止
五月九日　星期日

早飯後閱唐詩《唐人萬首絕句》，漁洋山人所選者也。午後一時楊霖來談甚久。楊宜昌人，劉培森來函介紹者也，據稱亦係黨訓學生。晚飯後天氣劇變，暴雨至矣，約三小時乃已，平地水深一尺。十二時寢，跳蚤多，不能寐。

初七日　晴熱甚　晚九時小雨一陣　十時半雨
五月十日　星期一

早起清理室內外諸事，飯後至省府爲范樂亭謀介紹函。與鄭桓武就秘書處午餐，飯菜俱劣，並無暈①油肉蛋之類，甚佩許瑩漣，真能吃苦也。從前劉千俊食此一桌飯，公家每月須貼費三四百元，目此席爲招待飯。噫，招待誰耶？以視今日此一席飯，天淵隔矣。下午一時到教院，二時半開會，爲學生畢業考試及實習事。五時散會，六時到寓，飯後小睡一時許，再起寫信件，分復王宇澄等。今日聞湖南阮江已失，益陽吃緊，常德在危險中。此次敵人進攻，我軍潰退長沙洞庭湖，此際水大，敵艦既得藕池，長驅無阻，湘鄂要地俱失，奈何奈何！十一時寢後跳蚤大作，寢不安枕，起數次，約耽延二小時再睡。

初八日　三時大注②傾盆　至十一時半乃止
五月十一日　星期二

九時起，十時飯畢，大雨未止，殊可恨也。天災人禍自古相連者也，

---

① 暈，應爲"葷"。
② 注，應爲"雨"。

敵人自得藕池入洞庭湖，侵湘境上游，大雨數日，湖水、江水陡漲，兵艦易上，勿乃天心助惡耶？飯後雨小，似有晴意，遂至土橋垻訪楊稷丞，因星期日稷丞來訪，約予星期二至城內與張難先談辛亥起義時情形也。午後二時搭車到城，至張寓與難先談日知會及起義時彭、程、金諸人逸事。彼堅留予與稷丞飯，有酒有肉，不似立三之太嗇也。追述舊事約四小時，談猶未畢也。慮天晚難行，買丸藥歸。與稷丞至漢路分手時天已黃昏，予匆匆行，衣履俱濕，汗出如瀋，身體疲乏殊甚。飯後未作事，十時閱唐詩。十二時寢，多夢，似已回武昌者。

初九日　晴燥甚　五月十二日　星期三

早飯後至七里坪鄉公所、警察局、陳紹武三處略坐談，便托向所長買板炭。予在途中遇售篾簟子者，售價卅元，昔時此物價至多不過二元而已。午後三時歸，閱報，湘中戰事愈壞，敵人似已長驅直入，我軍言抵抗，僅報紙時一鼓吹而已。晚飯後閱唐詩，十二時寢。

初十日　早晴　午後陰　時有陣雨　五月十三日　星期四

早起清理諸事，午後二時鄭萬選來談一時許去。聞湘中沅江、益陽等縣吃緊，三時半天空飛機聲，未幾見我機一架已落機場，或有大人物來施也。晚寫黃純璋、王宇澄、馮藝林、劉培森、劉石逸等函，皆答復各事者也。十二時寢，轉鐘後聞雷雨聲大作。

十一日　晨三時至十一時大雨傾盆　平地水深盈尺　午後晴熱甚　五月十四日　星期五

早起大雨如注，夢閑至土橋垻去買肉，因昨省府送來五月份購肉四斤之票也，過時即不能買，且放棄此權矣。正午至教院授課，途中日蒸濕氣上升，奇熱難受，未熟之麥被暴雨數次打倒田中，已潦死矣。今年年歲之歉荒可推想也。此三月餘雨多晴少，將來栽秧需雨水時，吾知蒼蒼者天必有一陣旱荒矣。天怒人怨，因相逢者也。四時半課畢，五時回寓，行路艱難，到寓已疲乏不堪，飯後小睡一次，晚十一時半寢。

十二日　雨終日　晚十二時雨尚未止　轉鐘後仍聞雨聲
五月十五日　星期六

晏起，飯後雨不止，今日須匯款與黃純璋，星期日無匯兌也。十二時冒雨行，路滑泥深，傘大且重，極以爲苦。至圖書館、省銀行、省政府，寄函與帥和甫、李文蓀、蕭中榮，匯款一百元托黃純璋買香蓋。在府聞戰事不利，府中刷牆壁，整理內部，趕辦職員名冊，似有大員來考查者。五時回寓，購得白布回，價甚廉，此公務員所享之利益也。飯後默記幼年時詩稿。十二時寢，夢多奇離。

十三日　晨至午後三時雨乃止　轉鐘後小雨又作
五月十六日　星期日

晏起，昨寢不安，又多奇夢，今晨睡未熟，跳蚤又多。十一時飯畢看雜書，四時閱報，湘戰於我軍仍不利。晚爲學生編抄應用文，至十二時寢，多奇離之夢。

十四日　晨四時雨至十一時止　午後陰　晚十時有月色
五月十七日　星期一

天未明時，雨聲中兼聞布穀聲。七時夢閑自城歸，予以睡未足，跳蚤嚼，簡直不成寐也。托生於鄂西各縣爲人，春夏秋蚊蟲、臭虱、跳蚤、虱子、文毛子、小蟲到處嚼人，白晝蒼蠅、文毛子猶多。各鄉各家屋中有大厠，大雨天熱，臭氣四溢，焉得不生疾病耶。連日雨未止，濕氣奇重，尤難調攝。飯後清理桌上書籍。午後二時梅先霖來談甚久，留便飯去。五時天空有飛機聲，未幾降施南機場矣。晚間默寫少年時作詩十餘首，另記之。十二時寢。

十五日　晴燥　夜月明如晝　五月十八日　星期二

八時半包德基送箱子來存放，劉迪軒帶人挑筆墨來，亦係存放，謂軍事似緊張，懼城內遭轟炸也，擾擾一時許方去。予以疲倦足軟，今日亦未外出也。梅先林代買之大麯酒已送來，午後及晚間飲二次，香味似未摻雜酒者。默從前作詩又寫廿餘首，予之腦筋與記力似未大減也。十二時寢。

十六日　晴熱　夜有月光　五月十九日　星期三

九時教院送函件來，予遂匆匆去。本欲赴省銀行小學，但時已過，予實不願帶學生同往參觀。到院後與陳盧接談率領學生事，就院中午餐。午後一時帶同學生姚海舫等十六人往中心小學參觀一、二部。二時半天空飛機聲甚多，分批行，約廿架，往東飛，僉云我機往炸宜昌及枝江前綫也。四時匆匆回寓，無汽車，行路多，足疲矣。晚間閱雜書，十二時寢，跳蚤多，不成寐。天欲曙時夢作文，引管子語。

十七日　早晴　十時陰　旋轉晴　五月二十日　星期四

六時一刻聞警報聲大作，六時半敵機似有多數經此上空過，大約報復我機昨日之炸前方也。午後至教院，途遇張友三，云昨日我機炸洋溪，毀敵艦三四，今晨係敵機五十架炸梁山機場云云。到院上課二次，院中諸事拂人意。陳友松接事十個月，至今百無頭緒，東塗西抹鬧不清楚，此人真有神經病。院內外人言嘖嘖，費湖北如此鉅款，將何以對吾鄂父老子弟耶！四時半歸，便過恩施縣誌館與胡鳳喈、陳志純談一小時歸。飯後疲甚，晚抄各名家對聯，至十二時半寢。

十八日　早陰　午後一時大雨至晚　天明未止
　　　　五月廿一日　星期五

早起清理書籍，久候劉金生不來，飯後遂到教育學院上課。四時半大雨如注，向學生借得舊皮鞋。天氣變寒，向朱焜剛借得舊棉袍，着之歸。雨大路滑，極以爲苦。行一時半到寓，飯時飲酒一大杯，慮今日受寒受濕也。飯畢即寢，九時再起摘抄聯語，至十二時寢，夢逃警報，天空敵機卅餘架，後二架機低飛奏音樂，地下可見其音樂器具，奇哉妖夢。

十九日　大雨竟日　五月廿二日　星期六

早醒聞大雨未止，度今晨不能往金子垻帶學生參觀也。仍睡去，十時半方起，寫雜件並記舊日詩稿。午後雨猶未止，小睡二時。晚起抄名家對聯等件，至十二時半寢，跳蚤多，不能寐。

二十日　晴　夜轉鐘後雷雨數陣　五月廿三日　星期日

十一時起，飯後常治安來寓問及學校實習事，與談二時許方去。午後省府送信二件，一葉炳然述晃縣物價增漲情形，一賈伯齊云已到任也。閱報，五峰漁洋關戰況吃緊，恐不守矣，施城有謠言甚熾。晚十時閱雜書，至十二時半寢，夢予又住一學校，似未畢業，學理科。又見周幼書學工科，剛入校者，奇哉。

廿一日　陰晴不定　晚有陣雨　五月廿四日　星期一

早起吃飯半碗匆匆至教院，至則聞常治安等已到城內附小去矣，遂晤舒峻山談各事，十時歸。便訪陳豫生談近時戰事，十一時至省府問李少仁，詳告予聞漁洋關失後敵人未前進云云。十二時回寓，足力已疲，腹中餒甚，飯後遂睡約二小時乃再起，晚飯十時方進。閱雜書，至十二時寢。

廿二日　早陰　旋晴　午後陣雨時作　三時以後大雨
　　　至達旦未已　五月廿五日　星期二

早起清理各事。十一時劉冬生來，飯後帶之至圖書館還書，又還省府所借各書，取米回寓。今日晤省府諸人並遇蔣笠庵、張國魂等。聞五峰戰事尚可支持，我援軍又向前集合抗敵云云。四時到寓，雨已大至。噫，今春雨多，入夏已廿餘日矣，天時不正，暴雨經二旬矣。江水暴增，敵艦得以上行，藕池一段江面封鎖綫早爲敵突破，故有此失。蒼蒼者天，能助吾國復興歟？否歟？晚閱唐詩，發現七齡所讀詩不知出處者，因補記之。十時疲甚，遂寢。

廿三日　　早陰雨　　午後大雨　　至夜未休
五月廿六日　　星期三

九時起，倦甚。今日又係雨天，室中潮濕重，心胸鬱悶，默察時勢將奈之何。未閱報，不知五峰、長陽戰事如何。飯後大雨數次，欲往省府探消息，以路滑泥深未果。天雨如此之久，勿乃爲下民哭泣歟？晚飯後悶極而睡，六時半再起閱唐詩至十一時，以疲甚寢。

廿四日　　晴熱　　五月廿七日　　星期四

早起到省府詢近日戰況，途遇賀朱庭，云省府今日召集各機關人員訓話。九時半到後整容理髮畢，訓話未竣，無由得知，遂往建廳，周、張兩秘書所述尚詳盡也。就貢九家吃飯，午後一時到府取信件，子穀自滇寄膏藥來，劉九經贈予肥皂六塊、蠟紙一卷，自往梁局長處取之。又與貢九訪胡鳳喈談一小時，爲移居事。三時到教院與舒峻山談片刻，至辦公廳取得灰布粗衣服一套歸。今日先有我機一架停施南場，未幾又有我機廿餘架往前方炸敵人，此時已五時矣。予回寓後吃飯畢，劉迪軒來述各事。便寫函分致濂溪、先霖、九經等，並約先霖明晨來寓一叙。十時疲乏，遂寢。夢多，謂悔庵取予名章去，予必欲其即還。天未明跳蚤多，不能安枕。

廿五日　　早陰　　五月廿八日　　星期五

六時聞有情報，未幾我機昨停者起飛矣。六時一刻天空敵機聲大作。起視之，有十三架，分三批炸施城，此屋紙窗震動數次，必係重炸彈也。

炸畢六時半矣。估計今日必有損失，見城內火起，午後有人自城歸者，炸處多，但死傷者少，未爆炸之彈數枚，二時以後相繼爆發，聲甚鉅。三時半予往省府探問今日情形，約五分鐘警報又作，計今日已四次矣。匆匆歸，敵機凌空盤旋，遂疾行回寓。五時半吃飯，天空機聲作低飛，細視之，係我機來停場者，大約係重要人物又來施矣。明日如天晴，又須防敵機來襲。晚間無心閱書，念此次如戰事吃緊，將遷往何處耶。十二時寢，不安枕，多雜夢，似予又在住學校，未畢業，有兩自習室，欲開櫺而桌子已被某生佔去，其宿舍則類湖堂又補修新葺者，怪矣哉！

廿六日　陰晴不定　五月廿九日　星期六

晨有警報，但昨停之機已先起飛矣。午後又有警報，敵機、我機頻頻往來。下午四時半常治安來商酌星期一實習事，與談片刻去。渠云今日聞東方似有炮聲數次，此地附近亦有人聞之，似否炮聲炸彈聲，不得而知也，鄉間陳某來寓亦如此說法。晚間悶甚，將遷何處耶？十時寢，心神極不安。

廿七日　晴熱　五月卅日　星期日

早起，知為晴天，七時以後方有警報。十一時至電台晤楊台長，知昨日敵機初次炸建始縣有損失，並連炸巫山、奉節等縣。十二時至曹台長寓與談一時許，並晤李子瑾談片刻，又聞劉慕曾等自瀰渡退至楚雄辦公矣。傍晚囑夢閑進城去，今日包貢九夫婦來此商議搬家事，予心亂如麻，竟不能采何種辦法也。從前自吾鄉至漢，自漢而宜，宜昌失陷後更飽受流離逃難之苦，今日思猶有餘痛，設再奔走逃亂，微論無財力人力，近三年精神更大不如前，將奈之何哉！蒼蒼者天，吾父母在天之靈，孟氏生前亦云暗中佑予康健無禍者，只有此種迷信希望耳。十時寢，招呼定兒與予同床臥，睡熟後夢孟夫人來與予晤。

廿八日　晴熱　五月卅一日　星期一

六時起，招呼定兒同起，飲米炮水半碗，匆匆行至教院，八時帶同常治安等十人往小學實習，十時畢。予原定在院與常等聚餐，給洋百元與彼等添菜。十時半警報大作，遂往洞避之約一時許，至休息室與諸生談話，警報又作，遂歸寓，疲憊不堪，飯後遂睡。下午四時起，至電臺探訊，無甚答復。四時半警報二次，敵機凌空，先一刻我機來此停場矣。未幾起飛，五時半又有警報，則不明究竟也。晚間清理零件，十一時半寢，思過去事，心亂如麻。合眼時見先君形像入眼內數次，自是熟睡矣。

廿九日　陰晴不定　六月一日　星期二

五時起，六時至省府探聽戰況，至魯科長室中，彼云戰事轉好，旋許秘書長到室中與予言確已勝利，並付號外一閱。七時半有情報云，敵機向野山關西飛，予遂出轉至教育學院與同仁及學生言之。午正過洗爵溪，便訪胡鳳喈告以此事。一時回寓，飯後小睡，午後有警報二次，我機亦來施停場中。晚清理各事，十時寢。

三十日　陰晴不定　午後三時半大雨　六月二日　星期三

早起仍至府探戰況，與昨日同，敵人尚未大退。十時至教院還圖書卅九本，昨已還四十本矣。十一時半警報大作，我停機起飛二次，予匆匆回寓。午後至晚飲酒二次，約三兩大麴也。九時食飯二碗，十時寢，多夢。

五　月

初一日　陰晴不定　六月三日　星期四

早起到省府，知戰事漸轉好，長陽聶家河等處俱已收復矣。午後至教院，未授課，晚六時歸。連日走路，吃虧殊甚，天熱尤以為苦。九時清理各事，寫信二件。十二時寢，多夢。

初二日　晴　六月四日　星期五

早起，飯後至省府，得玉兒寄來牛膝子殼，又寄昆明膏藥一張來，予左腕貼此膏後現已大愈，靈活多矣。晚寫信四件。十二時寢，今日至教院授課一次。

初三日　晴　六月五日　星期六

五時起，昨晚萬寨羅鄉有派伕四人來寓爲予搬物，但時機已過，留之食宿，擾擾一夜未睡好。天曙時伕子飯畢，附之函並洋二百四十元去。前存洋百二十元與羅君處，便可囑其買物也。常治安、郭止戈七時來談至八時半去。今日接李文蓀寄來眞同仁堂狗皮膏藥一張，又牛膝五六錢，較之玉兒所寄好。李不索價，然逆料總在五十元以上矣，頗可感也。今日早晚警報三次，敵機未至，我機停此者時時起飛。晚爲錦文筆店作呈稿二、登報稿一，十二時方寢。今日下午至府遇售肉，便買四斤歸，端節省得向他處謀此也。

初四日　晴熱　六月六日　星期日

八時起，上午警報二次。十時楊霖來寓，詢之今日幹訓團擴大紀念週，因警報未講演，各法團學生均散去。午後一時警報頻作，一時半敵機凌空飛，予曾出視數次，以爲我機偵察也。繼而機關槍聲大作，炸彈已數響，乃知爲敵機也。以方向度之，又似在飛機場附近地點。二時以後迭有警報，姜文山來爲其子證明事請予蓋章，留便飯去，便以程僕事托之。晚閱雜書，十時半寢。

初五日　晴熱甚　六月七日　星期一

七時起，九時半有警報，敵機一架在此高空盤旋半點鐘乃去。昨聞我機與敵機空戰，擊落敵機一架云云，我飛機場已毀者現已收復矣，明日尚可慮也。今日天熱甚，予亦未敢出門。四時吳羽仙、周適安來坐談半時去。晚間蚊蟲齊飛，不能作事。夢閑帶同定生今夕到城內筆店看提燈會，慶祝大捷者也。十時寢後夢予與范寄滄似在一處辦公狀，又途行買糧食之可口，又似已回籍。

初六日　晴熱甚　六月八日　星期二

六時半起，萬氏又病，予自升火燒水，食蛋糕三塊。送茶葉、扇子與蔣笠庵，七時半往，八時在省府略坐談，聞前日空戰，梁山飛機場有損失；前方戰況，宜都於上星期五又吃緊一次，敵人增援衝入宜都云云。九時即歸，午後熱甚，予畏熱未外出。今日晴天無雲並無警報，亦奇矣。傍晚李綏璽來云預謀位置事，坐一時許乃去。晚十一時寢。

初七日　晴熱　六月九日　星期三

早起，午後一時到教院問各事，得周鵬程一函並附狗皮膏藥二張，然非真同仁堂所製也。四時回寓，飯後欲看書，以精神疲乏而止。十時遂寢，不成寐，思往事，真所謂愁如織也。轉鐘後夢孟夫人以板凳阻予出路，大呼出聲乃醒。予明日五十八生辰，連月均念及孟夫人。丙寅五月初七，予與夫人自沙市歸，辰相見於荷包灣寓宅，甚相暱也，彈指十七年矣。撫今思昔，不能忘伉儷情。夫人待予厚，知禮義，則予之賢內助者。

初八日　晴熱　六月十日　星期四

七時起，今日予生辰，以時局不安未約友朋來寓一敘，非去夏之閑適也。午後一時仍至教院授課。傍晚歸，飲酒一杯。晚早寢，殊鬱悶也。今晨有警報。

初九日　晴熱　六月十一日　星期五

早起，姜文山送信來，為程僕事。十時以後補作畫件三張，書字條二張，陳豫生、萬儒綱、郭宇藩、陳樂中等所求者，今日一併了之。下午四時畢。省府送來挂號信件，帥和甫寄來懷牛膝、川牛膝各一包，陳季明寄來狗皮膏藥二張，王安雪自萬縣來一信。帥與予三年未通信，茲心能濟人之急，可感也。晚十時寢。

初十日　晴熱　六月十二日　星期六

早起，十時飯畢，補前存未竣畫件計八幀，已成者十分之九矣。午後三時半往省府取信件及報紙，途遇貢九，約之至民廳爲周笠漁餞行，旋以人數多，加人已不便矣，又須候至六時方能開席，慮有雨，予遂辭歸。晚飯後閱書一小時，遂寢。

十一日　晴熱　六月十三日　星期日

六時起，七時至土橋壩買菜，便往省府略坐談，與貢九同出。九時回寓，飯後補作昨日未竣之畫，已成矣。王伯彥來，知已同其母來施，係部令調此服務者，談二時許乃去。下午三時半包貢九着其子來請予吃飯，謂程仲蘇已到渠寓矣，予遂去。四時半到五時半仲蘇來見面晤談，已六年未見矣，談鄂東事甚悉。同席者王美五、吳道南，俱黃安人，予以仲蘇與安人語其家鄉事未便摻言也，容日再叙，七時歸。九時半寢。

十二日　晴熱　六月十四日　星期一

早起，補昨未竣之畫件。午後一時往教院再借《辭源》歸，晚間清理各事，欲復各處函，以疲倦甚乃止。十時寢。

十三日　陰　東南風頻作　午後四時雨通宵達旦　六月十五日　星期二

七時起，疲倦甚，九時更疲乏，欲再睡未能也。遂補連日來所作未竣之畫，至午後四時畢，寫款蓋章，已成者八幅矣，餘當補成書款檢置之。流寓數年，興趣更少，寓中顔色筆墨俱缺，迭因陳豫生之催索，已將山水小幀題詩並款，三日後當交去。晚雨，天氣變涼，十時寢。

十四日　早雨　午後晴　六月十六日　星期三

六時起，七時到院，今晨爲國文科學生考期考也。午正回寓，飯後補畫未竣之件，晚閱雜書，十一時寢。

十五日　陰晴不定　六月十七日　星期四

早起，正午到院授課，並將萬、郭二生請畫之蘭幅交之。午後四時半回寓。飯後未作事，晚十時寢。

十六日　晴陰不定　大風　六月十八日　星期五

寫復洪英、胡林稚珊、吳開夏表弟等函，均發出。正午至教院授課，午後四時與陳志純同回。過洗爵溪略坐談出，到寓飯後寫信二件，晚十一時寢。

十七日　陰　六月十九日　星期六

晏起，倦甚。午後閱書及報，戰事仍如前，未有進展。得陳子穀函。晚閱雜文並看學生試卷及實習填表，至十二時乃畢。

十八日　陰　六月二十日　星期日

早起，飯後清理各事。十二時出門，欲往晤周笠漁，途遇李曉波同其妻與其姨姐來寓，正問路，彼呼予，予遂導之。途中詳述此次公安失陷後，逃松滋、五峰漁洋關，經鶴峰、宣恩以至施南，其言我潰兵搶刼至數百里，無惡不作，則與失宜昌時同，然或有甚焉者。事不親見，誰得而信之耶。留之飯，至四時方別去。予亦至包宅取王宇澄所寄膏藥，並就貢九家便餐，談話甚多，省府又須改組云云。七時歸，十一時半寢。

十九日　晴　六月廿一日　星期一

早起，十時飯畢，至省府略坐談出，至陳豫生寓談一時許，至教院授課。四時至譚君訒先生寓中談一時許，譚多感慨，予亦多感慨。如此世界那有是非，而所謂教學者，以其昏昏使人昏昏矣。黃季剛死後得名，皆一知半解者，藉彼之聲名以招搖以欺現在學生，亦猶黃在當時拿章太炎名義以欺當時學生，誠所謂假大賢以自重也。五時至城內買樟腦、艾絨等俱不得。七時乘車至土橋垻，到家已燈後矣，疲甚，飯後未作事，十時半寢。

二十日　晴熱甚　今日夏至節　六月廿二日　星期二

六時起，七時至金子垻，沿途休息。九時到省黨部與黃離明談半時許，便訪劉廷著歸，途遇馮少岩談半時許，致將扇子遺失。十二時至包貢九寓，二時至省府，三時回寓，熱不可耐。飯後小睡，晚未作事，十一時寢。

廿一日　陰　六月廿三日　星期三

八時起，午後外出一次，至省府知今午各職員無論高低級俱派往城內站班，迎迓重慶來施慰勞團張繼、孔庚兩團長，此殆慰勞中之慰勞歟？晚聞各員自正午站至下午五時方畢，猶未免除軍閥時代惡習也。晚飯後未作事，今午已約周笠漁明午來寓便飯，明晨須自往買菜。十一時寢。

廿二日　陰　傍晚大雨達旦　六月廿四日　星期四

六時起，匆匆至店子坪買菜，十六元合計不及去春五元價格也。戰事未中止，將來物價不知漲至如何程度。聞廣東某縣米價每斤有至六七十元者，此殆以粒計算歟？十一時笠漁來談一時許，候貢九未至，遂與笠漁同飲，便談約半時，貢九來又談一小時，已午後矣。客去，予亦至教院授課。聞學生云，今晨各機關團體職員、民眾、學生、軍警又往幹訓團歡迎張、孔二君並聽長官訓話，站三小時方散。四時回寓，飯後疲乏，十時遂寢。

廿三日　大雨竟日　六月廿五　星期五

九時起，補昨日渴睡也。午後爲李生作字畫各一件。今日大雨，秧及包穀均有益，此真天與人食也。晚間接武昌汪志道來信，云孫壽山不往渝，予武昌住宅仍有人照顧矣。閱報無特殊情形。十一時寢。

今日閱《南山集》，紀史閣部守楊州各狀，較全榭山、黎□□爲詳。嗟乎！明之亡非偶然，史閣部以孤掌難鳴，不能挽已頹之民氣。中叙各事，閱時每流涕不能止，蓋予閱《南山集》不止一次矣。漢族脆弱，每每只求苟安，任人宰割，久之相忘，則引"撫我則后，虐我則仇"以自解，致滿洲入主中國近三百年而始傾，則曾、左、胡、彭，罪之魁也。廿四日補記。

廿四日　雨終日　六月廿六日　星期六

七時起，跳蚤嚼人極不安也，旋又睡去，十時起。飯後閱雜書，午後閱《廿二史劄史①》十餘頁，科舉時代予年十七曾一瀏覽，今日再讀乃知甌北真學問也。予近廿年屢欲訪一精通史學，終不可得。昔時景仰福州林傳甲，辛酉林曾過武昌一次，三日即行，未之見。旋聞陶月波之子希聖精中國史，見之於《近代雜志》中，似於吾國歷史確有研究者。到施以後未聞精史學之人也。教育學院雖有史地專科，教員中敷衍講學而已，實②有心得也。晚十一時寢。

廿五日　陰雨　六月廿七日　星期日

十時起，倦甚，爲李生作墨蘭一、字條一。午後仍閱《廿二史劄記》十餘葉。晚間寫信十封，分致帥和甫、鄧實、陳子谷、羅年鳳、王安雪、袁次璋、袁炳南、陳宇平、李佛波、陳季明，鄧、羅、王、陳四人俱有

---

① 史，應爲"記"。
② 實，前或後疑有脱字。

特殊囑托也。十二時寢。

廿六日　陰晴不定　午後四時半大雨如注
六月廿八日　星期一

八時起，飯後送信往土橋埧付郵。十二時在包宅談甚久，下午二時乘車至城內轉南門外尋王伯彥住宅，行錯路約二里，計自南門到其寓約五里餘，見王伯母甚健，問之今年七十八矣。談別後事約二小時，食麵半碗歸，循直路到南門近二里矣。過錦文店立談數語，天中黑雲濃厚，慮雨到，急行至北門外，未到大橋，暴雨已至，平地水深五六寸。立階簷避之，似不能止，遂涉水至梅先霖校中休息，洗腳換衣服，履襪濕透，今晨腳又抽筋，更懼發足疾，決計就校中宿，就梅處晚餐，大約耗渠款五十餘元矣。十時遂寢，房涼甚，展轉不成寐，聞窗小雨未止。

廿七日　晨陰　正午晴熱甚　晚仍雨
六月廿九日　星期二

六時起，七時梅先霖來校與予早點，計十元，在去春不過二元代價而已。八時到建設廳請黃秘書寫信至省府，囑劉僕到紅廟買布三丈，去洋四百九十五元，尚未漲價，另付車洋十二元與劉僕，此布在去春僅二百四十元之譜。近時供應處奉令漲價一倍，則此布每尺須售卅二元，咄咄怪事也。午後五時半天空飛機聲，停北門外機場矣，大約有重要人員到此矣。晚復李小波、洪英、胡貴堂、胡焜、孫穉屏、劉石逸、小庶、桂軒等函。十一時寢。

廿八日　雨　六月卅日　星期三

早起，飯後到府問各事，府中掃除刷新準備接差也。午後二時至郵局滙款一百五十元與昆明陳子谷，一請買三七，二還其寄膏藥之款也。打電話與省黨部，借省府書一冊，又土橋埧圖書館李蒳客《讀史札記》八本、《名人書聯》四本，五時歸。飯畢閱李札記三本，知真學者。其

《越縵日記》予至今尚未借得之，頗以爲憾。從前號稱學者如黃侃，現在號稱學者如聞鈞天、陶希聖以及湘人易君左輩，見此書能不愧死耶？施南各機關學校尚不少外國博士，見李書否？即見之，望洋興嘆而已。閱書至目不能睁，十一時遂寢。

廿九日　陰　時有小雨　七月一日　星期四

七時起，飯後寫考試題目。十一時到院，至則知考期又改矣。院中停課，打掃刷牆，整理內部，恐有人來看。吁！平時不清潔，今日乃趕辦至此，可笑也。午後二時回寓，途中遇雨，急行歸。飯後閱書、補寫日記，至十一時寢。

六　月

初一日　陰雨　七月二日　星期五

早起，飯後往省府、土橋壩。午後歸，閱《讀史札記》《名人書聯》約三小時。晚閱報，默記舊詩三首。十一時寢，多夢。

初二日　陰　大風　時有陣雨　晚大雨　七月三日　星期六

晏起，飯後往教院考試學生，至則知已全體到城幹訓團聽訓且站隊送行矣。借得《唐詩別裁》及《清文字獄檔》《金文最》等書，歸閱之，至晚十二時寢。

初三日　陰雨　午後三時晴　七月四日　星期日

晏起，飯後爲遲生改詩三首，午後閱《唐詩別裁》，沈歸愚論詩，凡例數十條，均爲論詩扼要語，前雖閱過一次，未留心也，今日乃摘錄其最要者十六條，俾下季教學生之用。十一時半寢，多雜夢。今午始聞知了聲，蓋節氣遲也。

初四日　晴　七月五日　星期一

早起，十時飯畢，十一時出門，足軟難行，十二時半到院休息室，茶水公役無有也。教院院長員役前三日因主席要來觀學，曾停課打掃洗刷二日，整理內務。今時期已過，依然怠矣，院中諸事均可作如是觀。下午一時考英數合班學生，三時考英數下一班學生。五時半歸，楊霖來乞寫薦函，許以明午來取。晚閱唐詩，十一時寢，多雜夢。

初五日　晴熱　七月六日　星期二

早起，飯後十時有警報，午後往省府、教院一次，楊霖來稱已畢業，乞寫信與陳志五，留便飯去。晚間寫復洪英、王安雪、鄧實等信件。十一時寢，多夢，似已回籍矣，奇離殊甚。

初六日　晴熱甚　七月七日　星期三

早起閱學生考試卷。午後寫信二件，讀唐詩，閱雜書。晚間熱，十時寢，夢奇異不可數。今午李曉波來述又有調任事，教院學生公宴，予亦未去。

初七日　晴熱甚　七月八日　星期四

早起，十時至包宅，午後至省府談一時許，教院畢業生及農院畢業生，主席今日請在幹訓團為之臨別留贈言。聞辦飯十四桌，請兩院院長及各教授聚餐，予以路遠且畏熱，午後六點半，如延長至八點不能回寓矣，與許雲漣言之不便去也。四時歸，十時寢。

初八日　晴熱甚　七月九日　星期五

早起，十一時飯畢，午後一時鄒乃仁來寓述雲湘聲升學事，坐一時乃去。二時至省府，知今晚有電影。何事可樂耶？三時至民廳晤朱懷冰，值其閱公事甚忙，僅談片刻出。四時訪程仲蘇談一時許，並晤陶季賢，約其明日上午十時到寓便飯，因今日已買得豬肉二斤也。晚囑家人辦菜，十時寢。

初九日　晴　酷熱　午後七時大雨如注　約一時止
七月十日　星期六

　　早起清理室中各事。九時半仲蘇、季賢即來談一時許，開飯之後又談一時許，乃與同至省銀行晤王夢生、畢世先，熊覺民未在家，留片達意而已。二時往教院，聞舒峻山述前日會餐時事。晤盧亦饒談片刻，在常治安處坐片刻歸。時天乍陰，尚不吃苦，四時飯畢。五時鄒乃文、乃仁、雲湘聲同來，留便飯，寫信二件付之去。晚七時大雨如注，約一時止。九時半寢。

初十日　晴　極熱　七月十一日　星期日

　　早起，飯後未作事。午後二時楊霖持介紹函去，旁晚室內蚊甚多，以烟薰之無效，連夕欲閱書報及寫作均不可能也。十時寢。

十一日　晴熱甚　晚八時半雷雨大作約一時許
七月十二日　星期一

　　早起，王宇澄來談鄂北事，物價暴漲，蓋有原因。又云彼處奢侈猶昔，娼賭煙酒不禁，請客赴宴千餘元一席者尋常事也，則去年鄂北友人來函所述非虛也。留王便餐畢，省府着人來請予，謂今日主席招集座談會，各顧問、參議均須出席，請即去。予遂行，到府則已開會半時矣，至下午一時半方畢。幸予已朝食，餘人則自晨七時紀念週起至下午方得食云。散會後予在秘書處吃飯，與施方白、宛思演各談甚久歸。晚間大雨如注，電光閃閃一時許，室中漏，亦不能作事，十時半寢。

十二日　晴熱　晚月色佳　七月十三日　星期二

早起，十時寫信二件。午後四時至省府談各事，貢九謂陳伯村來尋予，爲論語學會事，彼已述會員中有離經叛道者，代述予不願入之意矣。六時至省銀行，因王、熊兩協理請客，程仲蘇、蔡文宿爲主，予與賀葆三、林逸聖、陶季賢皆作陪也。菜精美且有尺長之魚，恩施物價雖昂，銀行階級中人不怕貴。吁，金錢魔力哉！七時半席散，至貢九院中乘涼，王宇澄亦在座，談一時許歸。月光如水，風景極佳，到寓休息二小時遂寢。

十三日　晴　熱極　晚大雨如注　七月十四日　星期三

早起，午後寫信二件，正午熱甚，旁晚天沈黑欲雨，迅雷風烈，雨未至時天空中發聲如飛機盤旋，予出視數次，則時時作炸聲，奇矣。衆人都出視天雷，風在高壓下，雲氣直上，寒熱空氣鼓蕩，乃發此怪聲歟？吾思從前史書災異者，必以此現象爲天鼓鳴矣，約五分鐘乃止。六時半以後大雨至。夜分楊霖來乞介紹函去。接教院請客帖，並約明晨到校。

十四日　晴熱　午後二時有陣雨　七月十五日　星期四

早起，七時到院。細詢今日請客未約新聘教授及兼任教授，新任如陳、包諸人，院長並未請渠等一次，陳且未與見面，奇哉。嗣聞舒峻山告知予諸事，尤爲可鄙，以教院清高之地，教授清高之人，如玩猴戲，未免品下矣。予九時遂歸，未便吃其午餐也。回寓後午飯，十二時半小睡，二時命僕取王副行長代購之布歸。晚間因蚊多未作事，十一時寢。

十五日　晴熱甚　七月十六日　星期五

晏起，十一時飯畢，以天熱未能出門。檢各處函應復者一一答之，計陳子谷、石仲章、龍詩樵、張文慶、周淬成、雲海霞、宋濟賢、廖玉田、張天則、聶蠻誠十人，俾明晨發出。午後謝柴伯自小龍潭來乞寫函教廳，爲分發事，與一譚姓學生同來，留之麵飯去。帶來豆豉一斤、香薑半斤，爲其兄叢階索書畫者也。晚十時寢，多夢。轉鐘二時起一次，自是夢奇離矣。予辦學校，省立師範，又金湖中學，以予本籍堂屋作教室；又見先君立脈案桌下一盆草藥如玉簪狀，予問其名，先君未之答也，遂醒。

十六日　晴熱　雨　七月十七日　星期六

早起，飯後教定兒寫字。午後閱清史及雜書，約三小時乃止。古人研究史學時，如黃太沖自晨雞鳴起，晚至雞鳴止，讀史丹鉛並下，必盡一本，兩年而畢廿一史，用功苦，晚年尚不以史學傳，見黃序萬季埜《歷代史表》語。吾輩之閱史，幼年心粗，涉獵而已，蓋以備科舉中試史論時用之。今則年老，閱之不入，迨如看小說、演義之類，言之慚愧無地。午後外出一次，晚十時寢。

十七日　陰　晴　時有陣雨　極熱　七月十八日　星期日

早起，飯後至教院、省府各坐談一小時，至陳豫生寓略坐。今晨朱賢守來，持有朱鼎卿和傅總指揮《五十述懷》詩四首，已有改竄，再請予正者也。朱以軍人亦能詩，較之陳院長友松和包貢九之作雅馴多矣。午後至圖書館借書六種，帶遲兒往取之。王宇澄約便餐，五時往，聞程仲蘇六時方到，予遂提前吃飯歸，廖西平、葉建高、周菊邨同席。傍晚歸，聞謝純丞來，聞坐甚久去。晚閱借歸之《中國史》，蕭一山編著。十一時寢。

十八日　晴熱　七月十九日　星期一

早起，午後至財廳看謝純丞未晤，與易泮香、趙朗山、陳壽梅、傅逸塵、曾靜海各談片刻歸。訪陳志五，值其睡，未晤。午後三時回寓，熱甚，聞今晨城內幹訓團擴大紀念週職員受熱倒地者十餘人云云。晚閱雜書，寫詩稿三頁，備交朱鼎卿者。十一時寢，多雜夢。

十九日　晴熱甚　七月二十日　星期二

早起閱蕭編史學，飯後久候謝純丞不來，未幾趙宅送信，謂彼午後五時可到也。今日午前、午後有警報二次，二時半省府送來急信謂開經濟座談會，在店子坪集合，乘車急往。予匆匆去，到則無甚消息，且店子坪亦無二科人員招待也。遇陳慶復始述同幕至包寓探聽，則知包、張二人俱往送主席行，往飛機場立候矣。予遂歸。晚六時謝純丞來，留便飯，寫信四件付之，彼所托預爲介紹襄陽各機關者也。十一時寢。

二十日　晴熱甚　今日初伏　七月廿一日　星期三

六時起，飯後閱唐詩、寫信三件。午後往圖書館借書，四時回寓。晚間未作事，十一時寢。

廿一日　晴熱甚　七月廿二日　星期四

六時起，飯後往省府，知此星期五省府例次添入顧問、參議諸人列席也。曹印陀托予向許説調事，已向李秘書言之詳。午後三時回，飯後小睡。傍晚閱書、寫字一小時，以蚊多，十時寢。

廿二日　晴　極熱　七月廿三日　星期五

五時起，六時漱畢，夢閑往土橋垻買柴，帶僕去，予往省府，今日第四百五十五次會議，約參議、顧問諸人列席也。畢斗山、宛思演、譚錫恩與予等十一人均到，未到者係住遠與在渝未來之人。議案十八件，下午二時方畢。公務員加薪宣傳多日，今日決議中央補助對各廳處僅加每人一百五十元而已。近二旬各物陡漲，及供應處奉令漲價者，每人已超過三百餘元矣。今日聞陳友松辭職已照準，繼任童某則不就，張廳長暫兼云云。在蔣立庵處坐甚久，三時回寓，極不可耐。晚飯後李生綏璽來談教院①學院近事，曹印陀來談甚久去。晚十一時寢，寢後不能寐，傷風鼻塞頗難過。

廿三日　晴　極熱　七月廿四日　星期六

早起，連日熱甚未能作事，遥想城中及土橋壩住户此時情況，當如武漢熱度矣。晚間蚊聲大作，以烟薰數次不退，聚蚊真可成雷矣。

廿四日　晴　熱極　七月廿五日　星期日

早起清理室中諸事，寫信與黄純璋。午後來客一次，晚熱蚊多，寢後時時起坐，蓋熱不能安枕也。

廿五日　晴　酷熱　七月廿六日　星期一

早起閲雜書，寫信二件。午後補作前存紙未竣之畫也。又爲李生寫蘭，鄧生寫字條，劉壽堂作字幅、畫幀各二件，五時成。晚以蚊多早寢。

廿六日　陰　七月廿七日　星期二

早起往省府與諸人談問近五日各事，予畏熱連日未外出也。至下午二時方回寓。晚間室中竟不能睡，手持扇不停揮，可想見城中、土橋壩人多熱度矣。十時寢。

廿七日　陰　午後晴　七月廿八日　星期三

早起至省府，就包宅吃午餐，午後途遇夢閑，云白僕已回利川矣。予遂往晤姜文山，又往省府請李秘書寫信，又訪段秘書爲胡升謀宜昌縣府事。接鄂城來二函，洪英述周婿治斌於五月初九日由石灰窰回縣城病故矣。此子不聽教訓，飄蕩無所不爲，前日自遠安回鄂城後，迭接其來函，與洪英、朱茂林等函對照，真劣性存在，且十年不養小女，致小女

---

① 院，疑應爲"育"。

仍寄食於茂林宅，幸予本籍尚有房租可收，不然吾女且爲餓鬼矣。此子雖屬予親，與路人何異耶？遙想民國三年五月間事，先君對於周姓，以次女與之，則非予之願也。今日思之，覺次女命苦，此則前定者也。晚閱雜書，心緒紛亂，十時寢。

廿八日　晴熱甚　七月廿九日　星期四

早起，十時飯畢，赴教院晤舒峻山談片刻，至恩施縣志館晤陳志純、胡鳳喈，談至午後二時。座中晤張春廷述枝江淪陷時情形，敵人焚殺，我潰兵劫掠，民逃難甚詳。噫，明末闖獻之亂，滿清下江南陷揚州、屠嘉定之慘有以異乎？敵人可殺，漢奸可殺，潰兵可殺。此數年間民衆痛苦，不知當局亦詳聞而動於衷否乎？三時歸，晚間蚊多不能作事，十時寢。

廿九日　晴熱極　七月卅日　星期五

五時半起，六時半稀飯畢，七時到省府，因今又是例會。八時半開會，今日爭論少，十時半即畢矣。空文空洞，坐而言，未能起而行，以予推之，不獨吾鄂一省爲然也。十一時午餐後與蔣笠庵、施方白談甚久。午後一時到包宅談一時許。到民廳爲胡文卿寫薦函，請段繼李出面致游錦章者，三時歸。晚飯後薰蚊洗澡畢，倦而小寐。八時起，寫信三件，十時半寢。

三十日　陰　上午十時小雨　夜十二時以後大雨約二小時
七月卅一日　星期六

早起，飯後寫信二件，十時默記詩稿。午後補寫昨日未竣信件，計李曉波、姚兆鱗、劉鯤游、劉石逸、洪英、鄧實、袁子青、沈伯銘、胡升、鄧映宇、黃龍斗等十一封，備明晨發出。晚十一時寢。轉鐘一時半聞大雷雨，室中大漏，遂起接漏，擾擾至一時乃畢，自是大雨約一時許乃止，聞小雨達旦。

【附錄】

寓施六年，以地濕多病，昕夕所見皆拂意事，寢後多夢，幾一月數在奇離或不可思議之境，蓋血氣已衰，神不守舍矣。每欲不記，又時不能已，以後亦無相應之事，以後須戒之。

敵機轟炸重慶及梁山、萬山①重要區域是年次數□□最多，施南城區亦迭遭慘炸，如此深仇，寓施南同人無不切齒，日寇投降，同仁生還武漢者每一回憶，猶有餘痛。

壬寅冬峙山老人記　目力愈減

七　月

初一日　早雨　午後晴　極熱　有陣雨
辛卯　木昴虛　八月一日　星期日

早起，十時飯畢，作畫調色，皆前日未畫竣者。十一時王伯彥來述其姪幼良轉學事，一一告之。晚間室內蚊多，早寢。

初二日　晴　極熱　有陣雨　晚大雨　八月二日　星期一

早起，進早點畢即往省府。遇李子瑾、閻任之，約以明晨往龍洞一聚，訪陳伯村也。百村約予與志純、立庵到論語學會，前托詞拒之，然以其意佳，不能不訪謁一談耳。書條約方白、立庵明晨同往。十一時至貢九寓午餐，午後二時與同往陳豫②寓略談，豫生明日六十二壽辰，便祝之。三時至教院，四時回寓，汗出如漿，熱不能吐氣。飯後室中蚊大作矣，每晚不能寫字看書。十時寢，今日報載林主席昨晨病故。

初三日　晴熱　陣雨數次　八月三日　星期二

六時起，六時半漱畢，出門到三孔橋已七時半矣。貢九、叔隆、立

---

① 萬山，疑應爲"萬縣"。
② 豫，應爲"豫生"。

庵、方白俱在茶肆候，繼羽仙至。予早點後即與諸人乘船到參議會略坐，遇段鴻軒，略談即出，至龍洞主席官邸，賀葆三先在座，陳百村、閻任之、李子瑾來相招待，歡笑半日，逸塵方來。十一時午餐，午後三時又進餐一次，菜甚豐，大麯酒一瓶，則貢九與叔隆盡三分之二也。議詩社及草亭之名，半日不能就，吹求顧忌，莫衷一是，以兩字而難就，真所築室道謀，殊可笑矣。予最不愛咬文嚼字者，謂議兩字不成，明日再議可也。五時辭歸，仍乘船至橋邊，抵寓已昏黑矣，疲乏甚，十時寢。

初四日　晴熱　有陣雨數次　八月四日　星期三

早起，飯後往省府一次，中餐在店子坪。午後大雨，旋晴，四時半至教院為陳友松餞行，候至六時半友松方歸。七時開席，計四桌，院外參加者僅予一人，以前日與黎翔鳳言之，不能不踐約也。韓、陳、盧飯後相繼發言約二小時，予九時半乃得歸。二工役持燈送予，到寓汗透衣外，洗浴後遂寢。

初五日　晴熱　有陣雨數次　八月五日　星期四

早起，飯後補作未竣畫幀約三小時。晚飯後蚊多，以烟薰三次竟不出。蚊大如蠅，嚼人如蜂。予在施南已三年，夏秋間最怕蚊嚼，室窄地濕，真無法驅此毒物也。噫，施南之毒何其大耶。晚十時寢。

初六日　晴　極熱　午後五時大雨如注　平地水深六七寸　六時半旋又雨達旦　八月六日　星期五

六時起，七時到省府。今日例會，議案六件，十時半畢。府內懸牌，明晨六時在幹訓團開哀悼林主席大會，各廳處、各機關全體均須親到云云。午後二時予回寓，熱甚。五時晚飯，大雨傾盆，滿屋接漏，此雨如移在前廿日，施南為十分豐年矣。天下事不圓滿者類如此。十時寢。

初七日　晴熱　晚九時大雨如注　雷震瓦屋者三次
八月七日　星期六

　　早起倦甚，飯後以足軟不能出門。十時飯畢，補作未竣各畫，已成者四幀，明日當分別交篤周、豫生諸人。午後天熱，憶今日七夕，孟夫人于廿二年此日病垂危，傷心與予説各事，尚注心頭也。初九日爲其忌日，數年未歸，未能致祭，思之泫然。晚間大雨，平地水深六七寸，夜半乃止。

初八日　晴　酷熱　今日酉時立秋節　八月八日　星期日

　　早起，九時飯畢。昨日程僕回家去，釋後須休養也。十時牟僕來與代替者，寓中挑水艱難，非僕不行矣。午後寫各畫件款，張篤周之畫係《曲水洞芙會圖》，須填去歲款，《艷菊圖》予寫款自留之。餘爲魯伏生之款三幀，皆題詩，四時竣。飯後未作事，今日立秋感慨多，向誰説耶。十時寢。

初九日　晴熱　晚大雨　八月九日　星期一

　　早起倦甚，十時飯畢，到省府途遇高元勳，謂許秘書長辭職照準矣，繼任者仍劉千俊云云。到府後細詢各情，午後一時交畫件與魯伏生，購得白糖一斤，乃機會也，予初不知之。四時回寓，熱甚。晚雨改涼，十時寢。今日爲孟夫人忌日，未能舉行祭典，予實冀其早已托生他姓矣。

初十日　晴熱甚　晚雨甚大　已子時過矣
八月十日　星期二

　　早起倦甚，十時飯畢，到府補領薪水百元。午後往陳豫生處談一時許，便送張篤周畫件與觀之，並托其做序一篇，載在先君遺墨之前，説明此次在宜昌拾得此本顛末也。二時至胡鳳喈處與志純等談甚久，就其館中晚餐。適周已來，便將此畫與之，稱謝而去。五時半回寓，接教院轉來一信，張教廳長請五時半吃飯，且在城內，未能去也。十時寢。

十一日　晴熱甚　午後陣雨數次　八月十一日　星期三

早起，飯後爲魯伏生寫字、石砥丞作畫並字，皆小件也，均易成功。晚飯後雨止仍熱，室內蚊極多，烟驅三次乃稍好。十時寢。

十二日　晴　極熱　八月十二日　星期四

早起，七時已到店子坪。早點後乘汽車到北門內遇盧兆麟，與同至幹訓團，知教育學院校友會已改爲十時舉行。予與劉白如言不能候，托詞回至站。無車，步行到建廳略坐，到省府取信件，至立庵寓中略談，至民廳與段繼李略談，予問及朱懷冰是否應辭職以避此環境，彼云態度尚未表示云云。午後半時有警報，抵家後敵機一架過此上空，未幾解除。明晨"八一三"紀念，聞各機關職員須一律到幹訓團行入伍典禮云。晚十時寢。

十三日　晴　極熱　八月十三日　星期五

早起，九時飯畢，包貢九來寓又留飯。十時與同往七里坪趕場。午後一時回寓，熱甚，晚飯後蚊多，寢亦不安，亦不改凉。

十四日　晴　極熱　八月十四日　星期六

早六時起，七時到省府開會。昨以紀念日省府例會改爲星期六舉行也。午餐後囑牟僕另雇伕子買米歸。予頭痛甚，劉振華引一楊姓來，謂爲鄂城金牛人，與談片時去。晚間尤熱，未作事。十時寢。

十五日　晴　極熱　八月十五日　星期日

早起，今日上午約王宇澄、汪文伯、賴信榮等來便飯，僅王一人到，餘均有事未能來也，與王談二小時乃去。午後雷聲大作，似有雨勢，然已行他處矣。六月雨隔溝下，俗所謂"花雨"也。晚熱，室內蚊極多，九時半即寢。

十六日　晴　極熱　午後半時大雨如注　晚雨至天明
八月十六日　星期一

早起，胸膈作痛，連日咳嗽，肺管喉間俱痛，食八卦丹並飲酒三次，胸仍不舒也。午後半時山雨忽至，自是旋落旋大，滿地成渠矣。今秋此間豐收，此則事之不可逆料者也。晚九時半以天涼遂寢。

十七日　晴　極熱　八月十七日　星期二

早起，朝暾射窗外，樹林中蟬聲大作，秋蟬本寒蟬噤口者也，一逢朝日振翼作聲，受日光與熱故也。此景予西遷初到宜昌陳家畈時似之，屈指六年，每一念及，愁悶何似。抗戰已久，吾人所希望於國軍者，至今失地未收復，今夏藕池、南縣、公安等又失地數百里，則又何說耶。午後閱雜書，晚蚊多如織，十時寢後夜起數次，咳嗽不停，極以為苦。

十八日　晴　極熱　八月十八日　星期三

早起，飯後至包貢九寓，遇盧邦儉自巴東來施投案，蓋撤職查辦後尚有貪污案未消也。與貢九談二時許，午後二時往省府休息，聞秘書處交代甚快，劉千俊今日已回施準備復職，秘書室各員已紛紛至其寓迎慰矣。予遂回寓，便遇立庵談各事，到寓汗透衣褲，冀出汗以減咳嗽疾也。晚十時寢。

十九日　晴　極熱　八月十九日　星期四

早起，十時飯畢，補寫去歲所作畫件題款。午後看唐詩，晚蚊多，驅之不出，室中不能作事，殊可惡也。予武昌住宅夏秋無蚊，即有之，不可三四。良以地乾燥、房中潔淨，裱褙而地樓板俱清縫，至蚊無藏匿處，真所謂宵小絕跡。此地則無異宵小橫行也。十時寢，多奇離之夢，似已在湖堂肄業並見當日鐘樓老者。

二十日　晴　極熱　八月二十日　星期五

早起，九時飯畢，昨晚得通知，知省府例會不開，然予早料及之矣。十時往教院探近訊，云校長未定人，院中散放，無人負責。噫，此最高學府也，用湖北款若干得結果如此，將何以對湖北之人民耶？過洗爵溪便與鳳喈、志純、茂先談一小時歸，晚未作事，蚊多嚼人。十時寢，咳嗽大作，前服立庵開方，痰易出，咳亦頗長也，轉鐘後咳尤苦。自是倦後入夢境，夢先母及先姊狀如平時，又夢死友孟春溪、汪小軒，其聲音笑貌如當時。又夢予住宅已另租，似非東門。時有警報，又似敵人尚未離縣者。醒後斯境如在目前也。

廿一日　晴　熱極　八月廿一日　星期六

早起，昨夜咳嗽仍未愈，食蜂蜜已五天矣，大便仍不暢通，中焦火隔，致且下氣不舒也。午後補作未竣之畫並題款，自留者十幅，便隨時展玩。今世流行之展覽會，每以個人之字畫集於一處招人鑑賞，曰某某畫展或書展，殊可笑矣。晚十一時寢，多奇夢。

廿二日　晴　極熱　八月廿二日　星期日

早起，飯後又作畫題款，再提留二幀，餘均可給人也。十一時至曲水洞，今日篤周代詩社辦席，並借其地開籌備會。十二時半到者已廿六人，蔣立庵因事先退。一時開席三桌，二時開會並討論簡章。予胸膈忽漲，頭暈欲嘔，遂入室中休息，自是欲嘔極不可耐者約半小時，汗出如漿，兩手背俱流矣。汗後大冷類中暑，乃起嘔吐，蓋積熱在胃，氣逆不能納也。三時以後外邊為舉社長爭執，陳伯村不就，乃以張春霆補之。五時半客散，予至黎宅同夢閑及定生歸，彼等今日亦到曲水洞遊覽，在黎宅吃飯。回時已薄暮，洗澡畢，氣漸舒。十時食稀飯一碗，十一時寢，今日有警報二次。

廿三日　晴　熱極　八月廿三日　星期一

六時起，九時飯畢，未幾有警報，大批敵機過此上空，久未見此狀況。前聞情報，敵人又集中隊伍，飛機多架至沙、宜，似可慮也。午後補作各畫俱竣，留七張佳者保存之，又五張次者題款自留。畫師每每替人作畫而不自留，沈石田晚歲暴富，懸金收回自畫，乃搜求久，偶有所得，細審之，贋品也。蓋僞以沈原稿作首，乃蒙馬以虎皮。予之志與沈雪盧師同，雪師四十歲以後作畫佳者自留之，無事時即自己作畫以自娛，彙集甚富。其長子伯名能傳衣缽，有名於時。癸亥予在閩城軍署曾索得臨王畫冊八頁，又直條一幀，皆精品也。是時雪師作古三年矣。伯名以師生前曾有爲予臨畫之約，慨然與之。噫！民十五以前，朋友尚講道義，保持舊日禮教，重世誼。今則所謂交情、所謂師弟者，勢利而已，勢利盡後，路人而已，可慨也哉。晚爲劉石逸之尊人作碑文，此久未答復石逸者，挑燈構思，十一時乃已，文成三分之二。

廿四日　晴熱　今日處暑　八月廿四日　星期二

早起，六時五十分有警報，敵機一架掠此空過去。十一時又有警報，未幾我空軍有五架退至恩施機場，另一架低飛偵察，不知何意。晚得省府信，可提前購布及油鹽等等，大約移交在急也。晚十時寢。

廿五日　晴陰不定　暴雨數次　八月廿五日　星期三

早起，牟僕辭去，給以工價卅五元，彼僅做工半月也。飯後暴雨一次，十一時往包宅，午後二時至省府，又大雨如注，買油鹽等條子未能及時取貨。剃頭一次，四時回寓，飢甚。飯後清理各事，十時寢，多夢。

廿六日　晴熱　晚大風　八月廿六日　星期四

早起，六時早點畢，七時到省府，因今日提前開例會也。十一時畢，無多要案。飯後與方白、立庵略談，午後回寓小睡。晚飯後欲作事。十時寢，夢至黃岡鄉村間，有新改做之學校二處，遇朱益來導予，予謂爾在此住家耶。

廿七日　早陰　晚雨至十二時止　八月廿七日　星期五

八時起，昨睡甚恬，此月中僅有此美睡也。聞各廳處職員俱到城內幹訓團舉行祀孔典禮。考孔子誕辰自宋迄清均爲陰曆八月廿七日，民國十五年以前猶未改。廿年以後有就陽曆計算者，亦未行。廿四年戴傳賢以院長資格倡爲改陽曆，以上巳三月三、中秋八月十五及孔子誕辰八月廿七，尚有節令甚多。均通令改爲陽曆，現行之已數年矣。惟民間習慣中秋、孔誕等等仍守舊曆。噫，此與國計民生、政體有何關耶？考孔子生於周靈王廿一年，即魯襄公廿二年庚戌十一月庚子，此從周正也。近人賈豐臻推西曆計算，謂魯襄廿二年爲西曆紀元前五百五十一年，印度之釋迦牟尼生在西元前五百五十七年，尚早孔子六年。孔與佛異地同生，甚奇云云。飯後命五兒習字一張，晚飯後補寫劉石逸字幅，九時爲其父宇丞作墓碑，初起草也。十時寢。

廿八日　晴　小雨　八月廿八日　星期六

早起，飯畢往省府買零布煮青等等，午後三時方取得。四時回寓，飯後作劉公墓碑文已成，只銘語未定也。十一時寢。

廿九日　晴　八月廿九日　星期日

早起，八時姜昌培同史地科學生來談甚久去。教院院長至今未定人，耽誤學生光陰矣。飯後作劉公墓文，銘語俱就，書之，俾三日內付謝柴伯帶建始。午後又爲石逸寫字一幀。晚未作事，十時寢。

三十日　早陰　晚雨　八月卅日　星期一

早起，飯後補作劉公墓碑文已成矣。平淡爲碑誌文正格，不求華茂，不作翻案。遺貽大雅，但俗人見之，謂此等文不吃力，則誤矣。晚讀唐詩，幼時所讀，今日溫習而已。連日室內蚊多，極難驅盡，濕氣重，非吾輩鄂東人所宜居也。十時寢。

八　　月

初一日　晴熱甚　八月卅一日　星期二

早起，飯後寫信二件。十二時往省府，午後二時貢九來談，便約與至劉千俊寓中一談。三時譚、饒、蔣諸人均到齊，因今日為許瑩漣餞行、劉千俊接風也，酒菜均佳。主人僅施方白因病未到，賓主盡歡，五時方散。歸後清理案上積件，作詩二首，十時寢。

初二日　晴　午後大雨　夜雨達旦　九月一日　星期三

早起，飯後寫劉碑文稿。今日省府紀念日聚餐，予未往也。十時至教院晤舒峻山述昨日開會事。教院無人負責，費湖北如此鉅款，耽誤學生光陰，陳友松辦理不善，應負此貽誤之責矣。下午一時過縣誌館與志純、鳳喈談二時許方歸。晚飯後閱雜書，十一時寢。

初三日　陰晴不定　熱　晚雨　九月二日　星期四

早起，飯後作畫，蓋補前日未竣者也，擬自留之。午後寫信二件，為劉九經之子考中學也。晚讀唐詩覺有味，記放翁詩云"青燈有味似兒時"，此境則予九歲夜讀情狀也。噫，流離數載者大無成，可慨也哉！十一時寢。

初四日　晴熱　九月三日　星期五

早起，食麵一盂，匆匆到府，今日例會須列席也。劉慕曾、滕昆田俱到差，李士魁改參議。十時半開會已畢，十一時吃飯，正午予往教院取八月份薪津，便過陳豫生寓談甚久，三時取薪歸。飯後疲甚，晚十一時寢。

初五日　晴　午後五時大雨如注　平均水深三四寸 七時乃已　九月四日　星期六

早起，飯後寫信分致陳敦甫、宇平父子，劉桂軒，黃純璋，楊稷丞，陳子谷，劉石逸，李蓮方，備明日發出，皆久積壓者也。午後五時大雨約二小時。晚閱唐詩一小時，疲甚遂寢。

初六日　晴　九月五日　星期日

六時起，室内蚊多，以烟薰之，奔出者約三四十枚，可謂多矣。八時半飯畢，命遲生送信六件往郵局，並送信至教廳問雲湘生分發事，午正至七里坪訪鄒乃仁，途遇之，遂將廖信交彼一閱，囑其明日往廳直接晤談，再以電告雲海霞。在陳紹武處略坐談歸。下午五時楊稷丞送張難先來函，爲辛亥革命史料事，談一時許去。晚寫復李廉方先生函，並寄照片去，李前兩月索寄者也。十二時寢。

初七日　晴陰無定　午後四時雨　晚雨達旦 九月六日　星期一

早起，飯後送字畫與蔣立庵，至包宅一談，至省府索米未能即得，殊可惡，辦事人如此無良心矣，據說八月份尚有多人未領得公米。與昆田談各事，知鵬程狀況甚佳，在本籍月入共八百餘元，總比施南公務員爲優矣。回寓後楊稷丞送曹寓張難先函來，仍索辛亥武昌起義史料稿。午後時四時小雨，入夜漸大，閱雜書，至十二時寢。

初八日　雨　寒　九月七日　星期二

六時半起，飯後寫信分致各人，匡超然、黃純璋、辜南傑、姚兆麟、羅年鳳等。晚閱唐詩，十一時寢。

初九日　晴　今日白露節　九月八日　星期三

六時起，八時半飯畢。十時補寫《施州偶憶集》未竣之稿，實記不起者，數首中欠一二句或缺四句者乃補足之，俾明日送府代印。午後寫鄧實及玉笙女信二件。教院姜昌培引李必銀來見，談近事半時去。晚十一時寢。

初十日　陰　九月九日　星期四

早起，飯後發匡超然信，附郵票卅五元去，請其代買麻油也。午後閱雜書，晚讀唐詩。十一時寢。

十一日　陰　晴　午後五時暴雨一陣　九月十日　星期五

早起，飯後發黃純章、鄧實等函，至包貢九寓談甚久，並引沈碧舫至其寓，彼則已出門矣。五時回寓，距寓半里大雨忽至。飯後閱報，昨日報載意大利已投降盟軍矣。果爾，則日本、德國已去一助，則勝利在望矣。晚十一時寢。

十二日　晴　九月十一日　星期六

六時起，七時半飯畢，午後未作事。晚閱唐詩並雜書，寫劉桂軒函，明日發出。十一時寢。

十三日　雨　午後一時晴　晚月色佳
九月十二日　星期日

早起，飯後往土橋坦民享社，沈碧舫、張春廷、饒聘卿出名義爲詩社成立聚餐也，雨路甚滑，春廷、校文、子瑾未來，陳伯村作函請假矣。飯後張篤周同聘卿來，遂開會，決議改漢聲社爲漢聲詩社，簡章亦改數條，午後二時方散，與陳、沈便至包宅略談回寓。飯後閱唐詩，十一時寢。

十四日　晴　夜月甚佳　九月十三日　星期一

早起，連日傷風，鼻涕時流，極不可耐，睡眠時少，能睡熟不過三小時而已，早起尚可減痛苦。九時飯畢，午後閱雜書。晚間食湯元過多，胃作漲，極難受。十一時寢，成寐僅二小時，起溲二次，再睡已轉鐘三時矣。作奇夢，今年夢多奇異，然此夢則奇到不可思議之境。一要人爲一重要者剃頭理髮，其額上髮前指如撐棚，然重要者臥時似未熟，眼微開，要人乃得施其手術，整理畢而前宅一人中風急卒，又一人病死。未幾室中同人爲此人延道士開路。重要者已換新天青色布制服起矣。與同籍數人言重要事，同室中認識僅貢九一人爲熟人，餘七八人似顯者，醒時天尚未明也。此夢太奇離，是以補之。然則果有驗歟？

十五日　晴熱甚　今日中秋　月色佳
九月十四日　星期二

六時半起，憶昨夢殊好笑。八時往教院，知院中總務組長已易人，保管室及秘書俱係廳派，已接取四日矣，以後教院有進步歟？予未敢過爲信也。蓋始基已壞於陳友松，不可救藥也。午後歸，晚飯後閱雜書，今日又是中秋，仍在施南，抗戰勝利日日望之耳。九時月色大佳，多感慨。十一時寢。

十六日　晴　九月十五　星期三

早起，飯後至省府取信件、報紙，盟軍戰事似勝利，倭寇近月飛機未出動川鄂等地，可以知其窘狀矣。今日請陳寅周代續印詩稿，將原本子交之。午後三時回寓，行路出汗，秋陽甚烈，足軟呈疲乏狀，老境也。晚飯後閱唐詩，十一時寢，多雜夢。

十七日　晴熱　九月十六日　星期四

早起，飯後閱唐詩，午後買花生廿六斤，每斤六元，濕花生也，曬乾僅半斤，較之予來時已漲廿餘倍矣。接朱祐亭函述鄂東事，知李石樵亦應付不討好。甚矣，官之難做也。晚閱唐詩，西遷以後在宜在施興趣蕭索，未能朗讀高吟，只閱之而已。晚十一時寢，連夕雜夢。

十八日　晴熱　九月十七日　星期五

早起，七時至省府，今日例會，八時半開談話會，因委員人數不足法定也。語言多無實際，衛生處提案整理鄉村住宅衛生清潔等等，説得好聽，識者見之，謂其無聊而已。十二時散後飯後歸。天熱甚，晚飯後未作事，憶亡兒根生，明日爲其忌日，已滿六年矣。使其在世，今年廿六矣，思之泫然。十一時寢。

十九日　晴熱　九月十八日　星期六

早起，飯後往教院，欲借書，而圖書館數日未開門，云辦移交矣。在舒峻山寓略談出。在胡鳳喈處遇畢斗山、張春霆談一小時，歸後小憩。吃飯畢疲甚，小睡一時許。今日爲亡兒根生忌日，前、去年均燒楮誌痛，今日則廢除矣，愈感觸而愈增悲痛，人之修短壽夭皆天主宰之也。晚未作事，早寢。

二十日　晴熱　午後五時半大風雨　九月十九日　星期日

早起，飯後到省府取得紀常、胡升二函。十一時至包貢九寓略坐，歸時途遇徐漢樵而約其明日上午來寓吃飯，欲詳聞吾邑各事也。賀伯名贈予茶葉一斤，聞購自巴蕉者，價僅卅餘元，如由吾輩在城內購買，須百廿元矣。歸寓時劉迪軒在此，便托買藥。午後二時陳豫生來談，便留之飯，五時半別去，大雨一陣，晚九時以後雨約二小時，十一時寢，今日托賴股長發電與李參政廉方。

廿一日　晴熱　九月二十日　星期一

早起，飯後往省府一次。午後閱唐詩，寫信二件。晚閱雜書，十一時寢。

廿二日　晴熱　九月廿一日　星期二

早起，飯後往省銀行小學晤李校，便托定生讀書各事。至沈碧舫家中道喜，談半時出。至陳志純寓中談甚久，胡鳳喈談往事，約二小時歸。飯後閱雜書，寫信三件，晚十一時寢。

廿三日　晴熱　九月廿二　星期三

早起，飯後到省府買物，但食米至今未發，午後歸。晚飯後閱雜書，寫信三件，十時寢。今日托賴股長發電往周□海轉任岱青。

廿四日　晴熱　九月廿三　星期四

早起，飯後往省府買肥皂、取油印詩稿，得洪英、胡升、王安雪函，午後二時回寓，囑僕到府挑包谷。現時尚未買職員眷屬米，奇矣。晚飯後寫信三件，十時半寢。

廿五日　晴燥甚　晚六時小雨片時　今日秋分
九月廿四日　星期五

早起，飯後寫朱介蕃、楊霖、雲海霞函，俾明日發出。今日買得咸豐米十斤，每斤四元，尚不甚貴。晚寫劉廷著、李芳函。十一時寢。

廿六日　晴　晚小雨　夜大雨　九月廿五　星期六

早起，建始來人將劉先生《易經》取去。飯後至七里坪趕場，十二時半歸。今日大風，途中尚不甚熱。晚間清檢新舊油印詩稿，分寄江西黃小浦及宣恩匡超然、辜南傑等，明晨發出。十一時寢，多夢極雜，似予回鄂城矣。見先父母及先姊俱在，予囑洪英明晨當往孟夫人墳中一看云云。

廿七日　雨　寒　夜大雨　九月廿六　星期日

早起，十時早飯畢，清理各事後至包貢九寓坐談，因施方白今日約省府同仁至其家吃飯。午後一時慕曾、瑩徵、印澄等六人同往，行馬路中，幸着皮鞋，予初以爲馬路易乾也，不知泥深寸許矣。過朱家坳時包貢九引路已錯誤，行田塍上滑而不能立足，頗以爲苦。迨至施宅，汗出如瀋，候劉秘書長至下午三時方開席，菜豐盛，有下江真味。施素儉，此席恐費去七百元矣。以後何人敢延客？以現時狀況論，予曾試二次，吃便飯如有雞、肉、魚三項，至少亦需四百元。窮公務每月入不敷出，最高薪水率不過七百元，如家有七以上，月非千二百元不可。當局何曾計及同仁痛苦耶。歸時遇車，減省二里，到寓已昏黑矣。晚寫信二件，十一時寢。今日感寒，脚又抽筋痛甚。

廿八日　陰　寒甚如冬　夜仍大雨　九月廿七日　星期一

早起，教院送通知來，知今日開學，正午開會不能不去。十一時泥滑甚，着皮鞋，足趾及脚指俱痛，正午達到，便餐後開會議決數事，十月五日上課。院長亦未定是誰，只渝來電，似有人矣。四時未畢，予以着衣少，身寒，遂先退席，回寓即換棉衣。晚飯後看唐詩及雜書，十一時寢。

廿九日　雨　寒甚如冬　晚雨達旦　九月廿八日　星期二

早起，欲作一小引印在《偶憶集》之前，行文嫌平鋪直叙，僅能述偶憶未憶未攜來施之詩稿而已。午後寫函二件，爲教育學院事分告貢九、茂先、志純三人。晚間作小引已成。十一時寢，多雜夢。

九　月

初一日　雨終日　寒甚　九月廿九日　星期三

早起，九時飯畢閱雜書，午後三時再閱昨夕所作小引，一一修正，欲改爲弁言，然古無是稱也，遂乃自述稿，乃定重謄一次。又改數十句，嫌冗長，但過簡又不能述緣由之透澈，無已乃從其冗長，可以示生徒矣。十一時半寢。

初二日　晴　九月卅日　星期四

早起，九時飯畢，十一時到府買油鹽。午後往圖書館借書，歸時足無力，疲甚，今日請立庵看疾，謂須調補，蓋氣血已衰矣。晚閱唐詩，十一時寢。

初三日　晴　十月一日　星期五

早起，七時半往省府開例會。十一時飯畢，取得油印詩稿並小叙。午後三時回寓，五時半飯畢。晚寫信三件，十一時寢，多奇怪之夢境。

初四日　晴陰不定　十月二日　星期六

早起，午後閱雜書、看報、寫信、清理室中之凌亂書籍。晚十時寢。

初五日　晴　十月三日　星期日

早起往省府、建廳、圖書館等處，午後一時半方回。聞王幼良曾來寓，予未之見也。今日帶同定生往各處遊玩，行路多，足力已疲矣。晚寫信三件，十一時寢，多夢。

初六日　陰　十月四日　星期一

早起，十時飯畢。午前夢閑往三岔鄉程明善家中去，予到教育學院去問各事，午後歸時聞明善又牽馬來接予往云云。晚十時寢。

初七日　晴　十月五日　星期二

早起，九時飯畢，往省府一次，午後方歸，閱鄢雲齋來請帖，爲其子結婚也。晚寫復程次松、林均中等函，因立庵示予以蓮子可補，備洋百元滙來鳳，請龍校長代購。晚十一時寢，夢雜可笑。

初八日　晴陰不定　十月六日　星期三

早起，八時飯畢，十時到建廳約陳肖峰，泮香已先在彼處相候，遂同往鄢雲齋處道賀。彼借招待所行禮，原請予等十二時觀禮，來賓男女約五十餘人。三時半乃開席，餒甚，而飯又硬，不能多食也。歸後疲甚，十時寢。

初九日　陰晴不定　晚小雨　十月七日　星期四

早起命僕買菜、發信，九時飯畢閱唐詩，十二時寫信二件。午後一時往曲水洞茰會，今年重九天無風雨，天氣甚好，與會者新人有半數，如張春霆、饒聘卿、胡子春、徐秋襲、陳志純、陶季賢等，餘則鳳喈、貢九與予等十餘人。開會後出題，爲"曲水洞登高"五字，分廿八均，予拈得"黃"字。四時半在室外開席，計四桌，酒肴甚豐。傍晚歸，光陰如駛，又一年矣。去年作詩逆料今年重九可在武昌登高，乃"收復失地""驅敵出境"等名詞尚未實現，可慨也。晚閱雜書、閱報、寫信，至十一時寢。

初十日　早雨　午後小雨　十月八日　星期五

早起，八時飯畢，到府開例會，議案多，議論多，爭利益，予厭聞之，飯後未列席。二時回寓，五時吃飯，九時補寫日記後寫信二件。十一時寢。

十一日　陰　十月九日　星期六

早起，九時半飯畢，補寫《偶憶集》三頁，幼年之作詩可默出，賦及雜文僅記一段或數句，不能書之。辛亥起義時所失者不可得矣。晚間閱唐詩、讀《史記》約二小時。十一時寢，多夢且雜。

十二日　早晴　午後六時小雨不斷　夜大雨
十月十日　星期日

　　早起，八時半飯畢，今日爲雙十節國慶日也。去歲對辛亥起義時情況予略有議論及慨歎語記之矣。吳壽田已死近一年，是日約予等在土橋壩民享社聚餐並祭辛亥諸烈士者，吳爲發起，今墓木已拱，傷哉！十時包貢九來談，便留飯，午後一時飯畢乃去。予於四時同遲兒往其寓，便同至省政府觀平劇，演《連環套》《黃金台》二齣，飾田平者爲保安處股長某，唱工已有進步。第三齣《四郎探母》，飾楊延輝者爲長官部賈副官，飾公主者爲陳潔女士，徐怨宇之妻也，唱做較去年更有進步。苦悶境中得此舉以調劑之，令人霽顏。惜天雨時作，掃興耳。九時予回寓。十時寢後夢予已回宜昌矣，或者可望收復宜昌耶？

十三日　雨竟日　寒甚　十月十一日　星期一

　　九時起，天氣變寒。今日未能出門，寫信三件，爲請人寫油印詩稿及詢發郵局事。晚補寫《偶憶集》，十一時寢。今日爲先母誕辰，未致奠，心傷而已。

十四日　雨終日　寒甚　十月十二日　星期二

　　早起，昨、今兩日寒氣重如冬月，予已着棉衣矣。午後閱報，盟軍似占勝利，德軍已開始撤，日寇亦準備與盟軍大戰，尚未示弱也。晚補默詩稿又十餘首。十一時寢，多夢，似已回籍。

十五日　雨　寒　十月十三日　星期三

　　早起，飯後寫鄧實信並檢字畫與之，渠久索未與者也。晚作尹仲韓先生詩，渠久索相贈者也，詩不佳，僅達予意甚透。此老今年八十六歲，來函云尚能寫蠅頭小楷，奇哉。寒溪同事廖純古、袁子青亦健在，已六十餘矣。范伯高年僅四十，據范心齊前月自邑來函云已作①。傷哉，允生師六子盡矣。劉行之、石鏡卿均年近七十方卒，甲寅、乙卯間寒溪同事，因並記之，十一時寢。

十六日　雨　十月十四日　星期四

早起，午後寫信、寫字條、畫石菊，俱成。天雨數日，路滑不能出門，在寓悶悶。晚間閱《古詩源》二小時，十一時寢。

十七日　陰　晴　十月十五日　星期五

早起，八時至府開會，今日參議、顧問到者多，午餐開飯，連委員計四桌，較之迭次多八九矣。午飯後予未列席，二時回寓，晚閱雜書，十一時寢。

十八日　晴　十月十六日　星期六

早起，十一時往舒峻山寓，因今日彼約予便餐也。貢九、予先翔鳳俱至，飯後商量改文事。去年學生作文甚少，翔鳳自告奮勇謂今日彼多改文，今乃求助予等代爲幫改矣。午後便往鳳喈、志純寓中一談，四時歸。晚閱雜書，十一時寢，夢多且雜，殊可笑也。

十九日　晴　晚小雨　十月十七日　星期日

早起，九時飯畢，十時帶同定兒至包宅略坐談，正午入城訪葛芝岩不遇。午後四時就錦文筆店中吃飯，匡超然帶來麻油一瓶，遂攜之歸。定兒與予今日往返行路廿二里，予足力健，小兒七齡，足力如此，可喜也，設予等居省垣及在籍行平路，亦止五六里即疲矣。山居之民不以行路翻山越嶺爲苦，幼時習慣，老壯安之矣。噫，天下何曾有坦途哉！晚歸力疲，飯後閱雜書，十一時寢，多雜夢。

---

① 作，疑應爲"作古"。

二十日　陰　晚小雨　十月十八日　星期一

早起，十時飯畢。十一時往教院，正午方到，始知學生爲教室尚未挑定不上課，予遂借書數種歸。晚飯後爲尹仲韓作四絕句已成矣。惟三首均用"盧"字作均脚，唐人雖有此體，終嫌軟弱耳。好在寫盡予與尹之交誼、淵源、關係三項無遺也。十時寢，多夢。

廿一日　雨　十月十九日　星期二

早起，飯後作重九登高詩，今日新詩社成立，作詩分均者有廿八人。予作最初想作五律二首，乃不足以盡言，遂改作五古廿均，能說盡當日情況，不用對仗，似較活動矣，晚十時已成，擬明日寫正付油印。十一時寢，夢雜可笑。

廿二日　雨　十月二十日　星期三

早起，九時飯畢往教院，國文新班學生初見面，上課廿餘人，與之說作詩大意，教之平仄，然有三分之一未懂者。去年文科及各班生懂平仄四聲者僅四分之一，奇哉。午後至王茂先家午餐，下午五時院中聚餐四桌，李先正以代院長名義請客者也。七時歸，小雨，途滑難行，幸有僕人照扶之。十時修改重九詩已畢，尹詩擬明日書之。十一時寢，多夢，奇離殊甚。

廿三日　陰　小雨　晚大雨　十月廿一日　星期四

早起寫信三件，正午至建廳、省府，午後四時歸。今日夢閑生期，有女客三人來寓，晚雨亦未去，酒肉麵菜皆女客帶來者也。十一時寢。

廿四日　雨　十月廿二日　星期五

早起，早點後到省府開會，予未久坐，且坐亦不耐，彼等所說何事予未聽入。總之一切空話，無誠意者也。午後小睡，四時劉千俊請予代作賀朱代杰之母七十壽文。朱自寄事略來，然太略矣。五時回寓，晚閱唐詩，並選摘《古詩源》，爲教學生之用。十時寢，夢乘船經一石洞中出，人坐船中，洞口剛與人額齊，出後晤及朱次誠，已忘其死矣。噫，次誠竟以貧困，廿七年秋卒于冶鄂交界鄉間，其妻連文珏女士帶幼子竟改嫁，就食於人，殊可憐也。醒時記多危險事，今日補書，忘其太半。

廿五日　雨　午後陰　十月廿三日　星期六

早起，飯後寫伊仲韓詩條已成矣。紙剛能寫滿，詩字有限，但注事過多，不注觀者無以明究竟也。午後身體疲倦甚，小睡一時許。晚閱古文數篇，十一時寢，夢境奇離。

廿六日　雨　十月廿四日　星期日

早起，今日雨未能出門，午後陳慶復來，留便飯去。晚閱唐詩、寫信約三小時乃止。十一時寢，多雜夢。

廿七日　雨　十月廿五日　星期一

早起清理各事，飯後看報。十一時半往教院理化科授課，學生廿餘名，文科學生四十餘名，歸時已天黑矣。餒甚，食不能安。足疲，餓已過時，是以不能食也。晚九時閱詩、寫信，至十一時寢，多奇離不可思議之夢境。

廿八日　雨　陰　晚小雨　十月廿六日　星期二

早起，飯後寫信三件，將題贈尹仲韓詩送陳壽梅轉交鄂城，近六年未與尹通函，不知情形，亦不便作函也。晚間看雜書，均有益，惜不能記憶也。十一時寢，夢回鄂城矣。見二叔相臣尚康健，予乘小舟至岸逕造其家與面談。二叔如尚存，亦近八十歲矣。又似至一機關，遇喻育之，與談甚久，彼亦窮困。今年精神差，夢幻多奇怪情形，不能記憶詳，此血氣衰象耳。

廿九日　晴　十月廿七日　星期三

早起，飯後已八時半，到院上課，路滑極難行，三時許始到。授文科練習審四聲、平仄、等均，分九音歌等等。學生均高中師範畢業，能懂平仄者僅六分之一耳。文科須作詩尚如此，其他各科可知也。講時吃力，正午畢，與包貢九同回至其寓吃飯。下午至省府借書及應付各事，三時歸。晚飯後小睡，旋起閱唐詩編課程，至十一時寢，夢予已回鄂城，似新租住宅在人家中一重，來客多，房間什物堆積淩亂，同居約數十男女，嘈雜萬分，又似與東門舊宅相隔里許者。

三十日　晴熱　十月廿八日　星期四

早起，飯後寫信三件與遲生，爲劉有國之子考中學事也。午後半時有警報，不久即解除。今日囑內子染舊中山服，並送呢服與張定波處，請代翻之應用，現時物價一呢制服可值洋一千餘元，較之去年又漲一倍矣。戰事不結束，物價終無底止之日也。晚寫信、閱雜書，十一時寢。

十　月

初一日　晴　大霧早寒　十月廿九日　星期五

早起至省府開例會，無多重要事。午後二時回寓，閱雜書，補九日登①詩已成矣。又改數字，去二均，以廿均爲好。晚十一時寢。

初二日　晴　早霧　十月卅日　星期六

早起整理室中各事，飯後外出至省府借書。三時至陶季賢寓吃飯，彼預約者也。同席方白、貢九、重威、杰吾、校文諸人，酒肴精美。五

---

①　登，疑應爲"登高"。

時席散，到省府前坪聽戲。本府今日歡送參議員，請筵後繼之以樂，似隆重矣。候至九時方開場，第一齣《問樵鬧府》，未演打棍出箱；第二齣《四傑村》，各演武劇頗吃力，亦見精采；第三齣《汾河灣》，唱做均可。九時半歇鑼，程僕來接予，遂與夢閑及定兒回寓。因原擬在府中宿，晚歸甚便也。十時到寓，飯後乃寢。

初三日　晴燥　十月卅一日　星期日

早起，飯後至圖書館借書，便在貢九寓一談，聞敵人對鄂中有攻勢，我方軍隊亦多，但不知確能戰否。晚閱雜書，十時半寢。

初四日　晴　十一月一日　星期一

早起，飯後清理各事，寫信與孟廣漳、鄧實。午後外出一次。晚閱雜書，寫重九登高詩已成矣，不再加修改，惟題目照東坡分均詩又加十餘字耳。十一時寢後多雜夢。

初五日　晴熱　十一月二日　星期二

早起，飯後補寫各件，午後二時至土橋壩民享食堂請石砥臣同學看病，彼立一方囑服之。三時聚餐，係教院文科學生全體請予與峻山、予先翔鳳及新來教授朱守一。四川人，川大畢業未久，此次張廳長請其來授國文科者也。五菜一湯，總算豐盛者，聞明日每席漲價為一百一十元。記去年雙十節該社開張時，預與稷丞、雲齋、壽田等來此聚餐，較此甚豐，且有雞魚，每席價四十四元，以後物價當漲至如何程度耶。六時歸，十一時寢。

初六日　陰　十一月三日　星期三

早起，正午到教院，途中到縣誌館與鳳喈、志純談一時許。二時在院講詩體、詩法、作法等事。五時回寓，晚閱借回各書，僅瀏覽，心中未存留也。昔時藏書不多，能看能記。予四十以後以薪資所餘專購書，平時所愛者悉購而藏之。能看矣，惜不能全記，僅得十之一二而已。抗戰後書已散失。去、今兩①在施借書，有從前所未見者，閱時尚領略大意，關書以後即便忘之。人身腦力只有四十以前讀書方有用，古人專經者也許五十以後猶有進步，治善通學者恐未能也。倦眼不開，十一時半乃寢。

初七日　陰　晚十時雨數陣　十一月四日　星期四

早起，正午至教院，途中在鳳喈寓略談。二時在院文科、理化科分講詩與國文，五時畢。歸後足疲，飯後洗脚遂睡去。醒時補寫日記，十一時半寢。

初八日　陰　晚小雨　十一月五日　星期五

早起，疲倦甚，飯後往省府開會，已八時四十分矣。足疲甚，今日討論案不多，然爭執久，午後一時半方散。二時半歸，五時晚飯畢，寫信二件。晚十一時寢。

初九日　陰　小雨時作　十一月六日　星期六

八時半起，飯後清理桌上柢內諸物，架上凌亂書籍一一整理之，費二小時之力，爲之頭暈痛甚。午後三時小睡一次，晚閱雜書，十一時寢。

初十日　陰　十一月七日　星期日

早起，飯後至士橋坽，午後三時歸，晚閱雜書。今日報載敵人已到松滋劉家場矣。鄂中吃緊，本年七月鄂西吃緊後須得安已陷未陷者，損失不小，想渝方必有妙策却此一路敵人也。十一時寢，多夢，又似回籍，極奇離，見日色白，睁眼可望之，似下午五時狀。又見考試人多，孟夫人云已考在五名，余則未交卷。

---

① 兩，疑應爲"兩年"。

十一日　陰　十一月八日　星期一

早起，午後到省府買物，便至各處坐談。至建廳與肖峰談片刻去。晚閱雜書，閱報，戰事甚緊。十時半寢。

十二日　陰　十一月九日　星期二

早起，飯後寫信，午後送發並滙六十元與龍智仙了理前賬。午後三時歸，晚閱書改詩，十一時寢，多奇夢。

十三日　陰　晚晴　十一月十日　星期三

早起，飯畢至教院授課，途遇劉子夔，云自城內來，有情報。余上課二小時，音樂科初次上堂者也。午後就教院午餐。下午半時有我機五架自渝來，已停機場。二時上文科課，僅講一刻鐘，學生云有警報，旋警號聲作，予匆匆下堂回寓，過洗爵溪時在鳳喈處略停止，飛機十二架在上空環飛，不辨其爲我機敵機也。四時回寓，晚閱雜書，十一時寢。

十四日　陰　晚見月色　十一月十一日　星期四

早起，飯畢清理各事。午正至院授課，午後五時半歸，途行吃力，天已昏黑矣。飯後未作事，晚閱雜書，十一時寢，多怪夢。

十五日　晴　晚有月　十一月十二日　星期五

早起，飯後寫信二件。今日嘔氣事多，自恨平時對於兒子無嚴厲教育，任其放蕩至此。晚寢不安，今日有警報，似敵機已來襲者，頗緊張。

十六日　陰　寒　十一月十二日　星期六

九時半起，十一時飯畢，往縣誌館坐談二時許，至省府取議案，因昨午後一時開會予未往也，四時半歸。到寓已天黑，天氣漸寒，已屆冬象，設在武漢，此時恐已下雪矣。晚改定九日曲水洞詩稿，細數有二十一均，仍將上次圈去一均補書之。十二時半寢。

十七日　陰　十一月十四日　星期日

九時起，飯後閱雜書，午後欲外出，以身疲中止。晚閱《唐詩鼓吹》，錢牧齋選本，自爲一序，謂係元遺山所定者也。十一時寢，多夢。

十八日　陰　寒　晚六時轉晴　十一月十五　星期一

早起，飯後至包寓坐談。正午進城，出南門至溫家灣訪王伯彥，蓋已數月未至其寓，行二小時乃至，與其母及其姪見面問各事。三時入城訪葛芝岩談半小時，芝岩送予至大橋乃返，隨走隨談往事也。到土橋塥已昏黑，至包寓候向僕未至，就包宅晚飯。八時與向僕同回寓，十二時寢。

十九日　終日小雨　十一月十六日　星期二

九時起，飯後抄講義，備明日上課用。晚乃抄詩及雜件，欲整理昨夜所作壽序，竟不能也。十時半寢。

二十日　陰　寒　雨終日　聞高山已下雪
十一月十七日　星期三

早起，飯後往教院授課，午後亦有課，行路滑甚，頗吃力，晚五時歸。今日聞舒峻山云，我國飛機一架自渝來施，至砂子地高山被撞，焚死機師數人云云。噫，此中有西人否？飛行人才訓練極難，機價雖貴，有款可購，奈何不慎如此耶。晚閱唐詩並準備明日課程。十一時寢，夢多且雜。

廿一日　陰　寒甚　有隆冬氣象　十一月十八日　星期四

九時起，十時飯畢，十一時到院授課。途經縣誌館與鳳嵆、志純談，便買得飯碗二仝，去價廿六元，憶廿九年到施，此物每仝僅六角餘也。

午後一時往院授詩及國文，五時回寓。聞陳僕云，十九日飛機失事，先拋炸彈四枚，旋機上升遂毀，死十二人中，有二女子，奇矣。予今日途遇抬機中焚死尸二具，先有二具從教院門前過矣。晚飯後閱《唐詩鼓吹》十頁。十一時寢，夢魘一次，旋又夢回籍矣。忽呼姊丈艾少卿，又遇涂小書、王久旆，紛更各事，又見二叔相臣，又哭先母，涕淚如雨，正傷心時乃醒。今年睡後夢多，幾於無睡不夢，神經衰弱於茲可見矣。

廿二日　陰　寒甚　十一月十九日　星期五

八時半起，九時半到府例會。今日顧問、參議到者多，蓋欲聞軍事消息也。予以遲到無坐位，乃辦各事，買米、問油印、借書等等。詢之劉慕曾，知十九日在砂子地失事飛機乃五個發動機者，坐十四人，內有自美國學成回渝、此次來施任職者均焚死，此真重大損失矣。石門戰況不佳，常德、慈利均吃緊，敵人何以如此凶猛衝殺？我軍何以如此無用？細思之，器械優劣固有不同，然其實不能真捨命與敵人拼命也。每次失敗，高級將官均先逃命，安能責之無訓練、無愛國心、烏合之新兵耶。可慨哉！午飯後至土橋壩買物，在郵局便坐談一小時半歸。晚閱雜書，十二時方寢。

廿三日　霜　大霧　寒甚　十一月二十日　星期六

八時起，葛芝岩來談甚久，留便飯去。今午有我機來停飛機場，此間連日辦差，謂有重要軍事會議也。石門、常德均吃緊。噫，敵人何以如此兇惡？吾軍又何以不能抗敵耶？晚閱雜書，十二時寢，多夢。云有警報。

廿四日　霧　晴　寒甚　十一月廿一日　星期日

六時聞我機已起飛矣，似有警報，七時空際機聲大作，予遂起視，知發警報已多時，見空中飛機十餘架，疑我機也，未幾槍聲作，投彈聲三四次，九時寶衡之歸，謂我機有二架墜落秘書處及糧政局後面云云。

飯後至省府探聽，途遇梅先霖，知飛機場被炸處甚多，城內並未投彈。又遇熊惠泉、張國魂細問各事，遂至張寓祥談。二時回寓，貢九已在寓述今晨敵機亦被擊落三架，云僅天橋一架可證實。然今日我機僅八架往應付敵之廿七架，似頗勇敢也。五時送貢九回去。晚得雲海霞函，並滙洋四百元與予作炭金。軍隊就事有餘資，予設非兼教院授課獲勞工之資，寓中七人束腹挨餓矣。省府待遇薄，何以支持各職員生活耶。彼唱高調之委員等曾不慮及各職員生活矣。閱唐詩，頗佩王右丞五七絕律，可為唐代正宗，集詩之大成者，較之李杜何多讓耶。十一時寢，多奇怪之夢，真所謂幻，真所謂意想不到者也。

廿五日　晴　十一月廿二日　星期一

早起清理各事，飯後寫信二件。午後二時半往省府，三時半至府門遇警報，隨眾人入洞避之，十分鐘即解除。取得陳季明函並任岱青寄來白木耳一包，約二兩，云係其家藏，不取代價云云。任尚念舊同學之誼，若聶守經則做作多且無誠信之同學也。便取兌海霞匯款歸。晚閱雜書，十一時寢，夢孟夫人於予未回家時已乘汽車往新疆與俄交界地，車站之司票告知予者，謂今日可行五百華里，明日尚須續行一日。又見天空中有木牌坊一架，挂一粉牌，未書何字，在雲中縹渺見之，清楚而活動，奇哉！孟夫人今年屢示夢，然予迭接洪英函，云其墳墓尚安。傷心哉，夫人歿已十年矣，尚不忘情而示夢，何耶？

廿六日　晴　早大霧　十一月廿三日　星期二

九時起，飯後慮有警報未敢出門。午後三時我機十餘架盤旋空中甚久，最後西方來一大飛機，降落後未幾即回川矣。晚間聞戒嚴，十時閱書，倦遂寢，多奇夢不可紀。

廿七日　霧　晴　十一月廿四日　星期三

七時起，八時半飯①至教院上課，途遇省行同鄉，云常德、桃源俱失。昨日我機炸慈利，與敵機遇，未勝利，戰事不可樂觀云云。至院授課，未終局即下堂，正午歸，飯後小睡，午後三時起。今日在院得胡文卿函並匯款，未帶私章，不能往兌。晚寫范瀛槎函，因向僕明晨回利川，便付洋五百元囑其買各物。十二時寢。

廿八日　陰　十一月廿五日　星期四

早起，飯後往省府一次，午後向土橋垻局兌海霞匯款。今日聞湘戰未轉好，但石門、常德尚在吃緊中，未失也。晚歸，飯後閱雜書，十一時寢。

廿九日　晴　寒　十一月廿六日　星期五

早起，八時半至省府例會，聞今日石門、慈利已收復，然常德尚在吃緊中，守軍不多，恐難持久，惟此間要人云不得失，即失矣亦有攻取奪回辦法，姑妄聽之而已。十一時半飯畢與蔣、譚諸人閒談，忽聞有情報，敵機已過資邱西上矣，遂匆匆回寓，衣已汗濕，洗抹換衣。晚閱雜書，十一時寢，多奇離之夢。

十一月

初一日　陰寒　小雨數次　十一月廿七　星期六

八時半起，魯伏生來寓談一時許，鶴峰情形彼已知之。此時作縣長，在彼所謂有志竟成，然予爲其着急也。教院送函來謂今午茶話，予於正

---

① 飯，後疑有脫字。

午到省府辦理各事，向郵局兌取文卿寄款。三時至教院茶會，予到遲，新來教員中僅與米、張二君談數語。晚間有戲，慮下雨不能歸，遂先行，到寓已昏黑。晚飯後閱唐詩。十一時寢，多夢。

初二日　陰雨　寒甚　十一月廿八日　星期日

八時半曾秀中來請予書小條，送某人結婚者，九時半去。聞鄧君健、王漁青、王繼武先後來云，今日報載常德正在巷戰中，大約昨日竟失守矣。倭人可恨，然我軍不能戰，連年失要塞、重要城鎮，亦可恨也。晚閱雜書，十時寢。

初三日　陰　寒　十一月廿九日　星期一

早起，飯後至省府，送詩稿請劉召南寫付油印。午後四時回寓，晚①後讀唐詩約卅首，溫習而已。常德戰事吃緊，可爲隱憂。聞敵人施放毒氣，我軍死者不少云云。十一時寢。

初四日　陰　十一月卅日　星期二

早起，飯後寫信四件，復胡文卿、雲海霞等。晚補寫講義，改學生詩十餘首，十一時寢。

初五日　陰　十二月一日　星期三

早起，飯畢往教院授課，正午就院午餐，午後又上課，四時半回寓。晚飯後寫信三件，十一時寢。

初六日　陰　午後大雨　十二月二日　星期四

早起，飯畢往省府取薪水，十一時往縣誌館與志純、鳳喈、貢九談甚久。一時半至院授課，途中大雨，鞋襪沁濕，勉强授課二小時。下堂

---

①　晚，疑應爲"晚飯"。

後陳僕送皮鞋來，著之歸，又送傘還志純，今日總算吃苦矣。回寓以生薑浸水中洗足心，懼濕氣也。閱報，今日常德已支持數日，尚未全失云云。十一時寢。

初七日　陰　寒甚　晚晴　十二月三日　星期五

早起，飯後至省府例會，到遲矣，予遂不列席。閱報，知常德事仍如昨狀。十一時半遂往姜文山寓，因渠約今日酒敘也。同席者姜育丹、陳邦燾、陳豫生、貢九、魯聖輔、黃□。酒好肴豐，午後二時散席回寓。十一時寢。

初八日　陰　晴　十二月四日　星期六

早起天氣已晴，飯後到城，因梅先霖今日結婚，請予與林縣長證婚也。午後一時到民享社，賓客甚多，林縣長訓話未畢警報大作，予遂匆匆跑入防空洞中，市民先見情報已逃避矣。予出門時緊急警報鳴矣，幸洞不遠，約十五分鐘即解除，再回民享社。飯畢，四時途遇許伯蓮，請其開方撿藥畢，在十字街候汽車至土橋壩，下車時遇王曉耕，云石衡青在渝病故云云。回時天已昏黑矣，晚飯後服藥。十一時寢，多夢。

初九日　陰　寒甚　十二月五日　星期日

八時半起，倦甚。朱源滔來談半時去。飯後欲外出，以足軟未能，且因昨日服藥，在寓休息為好。午後二時陳慶復來談，三時陳國杞、劉九經、李曉波同來，留便飯去，已六時矣。晚未作事，十時寢。

初十日　晴　寒甚　晚有月色　十二月六日　星期一

早起，飯後往省府一次，下午回寓，寫信二件。晚閱唐詩，改學生所作詩，十一時寢。

十一日　晴　早霧　寒　月光大佳　十二月七日　星期二

早起，飯後往縣誌館、省府、省銀行一次。今日購得白糖，每斤價五十元，如以公務員摺去買，須七十五元一斤。便訪沈碧舫一談，午後回寓，飯後作壽序，代省府各委員賀朱代杰之母也，代杰開來事略太略，措詞頗難用矣。摯甫曾滌生作序法，發議論、增浮詞而已。草草就緒，已晚間十一時矣。就寢後不復記憶，實未存此文於腦海中也。

十二日　晴　寒甚　晚月明如水　十二月八日　星期三

早起至院上課，途遇王茂先，與之語偶失檢，論人長短，人已聞矣，以後切戒之。今上①上午音樂班學生月考，下午考國文科學生月考。午後過胡鳳喈處坐談一時許，回寓足力微，身疲甚。晚飯後代省府作石衡青挽聯，已成二幅，未穩遂寢，夜將半矣。

十三日　晴　寒甚　月明如晝　十二月九日　星期四

早起，十時到院，便過縣誌館，林縣長、鄧廉漢、徐鄂雲俱在館開會，爲恩施縣誌事，便留予共餐。下午一時至院考理化科學生月考，傍晚歸。飯後補作壽序，已加潤色，猝觀似近古文桐城派歟？陽湖派歟？殊堪自哂也。大抵作文，一須心境恬然，二須明窗淨几，三須參考書多，乃有佳構，非然者僅貌似古文而已。代人作文名非己出，且必經長官改竄，如去秋廣東黃琪翔外祖母百歲壽序，被某長改得講不去，竟至非驢非馬。噫！一知半解之人何至妄動筆以涂竄作者文字，殆所謂點金成鐵歟？爲之太息而已。十一時文已成，遂寢。

十四日　晴　寒　霜重　月佳②大佳　十二月十日　星期五

早起，飯畢至省府開會，途行大霧中，地上霜厚及寸，寒甚，鼻中氣集鬚上，點點成珠矣。到府尚早，未幾開會，報告案多，十一時半暫散吃飯，午後再開。予遂歸，未列席也。途遇警報甚急，匆匆上山路到

---

① 上，疑應爲"天"或"日"。
② 佳，應爲"色"。

寓。飯後小睡一時許，晚間將昨夕所爲文改定重騰，細閱之尚可，明日當交卷，聽其付何人改定，予則留原稿觀進步也。十一時寢。

十五日　晴　寒甚　月明如畫　十二月十一日　星期六

八時起，飯後整理文稿，寫石衡青挽聯稿。午後懼警報之來，未往省府。晚寫致龍滙東、王一鷗信，爲李世清事也。十二時半寢。

十六日　晴　寒　月色大佳　十二月十二日　星期日

早起送壽序稿至省府，便與劉慕曾談片刻出。午後回寓，晚閱學生試卷至十二時寢。連夕雜夢，奇離可笑。

十七日　晴　寒　月色佳　十二月十三日　星期一

早起，午後至府一次，至土橋垻購零物。晚閱唐詩並抄寫十餘首，俾作授課之用。十一時寢。

十八日　陰晴不定　月色佳　十二月十四日　星期二

九時起，飯後至教院，聞朱守一云有空房可供，便看一過，托其清理之，便至縣誌館一談。午後四時往省府，因劉秘書長請客，同席者長官部徐副處長、山東人。張參議，貴陽人。餘爲省府曾、饒、蔣三參議，李子瑾、朱鼎等，酒肴俱豐。七時半散席，八時半歸，閱雜文至十一時寢。

十九日　晴　寒　大霜　十二月十五日　星期三

早起，飯畢至教院授課，十一時半下堂，至于瑩徵家午餐，隔日所約者也，與長官部交際股長張綸中號子傑者同席。張，霍邱人。下午半時飯畢，匆匆回院授課。晚歸寫信一件，向葉宗明購橘子也。十二時寢。

二十日　陰　十二月十六日　星期四

早起，飯後清理各事，十一時往院，便過鳳喈處一談，到院復與盧、朱等談各事。理化學生今日出門參觀，可不授課，便與貢九同往陳豫生寓談各事。四時到省府聚餐，陳右軍、葉鍾裕所公請也，酒肴均佳，前半以客多菜出過遲不够吃，後半則菜多出而不能食矣。同席者俱省府同仁，坐十五人於一桌，未免多矣。六時散，七時回寓，讀方靈皋文並抄一篇爲學生課程。十一時半寢。

廿一日　陰寒　十二月十七日　星期五

早起，八時至省府開會，途遇朱懷冰，説了一些不相干之語。開會討論一關於十二月年關各廳處大小職員一律加三百元作賞賜。噫！今年百元僅抵去歲二十元耳。正午飯畢續開會，予未出席，遂歸。晚飯後寫信二件，十一時寢。

廿二日　陰寒　十二月十八　星期六

早起，飯後寫信一件，清理雜文，爲張難先補寫辛亥武昌起義斷稿。十二時半陳右軍、葉鍾裕送橘子二櫓來，謂爲葉鍾鳴所贈者也。午後未作事。晚仍寫辛亥斷稿，帶作帶寫，不過記其大略而已。至十二時寢，多夢。

廿三日　陰寒　十二月十九日　星期日

早起，午後至土橋坍一次，購零物，歸後小憩。晚飯後仍寫斷稿，至十一時寢。

廿四日　陰　十二月二十日　星期一

早起，九時至醫學院與葉院長叔良遇，並同劉教員，川人，新到院者。與同至省立醫院訪湯女醫生取牙一枚。此牙係夾生，痛活動已半年矣。食物礙事，久欲取去者。十二時與楊光第同出，便至其寓午餐，下午一時回寓。晚仍寫辛亥稿，十二時寢。

廿五日　陰寒　十二月廿一日　星期二

早起，飯後至省府，午後回寓。聞報，戰事我軍似已將常德之敵趕走矣。晚爲學生改詩，頗費力，未有根柢之學生初學爲詩，正不知如何下手。此真朱子所謂"教初學如扶醉人，扶得東來西又倒"者也。欲就其意，則意雜無一定見；欲不就，以後彼等視作詩爲畏途，尚何有進步之可言哉！倦眼難睜，改至十一時半乃寢，多夢。

廿六日　陰寒　晚似晴　十二月廿二日　星期三

早起至教院授課，午飯就館中食。午後又授課二次，傍晚歸，飯畢仍爲學生改文，音樂科學生程度低，頗費力。十時復各處函，寫六件。至十二時寢，夢多且雜，不可思議之奇離者更多。

廿七日　陰雨　寒甚　晚下雪子一秒時
十二月廿三日　星期四

八時半起，今日天寒路滑未去上課。晚爲學生改詩，至十一時半寢。

廿八日　陰雨　午後下雪子一次　晚見星光
十二月廿四日　星期五

早起，飯後寫復各處函五件，積而未復者也。晚閱清代詩並抄選數首爲學生示範。十一時寢。

廿九日　雨　寒甚　十二月廿五日　星期六

八時半起，飯後改學生所作詩文，午後寫信二件。晚仍改文，至十一時半寢。

三十日　陰寒　十二月廿六日　星期日

九時起，飯後寫信復孟、鄧諸人，午後清理室中案上諸事。晚讀唐宋古文數篇。十一時寢，多夢，似已回武昌情形。

十二月

初一日　陰晴不定　十二月廿七日　星期一

早起，飯後往省府、建廳、教院，並與沈達明談以資歷送部事，午後歸。晚間爲學生改詩，頗力①，頭爲暈矣。十一時半乃寢，夢回武昌矣。某公館已遷糧道街，電燈輝煌，迎予與先母至其後重左側，予觀其見客勢燄如從前，且謂有武穴、蘄春二縣君欲爲之長歟。急遽無以應之，遂醒。奇哉，幻哉！今年雜夢每有不可思議者，此殆與廿三年間某夕夢余身如飛機，欲往何處一沖即行者也。

初二日　晴陰不定　寒甚　十二月廿八日　星期二

早起，飯後爲學生改文，午後清理書籍俾還圖書館者。晚間仍改文，至十一時寢。

初三日　陰　下午轉晴　寒　晚雨
十二月廿九日　星期三

早起，至教院授課，並將所改文帶去給學生。午後國文科有課，晚歸已黃昏矣。飯後又爲學生改文，十二時寢，多怪夢。

初四日　雨寒　十二月卅日　星期四

九時起，飯後清理書籍，正午至院授課，在縣誌館便約貢九、志純同行。路滑如油，到院即上課，講解吃力。四時半回寓，晚飯後寫復各處函，至十一時寢。

---

① 力，疑應爲"費力"。

初五日　陰　小雨　寒甚　十二月卅一日　星期五

早起，八時半往省府例會也。今日朱廳長以主席名義請客，似不能托詞不去。到時即開會。正午開飯，有魚一碗，其價大約每個八十元上下，然重不及一斤。共五席，並有外客。午後二時方散會，朱廳長又約予至民廳會餐。彼請廳中職員約八九桌，予與陳豫生、林縣長、陳次宗為外客，四時半散席，予回寓已上燈，此國曆除日也。國體變更卅二年矣。施南各衙署林立，商民增集於此地者，人口加百倍以上，國曆仍不為民間重視者，何也？豈真積習不能改歟？孔子在周末有"行夏之時"之語，可以知其故矣。晚寒甚，寫信二件。今晨夢閑同定生往鄉間購物，老陳同去，三數日即回云。十二時寢，夢雜。

初六日　陰　寒甚　下雪子一次　對門高山有積雪
三十三年一月一日　元旦　星期六

九時起，十一時早飯。今日新元旦，小雨時作，未能出外，教院學生演劇，未能往也。清理書籍，閱明宋景濂文集，晚早寢，展轉難成寐。

初七日　陰　寒甚　元月二日　星期日

九時起，十時飯畢欲外出，張金光之妻來述各事，已寫一函介紹去見包貢九詳陳過去，因此案係貢九專閱也。正午陳挽瀾、陳慶復先後來談甚久去，謂長官部已歸孫連仲真除矣，省府亦有改組消息云云。晚間編《辛亥起義史稿》，張難先先生久索未應，此旬內必成之，踐前諾也。

初八日　陰　寒甚　元月三日　星期一

九時起，飯後往省府一次。晚歸改學生詩文，真費力，腦為之痛。學生皆高中畢業者，吾不知其在初中三年、高中三年時國文先生教之讀何書耳。白話文亦費解，一句分作六七句說，一句有長至廿一字者，怪哉。將來謬種相傳，真所謂"誤盡天下蒼生"者。抗戰以來之初中、高中教員多民國初年出生者，彼自未讀四書五經，縱有所得，不過教科書擇選之古文而已。以之教無根柢之學生，而學生又以連年生活不安定，有自戰區、淪陷區來者，縱有所得，亦因轉徙而字句已忘，致演成現狀，如此可哀也。白話文動輒寫一二千字，將欲留之，刺人雙目，將欲勒之，則無從下手，此真處窘境矣。十二時眼昏欲睡，遂置之。

初九日　陰　寒甚　晚雨　元月四日　星期二

早起，飯後至省府便晉城，遇劉振華，托其買魚。訪劉九經未遇。天就晚，不敢在城中久戀，蓋借宿又累他人也。搭汽車歸寓，已天黑矣。飯後又改學生試卷，十一時半寢。

初十日　雨　寒甚　元月五日　星期三

十時起，昨似受寒頗重，身體酸痛、怯冷，類重傷風，今日教院未能去上課，聞學生元旦演戲後須休息幾日，上課亦必不齊也。晚間身更不適，咳嗽大作，今日飲食已減。十時寢。

十一日　陰寒　晚雨　元月六日　星期四

九時起，疾稍好，食稀飯二碗，午後仍吃稀飯。晚為學生改文，今年教三班學生共一百四十餘卷，見之頭痛，但又不能不改也。十一時寢，多雜夢至不可思議，真現代學生文字也。

十二日　雨　寒甚　元月七日　星期五

早起，飯畢往省府開會，未抵府門雨驟至，予未持傘，匆匆到監印室休息。九時開會，議案為各職員加薪，自元月起與中央派在駐施各機關同一待遇，舊曆年關並可重薪兩月，一為中央款，一為省款，補助已照此辦理矣。今臘政府如不加薪，各員必有呈請呼救者也。午後四時回寓，晚間補作《辛亥革命史稿》。十二時寢，多雜夢，極奇離。

十三日　陰寒　晚見月光　似已轉晴　元月八日　星期六

早起，十時正飯間舒峻山來談，便留之飯，談至下午一時去。二時至省行小學引定兒出，與同至省府取信件，便至土橋壋買物，四時歸。飯後寫信二件，爲學生改文，十二時方寢。夢予已回鄂城，與孟夫人避某大宅中，敵人在前重放火，予與夫人匆匆出側門，未與敵遇也。噫！回家時尚有敵人，國事尚堪聞哉。醒後自喜，以其夢也。

十四日　陰寒　沉霾不開　元月九日　星期日

早囑郭役至府買米油等物，飯後張金光之妻又來探問，予以貢九所說辦法告之去。午後爲郭德瑞、張紹光寫畫小條各二張，興致少，以二科于、馮兩人所托，不能不應付也。二小時乃畢。晚補寫日記，十一時半寢。

十五日　陰寒　元月十日　星期一

早起，連夕咳嗽，頗吃虧，予畏藥，亦不服藥也。午後外出一次，晚爲學生改詩文，至十二時寢，多奇夢。

十六日　陰寒　小雨　元月十一日　星期二

早起，飯後仍改文，至午後四時乃已。今年上季國文及詞好改，且人數少，不料下季新班程度如此之低也。晚閱雜書，至十一時寢。

十七日　陰寒欲雨　晚小雨　元月十二日　星期三

早起，飯畢匆匆往院，足力不健，咳嗽未愈，腰痛甚，上課二堂講解，極吃虧。下午在國文科發試卷又爲之講詩，亦吃虧萬分，歸時腳軟腰痛，吃飯甚少，氣促已吃不進矣。老境侵尋，奈之何哉。晚閱雜書，連日足疾亦未愈，今年省府爲各職員均加薪甚多，年關逼近，七事之憂可減輕矣。十二時寢。

十八日　陰寒欲雨狀　晚小雨　元月十三日　星期四

九時起，飯後往省府，得胡文卿寄款，知彼已就分鄉稽征所主任矣。因緣時會者，公務員缺乏，勤務升科員、股長者施南各機關比比皆是也。文人改業或小商人能吃苦，今日均成巨富矣。龍惠東近三年做生意，據陳季明來函，已存款卅餘萬。然在重慶做生意者動輒千萬，施南店子坪小商人至少亦十萬，皆本府工役、勤務改業者也。傷心受苦只有公務員，而在上者尚想出種種抑制之法，使其不能兼營他業，致不能安於職位，均棄職他往，以故公務員程度愈低，資格愈淺，此予勤務、工役升科員之機會也。下午在院理化科講文，甚吃虧，又至國文科講詩，五時回寓，足已疲乏萬分，吃飯亦少。晚閱雜書，十一時寢。

十九日　雨　寒甚　夜雨達旦　元月十四日　星期五

早起食麵餃四枚，飲湯半盂，匆匆往省府開會。午後二時未散，予遂離席往郵局取胡文卿匯款，便至包宅取糍粑二塊歸。晚閱雜書，十一時寢。

二十日　雨終日　寒甚　元月十五日　星期六

十時宋趾仁來，予尚未起，彼請客者也。十一時半予乃起，昨夕咳嗽未止，兩大腿又發濕癬，奇癢不可耐。午後閱雜書。晚欲續寫《歷變記》，以倦而止。今日雨未停點，計自上月二十日起，陰者七日，自廿七日起大小雨，未晴一日，截至今日止，已廿七天未見陽光也。此地卑濕，較福建尤難過，真令人生厭。無怪此地下愚者淺陋，上焉者亦少出群人材也。地域限人如此哉。十一時寢，上床後以濕癬奇癢，始則大腿，繼則胸背、兩膀，手不停抓，展轉不安，不能成寐。轉鐘以後似聞雷聲，雖細微，以理度之，予斷定其為雪也。近兩年身體漸衰，幸耳聰猶昔，至於眼力，則芝麻狀之小字予猶能寫能讀也。回思先君未五十歲即戴加光眼鏡閱書寫字者，予則聰明已過矣。雞鳴時乃朦朦睡去，約一小時又醒。

廿一日　雪　陰寒風緊　元月十六日　星期日

七時欲起，聞田中有積雨，且天寒甚，遂又睡去，再起視時計已十時半矣。今日蔣立庵約往省府吃飯，似不能去，且咳嗽稍好，再傷風感冒，身體難受矣。寧負立庵，不能貪口腹之欲也。飯後補寫《歷變記》三則，眼倦欲睡，遂寢。上床後又展轉不寐，轉鐘以後又聞雨聲。轉鐘二時已睡去，夢雜甚。先夢先君居一室，有侍者數人，先君似安適。繼又夢先母康健如昔年。噫，光陰彈指，又一年矣！抗戰勝利之期月月暢言，何時可實現乎？老來思骨肉，況予攜眷客中，先人墳墓六年未祭矣，思之泫然。

廿二日　雨　寒甚　元月十七日　星期一

十一時起，頭暈甚。飯後閱雜書，命僕取省府信及報紙，鄧實、孟廣瀛均來信。閱報，不載藕、石等戰事五日矣，大約敵人據點不得退出，我軍亦無奪回能力，今年五月初所謂湘北大捷者，敵退後我未進，致彌陀寺閘口藕池任敵盤據，如船在江邊，跳板搭上岸未啓然。無怪此次敵攻常德，得以先陷南公、石門等七八縣也。不努力作戰，報紙純事鼓吹，有何益哉！晚寫信三件，分致鄧實、柳燾等。十一時半寢。

廿三日　雨　寒甚　元月十八日　星期二

十時半起，連夕飲酒欲助安睡，其實未能睡也。上床後濕癬奇癢，搔一小時乃止。因不寐而枕上默綴詩句，亦有得意句，歐陽公所謂"三上得句"者，未提及床上耳。飯後陳僕、向僕自三岔鄉挑柴歸，云該地已大雪三日矣。行至一邱田距此十五里乃不見雪，可見施城附近溫暖也。平地、高山氣候不同如此。省府取回報紙閱看，未載湖南及藕池戰況一字，可見該地據點敵人未退，我軍未進攻，大約亦無進攻能力耳。午後將昨夕所記詩補成，有佳句三四聯，晚九時已成三首，明日再改定之。

十一時寢。

廿四日　陰　寒甚　午後雨一次　元月十九日　星期三

七時起，因今晨須往考學生，匆匆早點出門，路滑泥深，寒氣砭人難受。到院後已逾時刻，因係在大禮堂，有人監考，且題已早出矣。十一時歸，便至鳳喈先生處略談。正午回寓，足疲甚，飯亦未吃飽，已傷氣力，食難進也。閱報，不載公、石等縣戰事，敵人過年，我軍無進攻力，或藉年來休息耳。但不可如去年監利之玩燈，引敵再入，貽無窮之禍。前方川軍殊無明大義者。噫！覆轍在前，可懼哉。十一時寫詩畢，遂寢。

廿五日　陰寒　元月二十日　星期四

早起，飯後往省府，午時往教院考試國文科學生。十一時半至陳豫生寓中談甚久，就其家午餐，午後三時回寓。晚清理各事，十一時寢。

廿六日　陰寒　一月廿一日　星期五

早起至省府開會，無要緊議，無眷屬公務員加為四百元半貸金矣。午後二時回寓，晚飯後寫信二件，閱雜書至十一時寢。

廿七日　陰　午後小雨一陣　旋見太陽約十分鐘
　　　一月廿二日　星期六

早起，飯後至楊光第寓中坐談。午後一時半至省立醫院取出板牙一枚。此牙廿二年補過一次，今年痛甚久，已活動一月矣，取之出血不多。出院後至陶季賢寓談一時許歸。晚飯後閱書報一小時，十一時寢。

廿八日　陰　晚十時雨　至天明未已
　　　一月廿三日　星期日

早起，飯後至省府領薪，午後至季賢寓再作詳談，並提及朱懷冰過去諸事，相與太息。三時至賴信榮家吃年飯，久候慕曾等，遲至六時方開席，酒肴俱佳。七時半歸，教院學生賴奮輝、吳鎮雅送予回寓。十時半寢。

廿九日　雨　寒甚　舊除日　一月廿四日　星期一

早起，清理室中諸事，掃地，將書籍整理部居。吾國數千年習慣，除日室內外均掃除清潔，蓋一年只此一次也。去年除夕小雨，今又一年矣。勝利何時？收復失地又在何時耶？敵人勢亦未疲，聯軍所言勝利，德國仍未衰歇。報紙宣傳多不切實，令人浩歎而已。飯後往教院取本月份薪水、津貼。久候出納，人不在院中，乃向朱守一借二千元回寓，今歲省府津貼、薪水均增加，較之去臘倍蓰矣。惟今年加與未加稍優耳，去臘豬肉每斤八元，今年肉價每斤四十元矣。此可以例推者也。予幼時見先君於除夕除開消諸賬後所餘款不過一二串，僅有一年存十餘串者。予當家後，自民元起，每除夕所餘不過十餘元或廿元，僅丙寅臘月交卸征收局事已三個月，餘洋六七百元，自是以後餘洋均不及百元，去歲亦僅餘二百元。今歲以族姪文卿所寄、省府代朱代杰之太夫人作壽序得五百元、雲海霞贈四百元，不在預算之內者得二千二百元，劉汝璸贈潤筆、醃肉以代者四百元，省府、教院所加得已餘積四千餘元，辦年所去各物價約二千元，是今臘所增之數已六千餘元。以丙寅冬月比較之，六千之數不過存六七十元耳。以後物價增漲，公務所入有限，將來何以善其後乎？關電務員近自昆明歸，云滇中物價雞蛋每枚十二元，肉價每斤一百元，奇矣。晚十時雨更大，欲作詩以記除夕，無興趣，遂止。去歲尚具酒肴祀祖宗，今年亦未舉行，遲生不聽教訓，即指揮之，彼亦不得辦，反增予嘔氣也。十時飲酒一杯，十一時裝訂新日記一本，備明年甲申起寫，十二時解衣寢。